SFV

JOSEPH CONRAD

GESAMMELTE WERKE

IN EINZELBÄNDEN

S. FISCHER VERLAG

JOSEPH CONRAD

TAIFUN

ZWISCHEN LAND UND SEE

Drei Erzählungen

1978

S. FISCHER VERLAG

›Taifun‹ erschien in Buchform zuerst 1903 unter dem Titel
›Typhoon and Other Stories‹;
die Erstausgabe von ›Zwischen Land und See‹ 1912 unter dem Titel
›Twixt Land and Sea. Three Tales‹; ›A Smile of Fortune – Harbour Story‹;
›The secret Sharer – An Episode from the Coast‹;
›Freya of the Seven Isles – A Story of Shallow Waters‹

Deutsch von Ernst Wagner

Deutsche Ausgabe:

Printed in Germany
ISBN 3 10 011321 7

TAIFUN

I

Die äußere Erscheinung des Kapitäns MacWhirr vom Dampfer ›Nan-Shan‹ war das getreue Widerspiel seines Charakters: sein Gesicht bot keinerlei charakteristische Merkmale, weder von Entschlossenheit noch von Beschränktheit; es hatte überhaupt keine charakteristischen Merkmale; es war einfach alltäglich, ausdruckslos und unbeweglich.

Das Einzige, was sich in seinem Aussehen zuweilen anzudeuten schien, war eine gewisse Schüchternheit; er saß nämlich, ein schwaches Lächeln im sonnenverbrannten Gesicht, in den Kontoren an Land gewöhnlich mit niedergeschlagenen Augen da. Wenn er sie aufschlug, sah man, daß ihr Blick offen und ihre Farbe blau war. Sein blondes, außerordentlich feines Haar umschloß die kahle Wölbung seines Schädels wie ein Kranz seidenen Flaums. Flammend rot war hingegen sein über der Lippe gestutzter Bart, der einem Gestrüpp von Kupferdraht glich, während über seine Wangen, mochten sie noch so gut rasiert sein, bei jeder Bewegung des Kopfes ein feuriger, metallischer Schimmer zu gleiten schien. Er war etwas unter Mittelgröße, hatte hängende Schultern und so kräftige Gliedmaßen, daß seine Anzüge immer eine Idee zu eng für seine Arme und Beine wirkten. Als sei er unfähig, sich mit seiner Kleidung den unterschiedlichen Breiten anzupassen, trug er in jedem Hafen einen braunen Hut, einen vollständigen Anzug von bräunlichem Ton und plumpe schwarze Stiefel. Dieser Landgangsanzug verlieh seiner massigen Gestalt eine Art steifer, ungeschlachter Eleganz. An seiner Weste hing eine dünne silberne Uhrkette, und nie ging er von Bord, ohne einen eleganten Regenschirm allerbester Qualität, meist jedoch unaufgerollt, in seiner kräftigen, behaarten Faust zu halten. Der junge Jukes, der Erste Offizier, der seinen Kapitän gewöhnlich bis an die Fallreepstreppe begleitete, erlaubte sich dann manchmal, äußerst liebenswürdig zu sagen: »Sie gestatten, Herr Kapitän!«, worauf er sich mit aller Ehrerbietung des Schirmes bemächtigte, ihn in die Höhe hob, die Falten zurechtschüttelte, sie im Nu zusammendrehte und den Schirm dem Kapitän wieder zurückreichte. Dabei machte er gewöhnlich ein so todernstes Gesicht, daß Herr Salomon Rout, der Leitende Ingenieur, der beim Oberlicht seine Morgenzigarre rauchte, sich abwandte, um ein Lächeln zu verbergen.

»Oh! Ja!« pflegte der Kapitän dann anerkennend zu murmeln, ohne dabei aufzublicken, »der verdammte alte Regenschirm... vielen Dank, Jukes, vielen Dank!«

Da seine Vorstellungskraft nur von einem Tag zum andern reichte und keinen Tag weiter, wiegte sich sein Gemüt in friedlichem Selbstvertrauen; und aus dem selben Grunde war er auch nicht im geringsten überheblich. Meist ist der Vorgesetzte, wie man ihn sich vorstellt, empfindlich, herrisch und nur schwer zufriedenzustellen. Jedes Schiff aber, das Kapitän MacWhirr führte, war eine schwimmende Wohnstätte der Harmonie und des Friedens. Wahrhaftig, es war ihm ebensowenig möglich, sich zu einem höheren Gedankenflug aufzuschwingen, wie es ein Uhrmacher fertigbrächte, mit nichts anderem als einem zwei Pfund schweren Hammer und einem Fuchsschwanz ein Chronometer zusammenzusetzen. Doch das uninteressante Leben eines Mannes, der so völlig in den Tatsachen der nackten Wirklichkeit aufgeht, hat auch seine geheimnisvolle Seite. In Kapitän MacWhirrs Falle war es zum Beispiel unverständlich, was in aller Welt den wohlgeratenen Sohn eines kleinen Kolonialwarenhändlers in Belfast veranlaßt haben mochte, von zu Hause fortzulaufen und zur See zu gehen.

Und doch hatte er gerade das getan, im Alter von fünfzehn Jahren. Allein diese Tatsache könnte einem, wenn man darüber nachdenkt, den Begriff von der ungeheuren, mächtigen Hand vermitteln, die in den Ameisenhaufen der Menschheit hineinfährt, Schultern packt, Köpfe aneinanderstößt und die Gesichter der des Bewußtseins baren Menschenmenge zu unbegreiflichen Zielen und in nie geträumte Richtungen wendet.
Sein Vater hat ihm diesen törichten Ungehorsam nie ganz vergeben. »Wir wären auch ohne ihn ausgekommen«, pflegte er später oft zu sagen, »aber da ist das Geschäft, und er dazu noch unser einziger Sohn!« Seine Mutter vergoß viele Tränen nach seinem Verschwinden. Da ihm nie der Gedanke gekommen war, eine Nachricht zu hinterlassen, wurde er wie ein Toter betrauert, bis nach acht Monaten der erste Brief von ihm aus Talcahuano eintraf. Er war kurz und enthielt die Feststellung: »Wir hatten auf der Ausreise sehr gutes Wetter.« Doch augenscheinlich war für den Schreiber das einzig Wichtige, daß ihn sein Kapitän an dem Tage, an dem er den Brief schrieb, zum Leichtmatrosen umgemustert hatte. »Weil ich meine Arbeit verstehe«, erklärte er dazu. Seiner Mutter kamen wieder die Tränen, während sein Vater mit den Worten: »Tom ist ein Esel«, seinen Gefühlen Ausdruck verlieh. Er war ein korpulenter Mann, der sich insgeheim gerne über andere lustig machte, so auch über seinen Sohn, den er zeit seines Lebens halb mitleidig als einen nicht ganz zurechnungsfähigen Burschen ansah.
Notgedrungen waren MacWhirrs Besuche in der Heimat sehr selten, und so schickte er im Laufe der Jahre noch einige Briefe an seine Eltern, in denen er sie über seine verschiedenen Beförderungen und über seine Fahrten auf dem weiten Erdenrund unterrichtete. In diesen Botschaften konnte man Sätze lesen wie: »Die Hitze hier ist sehr groß«, oder »Weihnachten sichteten wir um vier Uhr nachmittags einen Eisberg«. So lernten

die alten Leute mit der Zeit alle möglichen Namen von Schiffen und die Namen der Kapitäne kennen, die sie führten, dazu die Namen von schottischen und englischen Reedereien – Namen von Seen und Meeren, von berühmten Kaps und Kanälen – ausländische Namen von Holzhäfen, Reishäfen, Baumwollhäfen – Namen von Inseln und schließlich auch den Namen der jungen Frau ihres Sohnes. Sie hieß Lucy. Dabei kam er aber nicht auf den Gedanken, auch nur zu erwähnen, ob er den Namen hübsch fand. Und dann starben die Alten.
Der große Tag seiner Hochzeit war zur rechten Zeit dem großen Ereignis seiner Ernennung zum Kapitän gefolgt.
Alle diese Begebenheiten hatten sich viele Jahre vor dem Morgen ereignet, an dem sich Kapitän MacWhirr im Kartenhaus der ›Nan-Shan‹ einem ungewöhnlich tiefen Barometerstand gegenüber sah, der keine Zweifel ließ. Bei der Vortrefflichkeit des Instrumentes und in Anbetracht der Jahreszeit sowie der augenblicklichen Position des Schiffes auf dem Erdball mußte dieser Tiefstand von unheilverkündender Bedeutung sein. Doch das rote Gesicht des Kapitäns verriet nicht die geringste innere Bewegung. Vorzeichen bedeuteten ihm gar nichts. Er war einfach nicht imstande, die Bedeutung einer Vorhersage zu erfassen, bis ihre Erfüllung ihm die Tatsache unmittelbar vor Augen führte. »Das Barometer ist sehr gefallen, ohne Frage«, dachte er, »es muß ungewöhnlich schlechtes Wetter aufkommen.«
Die ›Nan-Shan‹ befand sich auf der Reise vom Süden nach dem Vertragshafen Futschou mit Ladung in den Unterräumen und zweihundert chinesischen Kulis, die einige Jahre in verschiedenen tropischen Kolonien gearbeitet hatten und nun nach ihren Heimatdörfern in der Provinz Fo-Kien zurückkehrten. Es war ein schöner Morgen, die spiegelglatte See hob und senkte sich mit der Dünung, ohne auch nur einen Spritzer zu versprühen, und wie ein Hof umstand am Himmel ein sonderbarer weißer nebliger Fleck die Sonne. Das mit Chinesen vollgepackte Vor-

deck war voller dunkelfarbiger Gewänder, gelber Gesichter und schwarzer Zöpfe, dazwischen eine Menge nackter Schultern, denn es war windstill, und es herrschte eine drückende Hitze. Die Kulis lungerten herum, schwatzten, rauchten oder starrten über die Reling; einige holten von außenbords Wasser auf und spülten sich gegenseitig ab; andere schliefen auf den Luken, während einige in kleinen Gruppen von sechs Personen um blecherne Tabletts hockten, auf denen Teller mit Reis und kleine Teetassen standen. Und jeder einzelne dieser Himmelssöhne führte alles, was er in der Welt besaß, mit sich – eine hölzerne Kiste mit einem klirrenden Vorhängeschloß und messingbeschlagenen Ecken, die alle Ersparnisse und Früchte seiner Arbeit enthielten: einen guten Anzug, einige Weihrauchstäbe, möglicherweise etwas Opium, Fetzen namenlosen Plunders von nur noch willkürlich bestimmbarem Wert und einen kleinen Schatz Silberdollars, den sie sich durch mühselige Arbeit auf Kohlenleichtern erworben, in Spielhöllen gewonnen, durch kleine Geschäfte ergattert, beim Landroden, in Bergwerken, auf Eisenbahnstrecken, im mörderischen Dschungel unter schweren Lasten mit viel Schweiß verdient, geduldig angesammelt, sorgsam gehütet hatten und an den sie sich nun mit wilder Leidenschaft klammerten.

Etwa gegen zehn Uhr war aus der Richtung Formosastraße eine querlaufende Dünung aufgekommen, was die Passagiere jedoch nicht sehr beunruhigte. Die ›Nan-Shan‹ mit ihrem flachen Boden, ihren Schlingerkielen und ihrer großen Breite hatte den Ruf eines außergewöhnlich stüttigen Seeschiffes. Jukes erklärte manchmal an Land überschwenglich: »Das alte Mädchen ist ebenso gut, wie es schön ist.« Kapitän MacWhirr wäre es nie eingefallen, seiner günstigen Meinung von dem Schiff so laut oder in solch phantasievollen Worten Ausdruck zu verleihen.

Sie war zweifelsohne ein gutes Schiff und auch noch nicht alt.

Vor weniger als drei Jahren war sie in Dumbarton auf Rechnung einer Handelsfirma in Siam – Sigg & Söhne – erbaut worden. Als der Neubau dann schwamm, bis ins kleinste vollendet und bereit, seine Lebensarbeit aufzunehmen, ruhten die Blicke seiner Erbauer stolz auf ihm.

»Sigg hat sich bei uns nach einem zuverlässigen Kapitän erkundigt, um das Schiff nach draußen zu bringen«, sagte einer der beiden Werftbesitzer, worauf sein Sozius nach einigem Nachdenken erwiderte: »Ich glaube, MacWhirr liegt jetzt gerade an Land.« – »So? Dann telegraphiere ihm doch gleich. Er ist der richtige Mann dafür«, erklärte der Senior, ohne einen Augenblick zu zögern.

Am nächsten Morgen stand MacWhirr seelenruhig vor ihnen. Er war mit dem Mitternachtsexpreß von London abgereist nach einem raschen, aber zurückhaltenden Abschied von seiner Frau. Sie war die Tochter von Eltern gehobenen Standes, die bessere Tage gesehen hatten.

»Wir gehen am besten einmal zusammen durchs Schiff, Kapitän«, sagte der Seniorchef, und die drei Männer machten sich auf den Weg, um das so vollkommen gebaute Schiff vom Bug bis zum Heck und vom Kielschwein bis zu den Flaggenknöpfen der beiden stämmigen Pfahlmasten in Augenschein zu nehmen.

Kapitän MacWhirr hatte sich seines Rockes entledigt und hängte ihn auf das Ende eines Dampfspills, das eine Verkörperung der neuesten Verbesserungen darstellte.

»Mein Onkel hat mit der gestrigen Post unseren Freunden, den Herren Sigg, verstehen Sie, recht günstig über Sie berichtet – so daß man zweifellos Ihnen auch draußen die Führung des Schiffes überlassen wird«, sagte der Junior. »Und Sie können dann stolz darauf sein, das handlichste Schiff dieser Größe an der chinesischen Küste zu führen«, fügte er hinzu.

»So? Ich danke Ihnen«, murmelte MacWhirr, den die Aussicht

auf eine ferne Möglichkeit nicht mehr ansprach als einen kurzsichtigen Wanderer die Schönheit einer weiten Landschaft, und da sein Blick zufällig auf das Schloß der Kajütstür fiel, ging er zielbewußt auf sie zu und begann kräftig am Türgriff zu rütteln, während er in leisem, ernstem Ton bemerkte: »Man kann sich heutzutage doch nicht mehr auf die Handwerker verlassen. Ein nagelneues Schloß, und es funktioniert überhaupt nicht. Sitzt fest. Sehen Sie? Sehen Sie?«

Sobald die beiden Herren wieder allein in ihrem Büro auf der anderen Seite der Werft waren, fragte der Neffe mit leichtem Spott: »Du hast diesen Kerl Sigg gegenüber so sehr gelobt, was findest du eigentlich an ihm?« – »Ich gebe zu, daß er nichts von deinen neumodischen Kapitänen an sich hat, wenn es das ist, was du meinst«, erwiderte der Ältere kurz angebunden, dann rief er nach draußen: »Ist der Meister der Zimmerleute von der ›Nan-Shan‹ da? . . . Kommen Sie mal herein, Bates. Wie kommt es, daß Sie uns von Taits Leuten ein defektes Schloß an der Kajütstür andrehen lassen? Der Kapitän hat es gleich gemerkt, als er es sah. Lassen Sie es sofort austauschen. Ja, die kleinen Dinge, Bates . . . die kleinen Dinge.«

Das Schloß wurde daraufhin ausgetauscht, und einige Tage später lief die ›Nan-Shan‹ nach dem Osten aus, ohne daß MacWhirr noch eine weitere Beanstandung an der Ausrüstung des Schiffes vorgebracht oder auch nur ein einziges Wort geäußert hätte, das Stolz auf sein Schiff, Dankbarkeit für seine Ernennung oder Befriedigung über seine Zukunftsaussichten erkennen ließ.

Da er von Natur aus nicht gerade schweigsam, aber auch nicht eben redselig war, fand er wenig Veranlassung zu reden. Es gab natürlich dienstliche Gründe hierzu – Anweisungen, Befehle und dergleichen; im übrigen aber war die Vergangenheit für ihn erledigt und die Zukunft noch nicht da, und die üblichen Gegebenheiten des Tages bedurften keiner Erläuterung, weil die Tatsachen mit überwältigender Präzision für sich selbst sprechen.

Der alte Herr Sigg mochte solch einen Mann, der nicht viel Worte machte, so einen, »bei dem man sicher ist, daß er seine Anweisungen nicht überschreitet.« Da MacWhirr diesen Anforderungen in jeder Hinsicht entsprach, behielt er das Kommando der ›Nan-Shan‹, und er bemühte sich, das Schiff mit aller navigatorischer Sorgfalt durch die chinesischen Gewässer zu führen. Ursprünglich war es als britisches Schiff registriert, aber nach einiger Zeit hielten die Herren Sigg es für angebracht, die ›Nan-Shan‹ unter siamesischer Flagge fahren zu lassen.

Als Jukes von dem beabsichtigten Flaggenwechsel hörte, geriet er außer sich wie über eine persönliche Beleidigung. Brummend lief er in Selbstgesprächen umher und ließ ab und zu ein kurzes höhnisches Auflachen hören. »Sich vorzustellen, einen lächerlichen Arche-Noah-Elefanten in der Flagge zu führen«, sagte er einmal, als er im Eingang zum Maschinenraum stand. »Hol mich der Teufel, wenn ich das mitmache: dann geh' ich von Bord. Wird Ihnen nicht auch übel dabei, Herr Rout?« Der Leitende Ingenieur räusperte sich nur mit der Miene eines Mannes, der den Wert eines guten Jobs zu schätzen weiß.

Am ersten Morgen, an dem die neue Flagge am Heck der ›Nan-Shan‹ wehte, stand Jukes auf der Brücke und blickte verbittert achteraus. Er kämpfte eine Zeitlang mit seinen Gefühlen, dann sagte er: »Komische Flagge, unter der man fahren soll, Herr Kapitän!«

»Wieso, was haben Sie mit der Flagge?« fragte Kapitän MacWhirr, »sie scheint doch ganz in Ordnung zu sein«, worauf er in die Brückennock ging, um sie besser sehen zu können.

»Nun, mir kommt sie eben komisch vor«, brach es aufgeregt aus Jukes heraus, und er stürzte davon.

Kapitän MacWhirr war erstaunt über dieses Benehmen. Eine Weile später ging er schweigend ins Kartenhaus, nahm sich das Internationale Signalbuch vor und schlug die Tafel auf, auf der die Flaggen aller seefahrenden Nationen in bunter Reihenfolge genau abgebildet sind. Mit dem Finger fuhr er längs den Reihen, bis er zur Flagge von Siam kam. Interessiert betrachtete er das rote Feld mit dem weißen Elefanten, aber um ganz sicherzugehen – obgleich es die natürlichste Sache der Welt für ihn war –, nahm er das Buch mit auf die Brücke, um die farbige Abbildung mit dem realen Gegenstand am Flaggenstock achtern zu vergleichen. Als ihm Jukes, der an diesem Tage seine dienstlichen Pflichten mit einer gewissen unterdrückten Wut versah, auf der Brücke über den Weg lief, meinte der Kapitän zu ihm: »Die Flagge ist ganz in Ordnung.«

»So?« murmelte Jukes, während er an Deck niederkniete, um eine Reservelotleine aus dem Decksspind herauszuzerren.

»Ja, ich habe im Signalbuch nachgesehen. Sie ist doppelt so lang wie breit und hat den Elefanten genau in der Mitte. Ich dachte mir schon, daß die Leute hier an Land wissen, wie die Landesflagge gemacht werden muß. Ein klarer Fall. Sie haben sich geirrt, Jukes . . .«

»Nun, Herr Kapitän, begann Jukes aufgeregt, wobei er sich erhob, »ich kann nur sagen«, – mit zitternden Händen fummelte er nach dem Tampen der Leine.

»Schon gut«, beruhigte ihn Kapitän MacWhirr, indem er sich schwerfällig auf einem kleinen Klappstuhl aus Segeltuch niederließ, den er besonders schätzte, »Sie müssen nur darauf achten, daß die Leute den Elefanten nicht mit dem Kopf nach unten aufheißen, solange sie sich noch nicht an die Flagge gewöhnt haben.«

Mit einem lauten: »Hier, Bootsmann, ist die neue Lotleine, vergessen Sie nicht, sie gut zu nässen«, schleuderte Jukes die

Leine auf das Vordeck und wandte sich dann mit ungeheurer Entschlossenheit seinem Kapitän zu. Der aber hatte die Arme behaglich auf dem Brückengeländer ausgebreitet und fuhr in seiner Rede fort: »Weil man sie dann womöglich für ein Notsignal halten könnte. Was meinen Sie? Der Elefant dort hat so eine ähnliche Bedeutung wie der Union Jack in der englischen Flagge ...«

»So, hat er?« schrie Jukes so laut, daß sich alle Köpfe an Deck der ›Nan-Shan‹ der Brücke zuwandten. Dann seufzte er tief auf und fuhr resigniert in sanftem Ton fort: »Ja, das würde sicher ein sehr jammervoller Anblick sein.«

Später am Tage wandte er sich an den Ersten Ingenieur mit einem vertraulichen: »Soll ich Ihnen mal das Neueste vom Alten erzählen?«

Herr Salomon Rout, meist der lange Sal, alter Sal oder Vater Rout genannt, weil er überall an Bord, wohin er auch kam, unweigerlich der größte Mann des Schiffes war, hatte sich die gebeugte Haltung einer gewissen gemütlichen Herablassung angewöhnt. Sein spärlicher Haarwuchs war rötlichgelb, und die Farbe seiner eingefallenen Wangen wie auch seiner knochigen Handgelenke und seiner langen Gelehrtenhände war so blaß, als hätte er sein ganzes Leben im Schatten zugebracht.

Er lächelte von seiner Höhe auf Jukes herab und rauchte weiter, während seine Blicke ruhig umherschweiften, wie ein freundlicher Onkel, der sich die Erzählung eines aufgeregten Schuljungen anhört. Dann fragte er, ohne sich anmerken zu lassen, wie sehr ihn die Geschichte amüsierte: »Und haben Sie nun gekündigt?«

»Nein!« schrie Jukes mit entmutigter müder Stimme, die das laute Rattern der Dampfwinden zu übertönen versuchte. Sämtliche Winden der ›Nan-Shan‹ waren in vollem Gange, sie zerrten Hieve für Hieve hoch hinauf fast bis ans Ende der Ladebäume, um sie von dort, wie es schien, plötzlich achtlos wieder hinunterfallen zu lassen. Die Ladeketten knirschten in den Hangerblöcken, schlugen gegen die Lukensülls und rasselten über die Reling. Das ganze Schiff bebte, und seine langen, grauen Bordwände waren in Wolken von Dampf gehüllt. »Nein!« schrie Jukes, »Ich habe nicht gekündigt. Wozu auch? Ebensogut könnte ich diesem Schott da meine Kündigung entgegenschleudern. Ich glaube nicht, daß man einem Mann wie diesem überhaupt etwas begreiflich machen kann. Der haut mich einfach um!«

In diesem Augenblick schritt Kapitän MacWhirr, den Regenschirm in der Hand, von Land kommend, längs Deck und hinter ihm ein traurig blickender, würdevoller Chinese in Seidenschuhen, der ebenfalls einen Regenschirm trug. Mit eben noch hörbarer Stimme, den Blick auf seine Stiefel gerichtet, wie es seine Art war, erklärte der Kapitän der ›Nan-Shan‹, daß er auf dieser Reise Futschou anlaufen müsse, und forderte Rout auf, bis morgen nachmittag Punkt ein Uhr Dampf aufzumachen. Er schob seinen Hut zurück, um sich den Schweiß von der Stirn zu wischen, und bemerkte dabei, daß ihm nichts so zuwider sei, als an Land gehen zu müssen, während Rout, der ihn um Hauptеslänge überragte, ohne sich zu einer Antwort herabzulassen, ruhig weiterrauchte und mit der linken Handfläche gleichmäßig über seinen rechten Ellbogen strich. Im gleichen gedämpften Ton wurde Jukes hierauf angewiesen, das vordere Zwischendeck nicht zu beladen, weil dort zweihundert Kulis untergebracht werden sollten, die von der Firma Bun Hin nach Hause geschickt würden. Gleich komme ein Sampan mit fünfundzwanzig Sack Reis für sie längsseit. Es seien alles Leute, die nach einem langjährigen Arbeitsvertrag zurückkehrten, fuhr Kapitän MacWhirr fort, und jeder besitze eine Holzkiste mit seinem Zeug. Der Zimmermann solle sogleich darangehen, im Zwischendeck drei Zoll dicke Leisten vorn und achtern aufzunageln, damit die Kisten bei Seegang nicht über Stag gingen. Am besten kümmere sich Jukes sofort darum. »Hören Sie, Jukes?« Der Chinese würde als eine Art Dolmetscher bis Futschou an Bord bleiben. Er sei Bun Hins Sekretär und möchte sich gern einmal den Raum ansehen. »Besser, Sie führen ihn gleich nach vorn. Hören Sie, Jukes?«

Jukes bemühte sich, jede einzelne Anweisung mit einem pflichtgemäßen, wenn auch keineswegs enthusiastischen »Jawohl, Herr Kapitän!« zu bestätigen. Mit der brüsken Aufforderung: »Komm mit, John, gehen ansehen«, veranlaßte er den Chinesen, ihm auf den Fersen zu folgen.

»Hier alles was sehen können«, sagte Jukes, der keinerlei Sprachtalent hatte und sogar noch das Pidgin-Englisch grausam verstümmelte, wobei er auf die offene Luke zeigte. »Nummer suchen Platz zu schlafen. Eh?«

Er sprach barsch, wie es seiner rassischen Überlegenheit gemäß war, aber nicht unfreundlich. Der Chinese blickte bekümmert und sprachlos in die Finsternis der Luke hinab, als stünde er am Rande eines offenen Grabes.

»Da nicht reinregnen!« erklärte Jukes, und mit zunehmender Phantasie fuhr er fort: »Und bei schönem Wetter können die kleinen Kulis alle an Deck kommen und so machen – Puuuh!« Er dehnte dabei die Brust aus und blies die Backen auf. »Kapiert, John? Frische Luft holen, nicht wahr? Kleine Hosen waschen und ihren Chow-Chow verdrücken, nicht wahr, John?«

Mit Mund und Händen vollführte er mit übertriebener Geste die Bewegung des Reisessens und Zeugwaschens, indes der Chinese sein Mißtrauen gegen dieses Gebärdenspiel unter einem Mantel vornehmer Zurückhaltung verbarg und seine mandelförmigen Augen mit einem schwermütigen Ausdruck zwischen Jukes und der Luke hin und her schweifen ließ.

»Velly good!« murmelte er, und seine Stimme klang ein

bißchen unglücklich; dann eilte er gewandt, allen Hindernissen an Deck geschickt ausweichend, nach achtern, bis er schließlich in gebückter Haltung unter einer Hieve von zehn schmutzigen Jutesäcken verschwand, die, prall voll irgendeiner wertvollen Ladung, einen widerlichen Geruch verbreiteten.

Inzwischen war Kapitän MacWhirr auf die Brücke gegangen und in das Kartenhaus eingetreten, wo ein vor zwei Tagen angefangener Brief seiner Beendigung harrte. Diese langen Briefe begannen meist mit der Anrede »Geliebtes Weib!«, und der Steward versäumte zwischen dem Scheuern des Fußbodens und dem Abstauben der Chronometerkästen keine Gelegenheit, sie zu lesen. Für ihn hatten sie entschieden mehr Interesse, als sie für die Frau haben mochten, für deren Augen sie bestimmt waren, und zwar deshalb, weil sie über jede Reise der ›Nan-Shan‹ bis ins kleinste genau berichteten.

Ihr Kapitän, für den es nur Tatsachen gab – denn nur sie spiegelten sich in seinem Bewußtsein –, beschrieb mit diesen Berichten auf das sorgfältigste viele Seiten. Das Haus in einem nördlichen Vorort Londons, wohin diese Briefe gerichtet waren, hatte einen kleinen Garten vor seinen Erkerfenstern, eine ansehnliche Veranda und eine Haustür, die mit buntem Glas in imitierter Bleifassung verziert war. MacWhirr bezahlte jährlich fünfundzwanzig Pfund dafür, hielt die Miete aber nicht für zu hoch, weil seine Frau (eine anspruchsvolle Person mit einem dürren Hals und hochmütigem Gehabe) für sehr vornehm galt und in der Nachbarschaft als etwas »Besseres« angesehen wurde. Das einzige Geheimnis ihres Lebens bestand darin, daß sie eine abgründige Angst vor dem Tag hatte, an dem ihr Mann heimkehren würde, um für immer dazubleiben.

Unter dem selben Dach mit ihr wohnten eine Tochter namens Lydia und ein Sohn, der Tom hieß. Die beiden kannten ihren Vater kaum. In ihren Augen war er ein seltener Gast, der besondere Vorrechte genoß, des Abends seine Pfeife im Eßzimmer rauchte und zum Schlafen im Haus blieb. Das hochaufgeschossene Mädchen schämte sich fast ihres Vaters; dem Jungen war er jedoch völlig gleichgültig, was er in seiner unbefangene Art auch ganz offen zugab.

Und zwölfmal im Jahr schrieb Kapitän MacWhirr von der China-Küste nach Hause, in jedem Brief stand die Bitte, »Grüße auch die Kinder von mir«, und als Unterschrift folgte regelmäßig »Dein Dich liebender Mann!« so gleichmütig, als ob die so lange und von so vielen Männern gebrauchten Worte abgenutzte Dinge wären, die ihre Bedeutung verloren hätten.

Die chinesischen Meere sind im Norden und im Süden nicht sehr breit und voll von Inseln, Sandbänken, Riffen und wechselnden Strömungen. Das sind dort alltägliche, wenn auch verwickelte Dinge, die für den Seemann eine klare und eindeutige Sprache reden. Diese Sprache hatte auf Kapitän MacWhirrs Sinn für Tatsachen einen solch starken Eindruck gemacht, daß er sich kaum mehr in seinen eigenen Räumen unter Deck aufhielt und seine Tage praktisch auf der Brücke zubrachte. Oft ließ er sich sogar seine Mahlzeiten heraufbringen, und nachts schlief er im Kartenhaus. Dort schrieb er auch seine Briefe nach Hause, von denen jeder ohne Ausnahme die Redewendung »Wir hatten diese Reise sehr gutes Wetter« oder eine ähnlich lautende, auf das Wetter bezügliche Feststellung enthielt. Und auf dieser Feststellung beharrte er stets mit der gleichen Sorgfalt, wie auf allen anderen Dingen, die er in seinen Briefen beschrieb.

Auch Herr Rout schrieb Briefe, nur daß niemand an Bord wußte, wie unterhaltsam er mit der Feder sein konnte, weil der Erste Ingenieur so schlau war, seinen Schreibtisch verschlossen zu halten. Seine Frau genoß diese Briefe. Die beiden hatten keine Kinder, und Frau Rout, eine stattliche, hochbusige, fröhliche Frau von vierzig Jahren, bewohnte mit Herrn

Routs zahnloser und ehrwürdiger Mutter ein kleines Haus in der Nähe von Teddington. Mit lebhaften Augen pflegte sie die Briefe ihres Mannes beim Frühstück zu überfliegen, wobei sie die besonders interessanten Stellen der schwerhörigen alten Dame mit heiterer Stimme laut vorlas, jedesmal nach der geschrieenen Ankündigung »Salomon sagt«. Sie machte sich auch einen Spaß daraus, Salomons Aussprüche Fremden gegenüber zu zitieren, die dann nicht wenig über die ungewöhnliche und witzige Art dieser Äußerungen erstaunt waren. Als der neue Pfarrer zum ersten Mal bei ihr vorsprach, nahm sie die Gelegenheit wahr zu bemerken: »Wie Salomon sagt, lernen die Ingenieure, die zur See fahren, bald die Wunder der Seemannsnatur kennen.« Erst eine plötzliche Veränderung im Gesichtsausdruck ihres Besuchers ließ sie verstummen.

»Salomon? – Oh, Frau Rout –« stotterte der junge Mann mit hochrotem Gesicht. »Ich muß sagen ... ich weiß nicht ...«

»Das ist doch mein Mann!«, brach sie lachend aus, warf sich in ihrem Stuhl zurück, und mit dem Taschentuch vor den Augen fuhr sie fort, über den ungewollten Scherz unbändig zu lachen, während der Geistliche mit einem gezwungenen Lächeln dasaß und infolge mangelnder Erfahrung im Umgang mit lustigen Frauen fest davon überzeugt war, daß er es hier mit einer beklagenswerten Irren zu tun habe. Später wurden sie dann doch noch die besten Freunde, nachdem er gemerkt hatte, daß ihr jede unehrerbietige Absicht ferngelegen hatte. Er lernte sie als eine ehrenwerte Persönlichkeit schätzen, von der man, ohne zu erschrecken, noch mehr Weisheiten Salomons hinnehmen konnte.

»Mir für meinen Teil«, soll Salomon nach den Erzählungen seiner Frau einmal gesagt haben, »ist der stumpfsinnigste Esel als Kapitän lieber als ein Spitzbube. Mit einem Dummkopf kann man irgendwie fertig werden; aber ein Spitzbube ist gerissen und aalglatt.« Dies war natürlich eine sehr durchsichtige

Verallgemeinerung des Falles Kapitän MacWhirr, dessen Redlichkeit gar nicht augenfälliger sein konnte. Jukes hingegen, unfähig zu verallgemeinern und weder verheiratet noch verlobt, pflegte sein Herz auf andere Weise einem alten Macker auszuschütten, mit dem er früher zusammen gefahren war und der jetzt als Zweiter Offizier auf einem Passagierdampfer im Nordatlantik fuhr.

Vor allen Dingen hob er stets die Vorzüge der Fahrt in den östlichen Gewässern hervor, die viel mehr Vorteile biete als die Atlantikfahrt. Er pries den ewig blauen Himmel, die ruhige See, die Schiffe selbst und das bequeme Leben im Fernen Osten. Von der ›Nan-Shan‹ behauptete er, es gebe überhaupt kein besseres Seeschiff.

»Wir tragen zwar keine goldbetreßten Uniformen«, schrieb er, »dafür sind wir untereinander wie Brüder. Wir essen alle zusammen in einer Messe und leben wie Kampfhähne ... Und unsere Macker von der schwarzen Fakultät sind so ordentlich und nett, wie man sie gewöhnlich macht, und der alte Sal, ihr Leitender Ingenieur, ist ein richtiger Stockfisch. Wir sind gute Freunde. Was nun unsern Alten betrifft, so kann man sich keinen friedlicheren Kapitän denken. Man könnte manchmal meinen, er habe nicht genug Verstand, um Fehler zu erkennen. Aber so ist es auch nicht. Kann es nicht sein. Er ist schon ziemlich lange Kapitän und macht eigentlich keine richtigen Dummheiten, sondern führt sein Schiff ganz ordentlich, ohne irgend jemand anzutreiben. Ich glaube, es fehlen ihm einfach die geistigen Fähigkeiten, um an Auseinandersetzungen Gefallen zu finden. Ich nutze das natürlich nicht aus – das wäre gemein. Außer den routinemäßigen Meldungen scheint er kaum die Hälfte von dem zu verstehen, was man ihm sagt. Darüber haben wir schon manchmal gelacht; aber auf die Dauer ist es doch stumpfsinnig, mit einem solchen Menschen zusammen zu leben. Der alte Sal meint, mit dem Alten gäb' es

keine richtige Unterhaltung. Unterhaltung! Du lieber Himmel! Der redet ja überhaupt nicht. Neulich klönte ich unterhalb der Brücke mit einem der Ingenieure, was er wohl gehört hat. Als ich dann hinaufkam, um meine Wache zu übernehmen, tritt er aus dem Kartenhaus, sieht sich erst nach allen Seiten gründlich um, guckt über die Reling nach den Seitenlampen, wirft einen Blick auf den Kompaß und schielt dann kurz hinauf nach den Sternen – das macht er regelmäßig so – und sagt hierauf zu mir: ›Haben Sie sich eben dort unten an der Backbordseite unterhalten?‹ ›Jawohl, Herr Kapitän.‹ ›Mit dem Dritten Ingenieur?‹ ›Jawohl, Herr Kapitän.‹ Er geht nach der Steuerbordseite hinüber, setzt sich unter dem Schutzkleid auf seinen kleinen Klappstuhl und gibt eine halbe Stunde lang keinen Laut von sich. Nur niesen hörte ich ihn einmal. Schließlich steht er nach einer Weile auf, kommt zu mir nach Backbord herüberspaziert und sagt: ›Ich weiß gar nicht, worüber Sie sich immer zu unterhalten haben. Zwei volle Stunden. Ich mache Ihnen keine Vorwürfe. Die Leute an Land sehe ich ja den ganzen Tag klönen; und abends reden sie beim Trinken weiter. Die müssen sich wohl immer und immer wieder über dasselbe unterhalten. Ich begreif' das einfach nicht.‹
Hast Du schon jemals so etwas gehört? Und dabei war er noch so nachsichtig. Er tat mir richtig leid. Aber manchmal ist es mit ihm geradezu zum Verzweifeln. Natürlich möchte man ihm keine Veranlassung geben, sich zu ärgern, selbst wenn man Grund hätte. Aber es lohnt sich nicht. Er ist von einer solch großartigen Harmlosigkeit, daß er selbst dann, wenn man ihm eine lange Nase machte, nur erstaunt fragen würde, was wohl in dich gefahren sei. Er erklärte mir einmal allen Ernstes, es falle ihm sehr schwer zu verstehen, warum sich die Menschen immer so komisch benähmen. Er ist hoffnungslos beschränkt, und es hat keinen Sinn, sich über ihn aufzuregen. Das ist die Wahrheit.«

So schrieb Herr Jukes aus der Überfülle seines Herzens und seiner lebhaften Phantasie an den Kollegen in der Atlantikfahrt.

Damit hatte er seine aufrichtige Meinung zum Ausdruck gebracht. Es lohnte sich nicht, auf einen Mann dieser Art irgendwie einwirken zu wollen. Wäre die Welt voll von solchen Menschen, dann hätte Jukes wahrscheinlich das Leben als eine sehr langweilige und nutzlose Beschäftigung angesehen. Mit dieser Ansicht stand er übrigens nicht allein da. Die See selbst, als teile sie Jukes gutmütige Nachsicht, hatte sich nicht die Mühe gemacht, den schweigsamen Mann aufzuschrecken, der selten aufblickte und arglos über die Wasser wanderte mit dem einzigen sichtbaren Zweck, drei Menschen an Land Nahrung, Kleidung und Unterkunft zu verschaffen. Natürlich hatte auch er schon schlechtes Wetter erlebt. Er war durchnäßt worden, hatte sich unbehaglich und müde gefühlt und alles in der üblichen Weise sofort wieder vergessen. So hatte er im ganzen genommen recht, wenn er nur von gutem Wetter nach Hause berichtete. Aber es war ihm nie auch nur eine flüchtige Ahnung von der unermeßlichen Gewalt und dem grenzenlosen Grimm gekommen – von dem Grimm, der bis zur Erschöpfung geht, der sich aber nie beschwichtigen läßt –, von dem Rasen und Toben der aufgewühlten See. Er wußte zwar, daß es so etwas gab, so wie wir wissen, daß es Verbrechen und Greuel gibt; er hatte davon gehört, wie der friedfertige Bürger einer Stadt schon von Schlachten, Hungersnöten und Überschwemmungen gehört hat und doch nicht weiß, was diese Dinge bedeuten – mag er auch einmal in einen Straßenkrawall verwickelt gewesen, um sein Mittagessen gekommen oder in einem Regenschauer bis auf die Haut durchnäßt worden sein. Kapitän MacWhirr war über die Oberfläche des Meeres gefahren, wie manche Menschen über die Jahre ihres Lebens dahingleiten, um endlich friedlich in ein stilles Grab zu sinken, bis zum letzten Augenblick dem Leben fremd, ohne all das gesehen zu haben, was es möglicherweise an Treulosigkeit, Gewalt und Schrecken in sich birgt. Es gibt zu Wasser und zu Lande solche vom Glück begünstigte – oder vom Schicksal oder der See zurückgesetzte Menschen.

II

Als Kapitän MacWhirr das ständige Fallen des Barometers beobachtete, dachte er: »Es gibt schlechtes Wetter.« Das war genau, was er dachte. Er hatte Erfahrung mit mäßig schlechtem Wetter gemacht, wobei sich der Ausdruck schlecht auf Wetter bezog, das dem Seemann nur mäßiges Unbehagen bereitet. Wäre ihm von einer unbestrittenen Autorität verkündigt worden, daß das Ende der Welt durch eine katastrophale atmosphärische Störung bevorstünde, dann würde diese Mitteilung bei ihm die einfache Vorstellung von schlechtem Wetter und nichts anderem erweckt haben, weil er noch keine Sintflut erlebt hatte, und der Glaube schließt nicht notwendig auch das Verstehen ein. Die Weisheit seines Landes hatte durch einen Parlamentsbeschluß bestimmt, daß er erst dann zur Führung eines Schiffes als geeignet angesehen werden könne, wenn er imstande sei, gewisse einfache Fragen über Wirbelstürme, wie Zyklone, Hurrikane und Taifune, zu beantworten. Augenscheinlich hatte er diese Fragen beantwortet, da er jetzt das Kommando über die ›Nan-Shan‹ während der Jahreszeit hatte, in der die Chinesischen Meere von Taifunen heimgesucht werden. Aber wenn er sie auch beantwortet hatte, so war ihm doch nichts davon im Gedächtnis haftengeblieben. Immerhin war er sich der Tatsache bewußt, daß die feuchte Hitze sehr drückend war. Er ging auf die Brücke, fand aber auch dort keinerlei Linderung von diesem Druck. Die Luft schien zu stehen. Er rang nach Luft wie ein Fisch und begann sich ausgesprochen unwohl zu fühlen.

Die ›Nan-Shan‹ pflügte eine rasch verschwindende Furche in

die Kreisfläche der See, die wie ein gewelltes Stück grauer Seide schimmerte. Die Sonne, bleich und ohne Strahlen, verbreitete in dem merkwürdig unbestimmten Licht eine drückende Hitze. Erschöpft lagen die Chinesen an Deck herum. Mit ihren blutlosen, hageren, gelben Gesichtern sahen sie wie Gallenkranke aus. Besonders zwei von ihnen, die unter der Brücke ausgestreckt auf dem Rücken lagen, fielen Kapitän MacWhirr auf. Sobald sie die Augen schlossen, sahen sie wie Tote aus. Weiter vorne stritten drei andere wild miteinander; ein großer, halbnackter Bursche mit herkulischen Schultern hing schlaff über eine Winde; ein anderer saß mit angezogenen Knien an Deck, sein Kopf war mädchenhaft zur Seite geneigt, während er seinen Zopf flocht und der ganze Körper, wie jede Bewegung seiner Finger, grenzenlose Mattigkeit ausdrückte. Nur mit Mühe entwand sich der Rauch dem Schornstein, und anstatt sich zu verziehen, legte er sich wie eine aus der Hölle emporsteigende Wolke über das Schiff, verbreitete einen Geruch von Schwefel und ließ überall auf den Decks einen Regen von Ruß niedergehen.

»Was, zum Teufel, machen Sie denn da, Jukes?« fragte Kapitän MacWhirr. Diese ungewöhnliche Form der Anrede, wenn sie auch mehr gemurmelt als gesprochen war, ließ den Ersten Offizier auffahren, als hätte ihm jemand einen Stoß unter die fünfte Rippe versetzt. Er hatte sich eine niedrige Bank auf die Brücke bringen lassen und saß dort mit einem Ende Tau unter den Füßen und einem Stück Segeltuch auf den Knien, in das er kräftig mit einer Segelnadel einstach. Als er überrascht aufblickte, hatten seine Augen einen Ausdruck von Unschuld und kindlicher Offenheit.

»Ich will nur ein paar von den neuen Säcken einlieken, die wir letzte Reise zum Bunkern gemacht haben«, wandte er höflich ein. »Wir brauchen sie für die nächste Kohlenübernahme.«

»Wo sind denn die alten geblieben?«

»Die sind natürlich verbraucht.«
Kapitän MacWhirr starrte eine Weile seinen Ersten Offizier unentschlossen an und gab dann der hoffnungslosen und bissigen Überzeugung Ausdruck, daß sicherlich mehr als die Hälfte über Bord gefallen sei. »Wenn man nur die Wahrheit erführe«, fügte er hinzu und zog sich nach der anderen Brükkennock zurück. Der durch diese ungerechtfertigte Kritik gereizte Jukes zerbrach beim nächsten Stich die Nadel, hörte mit seiner Arbeit auf und erhob sich, wobei er mit leiser Stimme heftig über die Hitze fluchte.
Der dumpfe Schlag der Schraube wurde plötzlich lauter. Die drei Chinesen auf dem Vordeck hatten aufgehört zu streiten, und der andere, der seinen Zopf geflochten, hielt jetzt seine Beine umklammert und starrte niedergeschlagen über seine Knie hinweg. Das fahle Sonnenlicht warf schwache, bleiche Schatten an Deck. Die See ging mit jedem Augenblick höher und heftiger, und das Schiff rollte schwer in den tiefen, glatten Tälern der See.
»Ich möchte nur wissen, wo diese scheußliche Dünung herkommt«, sagte Jukes laut, der taumelnd sein Gleichgewicht wiederzuerlangen versuchte. »Von Nordosten«, brummte der alles wörtlich nehmende Kapitän von der anderen Seite der Brücke herüber. »Es gibt schlechtes Wetter. Sehen Sie sich mal das Barometer an.«
Als Jukes wieder aus dem Kartenhaus heraustrat, war sein Gesichtsausdruck sehr nachdenklich und sorgenvoll geworden. Er hielt sich am Brückengeländer fest und sah starr nach vorn.
Die Temperatur im Maschinenraum war auf 117 Grad Fahrenheit gestiegen. Aus dem Oberlicht und dem Heizraumschacht drang der Lärm gereizter Stimmen, in die sich das Klirren und Schrappen von Metall mischte, als ob sich dort unten Männer mit eisernen Gliedern und ehernen Kehlen bekämpften. Der

Zweite Ingenieur war mit den Heizern zusammengeraten, weil sie den Dampfdruck fallen ließen. Er hatte Arme wie ein Grobschmied und war allgemein gefürchtet; aber an diesem Nachmittag blieben ihm die Heizer keine Antwort schuldig, und mit dem Mut der Verzweiflung schlugen sie dabei die Feuertüren zu. Plötzlich verstummte der Lärm. Mit verschmiertem Gesicht und triefend naß wie ein aus dem Wasser gezogener Schornsteinfeger tauchte der Zweite Ingenieur aus dem Heizraum auf. Sein Kopf war noch kaum zu sehen, als er auch schon anfing, Jukes zu beschimpfen, daß er die Heizraumventilatoren nicht richtig hingetrimmt habe, worauf Jukes von der Brücke aus beschwichtigende Zeichen mit den Händen machte, die soviel bedeuteten wie: Kein Wind – nichts zu machen – er könne ja selbst sehen. Aber der andere wollte keine Vernunft annehmen. In seinem wütenden, schmutzigen Gesicht blitzten die weißen Zähne. Es komme ihm gar nicht darauf an, die ganze Bande da unten zu verprügeln, verdammt noch mal! Aber glaubten die verfluchten Kerle hier an Deck, daß er in den gottverlassenen Kesseln Dampf halten könne, wenn er sich mit den elenden Heizern herumschlage? Nein, beim heiligen Georg! Dazu braucht man wenigstens ein bißchen Luftzug, und der Teufel solle das ganze Volk an Deck holen, wenn es nicht imstande sei, dafür zu sorgen, »samt dem Leitenden Ingenieur, der schon seit Mittag vor dem Manometer hin und her rennt und wie ein Verrückter die Maschine rauf und runter tobt«. Was Jukes wohl glaubte, wozu man ihn dort oben hingestellt habe, wenn er nicht einmal einen seiner verkommenen, nichtsnutzigen Deckkrüppel dazu bringen könne, die Ventilatoren in den Wind zu drehen?
Da das Verhältnis zwischen »Maschine« und »Deck« auf der ›Nan-Shan‹ bekanntlich brüderlicher Natur war, beugte sich Jukes hinunter und forderte den Zweiten mit beruhigender Stimme auf, sich doch nicht lächerlich zu machen; auf der an-

deren Seite der Brücke stehe der Kapitän. Aber respektlos erklärte der Zweite, es sei ihm völlig egal, wer auf der anderen Seite der Brücke stehe, worauf sich Jukes' Großmut blitzartig in leidenschaftliche Erregung verwandelte und er seinen Kontrahenten mit wenig schmeichelhaften Worten aufforderte, heraufzukommen und das verfluchte Ding selbst so hinzudrehen, wie es ihm paßte. Kampflustig stürzte der Zweite nach oben und warf sich auf den Backbord-Ventilator, als wolle er ihn herausreißen und über Bord werfen. Aber selbst unter Aufbietung all seiner Kräfte vermochte er die Ventilatorkappe nur ein paar Zoll zu bewegen, worauf er sich, anscheinend völlig erschöpft, mit dem Rücken gegen das Ruderhaus lehnte. Jukes ging zu ihm hin.

»Mein Gott!« rief der Zweite mit tonloser Stimme, blickte auf zum Himmel und ließ dann seinen starren Blick zum Horizont gleiten, der sich plötzlich bis zu einem Winkel von vierzig Grad nach oben neigte, eine Weile in schräger Richtung zu hängen schien und langsam wieder herunterkam. »Mein Gott! Puh! Was ist nun los?«

Jukes spreizte seine langen Beine wie einen Zirkel auseinander und machte eine überlegene Miene: »Diesmal wird es uns erwischen«, sagte er. »Das Barometer fällt wie nichts, Harry, und dabei versuchst du noch solch einen verrückten Krach zu machen«.

Das Wort Barometer schien die feindselige Stimmung des Zweiten aufs neue zu beleben. Voller Wut raunte er Jukes wütend zu, er solle sich dieses völlig überflüssige Instrument an den Hut stecken. Wen kümmere schon sein verfluchtes Barometer? Jetzt gehe es um Dampf – ja, um Dampf, der immer stärker absacke. Für ihn sei das Leben zwischen Heizern, die vor dem Umfallen sind, und einem Leitenden, der verrückt geworden ist, schlimmer als ein Hundeleben. Ihm sei es vollkommen egal, wann die ganze Geschichte in die Luft flöge. Er war dem Weinen nahe, aber als er sich wieder gefaßt hatte, murmelte er finster vor sich hin: »Denen werde ich es geben, von wegen umfallen« und stürzte davon. Am Heizraumschacht blieb er noch einmal kurz stehen, ballte die Fäuste gegen das unnatürliche Tageslicht und verschwand hierauf mit wildem Geschrei in die dunkle Tiefe.

Als sich Jukes umwandte, fiel sein Blick auf den runden Rücken und die großen roten Ohren seines Kapitäns, der von der anderen Seite herübergekommen war. Ohne seinen Ersten Offizier anzusehen, sagte er: »Das ist aber ein großer Hitzkopf, dieser Zweite Ingenieur.«

»Ja, aber sonst ein verdammt tüchtiger Zweiter Ing«, knurrte Jukes. »Die können keinen Dampf halten«, fügte er rasch hinzu und griff hastig nach der Reling, als das Schiff stark überholte. Kapitän MacWhirr, der darauf nicht vorbereitet war, taumelte ein paar Schritte und blieb mit einem Ruck bei einem Sonnensegelstützen stehen, an dem er sich festhielt.

»Ein gottloser Mensch«, begann er eigensinnig aufs neue. »Wenn er so weitermacht, werde ich ihn bei erster Gelegenheit entlassen.«

»Das ist die Hitze«, gab Jukes zur Antwort. »Ein gräßliches Wetter. Das könnte einen Heiligen zum Fluchen bringen. Sogar hier oben ist mir zumute, als hätte ich meinen Kopf in einer Wolldecke stecken.«

Kapitän MacWhirr blickte auf. »Wollen Sie damit sagen, Herr Jukes, daß Sie sich jemals eine Wolldecke um den Kopf gewickelt hätten? Wozu taten Sie das?«

»Das sagt man nur so, Herr Kapitän«, war Jukes' gleichmütige Antwort, aber unbeirrt fuhr Kapitän MacWhirr fort: »Was soll das heißen, Heilige, die fluchen? Sie sollten wirklich nicht so unsinniges Zeug reden. Was wäre das wohl für ein Heiliger, der flucht? So wenig ein Heiliger, wie Sie es sind, nehme ich an. Und was hat eine Wolldecke damit zu tun – oder das

Wetter? Mich bringt die Hitze nicht zum Fluchen – oder? Es ist alles nur schlechte Laune, weiter nichts. Und was kommt dabei heraus, wenn Sie so reden?«

Auf solche Weise protestierte Kapitän MacWhirr gegen den Gebrauch bildlicher Redeweise, bis er schließlich zur großen Überraschung Jukes' nach einem verächtlichen Schnauben laut in die entrüsteten Worte ausbrach: »Ich werde ihn von Bord jagen, wenn er sich nicht in acht nimmt.«

Und Jukes, unverbesserlich wie immer, dachte: »Du meine Güte! Jemand muß unserm Alten zu einem neuen Innenleben verholfen haben, so temperamentvoll, wie er jetzt ist. Das kommt natürlich vom Wetter, was sonst? Es könnte einen Engel streitsüchtig machen, ganz zu schweigen von einem Heiligen.«

Die Chinesen an Deck schienen alle in den letzten Zügen zu liegen. Strahlenlos, mit einem verlöschenden Braun, ging die Sonne, deren Durchmesser sich auffallend verkleinert hatte, unter, als ob Millionen Jahrhunderte seit diesem Morgen vergangen wären und sie ihrem Ende nahe gebracht hätten. Im Norden wurde eine dicke Wolkenbank von düsterer, olivgrüner Farbe sichtbar, die regungslos tief am Horizont über der See lag und wie ein Hindernis auf dem Wege des Schiffes aussah. Mühsam quälte sich die ›Nan-Shan‹ auf dieses Hindernis zu, wie ein erschöpftes Tier, das seinem Tode entgegeneilt.

Das kupferfarbene Zwielicht verlosch langsam, und die Dunkelheit brachte ein Heer unsteter, großer Sterne zum Vorschein, die ungewöhnlich stark flackerten, als ob sie der Erde ganz nahe stünden und angefacht würden. Um acht Uhr begab sich Jukes in das Kartenhaus, um die üblichen Eintragungen in das Schiffstagebuch zu machen. Sorgfältig schrieb er aus der Kladde die Zahl der zurückgelegten Seemeilen und den Kurs des Schiffes ab, dann kritzelte er in die Spalte »Wind« von oben bis unten für alle acht Stunden seit Mittag das Wort »Windstille« hin. Das anhaltende, gleichmäßige Rollen des Schiffes brachte ihn in gereizte Stimmung. Wie von einem bösen Geist getrieben, glitt das schwere Tintenfaß von ihm weg, als wollte es der Feder entweichen. Nachdem er in der weiträumigen Spalte für Bemerkungen »Sehr drückende Hitze« eingetragen hatte, steckte er den Federhalter wie eine Pfeife in den Mund und wischte sich sorgfältig das Gesicht ab.

»Schiff rollt stark in einer hohen, querlaufenden Dünung«, fing er wieder an zu schreiben, was ihn zu der selbstkritischen Bemerkung veranlaßte: »Stark ist eigentlich nicht das richtige Wort«. Dann fuhr er fort: »Bedrohlich trüber Sonnenuntergang mit einer tiefstehenden Wolkenbank im Norden und Osten. Sonst klarer Himmel.«

Er beugte sich über den Tisch, den Federhalter im Mund, und blickte durch die offene Tür. Und in diesem Rahmen sah er alle Sterne zwischen den Teakholzpfosten am nachtschwarzen Himmel in die Höhe fliegen. Der ganze Schwarm ergriff die Flucht und verschwand; zurück blieb eine von weiß aufblitzenden Stellen durchsetzte schwarze Fläche, die so dunkel wie der Himmel und weithin mit Gischt gesprenkelt war. Die beim Überholen des Schiffes geflohenen Sterne kamen zurück, als sich die ›Nan-Shan‹ wieder aufrichtete, und sausten nach unten, wie eine glitzernde Masse, in der die feurigen Punkte der Sterne zu kleinen Scheiben vergrößert waren und in hellem feuchtem Schimmer funkelten.

Einen Augenblick beobachtete Jukes die fliegenden Sterne, dann schrieb er: »8 p.m. Zunehmende Dünung. Schiff arbeitet schwer und nimmt Wasser an Deck. Alle Luken verschalkt. Kulis für die Nacht unter Deck. Barometer fällt weiter.« Er hielt inne und dachte: »Vielleicht kommt gar nichts danach.« Dann beschloß er seine Eintragungen, indem er mit fester Hand schrieb: »Alle Anzeichen für einen aufkommenden Taifun.«

Als er das Kartenhaus verließ, mußte er zur Seite treten, um Kapitän MacWhirr vorbeizulassen, der, ohne ein Wort zu sagen oder ein Zeichen zu geben, über das Süll hinwegschritt.
»Machen Sie bitte die Tür zu, Herr Jukes!« rief er von innen. Jukes drehte sich um, um die Tür zu schließen, und murmelte spöttisch: »Hat wohl Angst, sich zu erkälten.« Obwohl er Freiwache hatte, drängte ihn das Verlangen, mit jemand zusammen zu sein, und so meinte er aufmunternd zum Zweiten Offizier: »Sieht schließlich gar nicht so schlimm aus, was sagen Sie?«
Der Zweite Offizier lief auf der Brücke hin und her, wobei er bald mit kurzen Schritten das abschüssige Deck hinuntertrippelte, bald wieder mühevoll bergan kletterte. Als er Jukes' Stimme hörte, blieb er stehen und sah ihn an, gab aber keine Antwort.
»Hallo! Achtung! Ein Brecher!« rief Jukes und neigte sich mit dem ganzen Körper so weit über, daß seine herabhängende Hand die Planken berührte. Erst jetzt ließ der Zweite ein unfreundliches Räuspern hören.
Er war ein schon etwas älterer, schäbig aussehender kleiner Kerl mit schlechten Zähnen und einem bartlosen Gesicht. Er war in Shanghai in aller Eile angemustert worden, und zwar auf jener Reise, auf welcher der vorherige Zweite Offizier die Abfahrt des Schiffes um drei Stunden verzögert hatte, indem er es fertigbrachte – was Kapitän MacWhirr niemals verstanden hat –, in einen längsseit liegenden leeren Kohlenleichter zu stürzen, so daß man ihn mit einer Gehirnerschütterung und ein oder zwei gebrochenen Gliedern ins Krankenhaus schaffen mußte.
Jukes ließ sich durch das abweisende Räuspern nicht verdrießen und meinte: »Bei den Chinesen da unten mag es ganz schön zugehen. Ein Glück für sie, daß das alte Mädchen besser als jedes andere Schiff in der See liegt, besser als irgendeins,

das ich je kennengelernt habe.« »Achtung! Jetzt!« unterbrach er sich und sagte: »Diesmal war es schon nicht mehr so schlimm.«

»Warten Sie nur ab!« brummte der Zweite Offizier. Mit seiner spitzen, roten Nase und seinem schmalen, verkniffenen Mund sah er aus, als ob er innerlich immer wütend sei. In seinen Äußerungen war er kurz angebunden bis zur Unhöflichkeit. Während seiner ganzen Freiwache hielt er sich hinter verschlossener Tür in seiner Kammer auf. Dabei blieb er so still, daß man annehmen mußte, er gehe sofort zur Koje, wenn er von Deck verschwunden sei. Doch wenn er geweckt wurde, fand ihn der Mann stets mit weit offenen Augen auf dem Rücken in der Koje liegen und leicht gereizt aus seinem schmutzigen Kissen emporblicken. Er schrieb nie Briefe und schien auch von niemand irgendeine Nachricht zu erwarten. Ein einziges Mal hörte man ihn etwas von West Hartlepool erwähnen, aber das war nur aus äußerster Verbitterung und in Verbindung mit den Wucherpreisen, die seiner Meinung nach von den Boardinghäusern verlangt werden. Er gehörte zu den Leuten, die man nur in Notfällen im Hafen aufpickt. Ihre Kenntnisse reichen gerade aus, und meist scheinen sie keinen Pfennig mehr in der Tasche zu haben. Obwohl sie keinerlei Anzeichen irgendeines Lasters zur Schau tragen, machen sie doch den Eindruck verpfuschter Existenzen. Sie kommen als Aushilfskraft an Bord, an Schiffen liegt ihnen gar nichts, sie leben in ihrer eigenen Atmosphäre unter Schiffsgenossen, denen sie fremd bleiben; und zu irgendeiner unpassenden Zeit fällt es ihnen ein, wieder fortzugehen. Ohne ein Wort des Abschieds laufen sie in irgendeinem gottverlassenen Hafen, in dem andere nicht einmal stranden möchten, wieder weg. Dort gehen sie mit ihrer schäbigen Seekiste, die sie wie eine Schatzkiste verschnürt haben, mit einer Miene an Land, als schüttelten sie den Staub des Schiffes von ihren Füßen.

»Warten Sie mal ab!« wiederholte er ungerührt und unerbittlich, während er, den Rücken Jukes zugekehrt, in großen Schwingungen das Gleichgewicht hielt.
»Wollen Sie damit sagen, daß wir es noch dick kriegen?« fragte Jukes mit jungenhaftem Interesse.
»Sagen? ... Ich sage nichts. Mich fangen Sie nicht«, fuhr ihn der kleine Zweite Offizier mit einer Mischung von Stolz, Verachtung und Arglist an, als sei Jukes' Frage eine Falle, die er klugerweise entdeckt habe. »O, nein! Keiner von Ihnen wird mich reinlegen«, murmelte er.
Ein gemeines kleines Biest, dieser Zweite Steuermann, schoß es Jukes durch den Kopf, und insgeheim wünschte er sich, der arme Jack Allen wäre nicht in den Kohlenleichter gestürzt.
Die schwarze Wolkenbank weit voraus erschien wie eine andere Nacht hinter der gestirnten Erdennacht – eine sternenlose Nacht der Unermeßlichkeiten jenseits der erschaffenen Welt, die sich in ihrer schrecklichen Stille durch einen kleinen Spalt in der schimmernden Sphäre enthüllte.
»Was auch immer dort sein mag«, sagte Jukes, »wir dampfen genau darauf zu.«
»Sie haben es gesagt«, griff der Zweite den Gedanken auf, während er Jukes immer noch den Rücken zukehrte. »Sie haben es gesagt, wohlgemerkt – nicht ich.«
»Ach, geh zum Teufel!« stieß Jukes offenherzig hervor. Der andere ließ ein triumphierendes, kurzes Kichern hören. »Sie haben es gesagt«, wiederholte er.
»Na, und – was dann?«
»Ich hab' schon mehr als einmal erlebt, daß wirklich tüchtige Männer es mit ihrem Kapitän verdorben haben, die noch verdammt viel weniger gesagt haben«, antwortete der Zweite aufgeregt. »Nein, nein, mich fangen Sie nicht.«
»Sie scheinen ja verflixte Angst davor zu haben, daß Sie sich bloßstellen könnten«, sagte Jukes, den diese Albernheiten auf-

brachten. »Ich hätte keine Angst, das zu sagen, was ich meine.«

»Ja, ja, mir gegenüber. Das ist kein Kunststück. Ich bin niemand, das weiß ich wohl.«

Das Schiff begann nach einer Pause verhältnismäßiger Ruhe wieder heftig zu rollen, so daß Jukes vorerst genug zu tun hatte, sich im Gleichgewicht zu halten und gar nicht dazukam, den Mund aufzumachen. Sobald sich aber das Schlingern wieder etwas gelegt hatte, sagte er: »Das ist ein bißchen zuviel des Guten. Ob da nun etwas kommt oder nicht, jedenfalls sollte man das Schiff mit dem Kopf auf die See halten. Der Alte hat sich gerade hingelegt. Aber hol mich der Teufel, wenn ich nicht mit ihm rede!«

Als er jedoch die Tür des Kartenhauses öffnete, sah er seinen Kapitän dort ein Buch lesen. Kapitän MacWhirr hatte sich nicht hingelegt; aufrecht stand er da und hielt sich mit einer Hand am Bücherbord fest, während er mit der anderen einen dicken Band offen vor das Gesicht hielt. Die Lampe schwang in ihrer Aufhängung hin und her; die lose stehenden Bücher auf dem Bord kippten von einer Seite nach der andern; das lange Marinebarometer beschrieb ruckartige Kreisbewegungen; die Tischplatte änderte jeden Augenblick ihre schräge Lage, und mitten in diesem Aufruhr stand Kapitän MacWhirr unberührt. Seine Augen blickten fragend über das Buch: »Was ist los?« fragte er.

»Der Seegang wird schlimmer, Herr Kapitän.«

»Das merk' ich hier auch«, murmelte Kapitän MacWhirr. »Ist etwas passiert?«

Jukes, den der ernste Blick der Augen, die ihn über das Buch hinweg ansahen, etwas verwirrte, lächelte verlegen.

»Rollt wie ein alter Schuh«, meinte er unbeholfen.

»Ja, sehr stark – sehr stark. Und was wollen Sie?«

In diesem Augenblick verlor Jukes den Boden unter den Fü-

ßen und begann zu taumeln. »Ich dachte an unsere Passagiere«, antwortete er in der Haltung eines Mannes, der nach einem Strohhalm greift.
»Passagiere?« fragte der Kapitän verwundert. »Was für Passagiere?«
»Nun, die Chinesen, Herr Kapitän«, erklärte Jukes, dem die Unterhaltung immer peinlicher wurde.
»Die Chinesen! Warum sprechen Sie nicht deutlich? Wußte gar nicht, was Sie meinten. Hab' noch nie gehört, daß man eine Herde Kulis Passagiere nennt. Passagiere, wahrhaftig! Wie kommen Sie darauf?«
Kapitän MacWhirr klappte das Buch über seinem Zeigefinger zusammen, ließ seinen Arm sinken und sah ganz verblüfft drein. »Warum denken Sie an die Chinesen, Herr Jukes?«, fragte er.
Jukes faßte sich ein Herz. Mit dem Mut der Verzweiflung sagte er: »Bei dem Rollen nehmen wir zuviel Wasser an Deck, Herr Kapitän. Ich dachte, man sollte vielleicht den Kopf auf die See halten – eine Zeitlang. Bis es etwas weniger wird – recht bald, möchte ich glauben. Ost steuern. Hab' noch kein Schiff so rollen sehen.«
Er blieb in der Tür stehen, und Kapitän MacWhirr, der sich nicht länger am Bücherbord halten konnte, entschloß sich loszulassen und fiel schwer auf das Sofa nieder.
»Ost steuern?« fragte er, wobei er sich bemühte hochzukommen. »Das ist mehr als vier Strich vom Kurs.«
»Jawohl, Herr Kapitän. Fünfzig Grad ... würde gerade reichen, um den Kopf auf die See zu halten.«
Kapitän MacWhirr saß jetzt aufrecht. Er hatte das Buch nicht aus der Hand gelassen und auch die Stelle darin nicht verloren.
»Osten steuern«, wiederholte er mit steigender Verwunderung. »Auf Ost ... Was glauben Sie denn, welchen Hafen wir anlaufen sollen? Sie wollen, daß ich mit einem voll seetüchti-

gen Dampfer vier Strich vom Kurs abgehe, um es den Chinesen gemütlicher zu machen! Nun, ich hab' mehr als genug dummes Zeug in der Welt gehört – aber das ... Wenn ich Sie nicht kennte, Jukes, würde ich glauben, Sie seien betrunken. Vier Strich vom Kurs abgehen ... und was dann? Vier Strich andern Weg steuern, nehm ich an, um wieder auf den rechten Kurs zu kommen. Woher haben Sie bloß den Einfall, daß ich mit einem Dampfer kreuzen sollte, als ob es ein Segelschiff wäre?«

»Ein Glück, daß es keins ist«, warf Jukes bitter ein, »ihm wären heute nachmittag alle verdammten Masten über Bord gegangen.«

»Ja, und Sie hätten dabeistehen müssen und zusehen, wie sie über Bord gehen«, sagte Kapitän MacWhirr und wurde dabei lebhaft. »Es ist doch totenstill, nicht wahr?«

»Jawohl, Herr Kapitän, aber es ist doch etwas ganz Außergewöhnliches im Anzug – ganz gewiß!«

»Mag sein. Ich glaube, Sie denken, ich sollte dem schlechten Wetter aus dem Wege gehen«, sagte Kapitän MacWhirr ganz ruhig und arglos, während er mit ernstem Blick auf das am Boden liegende Ölzeug starrte, so daß er weder die Enttäuschung noch die Mischung von Ärger und Verwunderung in Jukes' Gesicht bemerkte.

»Sehen Sie hier dieses Buch«, fuhr er bedächtig fort und schlug sich mit dem geschlossenen Band auf den Schenkel. »Ich habe gerade das Kapitel über Stürme gelesen.«

Das war richtig. Er hatte das Kapitel über Stürme gelesen. Als er in das Kartenhaus eingetreten war, hatte er nicht die Absicht gehabt, das Buch in die Hand zu nehmen. Irgendein in der Luft liegender Einfluß – derselbe Einfluß vielleicht, der den Steward veranlaßt hatte, ohne Anweisung die Seestiefel und das Ölzeug des Kapitäns ins Kartenhaus heraufzubringen – hatte seine Hand sozusagen zum Bücherbord hingeführt, und ohne sich Zeit zum Hinsetzen zu nehmen, hatte er sich mit größter Anstrengung durch die fachlichen Abhandlungen hindurchgearbeitet. Er verlor sich zwischen fortschreitenden Halbkreisen, linksseitigen und rechtsseitigen Quadranten, Orkanbahnen, wahrscheinlichen Peilungen des Zentrums, umspringenden Winden und Barometerständen. Er versuchte alle diese Dinge in eine gewisse Beziehung zu sich selbst zu bringen, was schließlich damit endete, daß er wütend wurde und diesen Wust von Worten und Ratschlägen verächtlich zur Seite schob, weil sie seiner Meinung nach nur auf Theorien und Vermutungen beruhten, ohne auch nur einen Schimmer von Gewißheit.

»Eine verdammte Sache, Jukes«, sagte er. »Wenn einer all das glauben soll, was dort steht, dann müßte er die meiste Zeit auf See umherjagen, nur um dem Unwetter aus dem Wege zu gehen.« Wieder schlug er sich mit dem Buch auf das Bein, und Jukes öffnete den Mund, sagte aber kein Wort.

»Dem Unwetter aus dem Wege gehen! Verstehen Sie das, Herr Jukes? Es ist das Verrückteste, was ich je gehört habe!« stieß Kapitän MacWhirr hervor und blickte tiefsinnig auf den Fußboden. »Man sollte meinen, ein altes Weib hätte das geschrieben. Ich versteh' das nicht. Wenn das alles überhaupt einen vernünftigen Sinn haben sollte, dann bedeutet es, daß ich sofort den Kurs ändern müßte, weiß der Teufel wohin, um von Norden her, im Rücken des schlechten Wetters, das hier vor uns liegen soll, auf Futschou loszujagen. Vom Norden her! Verstehen Sie, Jukes? Das sind auf diese Entfernung dreihundert Seemeilen mehr und eine Kohlenrechnung, die sich sehen lassen kann. Das brächte ich nicht fertig, und wenn jedes Wort in dem Buch wahr wie das Evangelium wäre. Erwarten Sie nicht von mir . . .«

Jukes war sprachlos vor Verwunderung über so viel Erregung und Beredsamkeit.

»Aber in Wirklichkeit weiß kein Mensch, ob der Kerl recht hat. Wie kann man vorhersagen, was für ein Sturm kommen wird? Er ist doch nicht hier bei uns an Bord, nicht wahr? Nun gut. Dann sagt er, das Zentrum dieser Dinger peile acht Strich querab von der Windrichtung, aber wir haben ja gar keinen Wind, obgleich das Barometer fällt. Wo ist nun sein Zentrum?«

»Wir werden bald Wind genug haben«, murmelte Jukes.

»Dann lassen Sie ihn kommen«, sagte Kapitän MacWhirr mit würdevoller Entrüstung. »Ich sagte das nur, damit Sie wissen, Herr Jukes, daß man sich nicht immer nach den Büchern richten kann. All diese Regeln, wie man stürmischen Winden aus dem Wege geht und diese himmlischen Boten überlistet, Herr Jukes, sind der größte Unsinn, wenn man es richtig betrachtet.«

Er blickte auf und sah, daß Jukes ihn unsicher anstarrte, worauf er weiter versuchte, seine Ansichten deutlich zu machen.

»Ungefähr ebenso seltsam wie Ihre merkwürdige Idee, das Schiff für, ich weiß nicht wie lange, mit dem Kopf auf die See zu halten, um es den Chinesen behaglicher zu machen, während alles, was wir zu tun haben, darin besteht, sie nach Futschou zu bringen, und zwar rechtzeitig bis Freitag mittag. Wenn mich das Wetter aufhält – nun gut –, darüber gibt es ein Tagebuch, das berichtet genau vom Wetter. Aber angenommen, ich würde einfach von unserm Kurs abgehen und zwei Tage später einlaufen, und man fragte mich: ›Wo sind Sie die ganze Zeit gewesen, Kapitän?‹, was sollte ich dazu wohl sagen? ›Bin herumgefahren, um dem schlechten Wetter auszuweichen‹, wäre dann meine Antwort. ›Das muß aber verdammt schlechtes Wetter gewesen sein‹, würde es hierauf heißen. ›Ich weiß nicht‹, müßte ich sagen, ›bin ihm ja ausgewichen‹. Sehen Sie das nun ein, Jukes? Ich habe den ganzen Nachmittag über diese Sache nachgedacht.«

Sein leerer Blick richtete sich dabei wieder auf Jukes, der immer noch mit ausgebreiteten Armen in der Tür stand. Er kam sich vor, als sei er ausersehen, ein Wunder zu schauen. Noch nie hatte jemand Kapitän MacWhirr auf einmal so viel sprechen hören. Grenzenloses Staunen sprach aus Jukes' Augen, während seine Miene ungläubige Verwunderung ausdrückte.

»Ein Sturm ist ein Sturm, Herr Jukes«, fing der Kapitän von neuem an, »und ein Dampfer mit intakter Maschine muß ihn abreiten können. Es gibt so viel schlechtes Wetter in der Welt, daß es das beste ist, man schlägt sich durch ohne das, was der alte Kapitän Wilson von der ›Melita‹ Sturmstrategie nennt. Neulich hörte ich ihn an Land vor einem Haufen Kapitänen am Nebentisch darüber eine Rede schwingen. Das kam mir alles wie der größte Unsinn vor. Er erzählte ihnen, wie er einen furchtbaren Sturm ausmanövriert habe – ich glaube so drückte er sich aus –, so daß er ihm nie näher als fünfzig Seemeilen kam. Ein schönes Stück Kopfarbeit nannte er das. Woher er wußte, daß in einer Entfernung von fünfzig Seemeilen ein furchtbarer Sturm wehte, das geht über meinen Horizont. Es war, als ob man einem Verrückten zuhörte. Ich hätte gedacht, Kapitän Wilson wäre alt genug, um nicht so dumm zu reden.«

Kapitän MacWhirr schwieg einen Augenblick und sagte dann: »Haben Sie jetzt Freiwache, Herr Jukes?«

Der Erste fuhr zusammen und antwortete hastig: »Jawohl, Herr Kapitän.«

»Geben Sie dann Order, daß man mich bei der geringsten Änderung weckt«, sagte der Kapitän. Er langte hoch, um das Buch wegzustellen, und streckte die Beine auf dem Sofa aus. »Machen Sie bitte die Tür gut zu, damit sie nicht auffliegt, ich kann es nicht vertragen, wenn eine Tür schlägt. Die meisten Türschlösser auf dem Schiff taugen nichts, das muß ich schon sagen.«

Kapitän MacWhirr schloß die Augen.

Er tat es, um auszuruhen. Er war müde und empfand jenes Gefühl geistiger Leere, wie es sich nach einer erschöpfenden Diskussion einstellt, in der man eine in Jahren des Nachdenkens gereifte Überzeugung hat darlegen können. Er hatte in der Tat sein Glaubensbekenntnis abgelegt – ohne es selbst zu wissen –, und die Folge war, daß Jukes draußen vor der Tür eine Weile stehenblieb und sich den Kopf kraulte.

Kapitän MacWhirr schlug die Augen auf.

Er glaubte, geschlafen zu haben. Was war das für ein Lärm? Wind? Warum hatte man ihm nichts gemeldet? Die Lampe schwang in ihrer kardanischen Aufhängung wild hin und her, das Marinebarometer wirbelte im Kreis herum, die Tischplatte wechselte in einem fort ihre schräge Richtung, ein Paar schlaffe Seestiefel mit umgeschlagenen Schäften glitt am Sofa vorbei. Der Kapitän streckte die Hand aus und erwischte einen davon.

In der Türspalte erschien Jukes' Gesicht; nur sein Gesicht, hochrot, starren Blicks. Die Lampe flackerte auf, ein Stück Papier flog in die Höhe, und ein scharfer Luftzug traf Kapitän MacWhirr. Während er sich anschickte, den Stiefel anzuziehen, richtete er einen erwartungsvollen Blick auf Jukes' erhitzte, aufgeregte Züge. »Fing gleich so an« schrie Jukes, »vor fünf Minuten . . . ganz plötzlich.«

Sein Kopf verschwand wieder, zugleich gab es einen heftigen Schlag, und ein Zischen und Prasseln aufklatschenden Wassers fegte über die zugeschlagene Tür hin, als wenn ein Eimer geschmolzenen Bleies gegen das Kartenhaus geworfen würde. Man hörte jetzt über dem dumpfen Lärm draußen den Wind pfeifen. In dem stickigen Kartenhaus zog es wie in einem Schuppen. Kapitän MacWhirr bekam den andern Seestiefel zu fassen, der auf dem Fußboden an ihm vorbeisauste. Obgleich er gar nicht aufgeregt war, konnte er doch nicht gleich die Öffnung des Seestiefels finden, um mit dem Fuß hineinzuschlüp-

fen. Die Schuhe, die er weggeworfen hatte, kollerten von einem Ende des Raums zum andern, wobei sie sich wie spielende junge Hunde überkugelten. Sobald er aufrecht in seinen Stiefeln stand, stieß er böse nach ihnen, doch ohne Erfolg.
Er nahm die Stellung eines ausfallenden Fechters ein, um nach seinem Ölmantel zu greifen, und taumelte dann in dem beengten Raum umher, während er sich ruckweise in den Rock hineinarbeitete. Sehr ernst, die Beine weit gespreizt, versuchte er mit gestrecktem Hals und leicht zitternden Fingern, die Bänder seines Südwesters sorgfältig unter dem Kinn festzubinden. Seine Bewegungen glichen dabei genau denen einer Frau, die ihren Hut vor einem Spiegel aufsetzt. Und während der ganzen Zeit lauschte er aufmerksam nach draußen, als erwartete er jeden Augenblick seinen Namen in dem wirren Aufruhr zu hören, der so plötzlich über sein Schiff hergefallen war. Er hörte, wie der Lärm immer stärker wurde, während er sich bereit machte, an Deck zu gehen und allem entgegenzutreten, was immer es auch sein möge. Der aufkommende Wind, die überkommenden Brechseen und jenes andauernde, dumpfe Dröhnen in der Luft wirkten so aufrührerisch wie eine ungeheure Trommel, die in der Ferne zur Entladung des Sturms gerührt wird.
Einen Augenblick blieb Kapitän MacWhirr im Licht der Lampe stehen – in seiner Kampfesrüstung eine unförmliche, plumpe Gestalt, das Gesicht gerötet und mit wachsamem Ausdruck.
»Da steht allerhand dahinter«, murmelte er.
Er hatte die Tür kaum geöffnet, da ergriff sie der Sturm. Kapitän MacWhirr hielt den Griff fest umklammert und wurde über die Schwelle nach draußen gerissen, so daß er sich sofort im persönlichen Handgemenge mit dem Wind befand, der ihn daran hinderte, die Tür wieder zu schließen. Im letzten Augenblick fuhr ein Windstoß in das Kartenhaus und löschte die Lampe aus.

Tiefes Dunkel lag vor dem Bug des Schiffes über einer Menge weiß aufleuchtender Stellen, und querab an Steuerbord sah man einige schwach glänzende Sterne wie durch einen wilden Wirbel von Rauch auf eine unermeßliche Fläche brechender Seen, bald trüber, bald heller herabblinken.

Im Lichtschein, der aus den Fenstern des Ruderhauses drang, war eine Gruppe von Männern in ständiger Bewegung undeutlich zu erkennen. Plötzlich wurde das eine Fenster dunkel, dann das andere. Der Kapitän hörte die Stimmen der in der Finsternis verschwundenen Männer. Die Laute drangen wie verlorenes Rufen in Fetzen an sein Ohr, und dann stand ganz plötzlich Jukes an seiner Seite, mit gesenktem Kopf schreiend.

»Wache – hat Blenden vom Ruderhaus eingesetzt – Angst, daß die Scheiben einschlagen.«

Jukes hörte den Kapitän in vorwurfsvollem Ton sagen:

»Sagte – wenn etwas ist – mich sofort wecken.«

Jukes versuchte, alles zu erklären, während der Orkan sich gegen seine Lippen preßte.

»Wenig Wind – blieb – Brücke – plötzlich – Nordost – konnte drehen – dachte – Sie hören sicher.«

Sie waren inzwischen in den Schutz des Schauerkleids gekommen und konnten sich jetzt mit lauter Stimme unterhalten wie Streitende.

»Ich habe die Männer alle Ventilatoren beziehen lassen. Ein Glück, daß ich an Deck geblieben war. Ich glaubte nicht, daß Sie schlafen, und so . . . Was meinten Sie, Herr Kapitän? Was?«

»Nichts!« schrie Kapitän MacWhirr. »Ich sagte – schon gut.«

»Meine Güte! Diesmal hat es uns erwischt«, bemerkte Jukes, als der Wind aufheulte.

»Sie haben den Kurs nicht geändert?« fragte Kapitän MacWhirr mit erhobener Stimme.

»Nein, Herr Kapitän, natürlich nicht. Der Wind setzte direkt von vorn ein. Und hier kommt die Gegensee.«

In dem Augenblick tauchte der Bug tief ein, und ein heftiger Stoß erschütterte das Schiff, als ob es mit dem Steven auf Grund gekommen wäre, dann folgte völlige Stille, worauf der Wind den beiden einen kräftigen Schauer Spritzwasser ins Gesicht trieb. »Gegenandampfen, so lange wir können«, schrie Kapitän MacWhirr. Ehe sich Jukes das Salzwasser aus den Augen gewischt hatte, waren alle Sterne verschwunden.

III

Jukes war so unerschrocken wie einer aus dem halben Dutzend fähiger junger Steuerleute, die man auf der See auffischen könnte; und obwohl er bestürzt war von der erschreckenden Gewalt der ersten Bö, hatte er sich sofort wieder gefaßt. Er ließ alle Mann an Deck kommen, alles dicht machen und sichern, was am frühen Abend noch nicht verschalkt worden war. Mit seiner frischen, kräftigen Stimme trieb er die Leute zur Eile an, während er sich innerlich sagte, er habe »genau das erwartet«.

Doch zugleich wurde ihm deutlicher bewußt, daß dies weit schlimmer war, als er erwartet hatte. Vom ersten Windstoß an, der sein Gesicht traf, schien die Stärke des Sturms lawinenartig anzuwachsen. Heftige Schauer hüllten die ›Nan-Shan‹ vom Bug bis zum Heck in glitzernde Nässe, und mitten in den regelmäßigen Schlingerbewegungen begann das Schiff plötzlich ruckartig zu torkeln, als sei es vor Angst toll geworden.

»Das ist weiß Gott kein Spaß«, dachte Jukes, und während er mit seinem Kapitän kurze Erklärungen in Form von Schreien tauschte, verwandelte sich die Nacht plötzlich in pechschwarze Finsternis, die sich beinah greifbar vor ihre Augen legte. Es war, als ob die vermummten Lichter der Welt nun ganz erloschen wären. Jukes war aufrichtig froh, seinen Kapitän bei sich zu wissen. Er fühlte sich erleichtert, als habe dieser Mann allein dadurch, daß er an Deck gekommen war, fast die ganze drückende Last des Sturmes auf seine Schultern genommen. Das ist der Nimbus, das Vorrecht und die Bürde der Befehlsgewalt.

Für Kapitän MacWhirr gab es niemand auf der Welt, von dem

er eine solche Erleichterung erwarten konnte. Das ist die Einsamkeit der Befehlsgewalt. Er versuchte, etwas zu erkennen, und er tat dies mit der gespannten Wachsamkeit des Seemanns, der dem Sturm ins Auge starrt wie einem angreifenden Gegner, um dessen verborgene Absicht zu ergründen und um das Ziel und die Stärke des Angriffs abzuschätzen. Der Sturm überfiel ihn aus einer undurchdringlichen Finsternis; er fühlte unter seinen Füßen die Unruhe des Schiffes und konnte nicht einmal den Schatten seiner ›Nan-Shan‹ erkennen. Er hatte nur noch den einen Wunsch, daß es anders werde, und sehr still wartete er, in dem Gefühl, so hilflos wie ein Blinder zu sein.

Schweigsamkeit war für ihn etwas Natürliches, gleich, ob Tag oder Nacht. Jukes, der neben ihm stand, ließ in den Böen seine Stimme mit frohgemuten Zurufen hören: »Scheint, daß wir das Schlimmste gleich auf einmal bekommen!« Ein schwacher Blitz zuckte über den ganzen Himmel, als beleuchte er eine Höhle – eine dunkle, verborgene Kammer des Meeres, deren Boden aus schäumenden Wogenkämmen bestand.

Einen flüchtigen, unheimlichen Augenblick lang enthüllte sein Licht die zerklüftete, tiefhängende Wolkenmasse, die langgestreckten Umrisse des Schiffes, die schwarzen Gestalten der Männer auf der Brücke, die mit ihren gebeugten Köpfen aussahen wie in der Bewegung des Zustoßens versteinert. Dann schlug die Finsternis wieder zuckend über allem zusammen, und jetzt endlich kam das Eigentliche.

Es war etwas Ungeheuerliches, und es geschah so schnell wie das plötzliche Bersten einer Schale des Zornes. Als sei in Luv des Schiffes ein riesiger Damm gebrochen, stürzten gewaltige, alles erschütternde Wassermassen über die ›Nan-Shan‹ herein, und rund um das Schiff schien die Welt in Aufruhr geraten. Im Augenblick hatten die Männer jede Verbindung miteinander verloren. Das ist die zersetzende Macht eines schweren

Sturmes: Sie trennt die Menschen voneinander und reißt sie fort. Ein Erdbeben, ein Erdrutsch, eine Lawine überfallen den Menschen gleichsam ohne Haß, wie zufällig. Ein wütender Sturm hingegen greift ihn an wie ein persönlicher Feind, versucht, ihn zu packen, bemächtigt sich seiner Gedanken und trachtet, ihm die Seele aus dem Leib zu reißen.

Jukes wurde von seinem Kapitän weggeschleudert. Er hatte das Gefühl, als würde er weithin durch die Luft gewirbelt. Einen Augenblick entschwand ihm alles, selbst die Fähigkeit zu denken. Aber dann fand seine Hand an einer Relingsstütze Halt. Fast hätte er alles für einen bösen Traum halten können, was sein Entsetzen jedoch nicht verminderte. So jung er noch war, hatte er doch schon oft genug schlechtes Wetter erlebt, um sich eine Vorstellung vom schlechtesten machen zu können. Was jetzt geschah, überstieg jedoch seine Vorstellungskraft so sehr, daß es ihm als völlig unvereinbar mit der Existenz irgendeines Schiffes erschien. Er würde sogar an der Existenz seines eigenen Ichs gezweifelt haben, hätte es ihn nicht so viel Anstrengung gekostet, sich einer unsichtbaren Gewalt gegenüber zu behaupten, die ihn von seinem Halt wegzureißen versuchte. Das Bewußtsein, nicht gänzlich vernichtet zu sein, wurde darüber hinaus durch andere, sehr reale Empfindungen verstärkt: er fühlte sich vollkommen durchnäßt, furchtbar zerschlagen und halb erstickt.

Ihm schien es, als sei er schon lange, lange Zeit allein mit dieser Stütze in seiner Hand auf der Welt. Der Regen floß in Strömen auf ihn herunter. Er schnappte nach Luft, und das Wasser, das er dabei schluckte, war bald süß, bald salzig. Fast die ganze Zeit über hielt er die Augen fest geschlossen, als fürchte er im unendlichen Toben der Elemente das Augenlicht zu verlieren. Wenn er es dann einmal wagte, flüchtig aufzublicken, dann leuchtete ihm der grüne Schimmer der Steuerbord-Seitenlampe tröstlich zu, deren schwacher Schein auf die mit Salzwasser vermischten Regenschauer fiel. Als er gerade wieder einmal aufblickte, sah er diesen Schein auf eine hoch aufsteigende See fallen, die ihn auslöschte. Er sah, wie sich der Kopf der anrollenden See mit einem ungeheuren Krachen inmitten des tobenden Aufruhrs überschlug, und fast im gleichen Augenblick wurde die Stütze aus der Umklammerung seiner Arme gerissen. Nach einem heftigen Schlag auf den Rücken fand er sich plötzlich im Wasser wieder und aufwärts gehoben. Sein erster Eindruck war, daß die ganze Chinasee über die Brücke hereingestürzt sei, dann, bei zunehmender Ernüchterung, glaubte er, die See habe ihn über Bord gespült. Und während er von den riesigen Wassermassen hin und her geschleudert, gestoßen und rundum gewirbelt wurde, wiederholte er innerlich in fliegender Hast fortwährend die Worte: »Mein Gott! Mein Gott! Mein Gott!«

In einem plötzlichen Anfall von elend-verzweifelter Auflehnung faßte er den tollen Entschluß, sich hier herauszuarbeiten, und begann mit Armen und Beinen um sich zu schlagen. Aber kaum hatte er seine ohnmächtigen Bemühungen begonnen, da entdeckte er, daß er irgendwie mit einem menschlichen Gesicht, einem Ölmantel und irgend jemandes Schuhen in Berührung gekommen war. Mit wilder Gier griff er nach diesen Dingen, bald nach dem einen, bald nach dem anderen, verlor sie, fand sie wieder, verlor sie nochmals, bis sich schließlich ein Paar starke Arme fest um ihn schlossen. Er erwiderte die Umarmung ebenso heftig und umschlang einen kräftigen, dicken Körper. Er hatte seinen Kapitän gefunden.

Sie hielten sich weiter fest umschlungen, wobei sie hin- und hergeschleudert wurden, bis die See beide mit einem rohen Schlag an Deck fallen ließ. Atemlos und zerschunden landeten sie an der Seite des Ruderhauses, und mühsam machten sie trotz des orkanartigen Windes den Versuch, wieder hochzukommen und irgendeinen Halt zu finden.

Jukes war über diesen Vorgang so entsetzt, als sei er gerade einer unvergleichlichen Gewalttätigkeit entgangen. Sein Selbstvertrauen hatte einen schweren Stoß erlitten. Mit lauter Stimme begann er dem Mann, den er in der höllischen Finsternis neben sich fühlte, ein ums andere Mal zuzurufen: »Sind Sie das, Kapitän? Sind Sie das, Kapitän?«, bis er glaubte, der Kopf müßte ihm vor Anstrengung zerspringen. Wie aus weiter Ferne hörte er als Antwort eine ärgerliche Stimme »Ja« schreien. Und von neuem ergoß sich eine überkommende See nach der andern über die Brücke. Barhäuptig ergab sich Jukes schutzlos diesem Ansturm, indes er sich mit beiden Händen festklammerte.

Das Schiff arbeitete ungewöhnlich stark. Seine Bewegungen hatten etwas schrecklich Hilfloses: es stampfte, als mache es einen Kopfsprung ins Leere, wobei es jedesmal auf eine Mauer zu prallen schien. Wenn es überholte, legte es sich jäh auf die Seite und wurde dann mit einem solch gewaltsamen Ruck wieder zurückgeschleudert, daß es Jukes wie das Taumeln eines schwer angeschlagenen Menschen vorkam. Der Orkan heulte und tobte durch die Nacht, als sei die ganze Welt ein einziger dunkler Abgrund. In gewissen Augenblicken stieß der Wind, als würde er mit konzentrierter riesiger Kraft durch einen Trichter gejagt, mit solch wuchtigen Stößen gegen das Schiff, daß der Eindruck entstand, es würde aus dem Wasser gehoben und sekundenlang in der Luft festgehalten, während sein Rumpf von vorn bis achtern erbebte. Und dann begann das Taumeln aufs neue, als sei das Schiff in einen Kessel siedenden Wassers gefallen. Nur mit Mühe versuchte Jukes, sich zu fassen und die Dinge mit ruhigem Blut zu beurteilen.

Die von der Gewalt des Windes in den schweren Böen niedergehaltene See stieg immer höher und begrub die ›Nan-Shan‹ unter einer schneeig-weißen Schaumdecke, die sich weithin in die Nacht zu beiden Seiten der Reling ausbreitete. Und auf

dieser leuchtenden Fläche, die unter den schwarzen Wolkenmassen einen bläulichen Glanz ausstrahlte, bot sich dem Kapitän für einen flüchtigen Augenblick der trostlose Anblick einiger kleiner Punkte, schwarz wie Ebenholz: es waren Teile der Ladeluken, der Niedergangskappen, der bezogenen Winden und der Fuß eines Mastes. Das war alles, was er von seinem Schiff sehen konnte. Der Mittschiffsaufbau mit der Brücke, auf der er mit seinem Ersten Offizier stand, das Ruderhaus, in dem sich der Rudersmann aus Angst, er könnte mit allem über Bord gehen, verbarrikadiert hatte, dieser Mittschiffsaufbau glich einem von der Flut überspülten Felsen an der Küste. Ein Fels inmitten der kochenden See, die ihn überspült, zurückflutet und immer wieder attackiert – ein Fels in der Brandung, an dem sich Schiffbrüchige mit letzter Kraft anklammern – nur daß dieser Fels sich hob und senkte und ununterbrochen, ohne Rast und ohne Ruhe, wie ein Gestein, das sich auf wundersame Weise von der Küste losgerissen hat und nun auf der See umhertaumelt.
In sinnloser Zerstörungswut begann der Sturm die ›Nan-Shan‹ regelrecht zu plündern: Treisegel rissen sich aus ihren Extrazeisingen los, doppelt gezurrte Sonnensegel wurden weggeweht, die Brücke leergefegt, Schauerkleider zerfetzt, die Reling eingedrückt, Seitenlampen eingeschlagen; von den Booten waren schon zwei über Bord gegangen. Ohne daß es jemand sah, hatten sie sich im Wasserschwall eines überkommenden Brechers in nichts aufgelöst. Erst später, als wieder eine weißschimmernde Brechsee mittschiffs über das Schiff hereinstürzte, sah Jukes für einen Augenblick zwei leere Davitpaare schwarz aus der Finsternis auftauchen, an denen der Läufer einer ausgeschorenen Bootstalje und ein eisenbeschlagener Block in der Luft umherschlugen. Und erst jetzt merkte der Erste Offizier, was sich drei Meter hinter seinem Rücken zugetragen hatte.
Mit vorgestrecktem Kopf versuchte er, das Ohr seines Kapitäns zu erreichen. Seine Lippen stießen darauf – es fühlte sich groß,

fleischig und sehr naß an. »Unsere Boote gehen über Bord, Kapitän!« brüllte er in erregtem Ton.

Und wieder hörte er jene gezwungene und kraftlos klingende Stimme, die dennoch in dem ungeheuren, chaotischen Lärm eine so eindringliche Ruhe ausstrahlte, als käme sie aus einem weit entfernten Ort des Friedens, jenseits dieses alles verwüstenden Orkanfeldes. Es war die Stimme eines Menschen, jener schwache und unbezwingliche Laut, der eine Unendlichkeit von Gedanken, Entschlüssen und Absichten auszudrücken vermag, die noch am Jüngsten Tage zuversichtliche Worte sprechen wird, wenn die Himmel einstürzen und Gerechtigkeit geübt wird – wieder hörte er sie, und wie aus weiter Ferne rief sie ihm zu: »Schon gut!«

Jukes glaubte, es sei ihm nicht gelungen, sich verständlich zu machen. »Unsere Boote – die Boote meine ich – die Boote, Kapitän! Zwei sind weg!«

Und dieselbe Stimme, keine zwei Fuß von ihm entfernt und doch so weit, brüllte ganz deutlich: »Nicht zu ändern!«

Kapitän MacWhirr hatte dabei nicht ein einziges Mal sein Gesicht dem Ersten Offizier zugewendet, aber Jukes fing noch einige Wortfetzen auf: »Was kann – erwarten – wenn durchschlagen – solche – Wenn verlassen müssen – etwas zurückbleiben – kein vernünftiger Grund.«

Jukes lauschte angestrengt, um mehr zu hören. Aber es kam nichts mehr. Das war alles, was Kapitän MacWhirr zu sagen hatte, und Jukes konnte sich dabei den breiten runden Rücken, der vor ihm stand, besser vorstellen als sehen. Eine undurchdringliche Finsternis lag drückend über der gespenstisch schimmernden See. Immer stärker überkam Jukes die dumpfe Überzeugung, daß nun nichts mehr zu tun sei.

Wenn das Rudergeschirr aushielte, wenn die ungeheuren Wassermassen das Deck nicht eindrückten oder eine der Luken einschlügen, wenn die Maschinen nicht versagten und die Steuerfähigkeit des Schiffes gegen diesen furchtbaren Winddruck erhalten bliebe, wenn das Schiff nicht unter einer dieser riesigen Seen begraben würde, von denen Jukes nur von Zeit zu Zeit die weißen Köpfe hoch über dem Bug des Schiffes in einem entmutigenden Anblick zu sehen bekam – dann gab es noch eine Chance für das Schiff, diesen Orkan zu überstehen. Es war, als drehte sich etwas in Jukes um und ließ in ihm das Gefühl aufsteigen, die ›Nan-Shan‹ sei verloren.

»Sie ist erledigt!« sagte er sich in einer überraschenden geistigen Erregung, als habe sich ihm die Bedeutung dieses Gedankens erst jetzt erschlossen. Eine dieser Möglichkeiten mußte ja doch eintreten. Es konnte nichts mehr verhütet und nichts mehr verbessert werden. Die Männer an Bord waren machtlos, und das Schiff konnte diesem unmöglichen Wetter nicht standhalten.

Jukes fühlte, wie sich ein Arm schwer auf seine Schultern legte, und mit wacher Einsicht erwiderte er diese Annäherung, indem er seinen Kapitän um den Leib faßte. So standen sie beide fest umklammert in der stockfinsteren Nacht, Wange an Wange und Mund an Ohr, vereint dem Sturm Trotz bietend, wie zwei vom Bug bis zum Heck miteinander vertäute Schiffe.

Und Jukes hörte die Stimme seines Kapitäns kaum etwas lauter als zuvor, aber näher, als ob sie im gewaltigen Rasen des Orkans auf ihn zukäme – gelassen wirkend wie ein milder Heiligenschein.

»Wissen Sie, wo die Leute stecken?« fragte die Stimme eindringlich und zugleich dahinschwindend, die Gewalt des Sturmes übertönend, der sie sofort wieder verschlang.

Jukes wußte es nicht. Sie waren alle auf der Brücke gewesen, als die volle Stärke des Sturmes das Schiff traf. Er hatte keine Ahnung, wohin sie sich verkrochen hatten. Unter den gegenwärtigen Umständen waren sie als Mannschaft gar nicht mehr

für ihn vorhanden. Der Wunsch des Kapitäns zu wissen, wo die Leute seien, beunruhigte ihn irgendwie.
»Wollen Sie die Leute haben, Kapitän?« schrie er besorgt.
»Muß doch wissen« – beharrte Kapitän MacWhirr. »Halten Sie sich fest!«
Beide hielten sich fest. Ein Ausbruch zügelloser Raserei, ein furchtbarer Windstoß, ließ das Schiff zur Bewegungslosigkeit erstarren. Und in diesem furchtbaren Augenblick banger Erwartung taumelte er nur ganz leicht und schnell ein paarmal hin und her wie die Wiege eines kleinen Kindes, indes die ganze Atmosphäre wütend über das Schiff hereinzustürzen schien und sich brüllend von der finsteren Erde entfernte.
Sie rangen beide nach Luft und hielten sich mit geschlossenen Augen krampfhaft fest. Dem heftigen Anprall nach mußte sich eine mächtige Wassersäule hoch in die Luft erhoben haben und auf die Brücke niedergestürzt sein, mit ihrem todbringenden Gewicht alles mit zermalmender Gewalt unter sich begrabend. Ein daherwehender Überrest dieses Zusammensturzes, ein bloßer Spritzer, hüllte die beiden Männer von Kopf bis Fuß in einen Strudel ein, der ihnen Ohren, Mund und Nase gewaltsam mit Salzwasser füllte. Er riß ihnen die Beine weg, zerrte hastig an ihren Armen und schäumte, unter ihrem Kinn aufwallend, weiter. Als sie die Augen aufmachten, sahen sie die aufgestauten Massen weißen Schaumes zwischen dem, was die Überreste des Schiffes zu sein schienen, hin und her schlagen. Die ›Nan-Shan‹ war der Übermacht gewichen, als habe sie die See regelrecht eingeschlagen. Auch den beiden Männern war das Herz vor dem gewaltigen Schlag beinah stehengeblieben. Doch plötzlich raffte sich das Schiff wieder auf, um aufs neue wie verzweifelt auf und nieder zu tauchen, als versuchte es, sich unter seinen eigenen Trümmern hervorzuarbeiten.
Von allen Seiten aber schien in der Finsternis die See sich auf das Schiff zu stürzen, um es zu packen und zu vernichten.

Grausam und voller Haß waren die Schläge, die es trafen. Wie ein lebendes Wesen, das der Wut des Pöbels ausgesetzt ist, wurde es umhergestoßen, geschlagen, in die Höhe gehoben, niedergeworfen, mit Füßen getreten. Kapitän Mac Whirr und Jukes hielten sich fest umklammert, taub vom Toben des Windes, der ihnen den Mund wie mit einem Knebel verschloß, während der Aufruhr der Natur ihre Körper rüttelte und ihre Seelen erschütterte wie beim Anblick eines ungezügelten Ausbruchs wilder Leidenschaft. Als wieder eine dieser schreckenerregenden Böen, die von Zeit zu Zeit das stetige Heulen des Orkans mit ihrem wütenden Pfeifen übertönten, wie ein Pfeil auf das Schiff niederstieß, versuchte Jukes dagegen anzubrüllen.

»Wird sie das durchstehen?« entrang es sich wie ein Schrei seiner Brust, ungewollt, wie ein Gedanke geboren wird; und er hörte nichts von seinen eigenen Worten. Alles war sofort wieder ausgelöscht, wie jeder Gedanke, jeder Vorsatz, jedes Bemühen – und die unhörbaren Schwingungen seines Schreies gesellten sich zu den stürmischen Wellen der Luft.

Er erwartete keine Antwort darauf. Nicht das geringste. Was hätte er auch als Antwort erwarten können? Doch zu seinem Erstaunen vernahm sein Ohr nach einer Weile die schwache und doch so widerstandsfähige Stimme, den Zwergenlaut, den der ungeheure Tumult nicht zu unterdrücken vermochte.

»Vielleicht schafft sie es!«

Es war nicht mehr als ein dumpfer Aufschrei, kaum lauter als ein Flüstern, und die Stimme fuhr fort zu sprechen, vom krachenden Lärm fast übertönt, wie ein Schiff, das gegen die Brecher des Ozeans ankämpft.

»Hoffen wir es!« rief sie – schwach, einsam und ungerührt, eine Stimme, der Hoffnung und Furcht fremd waren. Dann hörte Jukes nur noch die abgerissenen Worte: »Schiff ... Dieses ... Nie ... Trotzdem ... zum Besten!«

Jukes gab es auf. Und dann gewann die Stimme plötzlich wieder Kraft und Festigkeit, als sei sie darauf gekommen, wie man allein der Gewalt des Sturms widerstehen könnte, mit diesen letzten abgebrochenen Rufen: »Weiter gegenandampfen ... Werft ... tüchtige Leute ... Alles riskieren ... Maschinen ... Rout tüchtiger Mann.«

Kapitän MacWhirr nahm den Arm von Jukes' Schultern und hörte damit auf, für seinen Ersten Offizier zu existieren, so dunkel war es. Und Jukes, der eben noch jeden Muskel angespannt hielt, fühlte sich mit einem Mal wie an allen Gliedern gelähmt. Neben dem quälenden Unbehagen überfiel ihn ein unglaubliches Bedürfnis nach Schlaf, als hätten die erlittenen Stöße und Schläge seine Sinne betäubt. Der Wind packte seinen Kopf, als wollte er ihn von den Schultern reißen. Sein Zeug triefte von Wasser, es war eiskalt, schwer wie Blei und leckte wie ein schmelzender Eispanzer. Anhaltender Schüttelfrost überfiel ihn, und während er sich mit den Händen krampfhaft festhielt, übermannte ihn langsam das körperliche Elend. Seine Gedanken begannen ziellos und ohne Sinn um das eigene Ich zu kreisen, als plötzlich irgend etwas von hinten gegen seine Waden stieß, das ihn, wie man sagt, fast aus der Haut fahren ließ.

Er machte eine Bewegung nach vorn und stieß dabei gegen den Rücken des Kapitäns, der sich nicht von der Stelle rührte. Dann griff eine Hand nach seinem Bein. Der Wind hatte vorübergehend abgeflaut, es war bedrohlich still geworden, als hielte der Sturm den Atem an. Jukes fühlte, wie ihn die Hand überall betastete. Es war der Bootsmann. An den Händen, die so ungeheuer groß und gewaltig waren, als gehörten sie einer neuen Menschengattung an, hatte er ihn erkannt.

Auf allen vieren kriechend, hatte sich der Bootsmann bis zur Brücke hingearbeitet und war dort mit dem Kopf gegen die Beine des Ersten Offiziers gestoßen. Sofort kroch er näher her-

an und begann, sich vorsichtig und behutsam, wie es sich für einen Untergebenen gehört, an Jukes' Körper hochzutasten.
Er war ein ungestalter, kleiner, rauher Seemann in den fünfziger Jahren. Mit seinem struppigen Haar, den kurzen Beinen und langen Armen ähnelte er einem älteren Affen. Er war ungewöhnlich kräftig. Mit seinen großen, schweren Händen, die wie braune Boxhandschuhe am Ende seiner behaarten Unterarme saßen, handhabte er die schwersten Gegenstände wie Spielzeug. Doch außer dem grauen Haarpelz auf der Brust, seinem barschen Auftreten und der heiseren Stimme besaß er keine der charakteristischen Eigenschaften der Männer seines Standes. Seine Gutmütigkeit grenzte an Dummheit: Die Leute machten mit ihm, was sie wollten. Er war von Natur bequem und geschwätzig und besaß nicht die geringste Entschlußkraft. Jukes hatte aus diesen Gründen eine gewisse Abneigung gegen ihn, ganz im Gegensatz zu Kapitän MacWhirr, der, wie Jukes mit spöttischer Verachtung feststellte, den Bootsmann für einen erstklassigen Unteroffizier hielt.
In diesem Augenblick versuchte sich der Bootsmann an Jukes' Rock hochzuziehen. Er nahm sich diese Freiheit mit größter Zurückhaltung heraus, und nur soweit ihn der orkanartige Wind dazu zwang.
»Was ist los, Bootsmann? Was gibt's?« brüllte Jukes voller Ungeduld. Was konnte dieser Hanswurst von Bootsmann auf der Brücke wollen? Der Orkan ging Jukes auf die Nerven. So unverständlich das heisere Gebrüll des Bootsmanns war, schien es doch lebhafte Befriedigung auszudrücken. Es war unverkennbar, der alte Idiot war über irgend etwas erfreut. Er war nämlich mit der anderen Hand auf einen zweiten Körper gestoßen, denn plötzlich begann er in völlig verändertem Ton zu fragen: »Sind Sie das, Kapitän? Sind Sie das?« Sein Gebrüll ging im Heulen des Windes unter.
»Ja!« schrie Kapitän MacWhirr.

IV

Alles, was der Bootsmann mit seinem übermäßigen Brüllen dem Kapitän klarmachen konnte, war die merkwürdige Mitteilung: »All die Chinesen im vorderen Zwischendeck sind durchgedreht, Kapitän!«

Für Jukes, der in Lee stand, hörte sich das Gespräch, das die beiden nur sechs Zoll von seinem Gesicht entfernt schreiend führten, so an, als ob sich zwei Männer in einer stillen Nacht etwa eine halbe Meile entfernt über eine weite Strecke hinweg etwas zurufen. Er hörte Kapitän MacWhirrs aufgeregtes: »Wie? Was?« und die heisere Stimme des Bootsmanns angestrengt schreien: ». . . In einem Haufen . . . selbst gesehen . . . furchtbarer Anblick, Kapitän . . ., dachte . . . sollte Ihnen melden.«

Jukes verharrte in seiner gleichgültigen Haltung, als sei er durch die gewaltige Übermacht des Orkans, die schon den bloßen Gedanken an irgendeine Handlung sinnlos machte, jeglicher Verantwortung enthoben. Überdies vermochte er sich bei seiner Jugend nur unter Aufbietung aller Kraft innerlich gegen das Schlimmste zu wappnen, so daß er eine übermächtige Abneigung gegen jede anderweitige Betätigung empfand. Nicht, daß ihn das Entsetzen übermannt hätte; denn selbst die feste Annahme, den nächsten Sonnenaufgang nicht mehr zu erleben, raubte ihm nicht die innere Ruhe.

Es sind dies Augenblicke tatenlosen Heldentums, denen selbst rechtschaffene Männer zuweilen verfallen. Ohne Zweifel können sich viele Schiffsoffiziere eines Falles aus ihrer Fahrtzeit erinnern, in dem der gleiche Zustand unheilvoller Apathie eine ganze Schiffsbesatzung ergriff. Indes hatte Jukes noch nicht sehr viel Erfahrung mit Menschen und Stürmen. Er hielt sich für ruhig, unerschütterlich ruhig, während er in Wirklichkeit schon entmutigt war. Nicht verzweifelt, aber mutlos, soweit ein ehrbarer Mann dies sein kann, ohne die Achtung vor sich selbst zu verlieren.

Er stand unter einer Art gewaltsamer geistiger Lähmung. Es war die Folge der langen, langen Anspannung, der er körperlich und geistig seit Ausbruch des Orkans in dieser endlos scheinenden Katastrophe ausgesetzt war, einer Anspannung, die alle körperliche Anstrengung erforderte, um die bloße Existenz aus diesem gewaltigen Aufruhr zu retten. Es war die tückisch heimsuchende Müdigkeit, die tief in eines Menschen Brust dringt, sein Herz zu entmutigen und traurig zu stimmen. Man kann ihr nicht abhelfen. Von allen Gaben der Erde ersehnt sie, weit mehr als das Leben, den Frieden.

Dieser Zustand geistiger Gelähmtheit war viel stärker, als Jukes selbst glaubte. Noch hielt er sich aufrecht – vollkommen durchnäßt und steif an allen Gliedern; und in einer Art flüchtiger Sinnestäuschung sah er wie im Traume Bilder aus seiner Erinnerung vorüberziehen, ohne jeden Zusammenhang mit seiner jetzigen Lage. (Es heißt, ein Ertrinkender überblicke auf diese Weise noch einmal sein ganzes Leben.) So sah er zum Beispiel seinen Vater, einen ehrbaren Geschäftsmann, der sich eines Tages, als er mit seinen Angelegenheiten in eine unglückselige Krise geraten war, still hinlegte und in völliger Resignation einfach starb. Jukes konnte sich natürlich nicht an diese Umstände erinnern, aber obschon es ihn sonst nicht sonderlich bewegte, sah er jetzt das Gesicht des armen Mannes deutlich vor sich. Dann sah er ein gewisses Kartenspiel, sich selbst dabei als Jungen, an Bord eines Schiffes vor Kapstadt, das inzwischen mit der ganzen Besatzung untergegangen war. Er sah die dicken Augenbrauen seines ersten Kapitäns, und ungerührt, so, wie er etwa vor Jahren gleichgültig in ihr Zimmer getreten war und sie mit einem Buch angetroffen hatte, erinnerte er sich seiner Mutter, der resoluten Frau, die ihn mit so fester Hand großgezogen hatte, und die er in so schlechten Verhältnissen zurückließ.

Das alles mochte eine Sekunde, vielleicht nicht einmal so lange gedauert haben. Da legte sich eine schwere Hand auf seine Schulter, und Kapitän MacWhirrs Stimme schrie ihm seinen Namen ins Ohr: »Jukes! Jukes!«

Er hörte aus dem Ruf den Ton großer Besorgnis heraus. Der Orkan wehte jetzt mit voller Stärke und versuchte, das Schiff noch tiefer in das Tal der Wellen hinabzudrücken. Die brodelnde Gischt überflutete das ganze Deck wie einen halb unter Wasser liegenden Baumstamm, und die zunehmende Wucht der Sturzseen drohte alles zu zerschmettern. Von überall stürzten die Brecher mit gespensterhaft weiß leuchtenden Köpfen aus dem Dunkel der Nacht hervor, und in dem aufflackernden grimmig-fahlen Licht der gischtenden See war jede einzelne Woge zu erkennen, wie sie, sich überstürzend, im tollen Wirbel des kochenden Meeres gegen den schlanken Leib des Schiffes anbrandete. Nicht für einen Augenblick konnte die ›Nan-Shan‹ das Wasser abschütteln. Wie erstarrt erkannte Jukes in den hilflosen Bewegungen seines Schiffes, daß es nicht mehr imstande war, sich zu wehren. Der Anfang vom Ende war da, und die geschäftige Wichtigkeit, die aus Kapitän MacWhirrs Stimme sprach, erfüllte Jukes mit Widerwillen, wie verständnisloses, närrisches Gerede.

Jukes stand jetzt ganz im Banne des Sturmes. Der Sturm durchdrang ihn und sog ihn in sich ein; Jukes war an ihn gefesselt mit dumpfe Aufmerksamkeit erzwingender Macht. Kapitän MacWhirr hörte nicht auf, ihn anzuschreien, aber der Wind stand wie ein fester Keil zwischen ihnen. Schwer wie ein Mühlstein hing der starke Mann am Hals seines Ersten Offi-

ziers, und plötzlich stießen sie mit den Köpfen zusammen.
»Jukes! Herr Jukes! Hören Sie nicht?«
Er mußte dieser Stimme, die sich nicht zum Schweigen bringen ließ, antworten, und er tat es in der gewohnten Weise: »Jawohl, Herr Kapitän.«
Und sogleich rebellierte sein vom Sturm kirre gemachtes Herz, das nur noch nach Frieden verlangte, gegen die Tyrannei von Zucht und Gebot.
In der Beuge seines Ellbogens hielt Kapitän MacWhirr den Kopf seines Ersten Offiziers fest und preßte ihn gegen seinen schreienden Mund. Dann und wann unterbrach ihn Jukes mit einem hastigen Warnruf: »Vorsicht, Kapitän!«, oder der Kapitän brüllte die dringende Ermahnung: »Gut festhalten, dort!«, während das ganze Weltall samt dem Schiff zu wanken schien. Sie verstummten – noch war das Schiff flott. Und Kapitän MacWhirr begann aufs neue: ». . . sagt . . der ganze Haufen . . . wie toll . . . sollte nachsehen . . . was los ist.«
Gleich nachdem der Orkan mit voller Stärke eingesetzt hatte, war jeder Teil des Decks Wind und See preisgegeben, und die Matrosen hatten verwirrt und aufgeschreckt im Backbordgang unter der Brücke Zuflucht gesucht. Am Ende des Ganges befand sich eine Tür, die sie zumachten. Es war ein sehr dunkler, kalter und trostloser Aufenthalt. Jedesmal wenn sich das Schiff mit einer heftigen Schleuderbewegung stark überlegte, stöhnten die Leute auf, und man konnte hören, wie das Wasser tonnenweise über das Schiff hereinschlug, als wollte es sie von oben her packen. Vergeblich versuchte der Bootsmann in seiner rauhen Art ein Gespräch in Gang zu halten, aber eine unvernünftigere Bande sei ihm noch nie vorgekommen, sagte er hinterher. Sie waren da unten doch ganz gut aufgehoben, brauchten nichts zu tun und waren außer Gefahr, und trotzdem taten sie nichts anderes, als wie Säuglinge zu jammern und zu klagen. Schließlich meinte einer von ihnen, das wäre

alles gar nicht so schlimm, wenn man wenigstens soviel Licht hätte, um des anderen Nase sehen zu können. Es mache einen ja ganz verrückt, erklärte er weiter, hier im Dunkeln zu liegen und darauf zu warten, bis der elende Huker sinke.

»Warum gehst du denn nicht gleich an Deck und säufst ab?« wandte sich der Bootsmann an den Mann.

Ein wildes Fluchen erhob sich. Die Leute überhäuften den Bootsmann mit allen möglichen Vorwürfen. Sie schienen es übelzunehmen, daß nicht sofort eine Lampe für sie beschafft wurde, ja, sie winselten förmlich danach, um jedenfalls nicht im Dunkeln zu ertrinken. Und obgleich das Unsinnige ihrer schmählichen Vorwürfe offenkundig war – da niemand hoffen konnte, das im Vorschiff gelegene Lampenspind zu erreichen – war der Bootsmann darüber doch mehr und mehr bekümmert. Er hielt es zwar für nicht anständig, daß man in dieser Weise auf ihm herumhackte, und er sagte es den Leuten auch; aber er bekam nur höhnische Antworten zu hören, worauf er verbittert schwieg. Und während sie ihn noch weiter mit ihrem Klagen und Stöhnen quälten, fiel ihm ein, daß im Zwischendeck sechs Kugellampen hingen und daß es wohl nichts ausmachen würde, wenn er eine davon den Kulis wegnähme.

Die ›Nan-Shan‹ hatte einen Querschiffs-Kohlenbunker, der gelegentlich auch als Laderaum benutzt wurde und durch eine eiserne Schottür mit dem vorderen Zwischendeck in Verbindung stand. Jetzt war der Raum leer. Durch ein Mannloch konnte man vom Backbordgang aus, ohne über Deck zu gehen, dort hineinkommen. Doch zu seiner großen Überraschung mußte der Bootsmann feststellen, daß er niemand dazu überreden konnte, ihm beim Abnehmen des Mannlochdeckels zu helfen. Trotzdem tastete er suchend darauf zu, aber einer von den Leuten lag ihm im Wege und wollte sich nicht vom Fleck rühren.

»Ich will doch nur die verdammte Lampe für euch holen, nach

der ihr so schreit!«, wies er den Mann beinah mitleidig zurecht. Irgend jemand rief ihm zu, er solle gehen und seinen Kopf in einen Sack stecken. Er bedauere nur, daß er die Stimme nicht erkennen konnte und daß es zu dunkel war, um den Kerl zu sehen, meinte der Bootsmann später, sonst würde er diesem Lumpen schon ein paar verpaßt haben. Er hatte es sich nun einmal in den Kopf gesetzt, den Leuten zu zeigen, daß er eine Lampe beschaffen könne, und wenn es sein Leben kosten sollte.

Das Schiff arbeitete jetzt so schwer, daß jede Bewegung gefährlich war. Es kostete schon Anstrengung genug, sich liegend an Deck zu halten. Beinah hätte sich der Bootsmann das Genick gebrochen, als er sich in den Bunker fallen ließ. Er landete dort auf dem Rücken, und wurde, ehe er sich's versah, von einer Bordwand zur andern geschleudert, und zwar in gefährlicher Gesellschaft einer schweren Eisenstange – wahrscheinlich eines Feuerhakens, den ein Kohlentrimmer dort hatte liegen lassen. Das Ding regte ihn so auf, als sei es ein wildes Tier. Er konnte es nicht sehen, da in dem über und über mit Kohlenstaub bedeckten Bunker eine undurchdringliche Finsternis herrschte. Aber er hörte es ständig in der Nähe seines Kopfes klirrend hin- und hergleiten, wobei er so schwer aufschlug und einen solchen Lärm verursachte, daß man glauben konnte, es sei so groß wie ein Brückenträger. Jedenfalls beanspruchte es die ganze Aufmerksamkeit des Bootsmanns, während er von Backbord nach Steuerbord, von Steuerbord nach Backbord geschleudert wurde und verzweifelt versuchte, sich an den glatten Bunkerwänden festzuhalten. Und dann sah er einen schmalen Lichtstreifen am unteren Ende der zum Zwischendeck führenden Tür aufleuchten, die dort einen kleinen Spalt freiließ.

Aber er war ein Seemann und noch rüstig, und so gelang es ihm, wieder auf die Beine zu kommen. Dabei wollte es das Glück, daß er beim Aufstehen die Eisenstange in die Hand

bekam und sie festhalten konnte. Er wäre sonst Gefahr gelaufen, daß ihm das Ding noch die Beine gebrochen oder ihn zu Boden geschlagen hätte. Eine Weile blieb er ruhig stehen. Er fühlte sich unsicher in dieser Dunkelheit, in der ihm die Bewegungen des Schiffes ungewohnt und unberechenbar vorkamen, so daß man sich kaum dagegen vorsehen konnte. Er war noch so durcheinander, daß er sich nicht zu rühren wagte, aus Furcht »es könne wieder losgehen«. Er war nicht willens, sich in dem Bunker die Knochen zerschlagen zu lassen.
Zweimal war er mit dem Kopf aufgeschlagen, wodurch er noch etwas benommen war. Er glaubte immer noch ganz deutlich das Klirren und Krachen des Feuerhakens zu hören, wie er ihm um die Ohren geflogen war, und wie um sich zu vergewissern, daß er das Ding fest in der Hand hielt, packte er noch kräftiger zu. Er war einigermaßen verblüfft, wie deutlich man hier unten das Wüten des Orkans hören konnte. Das Heulen und Ächzen des Windes schien in dem leeren Bunker geradezu menschliche Züge anzunehmen, Wut und Schmerz eines Menschen auszudrücken, weniger gewaltig zwar, aber um so durchdringender. Und gleichzeitig war mit jedem Überholen des Schiffes ein schwerer wuchtiger Schlag zu hören, als ob sich ein großer, an die fünf Tonnen schwerer Gegenstand im Laderaum in Bewegung gesetzt hätte. Aber so etwas hatten sie gar nicht in der Ladung. War es etwas an Deck? Unmöglich. Oder längsseit? Konnte es auch nicht sein.
All dies überlegte er noch, klar und mit dem Sachverstand des Seemannes, ohne jedoch das Rätsel zu lösen. Das Geräusch kam etwas abgeschwächt von außen im selben Augenblick, in dem über seinem Kopf das Wasser an Deck herüberströmte und gegen die Bordwand klatschte. War es der Wind? Mußte es wohl sein. Es machte da unten einen Lärm, wie das Geschrei eines Haufens verrückter Männer.
Und plötzlich hatte auch er das Verlangen nach Licht, und sei

es nur, um dabei zu ertrinken, und den dringenden Wunsch, so schnell wie möglich aus dem Bunker herauszukommen.
Er zog den Bolzen an der Tür zurück, und die schwere eiserne Platte drehte sich in ihren Angeln: es war, als hätte er dem Tosen des Sturmes die Tür geöffnet. Krächzendes Gebrüll aus vielen Kehlen schlug ihm entgegen; die Luft war still, ein Getöse halberstickter, heiserer Kehllaute verursachte einen Aufruhr, der selbst das Toben der See über ihren Köpfen übertönte. Der Bootsmann setzte sich rittlings in die Türöffnung und streckte den Kopf vor. Zuerst sah er nur, was er suchte: sechs kleine gelbe Flammen, die in dem Halbdunkel heftig hin- und herschwangen.
Wie ein Stollen im Bergwerk war der Raum in der Mitte von einer Reihe Raumstützen mit darüber liegenden Decksbalken abgestützt, die sich weithin ins Dunkel erstreckten, während an Backbord eine unförmige Masse zu sehen war, deren Umrisse undeutlich auftauchten. Der ganze Raum mit all seinen Schatten und Gestalten war in ständiger Bewegung. Mit weit aufgerissenen Augen starrte der Bootsmann in den Raum: in diesem Augenblick legte sich das Schiff hart nach Steuerbord über, und mit lautem Geschrei und Heulen setzte sich jene Masse wie ein Erdrutsch in Bewegung.
Holzstücke flogen am Kopf des Bootsmannes vorbei. Planken, dachte er verdutzt und zuckte mit dem Kopf zurück. Vor seinen Füßen glitt ein Mann vorüber, mit offenen Augen auf dem Rücken liegend, die erhobenen Arme suchend ausgestreckt. Ein anderer kam wie ein zu Tal wirbelnder Stein dahergepoltert, den Kopf zwischen den Beinen, die Hände geballt, während sein Zopf in der Luft umherschlug. Er versuchte, ein Bein des Bootsmanns zu ergreifen, dabei fiel aus seiner geöffneten Hand eine glänzende weiße Scheibe, die dem Bootsmann vor die Füße rollte. Mit einem Aufschrei des Erstaunens erkannte dieser, daß es ein Silberdollar war. Unter dem sich überstürzenden

Geräusch trampelnder und scharrender Füße und erneutem Geheul löste sich der an Backbord aufgehäufte Wall krampfhaft verschlungener Leiber von der Bordwand los und glitt schwerfällig nach Steuerbord, wo die zappelnde Masse mit einem dumpfen, grausamen Aufschlag liegenblieb. Das Geschrei verstummte. Aber durch das Heulen und Pfeifen des Windes hörte der Bootsmann ein langanhaltendes Stöhnen; er sah ein unentwirrbares Durcheinander von Köpfen und Schultern, von um sich stoßenden nackten Fußsohlen, erhobenen Fäusten und ein kunterbuntes Gewirr von Rücken, Beinen, Zöpfen und Gesichtern.

»Großer Gott!« rief er entsetzt aus und schlug vor diesem Anblick dröhnend die Tür zu.

Das war es, was er auf der Brücke berichten wollte. Er konnte es unmöglich für sich behalten, und an Bord gibt es nur einen Mann, bei dem es sich der Mühe lohnt, seine Sorgen abzuladen. Auf dem Rückwege beschimpften ihn die Matrosen, als er wieder in den Gang kam, und nannten ihn einen Idioten, weil er die Lampe nicht mitgebracht hatte. Was, zum Teufel, kümmerten sie denn diese Kulis? Als er wieder an Deck kam, ließ der äußere Anblick, den das Schiff jetzt bot, alles klein und unwichtig erscheinen, was im Innern der ›Nan-Shan‹ vor sich ging.

Im ersten Augenblick glaubte er, sie sei im Sinken. Die Treppe zur Brücke war weggeschlagen, aber eine gewaltige See, die über das Achterdeck hereinbrach, hob ihn hinauf. Eine Zeitlang mußte er auf dem Bauch liegenbleiben und sich an einem Augbolzen festhalten, um Atem zu schöpfen. Auf Händen und Füßen arbeitete er sich dann – immer noch Salzwasser schlukkend – weiter vorwärts, viel zu erschrocken und entsetzt, um wieder umzukehren. So erreichte er den achteren Teil des Ruderhauses. An diesem verhältnismäßig geschützten Ort fand er den Zweiten Offizier. Zu seiner freudigen Überraschung,

denn bisher hatte er den Eindruck gehabt, daß alle, die noch an Deck gewesen waren, schon längst über Bord gegangen sein mußten. Voller Ungeduld fragte er, wo der Kapitän sei.
Der Zweite lag wie ein boshaftes kleines Tier zusammengekauert an Deck.
»Der Kapitän? Über Bord gegangen, natürlich, nachdem er uns in dieses Schlamassel gebracht hat!« Soweit er wußte, sei auch der andere Idiot, der Erste, abgesoffen. Spielte ja keine Rolle, über kurz oder lang gingen doch alle drauf.
Der Bootsmann kroch wieder hinaus in den Orkan, nicht weil er viel Hoffnung hatte, noch jemand zu finden, sondern nur, um von »diesem Kerl« wegzukommen, wie er sagte. Er kroch hinaus wie ein Ausgestoßener, der einer unbarmherzigen Welt Trotz bietet. Seine Freude war daher groß, als er auf Jukes und den Kapitän traf. Was im Zwischendeck vor sich ging, war für ihn jetzt nicht mehr so wichtig. Überdies war es sehr schwierig, sich Gehör zu verschaffen. So berichtete er nur kurz, daß die Chinesen samt ihren Kisten über Stag gegangen seien. Nur um das zu melden, sei er hier heraufgekommen. Was die Leute betreffe, so sei alles in Ordnung. Beruhigt ließ er sich hierauf neben dem Maschinentelegraphen – einem gußeisernen Stand so dick wie ein Pfosten – an Deck nieder. Mit Armen und Beinen umklammerte er ihn. Wenn er über Bord ging, nun, dann würde er wohl auch mitgehen, glaubte er. An die Kulis dachte er nicht mehr.

Kapitän MacWhirr hatte Jukes zu verstehen gegeben, er solle nach unten gehen – um nachzusehen. »Was soll ich denn machen, Kapitän?« Jukes' völlig durchnäßter Körper zitterte so stark, daß seine Stimme wie ein Blöken klang.
»Sehen Sie erst mal ... Bootsmann ... sagte ... alles über Stag gegangen.«

»Dieser Bootsmann ist ein verdammter Idiot«, brüllte Jukes mit bebender Stimme. Die Absurdität dessen, was man von ihm verlangte, empörte ihn. Es widerstrebte ihm jetzt zu gehen, als ob das Schiff bestimmt in dem Augenblick sinken müßte, in dem er das Deck verließ.
»Ich muß wissen ... kann nicht die Brücke verlassen ...«
»Die kommen schon klar, Kapitän.«
»Bootsmann sagt ... schlagen sich ... Warum bloß? ... Kann ich nicht dulden ... Schlägerei an Bord ... Hätte Sie lieber hier behalten ... Fall ... ich sollte ... würde über Bord gehen ... Abstoppen ... irgendwie ... Nachsehen und melden mir ... durch Sprachrohr in der Maschine. Will nicht ... Sie ... zu oft heraufkommen. Gefährlich ... jetzt ... an Deck gehen ...«
Jukes, dessen Kopf der Kapitän immer noch unterm Arm hielt, mußte sich dieses gräßliche Ansinnen ruhig mitanhören.
»Will nicht ... Sie verlorengehen ... so lange ... Schiff ist nicht ... Rout ... tüchtiger Mann ... Schiff ... vielleicht ... hält durch ... noch alles in Ordnung.«
Und plötzlich war es Jukes klar, daß er gehen mußte.
»Glauben Sie wirklich?« schrie er.
Aber der Wind verschlang die Antwort bis auf ein einziges Wort, das mit besonderem Nachdruck in Jukes' Ohren klang: »- - - immer!«
Kapitän MacWhirr ließ seinen Ersten los und beugte sich zum Bootsmann nieder: »Gehen Sie mit dem Ersten zurück.« Jukes merkte nur, daß der Arm von seinen Schultern genommen war. Er hatte seinen Befehl bekommen und konnte gehen – um was zu tun? Er war so aufgebracht, daß er sich leichtfertig losließ und sofort weggeweht wurde. Er hatte das Gefühl, nichts könne ihn mehr davor retten, übers Heck hinweggeweht zu werden. Er ließ sich daher schnell an Deck fallen, und der ihm folgende Bootsmann fiel auf ihn.

»Stehen Sie noch nicht auf!« schrie der Bootsmann. »Langsam!«
Ein Brecher fegte über sie hinweg. Den Wortfetzen, die der Bootsmann herausstieß, entnahm Jukes, daß die Treppen zur Brücke weggeschlagen waren. »Ich werde Sie an den Händen hinunterlassen«, schrie der Bootsmann und brüllte noch irgend etwas über den Schornstein, der wohl auch bald über Bord gehen werde. Auch Jukes hielt das für sehr wahrscheinlich und sah im Geiste die Feuer ausgehen, das Schiff hilflos treiben ... Der Bootsmann an seiner Seite hörte nicht auf zu schreien. »Was? Was ist?« rief Jukes verzweifelt, worauf der Bootsmann wiederholte: »Was würde meine Alte wohl sagen, wenn sie mich jetzt sehen könnte?«
Im Backbordgang, der halb voll Wasser war, das im Dunkeln gegen die Wände klatschte und umherspritzte, waren die Leute totenstill, bis Jukes zufällig auf einen von ihnen stieß und wütend schimpfte, daß er ihm im Wege liege. Darauf hörte man ein oder zwei Stimmen zaghaft fragen: »Haben wir noch eine Chance, Stürmann?«
»Was ist mit euch verrückten Kerlen los?« gab er grob zur Antwort. Ihm war zumute, als könnte er sich selbst hinwerfen und unter ihnen bis ans Ende liegenbleiben. Aber seine Worte schienen die Leute aufgemuntert zu haben, und ganz unterwürfig halfen sie ihm unter vorsorglichen Warnrufen, wie »Vorsicht! Passen Sie auf! Der Mannlochdeckel!« in den Bunker hinunter. Hinter ihm fiel der Bootsmann herunter, aber er stand kaum wieder auf den Beinen, da meinte er: »Bestimmt würde sie sagen ›Geschieht dir recht, alter Narr, warum bist du zur See gegangen.‹«
Der Bootsmann war nicht unbemittelt, worauf er immer wieder gern anspielte. Seine Frau, eine wohlbeleibte Person, führte mit zwei erwachsenen Töchtern ein Obst- und Gemüsegeschäft im Londoner East-End.

Jukes, der sich im Dunkeln noch unsicher auf den Beinen fühlte, hörte in der Ferne heftiges Stimmengewirr, und neben sich glaubte er ein anhaltendes dumpfes Heulen zu vernehmen, das von dem über ihm tobenden Sturmwind begleitet wurde. Der Kopf schwindelte ihm. Auch ihm kamen die Bewegungen des Schiffes hier unten im Kohlenbunker ungewöhnlich und bedrohlich vor, sie untergruben seine Entschlossenheit, als sei er zum ersten Mal auf See.
Am liebsten wäre er wieder hinausgeklettert; aber die Erinnerung an die Stimme seines Kapitäns machte es ihm unmöglich. Er hatte Befehl, zu gehen und nachzusehen. Und wozu? fragte er sich. Natürlich würde er nachsehen, sagte er sich innerlich wütend. Der unsicher hin und her wankende Bootsmann warnte ihn, beim Öffnen der Tür vorsichtig zu sein, weil da drinnen eine verdammte Schlägerei im Gange sei. In gereiztem Ton, als ob es ihm Schmerzen bereite, fragte Jukes, um was sie sich denn, zum Teufel, schlügen.
»Um Dollars! Dollars! Stürmann! All ihre verrotteten Kisten sind aufgesprungen. Das verdammte Geld rollt überall herum, und die Kerls fallen wie verrückt darüber her; beißen und zerren sich dabei wie nichts. Eine wahre Hölle da drinnen!«
Mit einer krampfartigen Bewegung öffnete Jukes die Tür. Der Bootsmann mit seiner gedrungenen Figur spähte neugierig unter Jukes Arm durch.
Eine der Lampen war ausgegangen, vielleicht zerbrochen. Haßerfüllte Kehllaute schlugen den beiden entgegen und ein merkwürdiges Keuchen – das Arbeiten der überanstrengten Brustkästen. In diesem Augenblick traf ein schwerer Stoß die Bordwand, und mit betäubender Gewalt hörte man das Wasser über das Deck hereinbrechen. Im Vordergrund der Düsternis sah Jukes im rötlich trüben Schein der Kugellampen einen Kopf heftig an Deck aufschlagen, dort zwei kräftige Waden in die Höhe stehen, muskulöse Arme um einen nackten Körper

geschlungen, ein gelbes Gesicht mit offenem Mund und wildem, starrem Blick auftauchen und wieder fortgleiten. Eine leere Kiste polterte, sich überschlagend, vorbei. Kopfüber, als hätte er einen Fußtritt bekommen, flog ein Mann durch die Luft, und undeutlich sah man im Hintergrund andere wie einen Haufen Steine einen Abhang herunterkollern, mit den Füßen dumpf an Deck aufstoßend und mit den Armen wild um sich schlagend. Die an Deck führende Raumleiter war mit Kulis beladen. Sie hingen an den Sprossen wie ein Schwarm krabbelnder, aufgeregter Bienen am Ast eines Baumes. Wie verrückt schlugen einige mit den Fäusten gegen die Unterkante der verschalkten Luke, während man durch ihr Gebrüll hindurch das ungestüme Rauschen des Wassers über ihren Köpfen hören konnte. Das Schiff legte sich noch mehr auf die Seite, und sie begannen herunterzufallen – erst einer, dann zwei, schließlich alle übrigen zusammen mit lautem Geschrei.

Jukes war bestürzt. Angstvoll bat ihn der Bootsmann in seiner derben Art: »Gehen Sie bloß nicht hinein, Stürmann!«

Der ganze Raum schien sich um sich selbst zu drehen und ununterbrochen auf und nieder zu schwingen, und jedesmal, wenn das Schiff von einer See hochgehoben wurde, dachte Jukes, sämtliche Chinesen kämen auf ihn zugeschossen. Erschrocken trat er zurück, schlug die Tür zu und schob mit zitternden Händen den Bolzen vor.

Unterdessen war Kapitän MacWhirr, gleich nachdem ihn sein Erster Offizier verlassen hatte, seitwärts bis zum Ruderhaus gewankt. Da die Tür dort nach außen aufging, kostete es ihn einen harten Kampf mit dem Wind, um hineinzukommen. Als er es dann schließlich schaffte, ging es blitzschnell und mit einem dröhnenden Knall vor sich, als ob er durch das Holz der Tür hindurch gefeuert worden wäre. Dann stand er drinnen und hielt sich am Türgriff fest.

Aus der Rudermaschine strömte der Dampf, und ein feiner

weißer Nebel erfüllte den beschränkten Raum, in dem das Glas des Kompaßgehäuses ein glänzendes Oval von Licht bildete. Der Wind heulte und pfiff, und in den jäh einsetzenden, von prasselnden Schauern begleiteten Böen ratterten und klapperten alle Türen und Fensterblenden. Zwei Lotleinen und ein kleiner Segeltuchsack an einer langen Leine schwangen weitab und kamen in hohem Bogen zurück, wo sie am Schott hängenblieben. Die Grätings unter den Füßen schwammen beinah weg, und mit jeder überkommenden See drang das Wasser stärker durch alle Türritzen herein. Der Mann am Ruder hatte Mütze und Jacke an Deck geworfen und stand mit offener Brust in einem gestreiften Baumwollhemd gegen den Ruderkasten gestemmt da. Das kleine Messingrad in seinen Händen sah wie ein glänzendes, zerbrechliches Spielzeug aus. Scharf und kantig traten die Muskelstränge an seinem Hals hervor, an seiner Kehle zeigte sich ein dunkler Fleck, und sein Gesicht war unbeweglich und eingefallen wie das eines Toten.
Kapitän MacWhirr wischte sich die Augen. Zu seinem großen Ärger hatte ihm die See, die ihn beinah über Bord gewaschen hätte, den Südwester vom kahlen Kopf gerissen. Sein flaumiges, helles Haar war naß und dunkel und ähnelte einem dünnen Strang Baumwollfäden, der um seinen kahlen Schädel gebunden war. Sein vom Seewasser glänzendes Gesicht war vom Wind und Spritzwasser dunkel gerötet. Er sah aus, als komme er schweißgebadet von einem glühenden Ofen.
»Sie hier?« murmelte er bedrückt. Der Zweite Offizier hatte kurz vorher den Weg ins Ruderhaus gefunden. Mit angezogenen Knien hatte er sich in einer Ecke niedergelassen, die Fäuste gegen die Schläfen gepreßt: aus seiner ganzen Haltung sprachen Wut, Sorge, Resignation, Selbstaufgabe mit einer Art von geballter Unversöhnlichkeit. In herausfordernd klagendem Ton sagte er: »Nun, ich habe jetzt Freiwache, nicht wahr?«
Die Rudermaschine ratterte, stoppte, ratterte wieder; aus dem

hungrigen Gesicht des Rudersmannes traten die Augäpfel hervor, als ob die Kompaßrose hinter dem Glas des Gehäuses aus Fleisch wäre. Gott weiß, wie lange er schon am Ruder stand, als ob ihn alle seine Mackers vergessen hätten. Es wurde nicht mehr geglast und nicht mehr abgelöst, die ganze Schiffsroutine hatte der Wind verweht, doch er versuchte noch immer, das Schiff auf Nordnordost-Kurs zu halten. Mochte das Ruder auch verloren sein, die Feuer aus, die Maschine zusammengebrochen und das Schiff kurz davor, wie ein Leichnam kieloben zu treiben: er war ängstlich darauf bedacht, sich nicht beirren zu lassen und nicht vom Kurs abzukommen, da die Kompaßrose weit nach beiden Seiten hin und her schwang und sich manchmal rundum zu drehen schien. Er litt unter der geistigen Anspannung; außerdem hatte er schreckliche Angst, daß das Ruderhaus über Bord gehen würde. Berge von Wasser stürzten ohne Unterlaß dagegen, und jedesmal, wenn das Schiff seinen Kopf so verzweifelt tief wegsteckte, zuckte es um seine Mundwinkel.

Kapitän MacWhirr sah nach der Uhr über dem Stand des Rudersmannes. Sie war am Schott festgeschraubt, und die schwarzen Zeiger schienen auf dem weißen Zifferblatt stillzustehen. Es war halb zwei Uhr morgens.

»Ein neuer Tag!« murmelte er vor sich hin.

Der Zweite hörte es, hob den Kopf, und wie ein Mensch, der unter Trümmern sein Schicksal beklagt, rief er aus: »Sie werden ihn nicht mehr anbrechen sehen.« Seine Knie und Hände zitterten. »Nein, bei Gott! Sie werden es nicht ...«

Er nahm das Gesicht wieder zwischen seine Fäuste.

Der Körper des Rudersmannes hatte sich leicht bewegt, aber sein Kopf blieb so starr wie ein steinernes Haupt, das auf einer Säule sitzt. Und als das Schiff so stark überholte, daß es ihm beinah die Beine wegriß und er taumelnd nach einem Halt suchte, sagte der Kapitän streng: »Hören Sie nicht hin, was dieser Mann dort sagt.« Und mit einer undefinierbaren Veränderung im Ton fügte er ernst hinzu: »Er ist nicht im Dienst.« Der Seemann sagte nichts. Dumpf heulte der Orkan und rüttelte an dem kleinen Haus, das luftdicht zu sein schien. Unruhig flackerte die Kompaßlampe. »Sie sind nicht abgelöst worden«, fuhr Kapitän MacWhirr fort, den Blick nach unten gerichtet, »trotzdem möchte ich, daß Sie, solange Sie können am Ruder bleiben. Sie wissen jetzt am besten Bescheid. Wenn ein anderer käme, könnte es leicht schiefgehen. Das geht nicht. Ist kein Kinderspiel. Und die Leute haben wahrscheinlich genug unter Deck zu tun ... Meinen Sie, daß Sie es schaffen?«

Die Rudermaschine ratterte kurz, stand plötzlich still und qualmte wie ein Haufen glühender Asche, und als ob sich alle verhaltene Leidenschaft in seine Worte drängte, brach der stille Mann am Ruder mit bewegungslosem Gesicht in die Worte aus: »Bei Gott! Ich kann steuern bis in alle Ewigkeit, wenn man mich in Ruhe läßt und nicht redet.«

»O! Gut! Gut! In Ordnung – – !« Zum ersten Mal sah der Kapitän dem Mann ins Gesicht – – »in Ordnung, Hackett.« Damit schien diese Sache für ihn erledigt zu sein. Er beugte sich zu dem in den Maschinenraum führenden Sprachrohr hinab, pustete hinein und neigte lauschend den Kopf. Herr Rout antwortete von unten, und sofort setzte Kapitän MacWhirr die Lippen ans Mundstück. Und mitten im Toben und Aufruhr des Orkans hielt er bald die Lippen, bald das Ohr an das Sprachrohr, und aus der Tiefe antwortete die Stimme des Ingenieurs hart und rauh, als ob sie aus der Hitze eines Gefechtes käme. Einer der Heizer sei ausgefallen, die andern könnten nicht mehr, der Zweite Ingenieur und der Donkeymann seien jetzt im Heizraum, und der Dritte stehe am Dampfventil. Die Maschinen würden von Hand bedient. Wie es denn oben aussehe?

»Schlimm genug. Es kommt jetzt ganz auf Sie an«, sagte Kapitän MacWhirr und fragte, ob der Erste schon unten sei. Nein? Dann würde er wohl gleich kommen. Ob Herr Rout ihn dann ans Sprachrohr holen wolle? Und zwar an das Sprachrohr nach draußen auf die Brücke, weil er gleich wieder hinaus gehen würde. Da sei etwas mit den Chinesen los. Sie schienen sich zu schlagen. Könnte doch keine Schlägerei dulden . . .

Herr Rout war hierauf weggegangen, und Kapitän MacWhirr konnte oben das Stampfen der Maschinen hören; es klang wie der Herzschlag des Schiffes. Entfernt hörte er die Stimme Routs jemand rufen. Da plötzlich tauchte das schwer stampfende Schiff mit einem ruckartigen Stoß in die Tiefe – das rhythmische Schlagen der Maschinen steigerte sich zum zischenden Lärm und hörte dann ganz auf. Das Gesicht Kapitän MacWhirrs blieb unbeweglich, und seine Augen ruhten ziellos auf der zusammengekauerten Gestalt des Zweiten Offiziers. Routs Stimme war dann wieder in der Tiefe zu vernehmen, und der rhythmische Schlag der Maschinen begann von neuem, zuerst langsam, dann rasch schneller werdend.

Herr Rout war ans Sprachrohr zurückgekehrt. »Das hat doch nicht viel auf sich, was die machen«, sagte er hastig, an die letzten Worte des Kapitäns anknüpfend, und fuhr dann gereizt fort: »Das Schiff steckt ja den Kopf weg, als ob es gar nicht wieder hochkommen wollte.«

»Furchtbare See«, sagte die Stimme des Kapitäns oben.

»Laß uns bloß nicht so hart gegenandampfen, daß wir unterschneiden«, brüllte Salomon Rout ins Sprachrohr.

»Stockdunkel und Regen. Wissen auch nicht, was noch kommt«, kam die Antwort. »Müssen – Fahrt – behalten – genug – um steuerfähig zu bleiben – und darauf ankommen lassen.«

»Ich tu', was ich kann hier unten.«

»Bei uns hier oben – geht beinah alles – zu Bruch« fuhr die

Stimme gelassen fort, »doch wir halten schon noch durch. Natürlich, wenn das Ruderhaus über Bord ginge . . .«
Herr Rout, der aufmerksam zuhörte, murmelte irgend etwas vor sich hin. Oben wurde die bedächtige Stimme jetzt lebhafter und fragte: »Ist der Erste noch nicht da?« Und nach einer kurzen Pause fügte sie hinzu: »Ich brauche ihn hier oben. Möchte, daß er bald fertig wird und wieder heraufkommt, falls etwas passiert. Damit einer auf der Brücke ist. Ich bin ganz alleine hier. Der Zweite Offizier ist über . . .«
»Was?« schrie Rout sich abwendend in den Maschinenraum, dann rief er ins Sprachrohr: »Über Bord gegangen?«, worauf er sein Ohr lauschend ans Sprachrohr preßte.
»Ist übergeschnappt«, fuhr die Stimme von oben in nüchternem Ton fort. »Verdammt unangenehme Geschichte.«
Herr Rout, der mit gesenktem Kopf zuhörte, riß erstaunt die Augen auf. Geräusche wie von einem Handgemenge, unterbrochen von erregten Ausrufen, drangen an sein Ohr. Er lauschte angestrengt. Unterdes hielt Beale, der Dritte Ingenieur, die ganze Zeit mit erhobenen Armen ein kleines schwarzes Rad zwischen den Händen, das an der Seite eines dicken Kupferrohres hervorragte. Er schien es so über den Kopf zu halten, als sei dies eine vorschriftsmäßige Stellung bei irgendeinem Spiel.
Um fest zu stehen, preßte er die Schultern gegen das weiße Schott, wobei er ein Knie gebeugt hielt. Im Gürtel seiner Hose steckte ein Schweißtuch. Seine glatten Wangen waren erhitzt und verschmiert, und der Kohlenstaub auf seinen Augenlidern erhöhte wie mit einem schwarzen Farbstift nachgezogen den feuchten Glanz im Weiß seiner Augen, und verlieh so seinem jugendlichen Gesicht einen gewissen weiblichen, fremdartigen und faszinierenden Ausdruck. Jedesmal wenn das Schiff stampfend den Bug eintauchte, drehten seine Hände mit hastigen Bewegungen an dem kleinen Rad.

»Verrückt geworden«, ließ sich die Stimme des Kapitäns plötzlich in dem Sprachrohr vernehmen. »Stürzte sich auf mich ... gerade jetzt. Mußte ihn niederschlagen ... diesen Augenblick. Haben Sie es gehört, Herr Rout?«
»Der Teufel!« murmelte Rout. »Vorsicht! Aufpassen, Beale!« Sein Ausruf hallte laut wie ein Trompetenstoß von den eisernen Wänden des Maschinenraums wider, die mit ihrem weißen Anstrich hoch hinauf in das Halbdunkel des Oberlichts ragten und sich dort zur Kuppel wölbten. Der hohe Raum glich dem Innern eines Grabmals, das durch eiserne Grätings unterteilt und von flackernden Lichtern in verschiedener Höhe erhellt war, während die Mitte des Raumes mit den stampfenden Maschinen fast ganz im Dunkeln lag. Die brütende Wärme der Luft, in der sich der Geruch von heißem Metall und Öl mit dem feuchten Dunst des Dampfes vermischte, war erfüllt vom Widerhall des tobenden Orkans, und wie eine lautlose, betäubende Erschütterung, die von Bordwand zu Bordwand lief, waren hier die Schläge der See zu spüren.
Fahlen, langgestreckten Flammen gleich, zuckten Strahlen über das blankpolierte Metall, aus dem Boden tauchten abwechselnd die gewaltigen Kurbeln im funkelnden Glanz ihrer Messing- und Stahlteile auf und sanken wieder hinab, bewegt von den kräftigen Gelenken der Pleuelstangen, die, Gliedern eines Skeletts gleichend, mit unwiderstehlicher Präzision die ungeheuren Kolbenarme hinabstießen und wieder emporhoben. Bedächtig schoben sich tiefer im Halbdunkel andere Stangen hin und her, nickten Kreuzköpfe und rieben Metallscheiben ihre glatten Flächen aneinander, langsam und sanft zwischen Licht und Schatten.
Zuweilen verringerten sich die mächtigen und unfehlbaren Bewegungen gleichzeitig, als wären sie Funktionen eines lebenden Organismus, der von einem plötzlichen Schwächeanfall betroffen ist. Dann flackerten Routs Augen düster in

seinem hageren, blassen Gesicht. Er führte diesen Kampf in ein Paar Filzpantoffeln aus und in einer kurzen, abgetragenen Jacke, die ihm kaum bis an die Hüften reichte. Seine weißen Handgelenke ragten weit aus den engen Ärmeln hervor, als ob die Bedrängnis, in der er sich befand, seiner Größe etwas hinzugefügt, seine Glieder verlängert, die Blässe seines Gesichts verstärkt und seine Augen hohl gemacht hätte.

Er war in ständiger Bewegung, kletterte bald irgendwo hinauf oder verschwand unten in der Tiefe in rastloser zielbewußter Betriebsamkeit, und wenn er einmal stillstand und sich am Geländer vor dem Anlaßschieber festhielt, dann waren seine Blicke abwechselnd auf das Manometer und den Wasserstandsanzeiger gerichtet, die unter einer hin- und herschwingenden Lampe am Schott festgemacht waren. An seiner Seite gähnten die Mundstücke zweier Sprachrohre, daneben der Maschinentelegraph, der einer Uhr mit riesigem Durchmesser glich, nur daß auf dem Zifferblatt kurzgefaßte Worte statt der Ziffern standen. Die Buchstaben dieser Worte, die rings um die Achse des Zeigers gruppiert waren, hoben sich tiefschwarz hervor, und die Worte, die sie bildeten, waren eindrucksvolle Sinnbilder lautstarker Befehle, wie: »Voraus«, »Zurück«, »Langsam«, »Halb«, »Achtung«, und der dicke schwarze Zeiger wies schräg nach unten auf das Wort »Voll«, das, auf diese Weise besonders hervorgehoben, die Blicke auf sich zog, so wie ein schriller Aufschrei Aufmerksamkeit erregt.

Der würdevoll von oben herabblickende, holzverkleidete Körper des Niederdruckzylinders stieß bei jedem Stampfen einen schwachen Pfeifton aus, aber abgesehen von diesem leisen Zischen arbeiteten die Stahlglieder der Maschinen beinah lautlos und glatt, gleich, ob sie sich langsam oder mit ungestümer Hast bewegten. Und das alles, die weißen Wände, die bewegten Stahlteile, die Flurplatten unter Salomon Routs Füßen und die eisernen Grätings über seinem Kopf, das Dunkel und das schimmernde Leuchten – all dies hob und senkte sich unaufhörlich in gleichem Maße wie die rauhen Brechseen gegen die Bordwand brandeten. Und der ganze hohe Raum, in dem die gewaltige Stimme des Windes hohl dröhnte, legte sich unter den fürchterlichen Windstößen bald nach der einen, bald nach der anderen Seite über, während sein oberes Ende wie die Krone eines Baumes hin und her schwankte.

»Sie sollen sich beeilen«, rief Herr Rout, als er Jukes aus dem Heizraum kommen sah.

Jukes blickte unruhig und benommen um sich; sein Gesicht war rot und angeschwollen, als wenn er zu lange geschlafen hätte. Er hatte einen schwierigen Weg hinter sich, und er hatte ihn mit ungeheurer Energie zurückgelegt. Seine innere Erregung entsprach der körperlichen Anstrengung. Hals über Kopf war er aus dem Bunker nach oben gestürzt, in dem dunklen Gang unter der Brücke über einen Haufen aufgeregter Männer gestolpert, die erschrocken murmelten: »Was ist los, Herr Jukes?« War dann die Leiter zum Heizraum hinuntergeklettert, wobei er in seiner Hast viele der eisernen Sproßen verfehlte, und an einen Ort gelangte, der so tief wie ein Brunnen und dunkel wie die Hölle war, und dazu noch wie eine Schaukel hin- und herkippte. Donnernd strömte das Wasser in den Bilgen bei jedem Überholen des Schiffes nach der Seite, und wie eine Lawine von Kieselsteinen, die einen eisernen Abhang hinabschießt, kollerten Kohlenstücke längs der ganzen Fläche von oben nach unten.

Irgend jemand stöhnte vor Schmerzen, einen anderen sah man sich über einen hingestreckt daliegenden Körper beugen, der wie ein Toter aussah; eine derbe Stimme fluchte; und die Glut unter den Feuertüren glich flammenden Blutlachen, die ihren steten Schein in ein samtenes Dunkel ausstrahlten.

Ein Windstoß traf Jukes im Genick, und im nächsten Augenblick fühlte er den Zug an seinen nassen Knöcheln. In den

Heizraumventilatoren summte der Wind; vor den sechs Feuertüren mühten sich zwei wild aussehende Männer mit entblößtem Oberkörper in gebeugter Stellung mit ihren Schaufeln ab.

»Hallo! Zug genug jetzt!« brüllte der Zweite Ingenieur auf einmal, als habe er die ganze Zeit nach Jukes Ausschau gehalten. Der Donkeymann, ein kleiner, flinker Kerl mit einer blendend weißen Haut und einem kleinen rötlichen Schnurrbart, arbeitete mit stummer Besessenheit. Sie hielten den Dampf in den Kesseln hoch. Ein dröhnendes Rumpeln wie von einem leeren Möbelwagen, der über eine Brücke fährt, gab dabei den Generalbaß zu all den anderen Geräuschen ab, die den Raum erfüllten.

»Blasen dauernd ab!« fuhr der Zweite brüllend fort. Mit einem Geräusch, als ob hundert Kochtöpfe aneinander scheuerten, spie die Öffnung eines Ventilators plötzlich einen Guß Salzwasser über seine Schulter, was er, ohne einen Augenblick seine Arbeit zu unterbrechen, mit einer Serie von Flüchen auf alle Dinge der Erde, einschließlich seiner eigenen Seele, beantwortete. Mit einem metallischen Gerassel öffnete sich die Feuertür, und der glühende Strahl des Feuers fiel auf seinen kugelrunden Kopf, auf seine brabbelnden Lippen und auf sein freches Gesicht, bis sich die Tür wie ein zwinkerndes weißglühendes eisernes Auge rasselnd wieder schloß.

»Wo sind wir mit dem verfluchten Schiff bloß hingeraten? Können Sie mir das vielleicht sagen? Der Teufel hol's! Unter Wasser – oder wo? Tonnenweise kommt's runter. Sind die verdammten Ventilatorkappen denn alle zum Teufel gegangen? He? Wissen Sie denn gar nichts – Sie schöner Seemann, Sie . . . ?«

Einen Augenblick stand Jukes noch verwirrt da, dann stürzte er mit dem überholenden Schiff durch den Heizraum, aber seine Augen hatten die verhältnismäßige Weite, den Frieden und die strahlende Helligkeit des Maschinenraums noch gar nicht richtig wahrgenommen, als das Schiff mit dem Heck tief wegtauchte und er mit dem Kopf voran auf Herrn Rout zuschoß.

Der Leitende Ingenieur hielt seinen Arm weit ausgestreckt, um Jukes aufzufangen und seinen Ansturm mit einer schnellen Drehung auf die beiden Sprachrohre hinzuwenden, wobei er eifrig wiederholte:

»Sie müssen sich beeilen, was es auch sein mag!«

»Sind Sie da, Kapitän?« schrie Jukes ins Sprachrohr und horchte. Nichts. Dann drang plötzlich das Heulen des Windes deutlich an sein Ohr, aber im nächsten Augenblick schob eine schwache Stimme den brüllenden Orkan ruhig zur Seite: »Sind Sie es, Jukes – nun?«

Jukes war bereit zu berichten. Nur die Zeit war knapp. Es ließ sich alles leicht erklären. Er konnte sich gut die in dem dumpfen Zwischendeck eingeschlossenen Kulis vorstellen, wie sie seekrank und verängstigt zwischen den Reihen Kisten lagen. Wie dann eine dieser Kisten oder vielleicht mehrere zugleich beim Rollen des Schiffes sich losgerissen hätten, gegen andere geschlagen, die Seiten aufgerissen, Deckel aufgesprungen und die Chinesen allesamt aufgestanden seien und unbeholfen versucht hätten, ihr Eigentum zu retten. Und jedesmal, wenn das Schiff stark überholte, wurde die trampelnde und schreiende Masse Kulis in einem Wirbel zersplitterter Holzstücke, zerrissener Zeugfetzen und umherrollender Dollars hierhin und dorthin von einer Seite auf die andere geschleudert. Nachdem der Kampf einmal begonnen hatte, war er nicht mehr aufzuhalten. Nur überlegene Gewalt konnte ihnen jetzt noch Einhalt gebieten. Es war eine Katastrophe. Er hatte es mit eigenen Augen gesehen, mehr konnte er darüber nicht sagen. Er glaubte sogar, daß es schon Tote gegeben habe. Die andern kämpften weiter ...

Er sprach hastig, und seine Worte stießen und überstürzten sich in dem engen Sprachrohr. Es war, als stiegen sie empor in die schweigende Ruhe eines erleuchteten Verstandes, der dort oben allein mit dem Sturm aushielt. Und Jukes wollte von dem widerlichen Anblick dieses Unheils befreit werden, das sich in die große Not des Schiffes eingedrängt hatte.

V

Er wartete auf Antwort. Vor seinen Augen liefen die Maschinen mit langsamen Umdrehungen, die im Moment, da sie in wildes Sausen übergingen, auf Herrn Routs Ruf: »Vorsicht, Beale!« ganz stillstanden. Sie verharrten in kluger Unbeweglichkeit mitten in einer Umdrehung, und eine schwere Kurbel blieb schräg stehen, als sei sie sich der Gefahr bewußt und der Flüchtigkeit der Zeit. Mit einem »So, jetzt!« aus dem Mund des Leitenden und einem wie durch zusammengebissene Zähne herausgestoßenen Atemgeräusch vollendeten sie die unterbrochene Umdrehung und begannen eine neue.

In ihren Bewegungen lag die besonnene Klugheit und die Bedächtigkeit ungeheurer Stärke. Das war ihre Aufgabe – ein gepeinigtes, bis zur Raserei getriebenes Schiff mit geduldigem Zureden durch die wütende See und den stärksten Orkan hindurchzubringen. Manchmal ließ Rout das Kinn auf die Brust sinken und beobachtete mit gerunzelter Stirn wie gedankenverloren die Maschinen.

Die Stimme, die den Orkan aus Jukes' Ohr fernhielt, begann von neuem: »Nehmen Sie die Leute mit nach unten ...« und brach plötzlich ab.

»Was soll ich denn mit ihnen machen, Herr Kapitän?« Ein schrilles, alles übertönendes Klirren zog die Blicke der drei Augenpaare auf den Maschinentelegraphen, dessen Zeiger plötzlich, als wäre der Teufel hinter ihm her, von »Voll« auf »Stop« sprang. Und die drei Männer im Maschinenraum hatten das deutliche Gefühl, das Schiff sei irgendwie zum Stehen gekommen und weiche erschreckt zurück, als müßte es sich erst sammeln, um einen verzweifelten Sprung zu machen.

»Stopp die Maschine!« brüllte Rout.
Niemand – nicht einmal Kapitän MacWhirr, der allein an Deck einen weißen Streifen Schaumes gesichtet hatte in einer Höhe, daß er seinen Augen nicht traute – niemand konnte je ermessen, wie gewaltig die steile Höhe jener See war und wie abgrundtief das Tal, das der Orkan hinter der vorwärts stürmenden Wasserwand aufgewühlt hatte.
Sie raste auf das Schiff zu, während die ›Nan-Shan‹, als wolle sie sich zum Kampf rüsten, einen Augenblick zögerte, dann den Bug aufrichtete und vorwärts stürzte. Die Flammen in allen Lampen wurden klein und verdunkelten den Maschinenraum. Eine Lampe ging ganz aus. Mit erschütterndem Krachen und wütendem Getöse stürzten Tonnen von Wasser an Deck, als ob das Schiff unter einen riesigen Wasserfall geraten wäre.
Bestürzt sahen sich die Männer an.
»Bei Gott, das hat gelangt!« schrie Jukes.
Das Schiff tauchte kopfüber in das tiefe Wellental, als wolle es über den Rand der Welt versinken. Der Maschinenraum hing mit einem Male so bedrohlich vornüber wie das Innere eines schwankenden Turmes bei einem Erdbeben. Aus dem Heizraum drang ein furchtbares Gepolter von herunterfallenden eisernen Geräten. Das Schiff verharrte eine Zeitlang in dieser entsetzlichen schrägen Lage, lange genug für Beale, um sich auf Händen und Füßen niederzulassen und fortzukriechen, als wolle er auf allen vieren aus dem Maschinenraum flüchten. Herr Rout wandte langsam den Kopf. Sein Gesicht war starr, seine Augen blickten aus tiefen Höhlen; der Unterkiefer hing herab. Jukes hatte die Augen geschlossen, sein Gesicht war im Augenblick schreckensbleich geworden und ausdruckslos wie das Gesicht eines Blinden.
Endlich kam die ›Nan-Shan‹ wieder hoch – langsam, taumelnd, als müßte sie eine Bergeslast mit ihrem Bug anlüften.

Herr Rout schloß den Mund; Jukes kniff die Augen halb zu, und der kleine Beale stand hastig auf.

»Noch so eine See wie diese, und sie hat genug«, schrie der Leitende. Er und Jukes sahen sich an, und beide hatten denselben Gedanken. Der Kapitän! Es mußte ja alles über Bord gegangen sein. Das Rudergeschirr verloren – das Schiff ein hilfloser Klotz. Vollkommen erledigt!

»Rasch!« stieß Rout heiser hervor, mit großen Augen Jukes zweifelnd anstarrend, der ihm mit einem unentschlossenen Blick begegnete. Doch das Läuten des Maschinentelegraphen beruhigte sie sofort. Blitzartig fuhr der Zeiger von »Stop« auf »Voll«.

»Los, Beale!« rief Rout.

Leise zischte der Dampf. Die Kolbenstangen glitten ein und aus. Jukes legte das Ohr ans Sprachrohr. Die Stimme oben war schon für ihn da und sagte: »Sammeln Sie das ganze Geld auf. Machen Sie schnell. Ich brauche Sie hier oben.« Das war alles.

»Herr Kapitän!« rief Jukes hinauf. Aber es kam keine Antwort.

Er wankte hinweg wie ein geschlagener Mann vom Schlachtfeld. Irgendwie hatte er sich über der linken Augenbraue eine Schnittwunde zugezogen, die bis auf den Knochen ging. Er merkte es überhaupt nicht. Das Chinesische Meer hatte Wassermengen über seinen Kopf gegossen, die genügt hätten, ihm das Genick zu brechen; sie hatten die Wunde gereinigt, gewaschen und gesalzen, so daß sie nicht mehr blutete, sondern nur noch rot aufklaffte. Und diese klaffende Wunde über seinem Auge, sein zerzaustes Haar und seine unordentliche Kleidung verliehen ihm das Aussehen eines Mannes, der in einem Faustkampf überwältigt worden war.

»Ich soll die Dollars auflesen«, wandte er sich aufs Geratewohl mit einem kläglichen Lächeln an Herrn Rout.

»Was ist?« fragte Rout aufgebracht. »Auflesen ...? Meinetwegen ...«. Dann sagte er, vor Wut bebend, in übertrieben väterlichem Ton: »Gehen Sie jetzt, um Gottes willen. Ihr da oben an Deck macht mich noch verrückt. Ist doch der Zweite auf den Alten losgegangen. Wissen Sie das denn nicht? Ihr Brüder kommt nur auf Abwege, weil ihr nichts zu tun habt.«
Jukes merkte, wie ihm die Wut bei diesen Worten hochkam. »Nichts zu tun! – Was Sie nicht sagen!« Voller Verachtung gegen den Leitenden wandte er sich ab, um denselben Weg, den er gekommen war, zurückzugehen. Im Heizraum mühte sich der kleine Donkeymann stumm, als hätte man ihm die Zunge abgeschnitten, mit seiner Schaufel ab, während der Zweite unerschrocken bei der Arbeit war wie ein krakeelender Verrückter, der sich immer noch darauf verstand, die Feuer unter einem Dampfkessel richtig zu bedienen.
»Hallo, was laufen Sie hier herum, Herr Offizier! Heda! Können Sie nicht ein paar von Ihren Rostklopfern zum Aschehieven herankriegen? Ich ersticke bald darunter. Verdammt noch mal! Hallo! Heda! Denken Sie an die Seemannsordnung: *Matrosen und Heizer sollen einander beistehen.* He! Haben Sie gehört?«
Hastig kletterte Jukes hinaus, der Zweite blickte ihm nach und brüllte: »Können Sie nicht reden? Was haben Sie überhaupt hier zu suchen? Was führen Sie eigentlich im Schilde?«
Jukes war in heller Aufregung. Als er unter die Leute in den dunklen Gang unter der Brücke trat, war ihm zumute, als könne er ihnen allen das Genick umdrehen, wenn sie auch nur einen Augenblick zauderten mitzukommen. Schon der Gedanke daran brachte ihn zur Raserei. *Er* durfte nicht zögern und widersprechen – sie sollten es auch nicht.
Der Ungestüm, mit dem er zwischen sie fuhr, brachte sie schnell auf die Beine. Sein ständiges Kommen und Gehen, die wilde Hast seiner Bewegungen hatte sie schon erregt und auf-

gescheucht, und da sie ihn dabei mehr hören konnten als sehen, schien er ihnen geradezu furchtbar und gewaltig, wie ein Mensch, der mit Dingen zu tun hat, bei denen es auf Leben und Tod geht und die keinen Aufschub dulden. Beim ersten Wort, das er ihnen sagte, hörte er sie, einen nach dem andern, mit einem dumpfen Aufschlag in den Bunker fallen.

Sie waren sich nicht darüber klar, was sie tun sollten. »Was gibt's? Was gibt's?« fragten sie sich untereinander. Der Bootsmann versuchte, es ihnen zu erklären. Überrascht hörten sie die lauten Geräusche scharrender Füße und sich balgender Menschen, während die heftigen Stöße der anstürmenden See, die in dem dunklen Bunker furchtbar widerhallten, sie nicht die Gefahr vergessen ließen, in der sie schwebten. Als der Bootsmann die Tür aufstieß, schien es, als habe sich ein Wirbel des Orkans verstohlen durch die eisernen Bordwände gedrängt und all diese Körper wie Plunder durcheinandergewirbelt: An ihre Ohren drangen verwirrender Lärm und stürmisches Getümmel, verbissenes Gemurmel, lautes Aufschreien und das Stampfen vieler Füße, vermischt mit dem Brüllen der See. Fassungslos blieben die Leute einen Augenblick stehen und blockierten den Zugang. Gewaltsam drängte sich Jukes zwischen ihnen hindurch und stürzte, ohne ein Wort zu sagen, hinein. An der Leiter hatte sich wieder ein Haufen Kulis festgeklammert, in dem selbstmörderischen Bemühen, die auf das überschwemmte Deck führende, verschalkte Luke gewaltsam aufzubrechen. Sie fielen jetzt wieder wie die andern herunter und begruben Jukes unter sich wie einen Mann, der von einem Erdrutsch überrascht wird.

Aufgeregt brüllte der Bootsmann: »Kommt her, helft dem Ersten heraus, er wird sonst totgetreten, los, kommt her!« Die Leute stürzten hinein, stampften auf nackten Oberkörpern, auf Fingern und Armen und Gesichtern herum, ihre Füße verwickelten sich in Bündeln von zerrissenem Zeug, traten auf zerbrochenes Holz; aber noch bevor sie Jukes erwischen konnten, war dieser wieder aufgetaucht und stand nun bis an die Hüften in einer Unzahl nach ihm greifender Hände eingepfercht. In dem kurzen Augenblick, in dem ihn seine Leute aus den Augen verloren hatten, waren alle Knöpfe seiner Jacke abgerissen, der Rücken bis zum Kragen aufgeplatzt und die Weste aufgeschlitzt worden. Beim nächsten Überholen des Schiffes glitt die Hauptmasse der streitenden Chinesen in einem dunklen, hilflosen Klumpen, aus dem viele Augen verstört hervorblickten, beim trüben Schein der Lampen zur Seite an die Bordwand. »Laßt mich in Ruh'!« schrie Jukes. »Ist schon gut!« »Treibt sie nach vorn, und nehmt die Chance wahr, wenn das Schiff stampft. Nach vorn mit ihnen! Treibt sie gegen das Schott! Drängt sie dort zusammen!«

Das Auftauchen der Seeleute in der siedenden Atmosphäre des Zwischendecks hatte wie ein Guß kalten Wassers in einen kochenden Kessel gewirkt. Einen Augenblick lang wurde der Tumult schwächer.

Die große Masse der Chinesen hatte sich in dem Handgemenge so fest ineinander verschlungen, daß die Seeleute, die eine Kette gebildet hatten, sie wie einen einzigen Block nach vorn schieben konnten, wobei sie die günstige Gelegenheit abpaßten, als das Schiff gerade wieder furchtbar zu stampfen begann und mit dem Bug tief eintauchte. Hinter ihren Rücken taumelten kleine Gruppen und einzelne Gestalten von einer Seite auf die andere.

Der Bootsmann vollbrachte dabei wahre Glanzleistungen an Kraft. Die langen Arme weit ausgebreitet und mit jeder seiner großen Tatzen einen Stützen umklammernd, hielt er den Ansturm von sieben zu einem Knäuel verschlungenen Chinesen auf, die wie ein erratischer Block auf ihn zugeschossen kamen. Seine Gelenke krachten, und aus seinem Mund kam ein »Ha«, worauf die sieben auseinanderflogen. Der Zimmermann zeigte dafür mehr Klugheit. Ohne jemand ein Wort zu sagen, ging er zurück in den Backbordgang und holte einige aufgeschossene Enden Tauwerk und Ketten, die zum Ladegeschirr gehörten, das er dort gesehen hatte. Damit wurden Strecktaue gezogen.

Es kam dann tatsächlich zu keinem Widerstand. Der Kampf, wie auch immer er begonnen haben mochte, hatte sich in ein aufgeregtes blindes Durcheinander verwandelt. Wenn die Kulis zuerst nach ihren überall verstreuten Dollars gejagt hatten, so kämpften sie jetzt nur noch darum, einen festen Halt zu finden. Nur um nicht umhergeschleudert zu werden, packten sie einander an der Gurgel. Wer irgendwo Halt gefunden hatte, stieß den andern mit den Füßen weg, der dann seine Beine ergriff und sich daran festhielt, bis sie beide zusammen beim nächsten Überholen des Schiffes quer über das Deck flogen.

Die Ankunft der weißen Teufel verbreitete Angst und Schrekken. Waren sie gekommen, um zu töten? Die aus der großen Menge herausgerissenen Individuen wurden sehr zahm unter den Händen der Seeleute: So lagen einige, die an den Beinen beiseite gezogen wurden, still und teilnahmslos wie Tote da. Hier und dort fiel ein Kuli auf die Knie, als flehe er um Gnade. Andere, die aus übermäßiger Furcht störrisch wurden, erhielten einen Faustschlag zwischen die Augen und duckten sich folgsam nieder, während jene, die verwundet waren, sich der rauhen Behandlung willig fügten und, ohne zu klagen, nur verstohlen mit den Augen blinkten. Es gab blutüberströmte Gesichter und wunde Stellen auf den kahlgeschorenen Köpfen. Man sah blaue Flecke, Schrammen, Risse und klaffende Wunden, deren Ursache meist das zerbrochene Porzellan aus den Kisten war. Und dann gab es einige, die verstörten Blickes, den Zopf ungeflochten, ihre blutenden Fußsohlen verbanden.

Man hatte sie in dichter Reihe hingesetzt, nachdem sie schnell zur Ruhe gebracht, mit einigen Knüffen und Stößen besänftigt und mit schroffen Worten ermuntert worden waren, die eher unheilverkündend klangen. Totenbleich und erschöpft saßen sie in langen Reihen an Deck, indes der Zimmermann, dem zwei Mann zur Hilfe zugeteilt waren, eifrig hin und her lief, um die Strecktaue anzubringen und steifzusetzen. Der Bootsmann hatte ein Bein und einen Arm um einen Stützen geschlagen und versuchte eine Lampe anzustecken, die er fest an die Brust gedrückt hielt, wobei er während der ganzen Zeit wie ein geschäftiger Gorilla vor sich hin knurrte. Mit den Bewegungen von Ährenlesern sah man die Gestalten der Seeleute sich wiederholt nach vorn beugen, und alles, was sie auflasen, flog in den Bunker: Kleidungsstücke, zerbrochenes Holz, Porzellanscherben, und auch die Dollars aus den Jackentaschen, die sie aufgesammelt hatten. Ab und zu wankte ein Matrose mit einem Arm voll Plunder nach der Tür, begleitet von traurigen, schiefen Blicken.

Bei jedem Überholen des Schiffes neigten sich die langen Reihen sitzender Himmelssöhne in einer unregelmäßigen Linie nach vorn, wobei sie mit ihren kahlen Köpfen zusammenstießen.

Als sich das an Deck hin- und herströmende Wasser für einen Augenblick verlaufen hatte, schien es Jukes, der unter der Nachwirkung der Anstrengungen noch an allen Gliedern bebte, daß das Schiff während des wahnsinnigen Kampfes unten im Zwischendeck irgendwie des Orkans Herr geworden sei: eine tiefe Stille war an Bord eingetreten, eine Stille, in der nur die See noch donnernd gegen das Schiff schlug.

Aus dem Zwischendeck war alles fortgeschafft worden – alles Strandgut, wie die Leute sagten. Aufrecht, mit wiegendem Oberkörper, standen die Seeleute vor den mit hängenden Köpfen und gebeugten Schultern an Deck sitzenden Kulis. Dann und wann hörte man einen von ihnen wimmernd nach Atem ringen. Wo das helle Licht hinfiel, konnte Jukes die her-

vorstehenden Rippen des einen und das wehmütige gelbe Gesicht eines andern, gebeugte Nacken und manchen stier auf sein Gesicht gerichteten müden Blick sehen.
Er wunderte sich, daß es keine Toten gegeben hatte; zwar schienen die meisten von ihnen in den letzten Zügen zu liegen, und das hielt er für noch kläglicher, als wenn alle tot gewesen wären.
Mit einem Male begann einer der Kulis zu sprechen. Über sein mageres, verzerrtes Gesicht glitt ab und zu der Schein der Lampen: er warf den Kopf zurück wie ein bellender Hund. Aus dem Bunker drang das Klimpern und Klirren einiger herunterfallender Dollarstücke. Der Chinese streckte den Arm aus, öffnete weit den Mund, und die kaum verständlichen, heulenden Kehllaute, die er ausstieß, schienen keiner menschlichen Sprache anzugehören. Jukes berührten sie eigentümlich wie der Versuch eines Tieres, das sprechen will.
Darauf fingen noch zwei andere an zu reden und, wie es Jukes schien, Drohungen auszustoßen. Der Rest bewegte sich dabei unruhig. Man hörte Murren und Stöhnen, worauf Jukes seine Leute hastig aus dem Zwischendeck schickte. Als letzter ging er selbst, und als er rückwärts aus der Tür trat, wurde das Murren immer lauter, und von überall streckten sich Hände nach ihm aus, wie nach einem Übeltäter. Der Bootsmann schob den Bolzen vor und bemerkte dabei unruhig: »Scheint, als ob der Wind abgeflaut ist.«
Die Seeleute waren froh, wieder in den Gang unter der Brücke zurückzukommen, denn insgeheim dachte jeder von ihnen, daß er von hier aus in letzter Minute noch an Deck stürzen könnte – und das war immerhin ein Trost. Der Gedanke, unter Deck ertrinken zu müssen, hat etwas schrecklich Widerwärtiges. Jetzt, da sie mit den Chinesen fertig waren, wurden sie sich wieder der Lage des Schiffes bewußt.
Als Jukes aus dem Gang hinaus an Deck trat, stand er bis zum

Hals im tobenden Wasser. Er erreichte die Brücke und machte die Entdeckung, daß er ganz undeutliche Formen genau zu erkennen vermochte, so als ob sein Sehvermögen übernatürlich scharf geworden wäre. Er sah schwache Umrisse eines Schiffes, die nicht den gewohnten Anblick der ›Nan-Shan‹ boten, sondern an einen alten abgetakelten Dampfer erinnerten, den er vor Jahren hatte im Mud verrotten sehen. Die ›Nan-Shan‹ erinnerte ihn an dieses Wrack.

Es war völlig windstill – kein Hauch außer dem schwachen Luftzug zu spüren, den das Schlingern des Schiffes hervorrief. Der aus dem Schornstein ziehende Rauch schlug sich auf Deck nieder. Jukes atmete ihn ein, als er nach vorn ging. Er spürte den bedächtigen Schlag der Maschinen und hörte kleine Geräusche, die den großen Aufruhr offenbar überlebt hatten; wie das Schlagen gebrochener Armaturen oder das schnelle Hin- und Herrollen irgendeines zertrümmerten Gegenstandes auf der Brücke. Dann nahm er verschwommen die gedrungene Gestalt seines Kapitäns wahr, der sich am verbogenen Brückengeländer festhielt, ohne sich selbst zu regen, und hin- und herschwankend, als sei er in den Decksplanken festgewurzelt. Die unerwartete Windstille bedrückte Jukes.

»Alles erledigt, Herr Kapitän!« keuchte er.

»Das hab' ich mir so gedacht«, sagte Kapitän MacWhirr.

»So, haben Sie?« murmelte Jukes vor sich hin.

»Wind ist plötzlich weggeblieben«, fuhr der Kapitän fort.

»Wenn Sie glauben, daß es leichte Arbeit war –« brach es jetzt aus Jukes heraus.

Aber sein Kapitän, der an die Reling geklammert dastand, schenkte ihm keine Aufmerksamkeit. »Nach dem, was in den Büchern steht, ist das Schlimmste noch nicht vorüber.«

»Wenn die meisten von ihnen nicht vor Seekrankheit und Angst halbtot gewesen wären, würde keiner von uns lebend aus dem Zwischendeck herausgekommen sein«, sagte Jukes.

»Ich mußte tun, was für sie recht und billig ist«, murmelte Kapitän MacWhirr stumpf. »Alles steht auch nicht in den Büchern.«

»Nun, ich glaube, sie wären über uns hergefallen, wenn ich die Leute nicht so schnell herausgeholt hätte«, fuhr Jukes gereizt fort.

In der überraschenden Windstille, die eingetreten war, klang jedes Wort, das sie sprachen, aufdringlich laut in ihren Ohren, nachdem sich ihre vorherige Unterhaltung in den Böen, die sie schreiend führen mußten, wie ein Flüstern angehört hatte. Jetzt kam es ihnen vor, als sprächen sie in einem dunklen Gewölbe, in dem ihre Worte laut widerhallten.

Durch einen gezackten Spalt der Wolkendecke fiel das Licht einiger Sterne auf die schwarze, wild durcheinanderlaufende See. Ab und zu stürzte die Spitze eines Wasserkegels auf das Schiff nieder und vermischte sich mit dem hin- und herflutenden Schaumgestöber auf dem überschwemmten Deck. Die »Nan-Shan« rollte furchtbar. Sie wälzte sich auf dem Boden eines kreisrunden Wolkenkessels, und dieser Ring kompakten Dunstes, der sich in einem wilden Wirbel um das windstille Zentrum drehte, schloß das Schiff wie eine massive Mauer von unbegreiflich drohendem Aussehen ein. Die See erhob sich darin, wie von innerer Erregung geschüttelt, zu steilen Bergspitzen, die gegeneinander anrannten und mit voller Wucht gegen die Bordwände des Schiffes prallten; während von jenseits der Grenze der unheimlichen Windstille ein leise seufzender Laut zu ihnen drang, die ungestillte Klage des rasenden Sturmes. Kapitän MacWhirr verharrte in Schweigen, und Jukes' aufmerksam lauschendes Ohr vernahm plötzlich das schwache, langgezogene Brüllen einer ungeheuren See, die in der tiefen Finsternis, die ihr Blickfeld erschreckend begrenzte, ungesehen dahinbrauste.

»Natürlich«, begann Jukes entrüstet von neuem, »dachten sie, wir hätten die Gelegenheit wahrgenommen, sie auszuplündern. Natürlich! Sie sagten, das Geld aufsammeln. Leichter gesagt als getan. Die Kulis konnten nicht wissen, was wir vorhatten. Wir kamen hinein, stürzten uns mitten unter sie, denn es mußte ja schnell geschehen.« –

»Hauptsache, es hat geklappt«, murmelte der Kapitän, ohne auch nur einen Blick auf Jukes zu versuchen. »Mußten tun, was recht ist.«

»Das dicke Ende kommt noch, wenn erst dies alles vorüber ist«, sagte Jukes verärgert. »Laß die sich bloß etwas erholen – dann werden Sie sehen. Die springen uns an die Kehle, Kapitän. Vergessen Sie nicht, dies ist kein britisches Schiff mehr. Das wissen diese Kerle ganz genau. Die verdammte siamesische Flagge!«

»Ist doch egal, wir sind ja an Bord«, bemerkte hierauf Kapitän MacWhirr.

»Die Sache ist noch nicht überstanden«, fuhr Jukes beharrlich und ahnungsvoll fort. Er taumelte, hielt sich aber gleich wieder fest. »Ist das ein Wrack«, fügte er mutlos hinzu.

»Die Sache ist noch nicht vorbei«, pflichtete ihm Kapitän MacWhirr halblaut bei ... »Passen Sie einen Augenblick aufs Schiff auf.«

»Gehen Sie unter Deck, Herr Kapitän?« fragte Jukes hastig, als ob der Sturm mit Sicherheit über ihn herfallen müßte, sobald er mit dem Schiff allein gelassen würde.

Aufmerksam beobachtete er die ›Nan-Shan‹, wie sie, verbeult und zerschlagen, schwer arbeitend in einer Szenerie gebirgigen schwarzen Wassers, das vom Licht ferner Welten schwach beleuchtet wurde, einsam dahinglitt. Sie bewegte sich nur langsam, den Überschuß ihrer Kraft in einer weißen Wolke Dampfes ausatmend, mitten in den stillen Kern des Orkans. Und das tieftönende Vibrieren des entweichenden Dampfes glich den herausfordernden Trompetenstößen eines lebenden Geschöpfes der See, das ungeduldig nach der Wiederaufnahme des Kampfes verlangt. Plötzlich verstummte es. Ein Stöhnen erfüllte die stille Luft. Über Jukes' Kopf schienen einige Sterne in einen Abgrund schwarzen Dunstes. Die tiefschwarze Kante der Wolkenscheibe warf einen finsteren Schatten auf das unter einem Flecken glitzernden Himmels liegende Schiff. Auch die Sterne schienen das Schiff aufmerksam zu betrachten, als sähen sie es zum letzten Male, und ihr Strahlenkranz glich einem Diadem auf einer finsteren Stirn.

Kapitän MacWhirr war in das Kartenhaus gegangen. Dort war kein Licht, doch er fühlte die Unordnung des Raumes, in dem er geordnet zu leben gewohnt war. Sein Armstuhl war umgestürzt. Die Bücher waren auf den Boden geschleudert worden; ein Stück Glas knirschte unter seinem Schuh. Tastend suchte er nach Streichhölzern und fand eine Schachtel auf einem Bord mit einer hohen Kante. Er strich eins an und hielt die kleine Flamme mit zusammengekniffenen Augen gegen das Barometer, dessen glitzernde Spitze aus Glas und Metall ihm fortgesetzt zunickte.

Es stand sehr niedrig – unglaublich niedrig, so niedrig, daß Kapitän MacWhirr stöhnte. Das Streichholz ging aus, hastig holte er mit dicken, steifen Fingern ein zweites heraus. Wieder flammte ein kleines Licht vor der nickenden Spitze aus Glas und Metall auf, und gespannt blickte er, die Augen verengend, auf das Barometer, als erhoffe er ein sichtbares Zeichen. Mit seinem ernsten Gesicht glich er einem mit Stiefeln bekleideten, mißgestalteten Heiden, der das Allerheiligste seines Hausgötzen beweihräuchert. Er hatte sich nicht geirrt: es war der niedrigste Barometerstand, den er je in seinem Leben gesehen hatte.

Kapitän MacWhirr stieß einen leisen Pfiff aus. Gedankenverloren merkte er nicht, wie die Flamme zu einem blauen Funken zusammensank, seine Finger verbrannte und erlosch.

Vielleicht war etwas an dem Ding nicht in Ordnung!

Über dem Sofa war ein Aneroidbarometer angeschraubt. Dort wandte er sich jetzt hin, zündete wieder ein Streichholz an und sah das weiße Antlitz des anderen Instruments vom Schott auf sich herabblicken, bedeutsam, keinen Widerspruch duldend, so als ob die Gleichgültigkeit der Materie dem Menschen zu einem untrüglichen Urteil verhelfe. Es gab jetzt keinen Zweifel mehr. Mit einem verächtlichen »Pah« warf Kapitän MacWhirr das Streichholz auf den Boden.

Das Schlimmste stand ihnen dann also noch bevor – und wenn die Bücher recht hatten, würde dieses Schlimmste sehr schlimm sein. Die Erfahrungen der letzten sechs Stunden hatten seine Auffassung von dem, was schlechtes Wetter bedeutet, sehr erweitert. »Es wird furchtbar sein«, sagte er sich innerlich. Beim Licht der Streichhölzer hatte er außer den Barometern nichts bewußt angesehen, und doch hatte er irgendwie bemerkt, daß seine Wasserflasche und die beiden Gläser aus ihrem Regal geflogen waren. Das schien ihm eine eindringlichere Vorstellung von dem zu vermitteln, was das Schiff an Schlingern durchgemacht hatte. »Ich hätt's nicht geglaubt«, dachte er. Auch sein Tisch war leergefegt; seine Lineale, seine Bleistifte, das Tintenfaß – all die Dinge, die ihren bestimmten, sicheren Platz hatten – sie waren fort, als hätte sie eine boshafte Hand zusammengerafft und eines nach dem andern auf den nassen Boden geworfen. Selbst in den wohlgeordneten Aufbau seines Eigenlebens war der Orkan eingebrochen. Das war noch nie vorgekommen, und die Bestürzung darüber raubte ihm beinah die Fassung. Und dabei sollte das Schlimmste noch kommen! Er war froh, daß diese Unruhe im Zwischendeck rechtzeitig entdeckt worden war. Wenn das Schiff dann schließlich verlorengehen sollte, dann würde es wenigstens nicht mit einem Haufen Menschen untergehen, die sich bis aufs Messer bekämpfen. Das wäre abscheulich gewesen. Und in dieser Empfindung zeigte sich eine wahrhaft humane Absicht und ein vages Gefühl für das Angemessene und Rechte.

Diese augenblicklichen Erwägungen waren, dem Charakter des Mannes entsprechend, im Kern von langsamer, schwerfälliger Art. Er streckte die Hand aus, um die Streichholzschachtel in die Ecke des Bordes zurückzulegen. Dort lagen immer Streichhölzer – auf seine Anordnung. Diese Anweisung war dem Steward schon lange vorher eingeschärft worden. »Eine Schachtel . . . genau hierher, sehen Sie? Nicht ganz voll . . . wo ich sie mit der Hand erreichen kann, Steward. Man braucht einmal vielleicht schnell Licht. Man weiß an Bord nie, was man vielleicht mal schnell braucht. Denken Sie daran!«

Und natürlich war er selbst peinlich genau darauf bedacht, die Schachtel immer sorgfältig auf ihren Platz zurückzulegen. Das tat er auch jetzt, aber ehe er die Hand zurückzog, kam ihm der Gedanke, daß er vielleicht nie wieder Gelegenheit haben würde, diese Schachtel noch einmal zu benutzen. Diese Vorstellung war so lebendig, daß sie ihn erschreckte, und für den Bruchteil einer Sekunde schlossen sich seine Finger um den geringen Gegenstand, als sei er das Symbol all der kleinen Gewohnheiten, die uns an den ermüdenden Kreislauf des Lebens fesseln. Schließlich machte er sich von diesem Gedanken frei, ließ sich auf das Sofa fallen und horchte nach den ersten Tönen des wiederkehrenden Sturmes.

Noch nicht! Nur das an Deck hin- und herflutende Wasser, die schweren Aufschläge und dumpfen Stöße der durcheinanderlaufenden See, die von allen Seiten auf das Schiff niederstürzte, waren zu hören. Nie wieder würde die ›Nan-Shan‹ eine Chance haben, ihre Decks klar zu bekommen.

Die Stille der Luft war beängstigend; eine alarmierende Spannung lag in dieser Stille, die in Kapitän MacWhirr das Gefühl erweckte, es hänge ein Schwert an einem seidenen Faden über seinem Haupte. Doch diese unheimliche Pause überwand die innere Abwehrstellung dieses Mannes und öffnete seine Lippen, und als spräche er mit einem andern, in seiner Brust erwachten Wesen, sagte er in der Einsamkeit und der pechschwarzen Finsternis mit leiser Stimme:

»Ich möchte das Schiff nicht gerne verlieren.«

Da saß er, ungesehen, losgelöst von der See, von seinem Schiff, vereinsamt und wie entrückt dem eigentlichen Lebensstrom seines Daseins, das für solche Grillen wie Selbstgespräche nicht den geringsten Raum bot. Seine Hände ruhten auf den Knien, und schweratmend, den Kopf vornübergebeugt, überließ er sich einem ungewohnten Gefühl der Ermattung. In seiner Unerfahrenheit mit solchen Dingen vermochte er nicht zu erkennen, daß dies die Folge der seelischen Anspannung war.

Von seinem Sitz aus konnte er die Tür seines Waschtisches erreichen. Dort mußte ein Handtuch sein. Das war es auch. Gut ... Er nahm es heraus, wischte sich das Gesicht ab und begann, seinen nassen Kopf abzureiben. So trocknete er sich in der Dunkelheit kräftig ab und blieb dann regungslos mit dem Handtuch auf den Knien sitzen. Einen Augenblick lang war es so totenstill in dem Raum, daß niemand vermutet hätte, es sitze dort ein Mann auf dem Sofa. Dann entrang sich ihm ein Murmeln:

»Vielleicht kommt sie doch noch durch.«

Als Kapitän MacWhirr wieder an Deck kam, was sehr hastig geschah, als sei er sich plötzlich bewußt geworden, zu lange weggeblieben zu sein, hatte die Windstille schon länger als eine Viertelstunde angehalten – lange genug, um selbst seiner Phantasie unerträglich zu erscheinen. Jukes, der regungslos vorn auf der Brücke stand, sprach sofort den Kapitän an. Seine Stimme klang ausdruckslos und gezwungen, als spräche er mit zusammengebissenen Zähnen, und was er sagte, schien sich in der Finsternis zu verlieren und erst über dem Wasser wieder lauter zu klingen.

»Ich mußte den Rudersmann ablösen lassen« meldete Jukes, »Hackett fing an zu klagen, daß er vollkommen erledigt sei. Er liegt jetzt dort drin neben der Rudermaschine mit einem Gesicht wie ein Toter. Zuerst konnte ich niemand dazu kriegen, herauszukommen und den armen Teufel abzulösen. Dieser Bootsmann ist schlechter als schlecht, ich hab's ja immer gesagt. Dachte schon, ich müßte selbst gehen und einen von ihnen beim Genick herausholen.«

»Ah so«, murmelte Kapitän MacWhirr, der aufmerksam beobachtend neben Jukes stand.

»Der Zweite ist auch dort drinnen und hält sich den Kopf. Ist er verletzt, Herr Kapitän?«

»Nein – verrückt«, antwortete Kapitän MacWhirr kurz angebunden.

»Sieht aber aus, als sei er gestürzt.«

»Ich mußte ihm einen kleinen Hieb versetzen«, erklärte der Kapitän.

Jukes seufzte ungeduldig.

»Es wird ganz plötzlich einsetzen«, sagte Kapitän MacWhirr, »und zwar von dort, nehme ich an. Aber das weiß Gott allein. Diese Bücher können einem nur den Kopf verdrehen und einen nervös machen. Es wird schlimm kommen, soviel ist sicher. Wenn wir nur rechtzeitig aufdrehen können, um gegenanzudampfen . . .«

Eine Minute verging. Einige Sterne blinkten ein paarmal schnell auf, dann verschwanden sie.

»Sie haben sie einigermaßen sicher zurückgelassen?« fragte der Kapitän unvermittelt, als könne er die Stille nicht länger ertragen.

»Meinen Sie die Kulis, Herr Kapitän? Ich habe im ganzen Zwischendeck Strecktaue anbringen lassen.«

»So, haben Sie? Gute Idee, Herr Jukes.«

»Ich dachte nicht ... daß Ihnen etwas daran liegt ... zu hören«, sagte Jukes. – Das Schiff holte stark über und schnitt ihm das Wort ab, als hätte ihn jemand beim Sprechen herumgestoßen – »wie ich mit der verdammten Sache fertig geworden bin. Wir haben es geschafft, alles andere ist schließlich egal.«

»Wir mußten tun, was recht und billig ist, wenn es auch nur Chinesen sind. Mußten ihnen dieselbe Chance geben, die wir noch haben, hol's der Teufel, das Schiff ist noch nicht verloren. Schlimm genug, unten eingeschlossen zu sein, wenn's draußen stürmt –«

»Das habe ich mir auch gedacht, als Sie mir den Auftrag gaben, Herr Kapitän«, warf Jukes mürrisch dazwischen.

»– ohne in Stücke geschlagen zu werden«, fuhr Kapitän Mac Whirr, zunehmend heftiger werdend, fort. »Könnte so etwas auf meinem Schiff nicht dulden, selbst wenn ich wüßte, daß es keine fünf Minuten mehr zu leben hat. Das könnte ich nicht zulassen, Herr Jukes.«

Ein hohl klingendes Geräusch, das sich wie ein laut widerhallendes Geschrei in einer Felsenschlucht anhörte, näherte sich dem Schiff und verlor sich wieder. Der letzte Stern flackerte unruhig auf, sein Schein wurde stärker, als wollte er sich im feurigen Nebel seines Ursprungs auflösen, kämpfte noch einen Augenblick mit der ungeheuren tiefschwarzen Finsternis, die über dem Schiff hing – und verlosch.

»Jetzt geht's los!« sagte Kapitän MacWhirr leise vor sich hin, dann rief er: »Herr Jukes!«

»Hier, Herr Kapitän!«

Die beiden Männer konnten sich nicht mehr deutlich erkennen.

»Wir müssen darauf vertrauen, daß das Schiff durchhält und wir heil herauskommen. Das ist klar und deutlich. Mit Kapitän Wilsons Sturmstrategie ist hier nichts anzufangen.«

»Nein, Herr Kapitän.«

»Sie wird wieder stundenlang zur Kehr gehen«, murmelte der Kapitän. »An Deck ist jetzt nicht mehr viel für die See zu holen außer Ihnen oder mir.«

»Oder uns beiden«, sagte Jukes leise.

»Sie sind doch immer gegen alles gewappnet, Jukes«, wandte Kapitän MacWhirr überlegen ein. »Obgleich der Zweite nichts taugt. Hören Sie, Herr Jukes? Sie würden allein auf sich angewiesen sein, wenn ...«

Kapitän MacWhirr unterbrach sich, und Jukes, der nach allen Seiten umherblickte, blieb stumm.

»Lassen Sie sich durch nichts aus der Fassung bringen«, fuhr der Kapitän hastig murmelnd fort. »Gehen Sie dagegen an. Die Leute mögen sagen, was sie wollen, aber die schwersten Seen laufen immer in Windrichtung. Immer dagegen angehen – immer dagegen angehen – so kommt man durch. Sie sind noch ein junger Seemann. Gehen Sie dagegen an. Mehr ist dabei nicht zu machen. Behalten Sie einen kühlen Kopf.«

»Jawohl, Herr Kapitän«, sagte Jukes mit klopfendem Herzen.

Einen Augenblick später sprach der Kapitän zum Maschinenraum hinunter, von wo auch gleich die Antwort kam.

Irgendwie fühlte Jukes sich in seinem Selbstvertrauen gestärkt. Wie ein warmer Hauch überkam ihn das Gefühl, jeder Anforderung gewachsen zu sein. Aus der Dunkelheit drang das ferne Grollen des Sturmes an sein Ohr. Er nahm es unbewegt wahr. Aus dem Gefühl plötzlich erwachten Selbstvertrauens sah er den Dingen unerschrocken ins Auge, wie ein Mann im gepanzerten Hemd ohne Furcht den Speerstoß erwartet.

Stampfend und rollend kämpfte die ›Nan-Shan‹ ohne Unterbrechung zwischen den schwarzen Wasserbergen um ihr Leben. Ein Dröhnen ließ ihren Rumpf bis in die Tiefe erbeben, während sie einen weißen Streifen Dampfes in die Nacht ausstieß.

Jukes' Gedanken waren sekundenlang im Maschinenraum, wo Herr Rout – der tüchtige Mann – auf alles vorbereitet war. Als das Dröhnen aufhörte, schien es Jukes, als wäre jedes Geräusch verstummt. Eine tödliche Stille herrschte, in der Kapitän Mac Whirrs Stimme plötzlich erschreckend laut in die Worte ausbrach: »Was ist das? Wind?« Die Stimme klang lauter, als sie Jukes je gehört hatte. »Von vorn! Das ist richtig! Vielleicht kommt sie doch noch heil heraus.«
Das Murmeln des Windes näherte sich rasch. Zunächst war nur ein vorüberziehendes, langsam erwachendes müdes Klagen zu unterscheiden und weit in der Ferne ein anschwellendes, vielstimmiges Tosen, das immer näher kam. Es klang wie der monotone Marschtritt eines großen Heeres, das unter dem Wirbel vieler Trommeln zum Kampf anrückt.
Jukes konnte seinen Kapitän kaum mehr sehen. Tiefe Finsternis senkte sich auf das Schiff nieder. Mit ungewohnter Hast versuchte Kapitän MacWhirr, den obersten Knopf seines Ölmantels zuzumachen. Der Orkan mit seiner Macht, Meere aufzuwühlen, Schiffe zu versenken, Bäume zu entwurzeln, starke Mauern umzustürzen und selbst die Vögel der Luft zu Boden zu schmettern, war auf seinem Weg auf diesen schweigsamen Mann gestoßen und hatte es unter Aufbietung all seiner Kraft vermocht, einige Worte aus ihm herauszupressen. Ehe sich der Orkan mit erneuter Gewalt auf sein Schiff stürzte, entrangen sich dem Munde des Kapitäns MacWhirr die in verdrossenem Ton gesprochenen Worte: »Ich möchte sie nicht gern verlieren.«
Dieser Kummer blieb ihm erspart.

VI

An einem hellen, sonnigen Tag lief die ›Nan-Shan‹ mit achterlichem Wind, der den Rauch aus ihrem Schornstein weit vorausjagte, in Futschou ein. Ihre Ankunft wurde an Land sofort beobachtet, und die Seeleute im Hafen sagten: »Sieh mal! Sieh mal den Dampfer! Was ist das für einer? Ein Siamese – nicht wahr? Seht den bloß mal an!«

Das Schiff schien tatsächlich einem Kreuzer als schwimmende Zielscheibe für Schießübungen gedient zu haben. Ein Geschoßhagel hätte seinen Aufbauten kein schlimmeres Aussehen verleihen können. Es sah so mitgenommen und verwüstet aus, als käme es vom äußersten Ende der Welt – und es war in der Tat auf seiner kurzen Reise sehr weit gekommen, so weit, daß es wahrhaftig schon die Küste des Jenseits sehen konnte, von der ein Schiff nie wiederkehrt, um seine Besatzung dem Staub der Erde zu überlassen. Eine graue Salzkruste bedeckte die ›Nan-Shan‹ bis zu den Flaggenknöpfen und bis zur Schornsteinkante, als ob, wie ein witziger Seemann sagte, »die Leute an Bord sie irgendwo vom Meeresgrund aufgefischt und als Bergungsgut hereingebracht« hätten. Und aus Freude über seinen gelungenen Witz fügte er hinzu, er sei bereit, fünf Pfund Sterling für sie zu bieten – »so wie sie daliegt«.

Das Schiff war noch keine Stunde im Hafen, als ein magerer, kleiner Mann mit einer roten Nasenspitze und einem finsteren Gesicht mit einem Sampan am Kai anlegte; er wandte sich dort immer wieder um und schüttelte die geballte Faust gegen das Schiff.

Ein langer Kerl mit tränenden Augen und viel zu dünnen Beinen für seinen rundlichen Leib kam auf ihn zugeschlendert

und sagte: »Gerade von Bord gegangen – wie? Ging ja schnell.«
Er trug einen fleckigen, blauen Flanellanzug und ein Paar schmutzige Segeltuchschuhe; ein schmuddeliger, grauer Schnurrbart hing von seinen Lippen herab, und zwischen dem Rand und dem Kopf seines Hutes konnte man an zwei Stellen das Tageslicht durchschimmern sehen.
»Hallo! Was machst du hier?« fragte ihn der ehemalige Zweite Steuermann der ›Nan-Shan‹ und gab ihm hastig die Hand.
»Ich warte hier auf einen Job – soll sich lohnen – hab' einen heimlichen Wink bekommen«, erklärte der Mann mit dem kaputten Hut apathisch unter stoßweisem Keuchen.
Der Zweite ballte wieder die Faust gegen die ›Nan-Shan‹: »Da ist ein Kerl an Bord, der nicht einmal imstande ist, eine Schute zu führen«, sagte er wutbebend, während der andere gleichgültig umherblickte.
»So?« war die einzige Antwort, aber als er die schwere, braungestrichene Seekiste mit dem segeltuchbezogenen Deckel sah, die, mit einem neuen Manilaende gelascht, am Kai stand, erwachte plötzlich sein Interesse.
»Ich würde schon reden und Krach machen, wenn die verdammte siamesische Flagge nicht wäre. Aber an wen soll man sich wenden – ich würde ihm schon einheizen, diesem Schwindler! Sagt zu seinem Leitenden Ingenieur, der genau so ein Betrüger ist, ich hätte die Nerven verloren. Das sind die größten Idioten, die je zur See fuhren. Nein! Du kannst dir nicht vorstellen . . .«
»Hast du denn dein Geld gekriegt?« fragte sein schäbiger Bekannter plötzlich.
»Ja, hat mich an Bord abgemustert«, tobte der Zweite Steuermann, »und gesagt: ›Ihr Frühstück können sie sich an Land suchen!‹«

»Gemeiner Hund!« bemerkte der andere undeutlich und leckte sich die Lippen. »Was meinst du zu einem kleinen Drink?«

»Er hat mich geschlagen«, zischte der Zweite Steuermann.

»Nein! Geschlagen! Nicht möglich!« Der Mann in Blau scharwenzelte um ihn herum. »Hier kann man sich unmöglich unterhalten. Du mußt mir alles erzählen. Geschlagen – was? Laß uns jemand suchen, der dir die Seekiste trägt. Ich weiß ein ruhiges Lokal, wo es Flaschenbier gibt ...«

Jukes, der die Küste mit einem Kieker absuchte, erzählte dem Leitenden Ingenieur später, »unser ehemaliger Zweiter Steuermann hat nicht lange gebraucht, um einen Freund zu finden, einen Kerl, der wie ein Landstreicher aussah. Ich habe sie beide zusammen vom Quai weggehen sehen.«

Das Hämmern und Klopfen bei den dringlichen Reparaturarbeiten störte MacWhirr nicht im geringsten. Im wiederaufgeräumten Kartenhaus schrieb er einen Brief, der so interessante Stellen enthielt, daß der Steward beinah zweimal bei der fesselnden Lektüre erwischt worden wäre. Doch MacWhirrs Frau unterdrückte ein Gähnen im Salon des Vierzig-Pfund-Hauses – vielleicht aus Selbstachtung –, denn sie war allein im Zimmer. Mit dem Brief in der Hand lehnte sie sich in ihrem plüschbezogenen, vergoldeten Liegestuhl zurück, während in dem gekachelten Kamin mit den japanischen Fächern auf dem Sims ein behagliches Feuer brannte. Gelangweilt warf sie bald hier, bald dort einen Blick auf die vielen Seiten. Es war nicht ihre Schuld, wenn ihr alles so prosaisch, so völlig uninteressant vorkam. Man konnte von ihr wirklich nicht verlangen, daß sie all diese Schiffsangelegenheiten verstand. Natürlich war sie froh, etwas von ihrem Mann zu hören, aber nie hatte sie sich die Frage vorgelegt, warum sie es eigentlich war.

»... man nennt sie Taifune ... der Erste schien sich nicht damit abzufinden ... nicht in Büchern ... konnte darum nicht daran denken, die Dinge laufenzulassen ...«

Das Papier raschelte heftig »... eine Windstille, die über zwanzig Minuten anhielt«, las sie flüchtig weiter, und die folgenden Worte, auf die ihr unaufmerksamer Blick am Anfang der nächsten Seite fiel, lauteten: »... Dich und die Kinder wiederzusehen ...« Sie machte eine ungeduldige Bewegung. Er dachte noch immer an das Nachhausekommen, dabei hatte er noch nie ein so gutes Gehalt gehabt. Was war denn nun wieder los?

Ihr kam nicht der Gedanke, einmal zurückzublättern und nachzusehen, was dort stand, sie wäre dann nämlich gewahr geworden, daß am 25. Dezember zwischen vier und sechs Uhr Kapitän MacWhirr tatsächlich geglaubt hatte, sein Schiff könne es unmöglich in dieser See noch eine Stunde lang durchhalten, und er werde Frau und Kinder nie wiedersehen. Niemand sollte dies jemals erfahren (zu Hause wurden seine Briefe so schnell verlegt) – niemand, außer dem Steward, auf den diese Enthüllung einen so tiefen Eindruck machte, daß er versuchte, dem Koch einen Begriff von der »Gefahr, der wir alle mit knapper Not entronnen sind«, zu vermitteln, indem er feierlich erklärte: »Der Alte selbst hat kaum mehr daran geglaubt, daß wir noch eine Chance haben.«

»Woher weißt du das?« fragte der Koch, ein alter Soldat, und blickte ihn dabei verächtlich an. »Hat er es dir vielleicht erzählt?«

»Jedenfalls hat er mir eine entsprechende Andeutung gemacht«, behauptete der Steward hierauf mit frecher Stirn.

»Mann! Hör auf! Nächstens kommt der Alte noch zu *mir* und erzählt das«, spottete der alte Koch.

Frau MacWhirrs Blicke überflogen die Zeilen. ».... mußte tun, was recht ist ... elende Geschöpfe ... nur drei von ihnen hatten sich ein Bein gebrochen, und einer ... Dachte, besser kein Wort über die Geschichte verlieren ... hoffe das Rechte getan zu haben ...«

Sie ließ die Hände mit dem Brief sinken. Nein: er schrieb nichts mehr vom Nachhausekommen. War wohl nur ein frommer Wunsch von ihm gewesen. Frau MacWhirr war wieder beruhigt. Diskret und heimlich tickte die schwarze marmorne Uhr, die der ortsansässige Juwelier auf drei Pfund achtzehn Schilling und sechs Pence geschätzt hatte.
Die Tür flog auf, und ein Mädchen im Alter der langen Beine und kurzen Röcke stürzte ins Zimmer. Ihr langes farbloses Haar hing ihr wirr um die Schultern. Als sie ihre Mutter sah, blieb sie stehen und richtete ihre wasserblauen Augen naseweis auf den Brief.
»Von Vater«, murmelte Frau MacWhirr, »wo hast du deine Schleife gelassen?«
Das Mädchen griff mit den Händen nach dem Kopf und maulte. »Es geht ihm gut«, fuhr Frau MacWhirr im gleichgültigen Ton fort.
»Ich denke wenigstens, sagen tut er es ja nie.« Sie lachte kurz auf. Das Gesicht ihrer Tochter drückte gleichgültige Zerstreutheit aus. Frau MacWhirr betrachtete sie mit zärtlichem Stolz.
»Geh und hol deinen Hut«, sagte sie nach einer Weile, »ich muß jetzt gehen und Besorgungen machen. Bei Linom's ist Ausverkauf.«
»Oh, fein!« rief das Kind in unerwartet lebhaftem Ton und eilte aus dem Zimmer.
Es war ein regenloser Nachmittag, der Himmel grau und die Bürgersteige trocken. Vor dem Laden des Tuchhändlers begrüßte Frau MacWhirr eine stattliche Frau in einem schwarzen Mantel und mit einem kunstblumenbesetzten Hut über dem matronenhaften, gelblichen Gesicht. Die beiden wechselten einen Schwall lebhafter Begrüßungen und Ausrufe und überstürzten sich dabei, als ob sich die Straße im nächsten Augenblick auftun würde, um all dies Vergnügen zu verschlingen, ehe sie noch Zeit gefunden, es zu genießen.

Die hohe Glastür hinter ihnen blieb halboffen stehen, niemand konnte vorbeikommen. Einige Männer traten geduldig wartend zur Seite, während Lydia gedankenverloren damit beschäftigt war, das Ende ihres Sonnenschirmes zwischen die Steinplatten zu bohren. Frau MacWhirr unterhielt sich hastig weiter.

»Vielen Dank! Er kommt noch nicht nach Hause. Das ist natürlich sehr traurig, daß er immer fort ist, aber es ist solch ein Trost, wenn man weiß, daß es ihm gut geht.« Frau MacWhirr holte tief Atem. »Das Klima dort bekommt ihm so«, fügte sie hinzu und strahlte dabei richtig vor Freude, als ob der arme MacWhirr nur seiner Gesundheit wegen in China umherreiste.

Auch der Leitende Ingenieur wollte noch nicht nach Hause kommen. Herr Rout wußte nur zu gut den Wert einer wohlbezahlten Stellung zu würdigen.

»Salomon sagt, es passieren immer noch Wunder«, rief Frau Rout vergnügt der alten Dame im Lehnstuhl am Kamin zu. Routs Mutter, die welken Hände in schwarzen Fäustlingen auf dem Schoße, bewegte sich leicht hin und her. Die Augen der Ingenieursfrau verschlangen förmlich die Buchstaben auf dem Papier. »Der Kapitän des Schiffes, auf dem er ist – ein etwas beschränkter Mann, du erinnerst Dich wohl, Mutter –, hat etwas ganz Kluges fertiggebracht, sagt Salomon.«

»Ja, meine Liebe«, antwortete die alte Dame freundlich. Sie hatte ihr silbernes Haupt gebeugt, und ihr Gesicht zeigte jenen Ausdruck innerer Ruhe, der für sehr alte Leute charakteristisch ist, die in die Betrachtung der letzten flackernden Regungen des Lebens vertieft zu sein scheinen, »Ja, ich glaube mich zu erinnern.«

Salomon Rout, der alte Sal, Vater Sal, der Leitende Ingenieur, der tüchtige Mann – mit einem Wort: Rout, der leutselige und väterliche Freund der Jugend, war das jüngste ihrer vielen

Kinder – und nun das einzige überlebende. Am deutlichsten konnte sie sich seiner erinnern, als er ein Junge von zehn Jahren war – lange bevor er von zu Hause fortging, um in einer der großen Maschinenfabriken im Norden seine Lehrzeit durchzumachen. Seitdem hatte sie ihn selten mehr gesehen und selbst so viele Jahre hinter sich gebracht, daß sie ihre Schritte weit zurücklenken mußte, um ihren Sohn durch den Nebel der Zeit noch zu erkennen. Manchmal kam es ihr vor, als spreche ihre Schwiegertochter von einem fremden Mann.
Die junge Frau war enttäuscht. »Hm, hm.« Sie wandte die Seite um. »Wie ärgerlich! Er sagt nicht, was es war. Meint, ich könnte doch nicht verstehen, was es in Wirklichkeit bedeutet. So etwas! Was könnte denn daran so besonders Kluges sein? So ein Mann, uns das nicht zu sagen!«
Ohne eine weitere Bemerkung las sie still weiter und blieb schließlich nachdenklich ins Feuer blickend sitzen. Herr Rout schrieb in dem Brief nur ein oder zwei Worte über den Taifun; aber irgend etwas hatte ihn veranlaßt, einer verstärkten Sehnsucht nach dem Zusammensein mit seiner heiteren Frau Ausdruck zu verleihen. »Wenn Du nicht für Mutter sorgen müßtest, würde ich Dir heute noch das Geld für die Reise schicken. Hier draußen könntest Du Dich in einem kleinen Haus einrichten, und ich hätte dann doch die Möglichkeit, Dich manchmal zu sehen. Wir werden ja auch nicht jünger.« –
»Es geht ihm gut, Mutter«, seufzte Frau Rout und stand auf.
»Er war immer schon ein kräftiger, gesunder Junge«, sagte die alte Frau gelassen.
Jukes' Bericht war hingegen sehr lebendig und ganz ausführlich. Sein Freund, der in der Atlantik-Fahrt war, ließ die anderen Offiziere seines Schiffes freimütig daran Anteil nehmen. »Ein Bekannter schreibt mir über eine außergewöhnliche Geschichte, die bei ihm an Bord während des letzten Taifuns passiert ist – Ihr wißt doch –, von dem wir vor zwei Monaten in

den Zeitungen gelesen haben. Eine ganz merkwürdige Geschichte! Seht selbst, was er schreibt. Ich zeige Euch den Brief.«
Der Brief enthielt Wendungen, die den Eindruck von sorglosem, unerschütterlichem Mut machen sollten. Jukes hatte sie in gutem Glauben so geschrieben, wie er es damals empfand, als er seine Gedanken zu Papier brachte. Er schilderte die gespenstische Szene im Zwischendeck und fuhr dann fort: »Plötzlich kam mir der Gedanke, daß diese verdammten Chinesen gar nicht wissen konnten, ob wir nicht eine Art tollkühner Räuber seien. Es ist nicht gut, einem Chinesen das Geld wegzunehmen, wenn er in der Übermacht ist. Wir hätten allerdings wirklich tollkühn sein müssen, um bei einem solchen Wetter auf Raub auszugehen; aber was wußten diese armen Teufel schon von uns? So habe ich also, ohne lange nachzudenken, die Leute sofort wieder aus dem Zwischendeck herausgeholt. Unsere Arbeit war getan – auf der der Alte so hartnäckig bestand. Wir verschwanden, ohne lange danach zu fragen, wie den Chinesen zumute war. Ich bin überzeugt, sie hätten uns in Stücke gerissen, wenn sie nicht so schrecklich mitgenommen und verängstigt gewesen wären. Es hätte nicht viel daran gefehlt, das kann ich Dir sagen! Du kannst bis ans Ende Deines Lebens auf dem Großen Teich hin- und herfahren, ohne daß Du auch nur einmal vor einer solchen Aufgabe stehst.«
Es folgten noch einige fachmännische Mitteilungen über die Beschädigungen, die das Schiff erlitten hatte, dann fuhr er fort: »Als sich das Wetter beruhigt hatte, wurde die Lage für uns erst recht bedenklich. Sie wurde auch dadurch nicht besser, daß wir erst kurz vorher die Flagge gewechselt hatten und nun unter siamesischer Flagge fuhren, wenn der Alte auch nicht einsehen konnte, daß das ein großer Unterschied ist – ›nicht solange wir an Bord sind‹ – das war seine Ansicht. Es gibt Empfindungen, die dieser Mann einfach nicht kennt – da ist

nun einmal nichts zu machen. Man könnte ebensogut versuchen, es einem Bettpfosten verständlich zu machen. Aber abgesehen davon, ist es schon eine verdammt üble Situation für ein Schiff, wenn es ohne zuständige Konsuln, ohne irgend jemand, an den man sich in der Not wenden kann, ja nicht einmal mit einem eigenen Kanonenboot in der Nähe, in der Chinesischen See herumtreibt.
Meine Idee war, diese Burschen für die nächsten fünfzehn Stunden noch unter Deck zu lassen, da wir nicht viel weiter von Futschou entfernt waren. Sehr wahrscheinlich hätten wir dort irgendein Kriegsschiff angetroffen, unter dessen Schutz wir sicher genug gewesen wären, denn bestimmt würde jeder Kommandant eines Kriegsschiffes, sei es ein englisches, französisches oder holländisches, einer weißen Besatzung beistehen, wenn es zu einer Schlägerei an Bord kommt. Die Chinesen und ihr Geld wären wir dann schon losgeworden, indem wir sie ihrem Mandarin oder Tatai übergeben hätten, oder wie man diese Leute mit den Brillen nennt, die sich in Sänften durch ihre stinkenden Straßen tragen lassen.
Aber der Alte wollte das nicht einsehen. Es sollte kein Aufhebens von der Sache gemacht werden. Das hatte er sich nun einmal in den Kopf gesetzt, und keine Dampfwinde hätte das aus ihm herausbringen können. Er wollte, daß so wenig Lärm wie nur möglich um die Geschichte gemacht wird, des guten Namens wegen, den das Schiff hat, und des Reeders wegen – ›um aller Beteiligten willen‹, sagte er und sah mich dabei streng an. Ich kochte vor Wut. Man konnte doch unmöglich solch eine Sache geheimhalten. Andererseits waren die Kisten der Chinesen in der üblichen Weise verstaut und gesichert worden, wie es für jeden normalen Sturm genügt hätte, während sich diesmal alle bösen Geister gegen uns verschworen hatten. Du kannst Dir überhaupt keinen Begriff davon machen.

Mittlerweile konnte ich mich kaum mehr auf den Beinen halten. Keiner von uns hatte in den letzten dreißig Stunden auch nur einen Augenblick Ruhe gehabt, und da saß nun der Alte, rieb sich sein Kinn, rieb sich den Kopf und war so mit seiner Idee beschäftigt, daß er sogar vergaß, seine langen Seestiefel auszuziehen.
›Herr Kapitän‹, sagte ich, ›Sie werden die Kulis doch wohl nicht eher an Deck kommen lassen, bis wir in irgendeiner Form alles für sie vorbereitet haben!‹ Wohlgemerkt, nicht daß ich es für sehr leicht gehalten hätte, die Kerle in Schach zu halten, wenn sie uns angegriffen hätten. Mit einer Ladung Chinesen Krach zu kriegen, ist kein Kinderspiel. Ich war auch furchtbar müde. ›Ich wollte, Sie ließen uns den ganzen Haufen Dollars ihnen hinunterwerfen, damit sie die Sache unter sich ausmachen und wir einen Augenblick Ruhe haben‹, sagte ich.
›Jetzt reden Sie unsinniges Zeug, Jukes‹, gab mir der Alte zur Antwort und sah mich dabei an, daß es mir durch und durch ging. ›Wir müssen uns etwas ausdenken, das allen Beteiligten gerecht wird.‹
Es war einfach kein Ende unserer Arbeit abzusehen, wie Du Dir wohl vorstellen kannst. Ich brachte also meine Leute in Gang und dachte daran, mich einen Augenblick hinzulegen. Aber ich lag noch keine zehn Minuten in meiner Koje, als der Steward hereingestürzt kam und mich am Bein zog.
›Um Gottes willen, Herr Jukes, kommen Sie heraus! Kommen Sie schnell an Deck! Oh, bitte kommen Sie!‹
Der Kerl jagte mir einen furchtbaren Schrecken ein. Ich wußte nicht, was geschehen war. Wieder ein Orkan – oder was? Von Wind war nichts zu merken.
›Der Kapitän läßt sie heraus! Oh, er läßt sie heraus! Gehen Sie schnell an Deck, Herr Jukes, retten Sie uns. Der Leitende ist schon nach unten gelaufen und holt seinen Revolver.‹ Das war alles, was ich von dem Gerede des Idioten verstand. Vater

Rout schwört allerdings, er sei nur hinuntergegangen, um sich ein reines Taschentuch zu holen. Jedenfalls fuhr ich mit einem Satz in meine Hose und lief an Deck. Vor der Brücke war schon ein ziemlicher Lärm im Gange. Achtern waren vier Mann und der Bootsmann mit irgend etwas beschäftigt. Ich händigte ihnen einige Gewehre aus, die hier draußen an der China-Küste alle Schiffe in der Kajüte mitführen, und eilte mit ihnen auf die Brücke. Auf dem Wege dorthin stieß ich auf den alten Sal, der an einer nicht brennenden Zigarre sog und mich verwundert ansah.

›Kommen Sie mit!‹ rief ich ihm zu.

So stürmten wir sieben Mann hoch zum Kartenhaus hinauf. Doch alles war schon vorüber. Da stand der Alte noch immer in seinen Seestiefeln und in Hemdsärmeln – vermutlich war ihm bei dem vielen Nachdenken warm geworden. Bun Hins geschniegelter Schreiber stand neben ihm, schmutzig wie ein Schornsteinfeger und noch ganz grün im Gesicht. Ich merkte sofort, daß ich etwas zu gewärtigen hatte.

›Was zum Teufel soll dieser Affenkram bedeuten, Herr Jukes?‹ fragte mich der Alte wütend, wie ich ihn noch nie gesehen hatte. Ich sag' Dir ganz offen, mir blieb die Sprache weg. ›Um Gottes willen, Herr Jukes, nehmen Sie den Leuten bloß die Gewehre ab, ehe jemand verletzt wird‹, fuhr er fort und schrie: › Das ist hier ja schlimmer als in einem Irrenhaus! Hören Sie jetzt zu: Ich will, daß Sie mir und Bun Hins Schreiber helfen, das Geld zu zählen, und Sie, Herr Rout, machen wohl auch mit, da Sie nun gerade hier sind. Je mehr von uns, um so besser.‹

Er hatte sich das alles so ausgedacht, während ich mich für einen Augenblick hingelegt hatte. Wären wir ein englisches Schiff gewesen oder hätten wir auch nur unsere Ladung Kulis in einem englischen Hafen, wie zum Beispiel Hongkong, an Land bringen wollen, dann wäre es zu endlosen Untersuchungen und Scherereien, zu Schadenersatzforderungen und noch vielem mehr gekommen. Aber diese Chinesen kennen ihre Beamten besser als wir.

Die Luken waren schon abgedeckt und alle Kulis an Deck, nachdem sie die Nacht und den ganzen Tag über unten eingesperrt waren. Man bekam ein merkwürdiges Gefühl, wenn man diese vielen mageren, verstörten Gesichter ansah. Die armen Kerle starrten den Himmel, die See und das Schiff an, als ob sie erwartet hätten, dies alles sei durch den Orkan in Stücke zerfetzt worden. Kein Wunder! Was sich im Zwischendeck abgespielt hatte, würde auch jeden Weißen bis auf den Grund seiner Seele erschüttert haben. Aber es heißt ja, ein Chinese hat keine Seele. Jedenfalls hat er etwas verflixt Zähes an sich. Da war zum Beispiel unter den Schwerverletzten einer, dem sie beinah das Auge ausgeschlagen hatten. Es stand ihm so groß wie ein halbes Hühnerei aus dem Kopf heraus. Einen Weißen würde das einen Monat lang aufs Krankenlager geworfen haben, und hier lief dieser Kerl in dem Gedränge herum, verschaffte sich bald hier, bald dort mit den Ellbogen Platz und unterhielt sich mit den anderen, als ob überhaupt nichts geschehen wäre. Es war ein toller Spektakel an Deck, sobald aber der Alte vorn auf der Brücke seinen kahlen Kopf sehen ließ, hörten sie alle mit ihrem Geschimpfe auf und sahen gespannt zu ihm hoch.

Es scheint, daß der Kapitän, nachdem er sich seinen Plan zurechtgelegt hatte, den chinesischen Schreiber hinunterschickte, um seinen Landsleuten zu erklären, auf welche einzig mögliche Art und Weise sie ihr Geld zurückbekommen könnten. Hinterher erklärte er mir, da alle Kulis an gleicher Stelle und gleich lange gearbeitet hatten, glaube er, für sie die bestmögliche Lösung darin zu sehen, daß er alles Geld, das wir aufgesammelt hatten, gleichmäßig unter sie teile. Man könne ja unmöglich den Dollar des einen von dem des andern unterscheiden, meinte er, und hätte man jeden gefragt, wieviel Geld er mit an Bord gebracht habe, dann hätten sie wahrscheinlich gelogen, und er wäre mit dem Geld bei weitem nicht ausgekommen. Ich glaube, darin hatte er recht. Wäre das Geld aber irgendeinem Beamten in Futschou übergeben worden, dann, so meinte er, hätte er das ganze Geld gleich in die eigene Tasche stecken können, denn mehr Nutzen hätten die Kulis davon auch nicht gehabt. Und ich glaube, sie dachten genauso.

Wir wurden mit der Verteilung noch vor Einbruch der Dunkelheit fertig. Es war ein merkwürdiges Schauspiel: der hohe Seegang, das wie ein Wrack aussehende Schiff, die Chinesen, wie sie einer nach dem andern auf die Brücke wankten, um ihren Anteil in Empfang zu nehmen, und der Alte, immer noch in Seestiefeln und Hemdsärmeln, eifrig damit beschäftigt, unter der Tür des Kartenhauses das Geld auszuzahlen, während ihm der Schweiß von der Stirn lief – dann und wann Vater Rout oder mich streng zurechtweisend, wenn etwas nicht ganz nach seinem Willen lief. Den Anteil jener, die nicht imstande waren, auf die Brücke zu kommen, brachte er selbst nach Luke zwei. Drei Dollars waren übriggeblieben, von denen die drei am schwersten verletzten Kulis je einen erhielten.

Danach gingen wir wieder an die Arbeit und schaufelten Berge nasser Lumpen und alle möglichen Überreste formloser Dinge an Deck. Dann überließen wir es den Kulis selbst, sich über ihr Eigentum zu einigen.

Damit war sicherlich, so gut es nur irgendwie ging, alles Aufsehen vermieden und die Angelegenheit zum Besten aller Beteiligten geregelt worden. Was sagst Du auf Deinem Musikdampfer dazu? Unser alter Leitender Ingenieur behauptet, das sei das einzig Richtige gewesen, und der Kapitän sagte neulich zu mir: ›Es gibt Dinge, über die man in den Büchern nichts finden kann.‹ Ich meine, für so einen einfältigen Menschen hat er sich sehr gut aus der Affäre gezogen.«

ZWISCHEN LAND UND SEE

Drei Erzählungen

VORBEMERKUNG DES AUTORS

Das Einzige, was diese drei Geschichten miteinander verbindet, ist sozusagen geographischer Art. Ihr Schauplatz, sei es an Land oder auf See, liegt nämlich in derselben Gegend, die man wohl als die Region des Indischen Ozeans mit seinen Verzweigungen und Ausläufern nördlich des Äquators bis hinauf zum Golf von Siam bezeichnen kann. Hinsichtlich des Zeitpunktes ihrer Entstehung gehören sie zu der Periode, die der Veröffentlichung des Romans mit dem mißlichen Titel ›Mit den Augen des Westens‹ unmittelbar folgte. Und was das Leben des Autors betrifft, so deutet ihr Erscheinen in einem Band auf einen endgültigen Wandel im Schicksal seiner Erzählungen hin. Denn es läßt sich nicht bestreiten, daß ›Mit den Augen des Westens‹ in der Öffentlichkeit keine Gunst fand, während der Roman ›Spiel des Zufalls‹, der dem Band ›Zwischen Land und See‹ folgte, sogleich nach seinem ersten Erscheinen von weit mehr Lesern freundlich aufgenommen wurde als irgendein anderes meiner Bücher.

Auch diese drei in einem Band zusammengefaßten Erzählungen haben eine gute Aufnahme gefunden, sowohl in der Öffentlichkeit als auch im engeren Kreis und beim Verleger. Dieser kleine Erfolg stellte sich gerade zur rechten Zeit zur Stärkung meiner geschwächten körperlichen Verfassung ein. Man könnte dieses Buch daher wohl in der Tat als das Werk eines wiedergenesenen Mannes bezeichnen, zumindest zwei Drittel davon, denn ›Der geheime Teilhaber‹, die mittlere Erzählung, wurde viel früher als die beiden anderen geschrieben. Die Erinnerungen an ›Mit den Augen des Westens‹ sind tatsächlich mit der Erinnerung an eine schwere Krankheit verknüpft, die wie ein Tiger im Dschungel an der Biegung eines Pfades nur darauf zu warten schien, sich in dem Augenblick auf mich zu stürzen, als die letzten Worte des Romans geschrieben waren. Die Erinnerung an eine Krankheit gleicht sehr der Erinnerung an einen bösen Traum. Als ich in einem sehr geschwächten Zustand daraus auftauchte, trieb es mich, meine taumelnden Schritte dem Indischen Ozean zuzuwenden, was unbestreitbar nach dem Genfer See zu einem vollkommenen Wechsel der Umgebung und Atmosphäre führte. Begonnen in solch erschöpftem Zustand und mit so unsicherer Hand, daß ich mindestens die ersten zwanzig Seiten in den Papierkorb werfen mußte, gedieh ›Ein Lächeln des Glücks‹, mehr noch als die beiden anderen eine Geschichte vom Indischen Ozean, schließlich zu dem, was der Leser sehen will. Ich möchte meinerseits nur sagen, daß ganz unerwartet mir Leute, die ich persönlich gar nicht kannte, auf den Rücken klopften, vor allen der Herausgeber einer populären Zeitschrift, der die Erzählung in großaufgemachten Fortsetzungen veröffentlichte. Wer wird hierauf noch behaupten können, daß dieser Klimawechsel nicht ein großer Erfolg war?

Von ganz anderem Ursprung ist die mittlere Erzählung ›Der geheime Teilhaber‹. Sie ist viel früher entstanden und zuerst im ›Harper's Magazine‹ Anfang 1911, glaube ich, veröffentlicht worden. Oder war es vielleicht Ende des Jahres? Mein Gedächtnis ist in diesem Punkt verschwommen. Die Tatsachen, die der Erzählung zugrunde liegen, waren mir schon seit vielen Jahren bekannt. Sie waren in der Tat Allgemeinbesitz der ganzen Handelsflotte, die damals mit Indien, China und Australien verkehrte: Segler, deren letzte Jahre mit meinen ersten in der Großen Fahrt zusammenfielen. Die Sache selbst spielte sich an Bord eines sehr berühmten Schiffes dieser Flotte ab, der ›Cutty Sark‹. Sie gehörte Herrn Willis, einem seinerzeit angesehenen Schiffseigner, einem jener Reeder, die noch persönlich ihre Schiffe zu verabschieden pflegten (sie liegen jetzt alle unter der Erde), wenn sie auf die Reise nach den fernen Küsten gingen, wo sie auf würdige Weise die geachtete Hausflagge zeigten. Ich bin glücklich, daß mir wenigstens einmal der Anblick des Herrn Willis vergönnt war. Es war an einem sehr regnerischen, trüben Morgen, als ich ihn an der Spitze vom New South Dock einen seiner nach China auslaufenden Klipper verabschieden sah. Die imposante Gestalt mit dem unvermeidlichen weißen Hut, die im Londoner Hafen so gut bekannt war, wartete, bis sich der Bug seines Schiffes stromabwärts gedreht hatte, ehe sie mit seiner behandschuhten Hand würdevoll zum Abschied winkte. Soviel ich weiß, kann es die ›Cutty Sark‹ selbst gewesen sein, obgleich bestimmt nicht auf dieser verhängnisvollen Reise. Mir ist das genaue Datum des Vorfalles nicht bekannt, der dem Vorwurf der Erzählung ›Der stille Teilhaber‹ zugrunde liegt. Die Sache wurde ruchbar und gelangte Mitte der achtziger Jahre in die Zeitungen, obgleich ich schon vorher gewissermaßen aus privater Quelle von den Offizieren der Wollklipper-Flotte, bei der ich meine ersten Jahre in der Großen Fahrt verbrachte, viel davon gehört hatte. Die Geschichte kam unter Umständen ans Tageslicht, die dramatisch genug waren, glaube ich, die aber nichts mit meiner Erzählung zu tun haben. In dem ausgesprochen maritimen Teil meiner Schriften kommt dieser Darstellung wohl die Stelle eines meiner beiden Stücke der Windstille zu. Will man nämlich eine Unterscheidung nach Themen vornehmen, dann habe ich zwei Sturmstücke, den ›Nigger von der Narcissus‹ und ›Taifun‹, sowie zwei ›Windstille‹-Stücke geschrieben, dieses und ›Die Schattenlinie‹, ein Buch, das zu einer späteren Epoche gehört.

Ungeachtet ihrer autobiographischen Form sind die beiden obengenannten Erzählungen nicht das Ergebnis persönlicher

Erfahrung. Ihr Wert beruht auf etwas Größerem, wenn auch nicht so fest Umrissenem: auf dem Charakter, der Vision und dem Gefühl der ersten zwanzig unabhängigen Jahre meines Lebens. Und das Gleiche mag für ›Freya von den Sieben Inseln‹ gelten. Diese Geschichte hat mir wegen ihrer Grausamkeit beträchtliche Beschimpfungen eingebracht. So erinnere ich mich an den Brief eines Mannes in Amerika, der ungeheuer aufgebracht war. Mit Flüchen und Verwünschungen bedeutete er mir, daß ich kein Recht habe, so etwas Abscheuliches zu schreiben, das, wie er meinte, seine Gefühle unverdient und unerträglich verletzt habe. Der Brief war sehr interessant. Und eindrucksvoll war er auch. Ich trug ihn tagelang in der Tasche mit mir herum. Hatte ich das Recht? Die Aufrichtigkeit des Zornes imponierte mir. Hatte ich das Recht? Hatte ich wirklich gesündigt, wie er sagte, oder war es nur die Verrücktheit dieses Mannes? Immerhin hatte seine Wut Methode ... In Gedanken verfaßte ich eine leidenschaftliche Antwort, eine Antwort mit milden Argumenten, eine Antwort von überlegener Objektivität – aber am Ende brachte ich nicht ein Wort zu Papier; schließlich vergaß ich, was ich sagen wollte. Irgendwie ging der Brief des zornigen Mannes dann verloren, und nichts ist übriggeblieben als die Blätter dieser Geschichte, an die ich mich nicht mehr genau erinnern kann und auch nicht erinnern wollte, wenn ich es könnte.

Aber mich macht der Gedanke froh, daß die beiden Frauen in diesem Buch: Alice, das unglückselige, leidende Opfer seines Schicksals, und die eigenwillige, aktive Freya, die sich entschlossen zur Herrin ihres eigenen Geschicks aufwarf, manche Sympathie geweckt haben müssen, denn von allen meinen Kurzgeschichten-Bänden war es dieser, der sogleich die größte Nachfrage fand.

1920 *J. C.*

EIN LÄCHELN DES GLÜCKS

Hafengeschichte

Seit Sonnenaufgang hatte ich Ausschau nach vorn gehalten. Das Schiff glitt sanft durch das glatte Wasser. Nach einer Reise von sechzig Tagen wartete ich gespannt auf das Insichtkommen meines Zieles, einer fruchtbaren und schönen Tropeninsel. Enthusiastische Bewohner nennen sie gern die »Perle des Ozeans«. Nun gut, soll sie »Perle« heißen. Ein guter Name. Eine Perle, die der Welt viel Süße spendet.

Das soll nichts anderes heißen, als daß dort erstklassiges Zuckerrohr gedeiht. Die ganze Bevölkerung der Perle lebt vom Zucker und für den Zucker. Zucker ist gleichsam ihr tägliches Brot. Und ich kam jetzt zu ihr, um eine Ladung Zucker überzunehmen, in der Hoffnung, daß die Ernte gut war und die Frachtraten hoch standen.

Herr Burns, mein Erster Offizier, sichtete das Land zuerst; und sehr bald war ich bezaubert von diesem blau aufsteigenden Bild mit seinen Bergspitzen. Fast durchsichtig eine bloße Strahlung, hob sich der Astralleib einer Insel gegen den hellen Himmel ab, um mich von weitem zu begrüßen. Es ist ein seltenes Phänomen, dieser Anblick der Perle aus einer Entfernung von sechzig Meilen, und halb im Ernst fragte ich mich, ob dies wohl ein gutes Omen sei, ob das, was mich auf jener Insel erwarte, wohl ebenso glückhaft außergewöhnlich sein würde wie diese traumhaft schöne Vision, die so wenigen Seeleuten vergönnt ist.

Jedoch die Freude an der glücklich zu Ende gehenden Reise wurde von schrecklichen geschäftlichen Sorgen gestört. Ich strebte nach Erfolg und wollte auch der schmeichelnden Freiheit gerecht werden, die mir mein Reeder in dem großmütigen Satz seiner Anweisung zugestanden hatte: »Wir überlassen es Ihnen, Ihr möglichstes mit dem Schiff zu tun ...« Nachdem mir so die ganze Welt als Schauplatz für meine Taten zur Verfügung gestellt war, schienen mir meine Fähigkeiten nicht größer als der Kopf einer Stecknadel.

Inzwischen war der Wind eingeschlafen, und Burns begann recht unangenehme Bemerkungen über mein übliches Pech zu machen. Ich glaube, es war seine Zuneigung zu mir, die ihn bei jeder Gelegenheit zu seiner freimütigen Kritik veranlaßte. Gleichwohl hätte ich seine Launen nicht ruhig hingenommen, wäre es nicht einmal mein Los gewesen, ihn während einer schweren Krankheit auf See gesundzupflegen. Nachdem ich ihn so gewissermaßen den Klauen des Todes entrissen hatte, wäre es widersinnig gewesen, auf diesen fähigen Offizier einfach zu verzichten. Aber manchmal wünschte ich doch, er würde selbst um seine Entlassung bitten.

Wir waren spät unter Land gekommen und mußten bis zum nächsten Tage außerhalb des Hafens zu Anker gehen. Eine unangenehme und unruhige Nacht folgte. Fast die ganze Zeit über blieben wir beide, Burns und ich, auf der uns fremden Reede an Deck. Die Wolken wirbelten von den spitzen, dunkelgrauen Felsbrocken herunter, bei denen wir lagen. Der aufkommende Wind bewirkte einen angsteinflößenden, von traurigem Stöhnen unterbrochenen Lärm in unserer Takelage. Ich bemerkte, daß wir Glück gehabt hätten, noch vor Einbruch der Dunkelheit einen Ankerplatz zu finden. Es wäre eine schlimme, gefährliche Nacht geworden, wenn wir unter Segeln draußen hätten herumtreiben müssen. Doch mein Erster Offizier beharrte auf seinem unnachgiebigen Standpunkt.

»Glück nennen Sie das, Kapitän! Ja – unser übliches Glück. Nämlich die Art Glück, für die man Gott danken muß, daß es nicht schlimmer gekommen ist!«

Und so setzte er während der dunklen Nachtstunden seine aufreizenden Reden fort, indes ich mich aus dem Schatz eigener Lebensweisheit stärkte. Ach, es war eine aufregende, ermüdende, endlose Nacht, die wir unter dieser schwarzen Küste vor Anker verbrachten! Rund um das Schiff machte das aufgewühlte Wasser murrende Geräusche. Zuweilen traf uns der zwischen den hohen Klippen hindurchwehende Wind mit solch gewaltigen Stößen, daß es in den Riggen wie das Wehklagen einer verlorenen Seele laut aufheulte.

I

Als wir das Schiff endlich gegen halb acht Uhr morgens etwa einen Steinwurf vom Kai entfernt im Hafen vermurten, war mein Vorrat an Lebensweisheit nahezu erschöpft. Ich war gerade dabei, mich in aller Eile in meiner Kammer umzuziehen, als der Steward mit einem Anzug über dem Arm hereingestolpert kam. Ich hatte den Kopf gerade in ein weißes Hemd gesteckt, das, zu sehr gestärkt, zusammenklebte. Hungrig, müde und niedergeschlagen, mahnte ich jetzt ärgerlich, »endlich mit dem Frühstück in Gang zu kommen«. Ich wollte so schnell wie möglich an Land gehen.

»Jawohl, Kapitän, das Frühstück ist um acht Uhr klar. Draußen wartet ein Herr von Land, der Sie sprechen möchte.« Er machte diese Meldung in einem merkwürdig nuschelnden Ton. Mit einem Ruck zog ich mir das Hemd über den Kopf und sah ihn mit einem starren Blick an. »So früh!« rief ich. »Wer ist das? Was will er?«

Von See kommend, muß man sich auf der eigenen Lebensweise völlig fremde Verhältnisse umstellen. Jedes kleine Ereignis erscheint einem zuerst als etwas besonders Neuartiges.

Ich war über den frühen Besuch sehr erstaunt; aber es gab keinen Grund, daß mein Steward deswegen so besonders einfältig dreinschaute.
»Haben Sie nicht nach seinem Namen gefragt?« erkundigte ich mich in strengem Ton.
»Sein Name ist Jacobus, glaube ich«, murmelte er kleinlaut.
»Jacobus!« rief ich laut aus, überraschter denn je, aber nach einem völligen Gefühlsumschwung. »Warum konnten Sie das nicht gleich sagen?«
Doch der Kerl war schon eilig aus meiner Kammer getrippelt. Durch die einen Augenblick offenstehende Tür konnte ich einen Blick auf einen großen, beleibten Mann werfen, der an dem schon gedeckten Tisch im Salon stand. Der Steward hatte ein »Hafen-Tischtuch« aufgelegt. Es war fleckenlos und blendend weiß. Soweit war alles in Ordnung.
Höflich rief ich durch die geschlossene Tür, daß ich beim Anziehen sei und ihm in einem Augenblick zur Verfügung stehen werde. Mit tiefer, gedämpfter Stimme kam von dem Besucher die beruhigende Antwort, daß es damit keine Eile habe. Seine Zeit gehöre mir. Er erlaube sich zu fragen, ob er jetzt eine Tasse Kaffee bekommen könne.
»Ich fürchte, Ihnen nur ein armseliges Frühstück anbieten zu können«, entschuldigte ich mich. »Wir sind einundsechzig Tage auf See gewesen, Sie verstehen.«
Er antwortete mit einem ruhigen kurzen Lachen und den Worten: »Das geht schon in Ordnung, Kapitän.« Das alles, seine Worte, sein Tonfall und seine mit einem Blick erhaschte Haltung im Salon hatten einen unerwarteten Charakter, etwas Freundliches und – Sühnebereites. Meine Überraschung wurde dadurch nicht geringer. Was sollte dieser Besuch bedeuten? War es das Zeichen eines finsteren Anschlages auf meine kaufmännische Unschuld? Oh! Diese kaufmännischen Interessen – die das schönste Leben unter der Sonne verderben. Warum

muß die See für Handel und auch noch für Kriege herhalten? Warum auf See töten und Warenverkehr treiben – um selbstsüchtiger Ziele willen, die am Ende nicht von großer Bedeutung sind? Es wäre doch weit angenehmer, nur herumzusegeln, hier und dort einen Hafen und einen Flecken Land anzulaufen, um sich die Beine zu vertreten, ein paar Bücher zu kaufen und für eine Weile Abwechslung im Küchenzettel zu haben. Aber da wir in einer Welt leben, die mehr oder weniger mordgierig ist und hoffnungslos merkantil, war es einfach meine Pflicht, den sich bietenden Gelegenheiten die besten Seiten abzugewinnen.

Der Brief meines Reeders hatte es mir überlassen, wie ich schon vorher ausführte, das meiner Meinung nach Möglichste für das Schiff zu tun. Aber das Schreiben enthielt auch eine Nachschrift, die etwa so lautete:

»Ohne Ihre Handlungsfreiheit irgendwie behindern zu wollen, schreiben wir mit gleicher Post an einen unserer dortigen Geschäftsfreunde, der Ihnen vielleicht behilflich sein kann. Wir richten daher an Sie die Bitte, vor allem Herrn Jacobus, einen prominenten Kaufmann und Befrachter, aufzusuchen. Wenn Sie sich gut mit ihm verstehen, wird er Ihnen möglicherweise zu einem einträglichen Frachtabschluß verhelfen.«

Gut verstehen! Hier war nun die prominente Persönlichkeit tatsächlich an Bord und bat um eine Tasse Kaffee! Da das Leben kein Märchen ist, war ich von diesem unwahrscheinlichen Ereignis ziemlich erschüttert. Hatte ich einen verzauberten Winkel der Erde entdeckt, wo wohlhabende Kaufleute mit leerem Magen an Bord stürzen, ehe das Schiff noch richtig vermurt ist? War dies Zauberei oder nur ein finsterer Geschäftstrick? Schließlich kam ich (während ich meinen Schlips knotete) auf die Vermutung, den Namen vielleicht nicht richtig verstanden zu haben. Während der Reise hatte ich ziemlich häufig an den prominenten Jacobus gedacht, und vielleicht

war mein Gehör durch eine entfernte Ähnlichkeit des Klanges getäuscht worden. Möglicherweise hatte der Steward Antrobus gesagt – oder vielleicht Jackson.
Aber als ich aus meiner Kammer heraustrat und fragte: »Herr Jacobus?« bekam ich ein seelenruhiges »Ja« zur Antwort, das ein höfliches Lächeln begleitete. Es war ein ziemlich lässiges »Ja«. Er schien sich nicht viel aus der Tatsache zu machen, daß er Jacobus war. Vor mir stand ein Mann mit einem großen bleichen Gesicht, schütterem Haar, einem dünnen Backenbart von undefinierbarer Farbe und schweren Augenlidern. Die weichen, wulstigen Lippen erschienen wie fest aneinandergeklebt. Er begrüßte mich mit einem sanften Lächeln. Ein würdiger, sehr gelassener Mann. Ich stellte meine beiden Offiziere vor, die gerade zum Frühstück herunterkamen; aber aus welchem Grund Burns' Schweigsamkeit eine gewisse verhaltene Empörung hervorrief, konnte ich mir nicht erklären.
Während wir am Tisch Platz nahmen, hörte ich einige unzusammenhängende Wortfetzen, die von einer Auseinandersetzung im Kajütsniedergang herrührten. Anscheinend wollte ein Fremder zu mir herunterkommen, und der Steward hinderte ihn daran.
»Sie können ihn nicht sprechen.«
»Warum nicht?«
»Der Kapitän ist beim Frühstück, sag' ich Ihnen. Er wird gleich an Land gehen, dann können Sie ihn an Deck sprechen.«
»Das ist ungerecht. Sie ließen –«
»Damit habe ich gar nichts zu tun.«
»Oh, doch, das haben Sie. Jeder sollte dieselbe Chance haben. Sie ließen diesen Herrn –«
Den Rest konnte ich nicht hören. Nachdem er den Mann auf diese Weise erfolgreich zurückgewiesen hatte, kam der Steward herunter. Ich kann nicht sagen, daß sein Gesicht rot aussah – er war ein Mulatte –, aber er sah doch erregt aus. Nach-

dem er das Frühstück serviert hatte, blieb er bei der Anrichte mit der gleichgültigen Miene stehen, die er gewöhnlich aufzusetzen pflegte, wenn er sich in einer Sache zu weit vorgewagt hatte und befürchtete, deswegen in Schwierigkeiten zu geraten. Burns sah ihn mit einem ungewöhnlich verächtlichen Gesichtsausdruck an und blickte dann zu mir hin. Ich hatte keine Ahnung, was nun wieder in meinen Ersten gefahren war.

Da sich der Kapitän schweigend verhielt, sagten die anderen auch nichts, wie das an Bord so üblich ist. Und ich sprach einfach deswegen nicht, weil mir dieses großartige Gastmahl die Sprache verschlug. Ich hatte das auf See übliche Frühstück erwartet, während ich jetzt vor uns auf dem Tisch ein wahres Festessen sah, das aus frischem Proviant von Land zubereitet war: Eier, Wurst und Butter, die offenkundig nicht aus einer dänischen Dose stammte, dazu noch Koteletts und sogar eine Schüssel Kartoffeln. Es war drei Wochen her, daß ich eine richtige frische Kartoffel gesehen hatte. Mit großem Interesse nahm ich sie in Augenschein, und Jacobus zeigte sich dabei als ein Mann von freundlichem, menschlichem Mitgefühl und eine Art Gedankenleser.

»Versuchen Sie mal, Kapitän«, redete er mir freundlich zu, »sie sind ausgezeichnet.«

»Sie sehen so aus«, gab ich zu. »Auf der Insel gewachsen, nehme ich an.«

»Oh, nein, importiert. Die hier wachsen, würden viel teurer sein.« Unsere triviale Unterhaltung begann mich zu bedrükken. Waren dies Themen, über die man sich mit einem prominenten und wohlhabenden Kaufmann unterhält? Ich fand die ungekünstelte Art, in der sich unser Gast bei uns wie zu Hause fühlte, zwar recht einnehmend, aber worüber soll man sich nach einem Seetörn von einundsechzig Tagen mit einem Mann unterhalten, der aus einer völlig unbekannten kleinen Stadt einer Insel kommt, die man noch nie zuvor gesehen hat?

Was (außer Zucker) war auf diesem Krümel Erde von Bedeutung, worüber wurde geklatscht, was waren die Gesprächsthemen? Die Unterhaltung sofort auf das Geschäftliche zu bringen, wäre doch beinah ungehörig, oder sogar noch schlimmer, nämlich unklug gewesen. Im Augenblick konnte ich also nichts anderes tun, als im alten Geleise fortzufahren.

»Sind die Lebensmittel im allgemeinen sehr teuer hier?« fragte ich, wobei ich mich über meine eigene Geistlosigkeit ärgerte.

»Das möchte ich nicht sagen«, antwortete er gelassen, wobei die zurückhaltende Art, in der er sprach, darauf schließen ließ, daß er nicht viel Worte darüber verlieren mochte.

Er wollte nicht deutlicher werden, versuchte aber auch nicht, dem Thema auszuweichen. Und indem er den gedeckten Tisch mit gleichgültigen Augen musterte (er ließ sich von mir nicht dazu animieren, etwas zu essen), erging er sich in Einzelheiten über die Versorgung der Bevölkerung. Das Fleisch wurde zum größten Teil aus Madagaskar importiert; Hammelfleisch war natürlich rar und etwas teuer, aber gutes Ziegenfleisch –

»Sind diese Koteletts Ziegenfleisch?« rief ich voreilig aus und deutete auf eine der Platten. Der bei der Anrichte stehende Steward fuhr erschrocken zusammen. »Um Himmels willen, nein, Kapitän! Es ist richtiges Hammelfleisch!«

Mit nervöser Ungeduld nahm Herr Burns sein Frühstück zu sich, als sei er aufgebracht darüber, an einer ungeheuren Dummheit teilhaben zu müssen. Er murmelte eine knappe Entschuldigung und ging an Deck. Kurz darauf verließ der Zweite Offizier mit seinem glatten roten Gesicht den Salon. Nach der zweimonatigen Seeverpflegung hatte er das üppige Mahl mit dem Appetit eines Schuljungen zu schätzen gewußt. Ich jedoch nicht. Es hatte den Beigeschmack von Verschwendung. Immerhin war es ein bemerkenswertes Kunststück, es so rasch fertigzustellen, und ich machte dem Steward zu seiner Fixigkeit in einem etwas anzüglichen Ton einige Komplimente. Er wehrte mit einem ablehnenden Lächeln ab und zwinkerte mit seinen schönen dunklen Augen in einer Weise zu dem Gast hin, die mir völlig unverständlich war.

Leise bat dieser um eine weitere Tasse Kaffee und knabberte dabei asketisch an einem Stück sehr harten Schiffsbiskuits. Ich glaube nicht, daß er letztlich mehr als ein Quadratzoll davon verzehrt hat, während er mir gewissermaßen beiläufig ganz ausführlich über die Zuckerernte, die hiesigen Handelshäuser und den Stand des Frachtenmarktes berichtete. Dazwischen streute er aufschlußreiche Bemerkungen über Persönlichkeiten ein, die sich bis zu verhüllten Warnungen steigerten. Sein blasses fettes Gesicht blieb dabei völlig unbewegt und ausdruckslos, als hätte es nichts mit seiner Stimme zu tun. Man kann sich wohl vorstellen, wie ich meine Ohren spitzte. Jedes Wort war kostbar. Meine Ansichten über den Wert einer Geschäftsfreundschaft wurden in günstigem Sinne gewandelt. Er nannte mir die Namen aller verfügbaren Schiffe samt ihrer Tonnage und die Namen ihrer Kapitäne. Nach diesen noch kommerziellen Auskünften ließ er sich leutselig zu bloßem Hafenklatsch herab. Die ›Hilda‹ hatte auf unerklärliche Weise ihre Galionsfigur in der Bucht von Bengalen verloren, und ihr Kapitän war darüber sehr betroffen. Er und sein Schiff gehörten schon seit Jahren zusammen, und der alte Herr bildete sich nun ein, dieser seltsame Vorfall sei der Vorbote seines eigenen frühen Endes. Die ›Stella‹ hatte beim Kap furchtbares Wetter gehabt – die See hatte ihre Decks reingefegt und den Ersten Offizier über Bord gewaschen. Und nur wenige Stunden vor ihrer Ankunft im Hafen war das Baby gestorben. Der arme Kapitän H. und seine Frau waren furchtbar niedergeschlagen. Wenn sie das Kind wenigstens noch lebend hätten an Land bringen können, dann wäre es wahrscheinlich zu retten gewesen. Doch in der letzten Woche ließ sie der Wind im Stich, nur dann und wann eine leichte Brise, und ... das Kind soll an diesem Nachmittag beerdigt werden. Er nehme an, ich würde hingehen.

»Meinen Sie?« fragte ich zurückschreckend. Er meinte ja, auf jeden Fall. Man würde es sehr zu schätzen wissen. Alle Kapitäne im Hafen würden anwesend sein. Die arme Frau H. war völlig gebrochen. Für beide war es sehr hart.

»Und Sie, Kapitän – Sie sind nicht verheiratet, nehme ich an?«

»Nein, ich bin nicht verheiratet«, sagte ich. »Nicht einmal verlobt.«

Im Stillen dankte ich dem Himmel; und während Jacobus nachdenklich und verträumt lächelte, drückte ich ihm meine Erkenntlichkeit für seinen Besuch und die interessanten Geschäftsinformationen aus, die er mir gütigst hatte zukommen lassen. Aber ich sagte nicht, wie sehr ich mich darüber wunderte.

»Natürlich hätte ich Sie in ein oder zwei Tagen aufgesucht«, schloß ich. Er blickte auf und sah mich prüfend an. Irgendwie brachte er es fertig, dabei noch schläfriger als vorher auszusehen.

»Den Instruktionen meines Reeders entsprechend«, erklärte ich. »Sie haben sicherlich seinen Brief erhalten?«

Bis dahin hatte er mit gehobenen Augenbrauen, doch ohne jegliche Gefühlsregung zugehört, jetzt aber kam er mir wie die Gelassenheit selbst vor.

»Oh! Sie denken wohl an meinen Bruder.«

Hierauf war es an mir, »Oh!« auszurufen. Aber ich hoffe, daß nicht mehr als höfliche Überraschung in meiner Stimme mitschwang, als ich ihn fragte, mit wem ich dann wohl das Vergnügen hätte ... Lässig griff er in seine Brusttasche. »Mein Bruder ist eine ganz andere Person. Aber ich bin in diesem Teil der Welt gut bekannt. Sie haben wahrscheinlich gehört –«

Ich nahm die Karte, die er mir entgegenhielt. Es war eine umfangreiche Geschäftskarte, weiß Gott! Alfred Jacobus – der andere hieß Ernest – Lieferant für Schiffsbedarf jeder Art! Trockenproviant und frische Ware, Öle, Farben, Tauwerk, Segeltuch etc., etc. Regelmäßige Belieferung der Schiffe im Hafen mit Frischproviant zu mäßigen Preisen –

»Ich habe noch nie etwas von Ihnen gehört«, sagte ich schroff. Seine selbstsichere Haltung verließ ihn nicht. »Sie werden sehr zu Ihrer Zufriedenheit bedient werden«, flüsterte er ganz ruhig.

Ich war nicht beschwichtigt. Ich hatte das Gefühl, irgendwie getäuscht worden zu sein. Doch ich hatte mich selbst einer Täuschung hingegeben – wenn überhaupt von einer Täuschung die Rede sein konnte. Aber diese Unverschämtheit, mit der er sich selbst zum Frühstück eingeladen hatte, mußte jeden hinters Licht führen. Und plötzlich kam mir der Gedanke: Natürlich! Der Kerl hat uns all die Lebensmittel aus seinem eigenen Geschäft geliefert.

»Sie müssen heute morgen aber mächtig früh aufgestanden sein«, sagte ich.

Mit entwaffnender Ungezwungenheit gab er zu, daß er schon vor sechs Uhr am Kai war und auf unsere Ankunft gewartet hatte. Ich gewann den Eindruck, daß es jetzt unmöglich sei, ihn wieder loszuwerden.

»Wenn Sie glauben, daß wir die Absicht haben, so zu leben«, sagte ich mit einem gereizten Blick auf den üppig gedeckten Tisch, »dann sind Sie aber sehr im Irrtum.«

»Sie werden schon zufrieden sein, Kapitän. Ich verstehe Sie gut.«

Nichts konnte seinen Gleichmut beirren. Ich war verärgert, aber ich konnte doch nicht gut gegen ihn ausfallend werden. Er hatte mir sehr viel nützliche Dinge erzählt – und außerdem war er der Bruder dieses wohlhabenden Kaufmannes. Das schien recht sonderbar.

Ich stand auf und erklärte ihm kurz und bündig, daß ich jetzt an Land gehen müsse. Sofort bot er mir sein Boot an, das ich während der ganzen Zeit unseres Hafenaufenthaltes benutzen könne.
»Ich mache Ihnen dafür einen ganz geringen Preis«, fuhr er gleichmütig fort. »Einer meiner Leute ist den ganzen Tag über an der Landungsbrücke. Sie brauchen nur zu pfeifen, wenn Sie das Boot brauchen.«
Und indem er an jeder Tür zur Seite trat, um mir den Vortritt zu lassen, brachte er mich am Ende doch unter seiner Obhut an Land. Als wir über das Achterdeck gingen, traten zwei schäbige Gestalten auf mich zu und boten mir mit betrübter Miene schweigend ihre Geschäftskarten an. Wortlos nahm ich sie unter ihren traurigen Blicken entgegen. Es war eine nutzlose, entmutigende Zeremonie. Beide waren Kundenwerber für andere Schiffshändler, deren Existenz der gelassen hinter mir stehende Jacobus einfach ignorierte.
Wir trennten uns am Kai, nachdem er in seiner bedächtigen Art der Hoffnung Ausdruck gegeben hatte, mich noch sehr oft im »Lager« zu sehen. Er habe dort ein Rauchzimmer für die Kapitäne mit Zeitungen und einer Kiste »ganz anständiger Zigarren«. Sehr unzeremoniell verabschiedete ich mich.
Meine Ladungsempfänger empfingen mich mit der üblichen geschäftlichen Herzlichkeit, ihr Bericht über den Stand der Frachtraten lautete jedoch nicht annähernd so günstig, wie es die Erzählungen des falschen Jacobus hatten erwarten lassen. Natürlich war ich jetzt geneigt, seiner Darstellung mehr Vertrauen zu schenken. »Hm, ein Haufen Lügen, kaufmännische Diplomatie!« dachte ich, als ich die Bürotür hinter mir schloß. »Das sind die üblen Dinge, mit denen man rechnen muß, wenn man von See kommt. Immer wieder wird versucht, das Schiff unter der offiziellen Frachtrate zu beladen.«
In dem großen Vorraum, der voller Schreibtische stand, erhob

sich der Bürovorsteher von seinem Platz. Es war ein hochgewachsener, magerer, glattrasierter Herr in einem makellosen weißen Anzug mit glänzendem, kurzgeschnittenem schwarzem Haar, über das silberne Schimmer glitten. Er trat auf mich zu und hielt mich leutselig zurück. Sie würden sich glücklich schätzen, wenn sie noch irgend etwas für mich tun könnten. Würde ich vielleicht am Nachmittag nochmals vorbeikommen? Zu einer Beerdigung wollte ich gehen? Oh, ja, der arme Kapitän H. –

Einen Augenblick lang machte er eine teilnahmsvolle Miene, aber dann hatte er das Baby, das in einem Sturm krank geworden war und durch eine allzugroße Flaute sterben mußte, sofort wieder aus seiner Alltagswelt verbannt. Mit einem haifischähnlichen Lächeln, falls Haifische auch falsche Zähne haben können, fragte er mich, ob ich schon meine täglichen Dispositionen für die Hafenliegezeit getroffen hätte.

»Ja, mit Jacobus«, antwortete ich unbekümmert. »Ich hörte, er ist der Bruder von Ernest Jacobus, für den ich eine Empfehlung von meiner Reederei habe.« Es tat mir nicht leid, ihn davon in Kenntnis zu setzen, daß ich nicht ganz hilflos seiner Firma ausgeliefert war. Zweifelnd verzog er seine schmalen Lippen.

»Wieso«, rief ich aus, »ist er nicht sein Bruder?«

»Oh, natürlich ... Nur, die beiden haben seit achtzehn Jahren nicht mehr miteinander gesprochen«, fügte er nach einer Pause mit Nachdruck hinzu.

»Nicht möglich! Worüber streiten sie sich denn?«

»Oh, nichts! Nichts, was des Erwähnens wert wäre«, beteuerte er salbungsvoll. »Er hat ein ziemlich großes Geschäft. Der beste Schiffshändler hier, ohne Zweifel. Mit dem Geschäft ist alles in Ordnung, aber es gibt ja auch so etwas wie einen persönlichen Charakter, meinen Sie nicht auch? – Guten Morgen, Herr Kapitän.«

Affektiert kehrte er zu seinem Pult zurück. Ich amüsierte mich, irgendwie erinnerte er an eine alte Jungfer, eine kaufmännische Jungfer, die durch eine Unregelmäßigkeit aus der Fassung geraten war. Aber was ist schon eine kaufmännische Unregelmäßigkeit? Eine ernste Angelegenheit, denn sie zielt auf unsere Tasche ab. Oder verurteilte er nur ehrpusselig die Verhaltensweise des Jacobus, weil er seine eigene Kundenwerbung betrieb? Das war sicherlich seiner unwürdig. Ich hätte gern gewußt, wie der kaufmännische Bruder darüber dachte. Aber andere Länder, andere Sitten. In einer so isolierten und abgeschlossenen Gemeinschaft hat der »Handel« seinen eigenen gesellschaftlichen Maßstab.

II

Ich hätte gerne darauf verzichtet, so gleich bei dieser traurigen Gelegenheit mit allen Kapitänen hier persönlich bekannt zu werden. Wie dem auch sei, ich fand meinen Weg zum Friedhof. Dort hatte sich eine beträchtliche Menge barhäuptiger Männer in dunklen Anzügen eingefunden. Es fiel mir auf, daß diejenigen von uns, die am ehesten dem nun schon veralteten Typ des »Alten Seebären« entsprachen, die ergriffensten waren – vielleicht, weil sie weniger »gute Umgangsformen« hatten als die junge Generation. Der Fahrensmann alten Stils war außerhalb seines natürlichen Elementes ein einfaches und sentimentales Geschöpf. Ich beobachtete einen – er stand mir am Grabe gegenüber –, dem die Tränen die Wangen herunterliefen. Sie rieselten über sein wetterhartes Gesicht wie Regentropfen über eine alte rauhe Wand. Später erfuhr ich, daß er als Schrecken der Matrosen galt, ein harter Mann, der niemals Weib oder Kind hatte und der, seit frühester Jugend auf Großer Fahrt, Frauen und Kinder nur vom Ansehen kannte.

Vielleicht vergoß er jene Tränen über die verpaßten Gelegenheiten aus reinem Neid auf die väterlichen Gefühle und aus einer merkwürdigen Eifersucht auf ein Leid, das er nie erfahren würde. Die Menschen, und selbst die Seeleute, sind launische Geschöpfe, die Sklaven und die Opfer verpaßter Gelegenheiten. Doch der Anblick des Mannes erfüllte mich mit Scham über meine Gefühllosigkeit. Ich konnte keine Tränen vergießen.

Kritisch und gräßlich unbeteiligt hörte ich dem Trauergottesdienst zu, wie ich ihn selbst schon ein- oder zweimal für kindliche Männer hatte abhalten müssen, die auf See geblieben waren. Die Worte der Hoffnung und des Trotzes, diese beschwingten Worte, die in der freien Unendlichkeit des Wassers und des Himmels so anfeuernd wirken, schienen hier müde in das kleine Grab hinabzusinken. Was für ein Sinn lag darin, angesichts dieses schmalen dunklen Erdenlochs den Tod nach seinem Stachel zu fragen? Und so schweiften meine Gedanken schließlich ganz ab – hin zu den Dingen des Lebens – nicht den großen Dingen – sondern zu Schiffen, Frachten, Geschäften. In der Wankelmütigkeit ihrer Empfindungen gleichen die Menschen bedauernswerten Affen. Ich empfand Abscheu vor meinen eigenen Gedanken, als ich daran dachte, ob ich wohl bald eine Charter abschließen könnte. Zeit ist Geld. Wird dieser Jacobus mir wirklich zu einem guten Geschäft verhelfen? Ich mußte doch versuchen, ihn morgen oder übermorgen zu sehen.

Man glaube nun nicht, daß ich diese Gedanken bewußt verfolgt hätte. Nein, eher verfolgten sie mich: Es waren vage, unruhige, trübe und verschämte Gedanken, die sich mir mit abscheulicher, gefühlloser, geradezu empörender Hartnäckigkeit aufdrängten. Und es war die Gegenwart dieses hartnäckigen Schiffshändlers, der sie hervorrief. Trauernd stand er inmitten der kleinen Gruppe von Seeleuten, und diese seine Gegenwart ärgerte mich, weil sie mich an seinen Bruder, den Kaufmann, erinnerte und diese empörenden Gedanken ausgelöst hatte. Tatsächlich war ich gar nicht ohne jegliches Mitgefühl, es war nur der Verstand, der –

Endlich war alles vorbei. Der arme Vater, ein Mann in den vierziger Jahren mit einem schwarzen, buschigen Backenbart und einer mitleiderregenden Schnittwunde am frischrasierten Kinn, dankte uns allen mit Tränen in den Augen. Aus irgendeinem Grunde, sei es, weil ich nicht sogleich meinen Weg zurückfand und am Friedhofstor stehenblieb oder weil ich der Jüngste war, möglicherweise war es meine Niedergeschlagenheit infolge der Gewissensbisse, die ich mir wegen meiner prosaischen Gedanken machte, oder einfach nur deswegen, daß ich für ihn mehr als alle anderen ein Fremder war, fischte er gerade mich aus der Menge heraus. Er blieb an meiner Seite und wiederholte seine Dankesworte, denen ich in gedrückter Stimmung und nagenden Gewissens schweigend zuhörte. Plötzlich schob er eine Hand unter meinen Arm und winkte mit der anderen einer großen beleibten Gestalt zu, die in einem flatternden, dünnen grauen Anzug allein die Straße hinabging.

»Das ist ein guter Mensch – wirklich ein guter Mensch« – er unterdrückte ein nachträgliches Schluchzen –, »dieser Jacobus.« Und mit leiser Stimme erzählte er mir, daß es Jacobus war, der als erster bei seiner Ankunft an Bord kam, und als er von dem Unglück hörte, sofort für alles sorgte. Freiwillig erledigte er alle routinemäßigen Angelegenheiten, nahm die Schiffspapiere mit an Land und bereitete alles für die Beerdigung vor. »Ein guter Mensch. Ich war überwältigt. Die letzten zehn Tage mußte ich mich um meine Frau sorgen. Ich war hilflos. Bedenken Sie das! Der liebe kleine Kerl starb genau an dem Tage, als wir Land in Sicht bekamen. Gott allein weiß, wie ich es fertiggebracht habe, das Schiff hereinzubringen! Ich sah nichts mehr, fand keine Worte, ich konnte einfach nicht ... Sie haben wohl gehört, daß unser Steuermann während der Reise über Bord gegangen ist. Ich hatte niemand, der mich vertreten konnte. Und unten saß meine arme Frau allein und halb wahnsinnig mit dem ... Bei Gott! Das ist nicht gerecht.«

Schweigend gingen wir weiter. Ich wußte nicht, wie ich mich von ihm verabschieden sollte. Als wir am Kai ankamen, ließ er meinen Arm los und stieß seine Faust heftig in die geöffnete Hand.

»Bei Gott, das ist nicht gerecht!« rief er wieder aus. »Heiraten Sie nicht, ehe Sie nicht die Seefahrt an den Nagel gehängt haben ... Es ist nicht gerecht.«

Ich hatte nicht die Absicht, »die Seefahrt an den Nagel zu hängen«, und als er mich verlassen hatte, um an Bord seines Schiffes zu gehen, war ich überzeugt, daß ich niemals heiraten würde. Während ich nun am Kai auf Jacobus' Bootsführer wartete, der irgendwohin gegangen war, gesellte sich der Kapitän der ›Hilda‹ zu mir. Er hatte einen zierlichen seidenen Schirm in der Hand, und sein altmodischer spitzer Kragen umrahmte ein schmales, glattrasiertes Gesicht, das für sein Alter wundervoll frisch aussah. Aus den gutgeschnittenen Zügen leuchteten bemerkenswert klare blaue Augen. Er trug einen wertvollen, uralten Panamahut mit einem breiten schwarzen Band, unter dessen Rand sein üppiges weißes Haar wie gesponnenes Glas hervorschimmerte. Die ganze Erscheinung dieses lebhaften, gepflegten kleinen alten Mannes machte einen wunderlich unschuldigen und jungenhaften Eindruck. Er sprach mich mit einer launigen Bemerkung über ein dickes Negerweib an, das auf einem Stuhl an der Ecke des Kais saß, und dies tat er so vertraulich, als ob er mich schon seit meiner frühesten Kindheit jeden Tag gesehen hätte. Dann folgte eine

freundliche Bemerkung über mein Schiff, das er eine sehr hübsche kleine Bark nannte.
Ich gab sein höfliches Kompliment zurück mit der Feststellung: »Nicht so hübsch wie die ›Hilda‹.«
Sofort verzog er seinen wohlgeformten sensiblen Mund. »Ach je! Ich kann jetzt ihren Anblick fast nicht mehr ertragen.« Ob ich schon wüßte, fragte er bekümmert, daß er die Galionsfigur seines Schiffes verloren hatte. Eine Frau in einer blauen, goldumsäumten Tunika. Das Gesicht war wohl nicht gar so sehr schön, aber wundervoll geformt waren die nackten weißen Arme, die sie ausgebreitet hielt, als wollte sie schwimmen. Wußte ich das schon? Wer hätte mit so etwas gerechnet? ... Und das nach zwanzig Jahren!
Niemand hätte aus dem Ton seiner Stimme schließen können, daß es sich um eine Frau aus Holz handelte. Seine zitternde Stimme und seine aufgeregte Art gaben seinen Klagen einen lächerlich anmutenden, anstößigen Beiklang ... In der Nacht verschwunden – einer klaren, stillen Nacht bei ganz wenig Dünung – im Golf von Bengalen. Einfach fort, ohne aufzuklatschen. Niemand an Bord konnte sagen warum, wie, um welche Zeit – nach zwanzig Jahren, letzten Oktober ... Ob ich schon jemals so etwas gehört habe?
Teilnahmsvoll versicherte ich ihm, so etwas noch nie erlebt zu haben – worauf er sehr traurig wurde. Das bedeute nichts Gutes, dessen war er sich sicher. Etwas war dabei, das nach einer Warnung aussah. Aber als ich bemerkte, daß man doch sicherlich eine andere weibliche Figur beschaffen könnte, fand ich mich wegen meiner Oberflächlichkeit heftiger Schelte ausgesetzt. Das sonnengebräunte Gesicht des alten Jungen erglühte knallrot, als hätte ich ein unsittliches Ansinnen geäußert. Man könne wohl Masten ersetzen, wurde ich belehrt, oder ein verlorenes Ruder, wie überhaupt jeden wichtigen Teil des Schiffes, doch welch nützlichen Zweck habe es wohl, eine

neue Galionsfigur anzubringen? Zu wessen Befriedigung? Wem läge etwas daran? Man merke doch sofort, daß ich noch nie mit ein und derselben Galionsfigur über zwanzig Jahre gefahren war.

»Eine neue Galionsfigur!« schimpfte er mit nicht zu beruhigender Entrüstung. »Nun, kommenden Mai sind es achtundzwanzig Jahre, daß ich Witwer bin und ich könnte dann ebensogut daran denken, mir jetzt eine neue Frau anzuschaffen. – Sie sind genauso schlecht wie dieser Jacobus.«

Ich war höchst amüsiert.

»Was hat Jacobus denn gemacht? Wollte er, daß Sie wieder heiraten, Kapitän?« fragte ich in ehrerbietigem Ton. Aber er war jetzt so in Fahrt, daß er nur grimmig lächeln konnte.

»Anschaffen – was Sie nicht sagen! Er gehört zu der Sorte, die Ihnen alles für Geld beschafft, was Sie haben wollen. Ich lag noch keine Stunde hier im Hafen, als er an Bord kam und mir sogleich eine Galionsfigur zum Kauf anbot, die er zufällig in seinem Garten herumliegen hatte. Er veranlaßte Smith, meinen Steuermann, mir das mitzuteilen. ›Herr Smith‹, fragte ich, ›kennen Sie mich nicht besser? Gehöre ich zu denen, die eine Galionsfigur annehmen würden, die ein anderer weggeworfen hat?‹ Und das nach so vielen Jahren? Was Ihr jungen Leute doch manchmal für Zeug redet –«

Ich tat, als empfände ich sehr große Reue, und sagte, als wir in das Boot stiegen, ganz nüchtern: »Dann sehe ich keine andere Möglichkeit, als vielleicht eine ordentliche Bugverzierung anzubringen. Sie wissen doch, aus Holz geschnitzt und schön vergoldet.«

Der Kapitän der ›Hilda‹ war nach seinem Gefühlsausbruch sehr niedergeschlagen. »Ja, eine Verzierung. Mag gehen. Jacobus machte auch so eine Andeutung. Er kommt nie in Verlegenheit, wenn er einem Seemann das Geld aus der Tasche ziehen kann. Für diese Schnitzerei würde er mich ordentlich

neppen. Eine vergoldete Bugverzierung sagten Sie – ja? Ich glaube wohl, daß Ihnen das genügen würde. Ihr jungen Leute scheint kein Gefühl für das zu haben, was sich gehört.«
Er machte eine krampfhafte Bewegung mit seinem rechten Arm. »Schon gut. Es ist ja alles egal. Ich könnte das alte Ding ja ebensogut mit einem nackten Bug in der Welt umherfahren lassen«, rief er betrübt aus. Und als dann das Boot von der Brücke ablegte, fuhr er mit erhobener Stimme, die merkwürdig verbittert klang, laut fort: »Das würde ich tun! Und sei es nur, um diesem blutsaugenden Galionsfigur-Besorger eins auszuwischen. Ich bin ein alter Hase hier, vergessen Sie das bloß nicht. Kommen Sie mich einmal an Bord besuchen.«
Den ersten Abend im Hafen verbrachte ich friedlich im Salon meines Schiffes, und ich war richtig froh bei dem Gedanken, dem Landleben noch einige Stunden fernbleiben zu können. Diesem Landleben, das so voller neuer Gesichter ist, wenn man von See kommt, und den Anschein hat, als sei es nur aus Nichtigkeiten und Widersprüchen zusammengesetzt. Das Schicksal wollte es jedoch, daß ich wieder von Jacobus zu hören bekam, ehe ich einschlief.
Herr Burns war nach dem Abendessen an Land gegangen, um, wie er sagte, »sich einmal umzusehen«. Da es schon ganz dunkel war, als er diese Absicht verkündete, fragte ich ihn nicht, was er noch zu sehen erwarte. Ungefähr gegen Mitternacht, ich saß noch mit einem Buch im Salon, hörte ich vorsichtige Schritte im Gang, worauf ich Burns beim Namen rief.
Burns kam herein, Stock und Hut in der Hand. In seinem schicken Landgangszeug sah er unglaublich vulgär aus. Er trat sehr forsch auf und blinzelte mich mit einem widerlichen Lächeln verschmitzt an. Ich bat ihn, Platz zu nehmen, worauf er Hut und Stock auf den Tisch legte. Nachdem wir eine kleine Weile Schiffsangelegenheiten besprochen hatten, sagte er:
»Ich habe an Land ganz nette Geschichten über diesen Schiffs-

händler gehört, der sich so schlau einen Auftrag von Ihnen verschafft hat, Kapitän.«

Ich beanstandete die Ausdrucksweise meines ehemaligen Patienten, aber er schüttelte nur verächtlich den Kopf. Ein schöner Trick, weiß Gott: Einfach auf ein fremdes Schiff zu gehen mit zwei Körben voll Frühstück für alle Mann und sich seelenruhig selbst an den Kapitänstisch einzuladen! In seinem ganzen Leben habe er nicht so etwas Gerissenes und Unverschämtes erlebt.

Ich verteidigte Jacobus' ungewöhnliche Methoden.

»Er ist der Bruder eines der reichsten Kaufleute im Hafen.«

Die Augen des Steuermanns sprühten grüne Funken.

»Sein großer Bruder hat seit achtzehn oder zwanzig Jahren nicht mehr mit ihm gesprochen«, erklärte er triumphierend, »da haben Sie's!«

»Das weiß ich alles«, unterbrach ich ihn von oben herab.

»So, das wissen Sie, Kapitän? Hm!« Sein Verstand beschäftigte sich immer noch mit der Moral kaufmännischer Konkurrenz. »Ich mag nicht, daß man Ihre Gutmütigkeit ausnützt. Er hat unseren Steward mit einer Fünf-Rupien-Note bestochen, damit er ihn herunterkommen ließ – vielleicht waren es auch zehn, die er dafür hergab. Das macht ihm nichts aus. Er wird das und noch mehr gleich auf die Rechnung setzen.«

»Ist das eine von den Geschichten, die Sie an Land gehört haben?« fragte ich.

Er versicherte mir, daß ihm das sein eigener Verstand sage. Nein, was er an Land gehört hatte, war, daß keine ehrbare Person in der ganzen Stadt mit Jacobus etwas zu tun haben wolle. Er wohne in einem weiträumigen altmodischen Haus mit einem großen Garten in einer der ruhigen Straßen. Nachdem mir Burns das gesagt hatte, fuhr er mit geheimnisvoller Miene fort: »Er hält dort ein Mädchen versteckt, das, wie sie sagen –«

»Ich nehme an, Sie haben all dieses Geschwätz an einem dieser außergewöhnlich ehrbaren Orte gehört?« fuhr ich ihn in sarkastischem Ton an.
Der Pfeil traf. Burns war wie so viele andere unangenehme Leute selbst sehr empfindlich. Er war wie vom Schlage gerührt und riß den Mund auf, um die Unterhaltung fortzusetzen, aber ich gab ihm keine Gelegenheit mehr dazu. »Und wenn auch, was, zum Teufel, geht's mich an?« setzte ich hinzu und zog mich in meine Kammer zurück.
Es war ganz natürlich, daß ich ihm diese Antwort gab, aber irgendwie war es mir doch nicht gleichgültig. Ich gebe zu, es ist geradezu absurd, sich über die Moral seines Schiffshändlers Gedanken zu machen, selbst wenn man noch so gut mit ihm bekannt ist, doch seine Persönlichkeit hatte mich, wie man weiß, schon am ersten Tage im Hafen stark beeindruckt.

Nach diesem glänzenden Anfangserfolg zeigte sich Jacobus in keiner Weise mehr aufdringlich. Jeden Morgen war er in aller Frühe mit einem Boot unterwegs, um die von ihm belieferten Schiffe zu besuchen, und gelegentlich blieb er irgendwo an Bord und frühstückte mit dem Kapitän. Da auch ich von diesem allgemeinen Brauch erfahren hatte, begrüßte ich ihn ganz familiär, als er eines Morgens – ich kam gerade aus meiner Kammer – vor mir im Salon stand. Mit einem Blick auf den Frühstückstisch sah ich, daß schon für ihn gedeckt war. Er stand dort in seiner ganzen Größe mit einem wunderschönen Strauß in der massigen Hand. Mit einem schwachen, müden Lächeln überreichte er mir die Blumen. Aus seinem eigenen Garten, einem sehr schönen, alten Garten; an diesem Morgen selbst gepflückt, bevor er ins Geschäft ging, weil er meinte, ich würde mich freuen... Er wandte sich ab. »Steward, können Sie mir einen großen Krug mit etwas Wasser bringen, bitte?«
Scherzhaft versicherte ich ihm, als ich am Tisch Platz nahm,

ich käme mir wie ein junges hübsches Mädchen vor, und er dürfe nicht überrascht sein, wenn ich rot anliefe. Aber er war so damit beschäftigt, seinen Blumentribut auf der Anrichte zu ordnen, daß er mir gar nicht zuhörte. »Stellen Sie das bitte auf den Platz des Kapitäns, Steward«, sagte er in seiner üblichen ruhigen Art.

Die Spende stand jetzt so vor meinen Augen, daß ich nicht umhinkonnte, sie an die Nase zu führen. Als er sich dann geräuschlos hinsetzte, gab er mir leise zu verstehen, daß ein paar Blumen besonders geeignet seien, den Salon eines Schiffes zu verschönen. Er wunderte sich, daß ich noch kein Bord am Oberlicht habe anbringen lassen, worauf ich Blumentöpfe aufstellen und mit auf See nehmen könnte. Er habe einen geschickten Handwerker, der mir solche Borde in einem Tag anfertigen würde, und er könnte mir zwei oder drei Dutzend gute Pflanzen verschaffen. –

Die Spitzen seiner dicken Finger ruhten auf der Tischkante zu beiden Seiten seiner Kaffeetasse. Sein Gesicht blieb unbeweglich. Burns lächelte maliziös in sich hinein. Ich erklärte, nicht die geringste Absicht zu haben, mein Oberlicht in ein Gewächshaus zu verwandeln, nur um den Kajütstisch durch Erde und verwelkte Blumen fortgesetzt in Unordnung zu bringen.

»Sie können die schönsten Blumen dort halten«, fuhr er hartnäckig mit einem Blick nach oben fort. »Es macht wirklich keine Mühe.«

»O doch, das macht es, viel Mühe sogar«, widersprach ich. »Schließlich läßt irgendein Idiot bei starkem Wind das Oberlicht offenstehen, bis ein Schwung Salzwasser auf die Blumen kommt und alles in einer Woche verwelkt ist.«

Mr. Burns stimmte mir mit einem verächtlichen Schnauben bei, und Jacobus ließ das Thema widerspruchslos fallen. Nach einer Weile öffneten sich seine aufeinandergepreßten wulstigen Lippen wieder, um mich zu fragen, ob ich schon seinen

Bruder besucht hätte. Meine Antwort war kurz und bündig: »Nein, noch nicht.«

»Eine ganz andere Person«, bemerkte er versonnen und stand auf. Seine Bewegungen waren besonders behutsam. »Herr Kapitän – ich danke Ihnen. Wenn irgend etwas Ihnen nicht gefällt, sagen Sie es bitte Ihrem Steward. Ich nehme an, Sie werden bald ein Essen für die Büroangestellten geben.«

»Wozu?« rief ich einigermaßen lebhaft aus. »Wenn ich ein ständiger Besucher des Hafens wäre, könnte ich das verstehen. Aber als völlig Fremder! . . . Ich komme vielleicht in Jahren nicht wieder hierher. Ich sehe nicht ein, warum ich . . . Wollen Sie vielleicht sagen, das sei hier allgemeiner Brauch?«

»Es wird von einem Mann wie Sie jedenfalls erwartet«, meinte er gelassen. »In Frage kämen dafür acht der wichtigsten Angestellten, der Chef, macht neun, Sie drei noch dazu ergibt zwölf. Das braucht nicht viel zu kosten. Wenn Sie nur dem Steward Anweisung geben wollen, daß er mich einen Tag vorher benachrichtigt –«

»Das erwartet man von mir? Warum eigentlich? Vielleicht weil ich so besonders nachgiebig aussehe? – oder warum sonst?«

Plötzlich kam mir seine würdevolle Unbeweglichkeit ebenso gefährlich vor wie seine ganze gelassene Art. »Es hat noch viel Zeit, darüber nachzudenken«, schloß ich unsicher mit einer abwehrenden Handbewegung. Ehe er sich verabschiedete, versäumte er jedoch nicht, mich mit Bedauern daran zu erinnern, daß er noch nicht das Vergnügen gehabt habe, mich in seinem »Lager« zu begrüßen, um die Zigarren zu probieren. Er verfüge über einen Bestand von sechstausend Stück – sehr preiswert! »Ich glaube, es würde sich lohnen, wenn Sie sich einige davon zurücklegen lassen«, fügte er mit einem breiten, melancholischen Lächeln hinzu und verließ den Salon.

Aufgeregt schlug Herr Burns mit der Faust auf den Tisch. »Haben Sie jemals so eine Unverschämtheit erlebt! Der ist entschlossen, auf irgendeine Weise etwas aus Ihnen herauszuholen, Kapitän!« Ich fühlte mich sofort veranlaßt, Jacobus zu verteidigen, und bemerkte philosophisch, dies sei vermutlich doch alles Geschäft! Doch mein alberner Steuermann stieß zusammenhanglose wirre Sätze aus wie: »Das ist nicht auszuhalten! ... Denken Sie an meine Worte! ...« und so weiter und stürzte aus dem Salon. Wenn ich ihn nicht in seinem tödlichen Fieber gepflegt hätte, würde ich nicht einen Tag solche Manieren geduldet haben.

III

Von Jacobus an seinen wohlhabenden Bruder erinnert, beschloß ich, diesen Geschäftsbesuch nicht länger aufzuschieben. Ich hatte unterdessen etwas mehr über den anderen Jacobus erfahren. Er war Mitglied des Gemeinderats, wo er bei den Behörden oft Anstoß erregte. Auf die öffentliche Meinung übte er einen beträchtlichen Einfluß aus. Eine Menge Leute schuldeten ihm Geld. Er war Importeur großen Stils; er führte Waren aller Art ein. So lag zum Beispiel die gesamte Versorgung mit Zuckersäcken praktisch in seinen Händen. Diese Tatsache erfuhr ich allerdings erst später. Ich hatte den allgemeinen Eindruck gewonnen, daß er eine lokale Größe sei. Er war Junggeselle, und die Spielabende, die er wöchentlich in seinem außerhalb der Stadt gelegenen Hause veranstaltete, wurden von den ersten Leuten der Kolonie besucht.

Um so größer war meine Überraschung, als ich sein Büro in einer geradezu schäbigen Umgebung entdeckte, weit entfernt vom Geschäftsviertel, inmitten einer Menge offener Schuppen. Eine schwarze Tafel mit weißen Buchstaben wies mir den Weg. Ich stieg eine enge Holztreppe hinauf und trat in einen kahlen Raum ein, auf dessen Bretterfußboden Fetzen braunen Papiers und Bündel von Verpackungsstroh herumlagen. Gegen eine Wand war eine große Anzahl von Kisten, dem Aussehen nach Weinkisten, aufgestapelt. Ein schlaksiger, tintenbeschmierter junger Mulatte von gelblicher Hautfarbe mit einem jämmerlich langen Hals – er erinnerte mich an ein krankes Huhn – erhob sich von einem dreibeinigen Stuhl hinter einem billigen Bretterpult und blickte mich wie vor Furcht erstarrt an. Es kostete mich einige Mühe, bis ich ihn überredet hatte, mich beim Chef anzumelden, obgleich ich nicht herausbekommen konnte, welche Bedenken er dagegen hatte. Schließlich tat er es, aber mit einem solch qualvollen Widerwillen, daß ich hierfür erst eine Erklärung fand, als er mit wütenden Drohungen und wilden Knurrlauten beschimpft, dann laut vernehmlich geschlagen wurde und schließlich nach einem ganz ungenierten Fußtritt kopfüber mit einem unterdrückten Aufschrei durch die Tür geflogen kam. Daß ich hierüber sehr verwundert war, kann ich nicht sagen, es wäre nicht der richtige Ausdruck. Ich war erstarrt, als sei alles nur ein Traum. Beide Hände über jenen Teil seines schwachen Gerippes haltend, der den Stoß erhalten hatte, sagte der arme Wicht eingeschüchtert zu mir:

»Wollen Sie bitte eintreten.«

Seine beklagenswerte Selbstbeherrschung war erstaunlich; aber damit war das Unfaßliche dieses Vorgangs nicht vorüber. Was den ganzen Auftritt noch unheimlicher machte und mich bald an meinem eigenen Verstand zweifeln ließ, war die an sich unsinnige Vorstellung, diesen Jungen irgendwo schon einmal gesehen zu haben. Wie ein aus der Trance erwachter Schlafwandler blickte ich mich gespannt um.

»Hören Sie«, schrie ich laut, »das ist doch wohl kein Irrtum, nicht wahr? Ich suche das Büro von Herrn Jacobus.«

Der Junge sah mich mit einem schmerzlichen – und irgendwie bekannten Gesichtsausdruck an. Aus dem Zimmer brüllte eine gereizte Stimme:

»Treten Sie ein, treten Sie ein, wenn Sie schon da sind ... Ich wußte es nicht.« Ich schritt durch den Vorraum, wie man sich dem Käfig eines unbekannten, wilden Raubtieres nähert, unerschrocken zwar, aber doch etwas aufgeregt. Kein wildes Tier, das wir kennen, würde uns je Veranlassung geben, über sein Verhalten empört zu sein, dazu ist allein das abscheuliche menschliche Untier imstande. Und ich war sehr empört, was mich allerdings nicht davon abhielt, sofort über die außergewöhnliche Ähnlichkeit der beiden Brüder überrascht zu sein.

Dieser hier war dunkel anstatt blond wie der andere, aber ebenso groß. Er war ohne Weste und Jacke und hatte zweifellos gerade ein Nickerchen in seinem Schaukelstuhl gemacht, der weit vom Fenster entfernt in der äußersten Ecke stand. Über dem bauchigen, zerknüllten weißen Hemd, in dem drei Brillantknöpfe steckten, sah ich ein rundes, dunkelhäutiges Gesicht. Es war feucht, und der braune Schnurrbart hing zottig herunter. Mit dem Fuß schob er mir einen gewöhnlichen Rohrstuhl hin.

»Setzen Sie sich.«

Ich sah nur mit einem Auge hin, und den Mann entrüstet anblickend, erklärte ich in scharfem Ton, ich sei auf Anweisung meines Reeders gekommen.

»Oh! Ja. Hm! Ich habe nicht verstanden, was dieser Idiot gesagt hat ... Aber egal! Es wird dem Lumpen eine Lehre sein, mich noch einmal um diese Tageszeit zu stören«, fügte er mit zynischem Lächeln hinzu.

Ich blickte auf meine Uhr. Es war drei – also mitten in der Nachmittags-Bürozeit des Hafens. Herrisch fuhr er mich an:

»Setzen Sie sich, Kapitän.«

Solch gnädiger Aufforderung entgegnete ich mit Bedacht:

»Ich kann mir auch, ohne mich hinzusetzen, alles anhören, was Sie mir zu sagen haben.«

Mit einem lauten und ungestümen »Pschaa!« sah er mich einen Moment mit großen Augen starr an wie ein fauchender gigantischer Kater. »Seh' sich den einer an ... ! Was glauben Sie, wer Sie sind? Wozu sind Sie hierhergekommen? Wenn Sie sich nicht hinsetzen wollen, um mit mir über Geschäfte zu sprechen, dann können Sie sich gleich zum Teufel scheren.«

»Den kenne ich zwar nicht persönlich«, sagte ich, »aber nach alldem würde es mir nichts ausmachen, ihn aufzusuchen. Es wäre wohltuend, mit einem Gentleman zusammenzutreffen.«

Er folgte mir hinaus und brüllte hinter mir her:

»Diese Unverschämtheit! Ich hätte große Lust, Ihrem Reeder zu schreiben, was ich von Ihnen denke.«

Ich wandte mich einen Augenblick zu ihm um:

»Das interessiert mich nicht im geringsten. Ich für meinen Teil, das versichere ich Ihnen, werde mir gar nicht die Mühe machen, Sie gegenüber meinem Reeder überhaupt zu erwähnen.«

Er blieb an der Tür seines Büros stehen, indes ich den unordentlichen Vorraum durchschritt. Ich glaube, er war doch etwas aus der Fassung geraten.

»Jeden Knochen werde ich dir im Leib brechen«, brüllte er plötzlich den armseligen Mulatten an, »wenn du mich jemals wieder vor halb vier irgend jemandes wegen störst. Verstehst du mich? Irgend jemandes wegen ... Laß mich mit diesen verdammten Schiffern in Ruhe«, fügte er mit leiserem Knurren hinzu.

Der schwächliche Junge schwankte wie ein Rohr im Winde und stöhnte leise vor sich hin. Ich blieb kurz stehen, um dem armen Dulder einen Rat zu geben. Hierzu wurde ich durch den Anblick eines Hammers veranlaßt, der vor mir am Boden lag und wahrscheinlich zum Öffnen der Weinkisten benutzt wurde. »Ich an deiner Stelle, mein Junge, würde dieses Ding hier mitnehmen, wenn ich das nächste Mal hineingehe, und bei erster Gelegenheit würde –«

Was kam mir in dem gelben Gesicht dieses Burschen bloß so bekannt vor. Eingepfercht saß er zitternd hinter seinem kümmerlichen Pult und wagte gar nicht aufzusehen. Plötzlich fand ich des Rätsels Lösung: Seine schweren Augenlider und die wulstigen, aufeinandergepreßten Lippen – das alles ähnelte den Brüdern Jacobus. Er ähnelte beiden, dem wohlhabenden Kaufmann und dem aufdringlichen Schiffshändler (die wiederum einander ähnelten); er ähnelte ihnen, soweit ein magerer, etwas gelblicher Mulatte einem großen, dicken weißen Mann mittleren Alters ähneln kann. Was mich so völlig verwirrt hatte, waren sein exotisches Aussehen und seine schmächtige Figur. Jetzt erkannte ich in ihm deutlich die charakteristische Eigenart der Jacobus, etwas abgeschwächt zwar und wie in einer Pfütze Wasser verdünnt –, und ich unterließ es, meinen Satz zu beenden. Ich hatte die Absicht, ihm zu sagen: »Schlag diesem Biest doch den Schädel ein.« Zwar hielt ich diesen Rat noch immer für angebracht, aber es ist doch keine Kleinigkeit, jemand zum Vatermord anzustiften, sei er auch noch so sehr beleidigt worden.

»Elende – unverschämte – Schiffer.«

Verächtlich tat ich das knurrende Schimpfen hinter meinem Rücken ab; ich war aber so verärgert und wütend, daß ich – zu meinem Bedauern sei es gesagt – die Tür in sehr würdeloser Weise hinter mir zuschlug.

Nach dieser Unterredung wird es sicherlich nicht als ganz absurd erscheinen, daß ich nun eine etwas freundlichere Ansicht von dem anderen Jacobus hatte. Es war ein Gefühl, das man vielleicht mit Parteiergreifen bezeichnen könnte, was mich einige Tage später veranlaßte, in seinem »Lager« vorzusprechen. Von der Straße aus gelangte man durch einen hohen Torbogen in den langen höhlenartigen Geschäftsraum, der mit allen möglichen Waren vollgestopft war. An seinem äußersten Ende sah ich meinen Jacobus in Hemdsärmeln zwischen seinen

Gehilfen herumhantieren. Das Kapitänszimmer war ein kleiner, gewölbter Raum mit einem Steinfußboden und schweren Eisenstäben vor den Fenstern, wie ein Gefängnis, das man für gastfreundliche Zwecke hergerichtet hat. Ein paar fidele Flaschen und verschiedene glitzernde Gläser standen um einen großen roten Krug aus Steingut auf dem Tisch in der Mitte, der mit Zeitungen aus allen Teilen der Welt bedeckt war. Ein eleganter Herr in einem feschen, graukarierten Anzug saß dort mit übereinandergeschlagenen Beinen. Mit einer lebhaften Bewegung legte er seine Zeitung hin und nickte mir zu.

Ich hielt ihn für einen Dampferkapitän. Es war unmöglich, all diese Männer kennenzulernen. Sie kamen und gingen zu schnell, und ihre Schiffe lagen weit draußen vor Anker, direkt bei der Hafeneinfahrt. Sie führten ein ganz anderes Leben als wir. Er gähnte leicht.

»Ein stumpfsinniges Loch, meinen Sie nicht auch?«

Ich verstand das als eine Anspielung auf die Stadt und murmelte:

»Finden Sie das?« –

»Sie etwa nicht? Gott sei Dank laufen wir morgen wieder aus.«

Er war eine vornehme, freundlich und überlegen wirkende Erscheinung. Ich beobachtete, wie er die auf dem Tisch stehende offene Zigarrenkiste zu sich herüberzog, ein großes Zigarrenetui aus seiner Tasche holte und es systematisch zu füllen begann. Als sich unsere Blicke trafen, blinzelte er mir wie ein gewöhnlicher Sterblicher zu und forderte mich auf, seinem Beispiel zu folgen. »Das sind wirklich anständige Zigarren.« Ich schüttelte den Kopf.

»Ich laufe morgen nicht aus.«

»Na und? Meinen Sie, ich mißbrauche die Gastfreundschaft des alten Jacobus? Du lieber Himmel! Das geht doch natürlich auf Rechnung. Solche Kleinigkeiten verteilt er auf die Rechnung. Er weiß sich schon zu helfen! Und warum nicht, ist doch alles Geschäft –«

Ich bemerkte, wie ein Schatten über sein selbstzufriedenes Gesicht fiel und er einen Moment zögerte, sein Zigarrenetui zu schließen. Aber schließlich steckte er es doch unbekümmert in die Tasche. Eine sanfte Stimme sagte an der Tür: »Das ist ganz in Ordnung, Kapitän.«

Geräuschlos trat die große Gestalt des Jacobus in den Raum. Seine Ruhe wirkte unter diesen Umständen geradezu herzlich. Ehe er zu uns kam, hatte er seine Jacke angezogen, und nun setzte er sich auf den Stuhl, den der Dampferkapitän verlassen hatte. Dieser nickte mir nochmals zu und ging mit einem kurzen, rasselnden Auflachen hinaus. Es herrschte völlige Stille. Jacobus schien offenen Auges zu dösen. Doch irgendwie merkte ich, daß er mich unter seinen schweren Augenlidern hervor prüfend anblickte. In dem riesigen höhlenartigen Lager begann jemand eine Kiste fachmännisch zuzunageln: tap – tap . . . tap – tap – tap –. Zwei andere Lagerarbeiter, der eine langsam mit näselnder Stimme, der andere kurz und laut, fingen an, die einzelnen Posten einer Lieferung durchzugehen.

»Eine halbe Trosse Drei-Zoll Manila.«

»Ja!«

»Sechs verschiedene Schäkel.«

»Ja!«

»Sechs Dosen verschiedene Konserven, drei Dosen Pasteten, zwei Dosen Spargel, vierzehn Pfund Kajütstabak.«

»Ja!«

»Das ist für den Kapitän, der gerade hier war«, flüsterte Jacobus unbewegt. »Diese Dampfer-Bestellungen sind sehr klein. Sie nehmen hier nur ein, was sie gerade brauchen, wenn sie vorbeikommen. Dieser Kapitän wird in knapp vierzehn Tagen schon in Samarang sein. Das sind wirklich sehr kleine Orders.« Im Lager ging das Ausrufen der einzelnen Posten weiter: eines ungewöhnlichen Mischmaschs verschiedener Artikel, wie Malpinsel, Yorkshire-Würze, etc., etc. ... »Drei Sack beste Kartoffeln«, las die näselnde Stimme ab.

Da kam wieder etwas Leben in Jacobus, als habe man ihn aus dem Schlaf gerüttelt. Er rief einen Befehl in das Lager hinein, worauf einer seiner Angestellten, ein grinsender Mischling, der sich sein gelocktes Haar stark eingeölt hatte und einen Federhalter hinterm Ohr trug, eine Probe von sechs Kartoffeln hereinbrachte und in einer Reihe auf dem Tisch ausbreitete.

Dringlich aufgefordert, ihre Schönheit zu würdigen, warf ich einen kühlen, abweisenden Blick auf sie. Gelassen schlug mir Jacobus vor, zehn oder fünfzehn Tonnen dieser Kartoffeln zu bestellen. Tonnen! Ich glaubte nicht recht gehört zu haben. Meine Mannschaft hätte in einem ganzen Jahr diese Menge nicht aufessen können; darüber hinaus sind Kartoffeln (man entschuldige diesen nüchternen Hinweis) eine außerordentlich verderbliche Ware. Ich dachte, er scherze oder versuche herauszufinden, ob ich ein vollkommener Idiot sei. Aber so einfach war es nicht, was er bezweckte. Er wollte, das wurde mir klar, daß ich sie auf eigene Rechnung kaufe.

»Ich schlage Ihnen ein kleines Geschäft vor, Kapitän, und würde Ihnen keinen großen Preis dafür berechnen.«

Ich sagte ihm, daß ich nicht auf Geschäfte aus sei, und fügte sogar noch grimmig hinzu, daß ich nur zu gut wisse, wie solche Spekulationen im allgemeinen enden.

Er seufzte und faltete, ein Bild der Entsagung, die Hände über dem Bauch. Seine schamlose Gemütsruhe war bewundernswert. Bald rührte er sich wieder: »Wollen Sie nicht eine Zigarre versuchen, Kapitän?«

»Nein, danke, ich rauche keine Zigarren.«

»Nur einmal!« stieß er geduldig flüsternd hervor. Eine melancholische Stille folgte. Man weiß, daß Menschen zuweilen eine bei ihnen nicht vermutete gewisse Gedankentiefe und -schärfe

offenbaren, mit anderen Worten, daß sie etwas ganz Unerwartetes äußern. So war es auch für mich ganz unerwartet, Jacobus sagen zu hören:
»Der Mann, der eben hinausging, war ganz im Recht. Sie könnten gerne eine nehmen, Kapitän. Hier spielt sich alles nach geschäftlichen Gesichtspunkten ab.«
Ich schämte mich ein wenig meiner selbst. Die Erinnerung an seinen abscheulichen Bruder ließ ihn als ganz anständigen Kerl erscheinen. Nicht ohne ein leichtes Gefühl der Reue erklärte ich ihm in ein paar Worten, keinerlei Bedenken gegen die Art seiner Gastfreundschaft zu haben.
Ehe noch eine Minute vergangen war, sah ich, wohin mich dieses Zugeständnis führte. Als wolle er von etwas anderem reden, erwähnte Jacobus, daß sein Privathaus nur etwa zehn Minuten Weges entfernt sei. Es habe einen schönen, alten Innengarten. Etwas wirklich Bemerkenswertes. Ich müsse doch einmal vorbeikommen und ihn mir ansehen.
Er schien ein Gartenliebhaber zu sein. Auch ich habe außerordentliche Freude an Gärten, aber das besagte nicht, daß mich meine Zerknirschung bis zu Jacobus' Blumenbeeten führen sollte, mochten sie noch so schön und alt sein. Mit einem gewissen freundlichen Unterton fügte er hinzu: »Nur meine Tochter ist dort.«
Es ist schwierig, alles in der richtigen Zeitfolge zu erzählen, und so muß ich jetzt auf einen Vorfall zurückkommen, der sich ein oder zwei Wochen vorher zugetragen hatte. Der Hafenarzt war an Bord meines Schiffes gekommen, um nach einem kranken Mann der Besatzung zu sehen. Natürlich wurde er auch in den Salon gebeten, wo sich zufällig ein mir bekannter Kapitän aufhielt. Aus irgendeinem Anlaß wurde im Verlauf der Unterhaltung, ich glaube von meinem Kollegen, der Name Jacobus erwähnt, und zwar in nicht sehr ehrerbietiger Weise. Ich weiß jetzt nicht mehr, was ich daraufhin sagen wollte. Der

Doktor, ein netter, kultivierter Mann von selbstsicheren Umgangsformen, hinderte mich jedenfalls am Weiterreden, indem er in scharfem Ton dazwischenfuhr:
»Oh! Sie sprechen von meinem geschätzten Schwiegerpapa.«
Natürlich brachte uns diese Bemerkung sofort zum Schweigen. Aber jetzt erinnerte ich mich an jenen kritischen Augenblick, und da ich mich gedrängt fühlte, irgend etwas Unverbindliches zu sagen, stellte ich ihm überrascht die höfliche Frage:
»Ihre verheiratete Tochter wohnt bei Ihnen, Herr Jacobus?«
Mit einer ruhigen Geste führte er seine große Hand von rechts nach links. Nein! Das sei ein anderes Mädchen, erklärte er so gewichtig und leise wie üblich. Sie ... Er machte eine Pause und schien im Geiste nach einer passenden Erklärung zu suchen. Aber meine Hoffnungen wurden enttäuscht. Er brachte nur seine stereotype Definition heraus:
»Sie ist eine ganz andere Person.«
»Wirklich ... Übrigens, Jacobus, ich habe neulich Ihren Bruder besucht. Es ist kein großes Kompliment, wenn ich sage, daß ich ihn grundverschieden von Ihnen fand.«
Er schien in tiefe Gedanken versunken, dann bemerkte er geschmeidig: »Er ist ein Mann von geregelter Lebensweise.«
Er mochte auf die geregelte Siesta bis in die späten Nachmittagsstunden angespielt haben; ich jedenfalls murmelte etwas von »abscheulicher Lebensweise« und verließ kurzerhand sein Lager.

IV

Meine kleine Auseinandersetzung mit dem Kaufmann Jacobus hatte sich bald herumgesprochen. Ein oder zwei meiner Bekannten spielten versteckt darauf an. Vielleicht hatte der junge Mulatte geredet. Ich muß gestehen, die Leute schienen ziemlich empört zu sein, aber nicht über Jacobus' Brutalität.

Ein mir bekannter Mann machte mir Vorhaltungen wegen meiner Übereiltheit.
Ich erzählte ihm ausführlich von meinem Besuch und vergaß dabei nicht, die verräterische Ähnlichkeit dieses armseligen jungen Mulatten mit seinem Peiniger zu erwähnen. Mein Gesprächspartner war nicht überrascht. Was ist schon dabei? In jovialem Ton versicherte er mir, daß es viele von dieser Art gebe. Der ältere Jacobus sei zeit seines Lebens Junggeselle gewesen. Ein sehr achtbarer Junggeselle, und es habe in dieser Hinsicht niemals einen offenen Skandal gegeben. Sein Leben sei in ganz regelmäßigen Bahnen verlaufen. Es konnte nicht den geringsten Anstoß bei irgend jemand erregen.
Ich aber habe Anstoß an seinem Benehmen genommen, sagte ich. Mein Gesprächspartner machte große Augen. Warum? Weil ein Mischling ein paar Schläge bekommen habe? Das war doch bestimmt keine große Sache. Ich hätte wohl keine Ahnung, wie unverschämt und falsch diese Mulatten sind. Tatsächlich schien er Jacobus für ziemlich gutherzig zu halten, weil er diesen Jungen überhaupt angestellt hatte; eine liebenswerte Schwäche, die man ihm wohl verzeihen konnte.
Mein Bekannter gehörte zu einer der alten französischen Familien, Nachkommen alter Kolonisten, alle verarmte Adelige, die in engen häuslichen Verhältnissen ein stumpfes, würdig-dekadentes Leben führten. Die Männer haben in der Regel untergeordnete Stellungen bei den Behörden oder in Geschäftshäusern. Die meist sehr hübschen Mädchen sind weltfremd, freundlich und angenehm und meist zweisprachig; unschuldig plappern sie auf Französisch und Englisch. Die Leere ihres Daseins ist unglaublich.
Zutritt zu zweien dieser Häuser erhielt ich dadurch, daß ich einige Jahre zuvor in Bombay Gelegenheit hatte, einem netten, unbeholfenen jungen Mann zu helfen, der dort in übler Lage war, nichts mit sich anzufangen wußte und auch

keine Möglichkeit fand, nach seiner Heimatinsel zurückzukehren. Es handelte sich um eine Summe von etwa zweihundert Rupien; aber als ich hierherkam, legte die Familie Wert darauf, mir ihre Dankbarkeit zu zeigen, indem sie mich zu ihrem Vertrauten machte. Meine Kenntnis der französischen Sprache erleichterte diesen Verkehr. In der Zwischenzeit war es ihnen gelungen, den jungen Mann mit einer recht wohlhabenden Frau zu verheiraten, die fast doppelt so alt war wie er, so daß es ihm verhältnismäßig gut ging. Es war der einzige Beruf, für den er sich wirklich eignete. Aber nicht alles war eitel Freude. Als ich das Paar das erste Mal besuchte, entdeckte die Frau einen kleinen Fettfleck auf der Hose des armen Teufels und machte ihm hierauf eine tolle Szene mit Vorwürfen voll so unverfälschter Leidenschaft, daß ich wie bei einer Tragödie von Racine von Schrecken erfaßt wurde.

Natürlich war niemals die Rede von dem Geld, das ich ihm vorgeschossen hatte; aber seine Schwestern, Fräulein Angèle und Fräulein Mary, sowie die Tanten der beiden Familien, die ein altmodisches Französisch aus der Zeit vor der Revolution sprachen, und eine Anzahl entfernter Verwandter betrachteten mich so vorbehaltlos als ihren Freund, daß es fast peinlich war.

Es war der älteste Bruder (er arbeitete im Büro meines Ladungsempfängers), mit dem ich dieses Gespräch über den Kaufmann Jacobus führte. Er bedauerte meine Einstellung und schüttelte ernst den Kopf. Ein einflußreicher Mann. Man kann nie wissen, wann man ihn einmal braucht. Ich gab eindeutig zu verstehen, daß ich von beiden dem Schiffshändler den Vorzug gäbe, worauf mein Freund sehr bedenklich dreinsah.

»Warum, um Gottes willen, machen Sie so ein langes Gesicht?« rief ich ungeduldig aus. »Er hat mich eingeladen, seinen Garten zu besichtigen, und ich habe große Lust, eines Tages hinzugehen.«

»Tun Sie das nicht«, sagte er so ernsthaft, daß ich in helles Gelächter ausbrach; er aber sah mich an, ohne seine Miene auch nur zu einem Lächeln zu verziehen.

Es handelte sich um eine ganz andere Angelegenheit. Einst war das öffentliche Gewissen der Insel durch meinen Jacobus mächtig beunruhigt worden. Jahrelang waren die beiden Brüder in bester Harmonie Geschäftspartner gewesen, bis ein Wanderzirkus auf die Insel kam und mein Jacobus plötzlich von einer der Zirkusreiterinnen betört wurde. Und was die Sache noch schlimmer machte, er war verheiratet. Er besaß nicht einmal so viel Anstand, seine leidenschaftliche Neigung zu verbergen. Sie muß wirklich sehr heftig gewesen sein, wenn sie solch einen großen, ruhigen Mann mitzureißen vermochte. Sein Verhalten war einfach skandalös.

Er folgte dieser Frau bis zum Kap und reiste offenbar im Gefolge dieses abscheulichen Zirkus und in demütigender Stellung durch die weite Welt. Die Frau kümmerte sich bald nicht mehr um ihn und behandelte ihn schlimmer als einen Hund. Die ungewöhnlichsten Geschichten von seiner moralischen Erniedrigung erreichten damals die Insel. Er hatte nicht die Charakterstärke, sein Joch abzuschütteln.

Die groteske Vorstellung von einem fetten, aufdringlichen Schiffshändler, der einem anrüchigen Liebeswahn verfällt, faszinierte mich, und ich lauschte offenen Mundes der Geschichte, die so alt ist wie die Welt, dieser Geschichte, die der Gegenstand so vieler Legenden, moralischer Fabeln und Gedichte gewesen ist, die aber so ganz und gar nicht zu seiner Persönlichkeit paßte. Welch seltsames Opfer für die Götter!

Mittlerweile war seine verlassene Frau gestorben. Sein Bruder hatte sich um seine Tochter gekümmert und sie so vorteilhaft, wie es unter diesen Umständen möglich war, verheiratet.

»Oh! Die Frau Doktor!« rief ich aus.

»Das wissen Sie? Ja, ein sehr tüchtiger Mann. Er wollte weiterkommen, und sie hatte ein Gutteil Geld von der Mutter geerbt, dazu noch die Aussichten ... Natürlich verkehren sie nicht miteinander«, fügte er hinzu. »Der Doktor grüßt Jacobus zwar auf der Straße, glaube ich, aber er vermeidet es, mit ihm zu sprechen, wenn sie, wie es manchmal vorkommt, sich an Bord treffen.«

Das sei jetzt doch wohl eine alte Geschichte, sagte ich.

Mein Freund stimmte zu. Aber es war ja Jacobus' eigene Schuld, daß sie weder vergeben noch vergessen war. Er ist schließlich zurückgekommen. Aber wie? Weder zerknirscht noch in der Verfassung, seine empörten Mitbürger zu versöhnen. Er wollte unbedingt ein Kind mitbringen – ein Mädchen ...

»Er erzählte mir etwas von einer Tochter, die bei ihm wohnt«, warf ich mit gesteigertem Interesse ein.

»Sie ist fraglos die Tochter des Zirkusweibes«, sagte mein Freund. »Vielleicht ist es auch seine Tochter, ich bin bereit zuzugeben, daß sie es ist. Tatsächlich habe ich keine Zweifel –« Aber er könne nicht einsehen, warum man sie in eine ehrbare Gemeinschaft gebracht habe und so die Erinnerung an diesen Skandal wachhalte. Und das war noch nicht das Schlimmste Bald darauf passierte noch etwas viel Traurigeres. Die verlassene Frau tauchte auf. Sie kam mit dem Postdampfer ...

»Was! Hierher? Vielleicht, um das Kind zu holen«, meinte ich.

»Sie nicht!« Mein freundlicher Informant war ganz Verachtung. »Stellen Sie sich ein bemaltes, hageres, aufgeregtes und verzweifeltes, häßliches altes Weib vor. Irgend jemand hatte es in Mozambique fortgejagt und ihm dann die Passage bis hierher bezahlt. Durch den Tritt eines Pferdes hatte die Frau innerliche Verletzungen erlitten. Als sie hier an Land kam, hatte sie nicht einen Pfennig in der Tasche; ich glaube nicht, daß sie jemals darum gebeten hat, ihr Kind zu sehen. Jedenfalls nicht bis zu ihrem letzten Tag. Jacobus mietete für sie einen Bungalow, in dem sie sterben konnte. Vom Hospital hatte er zwei Schwestern besorgt, die sie während der letzten Monate pflegten. Wenn er sie nicht *in extremis* geheiratet hat, wie es die guten Schwestern gerne wollten, lag es daran, daß sie davon nicht einmal etwas hören wollte. ›Sie starb unbußfertig‹, wie die Nonnen sagten. Es wurde erzählt, sie habe mit ihrem letzten Atemzug Jacobus aus dem Zimmer gewiesen. Das mag wohl der wahre Grund dafür sein, warum er niemals in Trauer ging; nur dem Kind zog er schwarze Kleider an. Solange es klein war, konnte man es manchmal unter der Aufsicht einer Schwarzen auf der Straße sehen, aber seitdem das Mädchen in dem Alter ist, in dem man die Haare aufsteckt, hat es, glaube ich, noch nicht einmal den Fuß außerhalb jenes Gartens gesetzt. Es muß jetzt über achtzehn Jahre alt sein.«

Soweit mein Freund. Ein paar Einzelheiten fügte er noch hinzu; so, daß er nicht glaube, das Mädchen habe auch nur mit drei Leuten von irgendwelchem Rang auf der Insel gesprochen; ferner, daß weiterhin eine ältere weibliche Verwandte der Brüder Jacobus in äußerster Armut gezwungen war, die Stellung einer Gouvernante für das Mädchen anzunehmen. Was nun Jacobus' Geschäft anbetreffe (das natürlich seinen Bruder sehr ärgerte), so habe er damit eine sehr kluge Wahl getroffen. Es brachte ihn nur mit durchreisenden Fremden in Berührung. Jede andere Beschäftigung hätte nur Anlaß zu allen möglichen Schwierigkeiten mit seinen gesellschaftlich gleichgestellten Mitbürgern gegeben. Es fehlte dem Mann nicht an einem gewissen Taktgefühl – er war nur von Natur schamlos. Warum behielt er sonst dieses Mädchen bei sich? Das war doch für jedermann sehr peinlich.

Ich dachte plötzlich (und mit tiefem Abscheu) an den anderen Jacobus und konnte die hinterhältige Bemerkung nicht zurückhalten.

»Ich nehme an, wenn er das Mädchen, sagen wir, als Küchenmädchen in seinem Haushalt angestellt und es zuweilen an den Haaren gezogen oder ihm etwas hinter die Ohren gegeben hätte, dann wäre seine Stellung der Form entsprechender und weniger anstößig für die achtbare Gesellschaft gewesen, zu der er gehört.«

Mein Freund war nicht so dumm, daß ihm meine Absicht entging. Er zog ungeduldig die Schultern hoch.

»Sie verstehen das nicht. Zunächst einmal: es ist keine Mulattin. Und ein Skandal ist ein Skandal. Man sollte es den Leuten ermöglichen, alles zu vergessen. Ich möchte sogar behaupten, es wäre für das Mädchen besser gewesen, es wäre Küchenmädchen oder etwas Ähnliches geworden. Natürlich versucht Jacobus auf die niedrigste Art und Weise, Geld zu machen, aber in einem solchen Geschäft reicht es für keinen vorwärtszukommen.«

Als mich mein Freund verließ, hatte ich eine Vorstellung vom Leben des Jacobus und seiner Tochter; ein einsames Paar Verstoßener auf einem verlassenen Eiland; das Mädchen findet in dem Haus Zuflucht wie in einer Felsenhöhle, und Jacobus draußen am Strand Nahrung für beide suchend – genau wie zwei Schiffbrüchige, die ewig in der Hoffnung auf einen Retter leben, der sie schließlich wieder mit der Menschheit in Berührung bringt.

Doch zu dieser romantischen Betrachtung paßte nicht die körperliche Wirklichkeit des Jacobus. Als er auf seiner üblichen Rundfahrt an Bord auftauchte, schlürfte er gemächlich seinen Kaffee, fragte mich, ob ich zufrieden sei – und ich hörte kaum auf den Hafentratsch, den er in seiner wortkargen, leisen Sprechweise von sich gab. Ich hatte damals meine eigenen Sorgen. Mein Schiff war gechartert, und meine Gedanken waren bei einer erfolgreichen, schnellen Rundreise, als ich plötzlich mit der Tatsache konfrontiert wurde, daß Säcke knapp waren. Eine Katastrophe! Der Vorrat von einer besonderen Art Säcke von gewisser Größe schien vollkommen erschöpft zu sein. Eine Lieferung wurde in Kürze erwartet – sie war schon verschifft worden und auf dem Wege, aber in der Zwischenzeit war das Beladen meines Schiffes ganz zum Stoppen gekommen. Meine Ladungsempfänger, die mich bei meiner Ankunft mit so viel Herzlichkeit empfangen hatten, in ihrer Eigenschaft als Charterer natürlich, hörten sich meine Klagen mit höflichem Achselzucken an. Ihr Chef, der altjüngferliche hagere Mann, der so prüde war, daß er über den sündhaften Jacobus nicht einmal sprechen wollte, teilte mir seine korrekte kaufmännische Ansicht über die Lage mit.

»Mein lieber Kapitän« – seine lederartigen Wangen fielen dabei zu einem herablassenden haifischähnlichen Lächeln ein –, »wir waren moralisch nicht verpflichtet, Ihnen etwas von einer möglichen Knappheit zu sagen, bevor Sie die Charterpartie unterschrieben. Es lag, genaugenommen, an Ihnen, sich gegen jede mögliche Verzögerung zu schützen. Aber daraus hätten wir natürlich keinen Vorteil für uns herausgeschlagen. Es ist wirklich niemandes Fehler. Wir sind selbst davon überrascht«, schloß er affektiert mit einer handgreiflichen Lüge.

Diese Lektion, ich muß es gestehen, hatte mich durstig gemacht. Das ist häufig die Auswirkung unterdrückter Wut, und als ich so ziellos weiterschlenderte, erinnerte ich mich an den irdenen Krug im Kapitänszimmer von Jacobus' »Lager«.

Ich begrüßte die Männer, die dort versammelt waren, nur mit einem Kopfnicken und stürzte vor Empörung einen tiefen, kühlen Schluck hinunter, dann noch einen zweiten und versank entmutigt in trostlose Überlegungen. Die anderen lasen, sprachen, rauchten und warfen sich über meinen Kopf hinweg plumpe Späße zu. Man respektierte jedoch meine Geistesabwesenheit. Ohne ein Wort zu sagen, stand ich auf und ging hinaus, wo ich ganz unerwartet im Gewühl des Geschäftes von Jacobus, dem Verstoßenen, angeredet wurde.

»Freue mich, Sie zu sehen, Kapitän. Was, Sie wollen weg? Sie sehen in letzter Zeit gar nicht so wohl aus, stelle ich fest. Geht's Ihnen nicht gut, wie?«
Er war in Hemdsärmeln, und seine Worte kamen im üblichen Geschäftston heraus, aber seine Stimme hatte einen wärmeren Klang. Es war die Liebenswürdigkeit des Geschäftsmannes; aber diese Art Liebenswürdigkeit war mir fremd. Weiß Gott, ich glaube wirklich – dem bedeutungsvollen Blick nach zu urteilen, den er auf ein gewisses Bord warf –, daß er im Begriff war, mir eines der Nervenberuhigungsmittel zu verkaufen, die er auf Lager hatte. Impulsiv sagte ich:
»Ich habe ziemliche Schwierigkeiten mit der Ladung.«
Jacobus, hellwach hinter der Maske seines schläfrigen breiten Gesichts mit aufeinandergepreßten Lippen, begriff sofort und machte eine so verständnisvolle Bewegung mit dem Kopf, daß ich mir meinen Ärger von der Seele redete:
»Es müssen doch wohl elfhundert von diesen Säcken in der Kolonie aufzutreiben sein. Man muß sich eben nur darum kümmern.«
Wiederum machte er diese leichte Bewegung mit seinem großen Kopf, und inmitten der geräuschvollen Betriebsamkeit des Lagers hörte ich ihn ruhig murmeln:
»Sicherlich. Aber die Leute, die wahrscheinlich solche Säcke in Reserve haben, würden sie nicht verkaufen wollen. Sie werden diese Größe selbst nötig haben.«
»Das ist genau das, was die Verfrachter sagen. Unmöglich, welche zu kaufen. Unsinn! Sie wollen nicht verkaufen. Es paßt Ihnen eben, das Schiff aufzuhalten. Aber wenn ich das alles herausbekäme, dann würden sie –. Sehen Sie her, Jacobus, *Sie* sind der Mann, der so etwas beschaffen könnte.«
Jacobus protestierte, indem er seinen großen Kopf bedächtig hin und her wiegte. Ich stand hilflos vor ihm, während er mich aus seinen trübe blickenden Augen mit dem Ausdruck eines

Mannes ansah, der eine schwere seelische Erschütterung hinter sich hat. Plötzlich sagte er:

»Hier kann man unmöglich ruhig miteinander sprechen. Ich bin sehr beschäftigt, aber gehen Sie doch in mein Haus und warten Sie dort auf mich. Es sind weniger als zehn Minuten dorthin. Ach ja, Sie kennen ja den Weg nicht.« Er ließ sich seine Jacke bringen und erbot sich, mich hinzuführen. Er mußte dann allerdings sofort wieder für etwa eine Stunde ins Geschäft zurückkehren, um seine Arbeit zu beenden, dann stünde er mir zur Verfügung, um die Sache mit den Säcken zu besprechen.

Diesen Vorschlag machte er mit leiser Stimme, wobei die Worte zwischen seinen kaum geöffneten und kaum bewegten Lippen hervorquollen; sein ernster Blick, unbeweglich und seelenruhig wie immer, ruhte auf mir wie der Blick eines müden Mannes – doch ich fühlte auch etwas Suchendes in diesem Blick. Ich konnte mir nicht vorstellen, was er von mir erwartete, und schwieg verwundert.

»Ich bitte Sie, in meinem Haus auf mich zu warten, bis ich freie Hand habe, um mit Ihnen diese Sache zu besprechen. Einverstanden?«

»Warum nicht, natürlich!« rief ich aus.

»Aber ich kann nicht versprechen –«

»Das versteht sich«, sagte ich. »Ich erwarte kein Versprechen.«

»Ich meine, ich kann nicht einmal versprechen, das zu versuchen, was mir vorschwebt. Man muß erstmal sehen ... Hm!«

»In Ordnung. Ich werd's darauf ankommen lassen und so lange auf Sie warten, wie Sie wünschen. Was sollte ich auch sonst in diesem schrecklichen Loch von Hafen anfangen!«

Ich hatte die letzten Worte noch nicht ausgesprochen, als wir auch schon weit ausschreitend aufbrachen. Wir gingen um ein paar Ecken, gelangten in eine Straße ohne jeden Verkehr, die einen halb ländlichen Eindruck machte und mit Kopfsteinen gepflastert war, zwischen denen Grasbüschel wucherten. Das an die Straßenfront grenzende einstöckige Haus hatte ein erhöhtes, mit Natursteinen ummauertes Erdgeschoß, dessen Fenster etwas höher als unsere Köpfe lagen. Sämtliche Jalousien waren wie Augen geschlossen, und das Haus schien in der Nachmittagssonne fest zu schlafen. Der Eingang lag an der Seite in einem Torweg, der noch dichter mit Gras bewachsen war als die Straße. Die kleine Tür war nur eingeklinkt.

Mit einem entschuldigenden Wort ging Jacobus voran, um mir den Weg zu weisen, der durch einen dunklen Flur in einen Raum mit Parkettfußboden führte, wie ich annahm, das Eßzimmer. Das Licht fiel durch drei nach einer Veranda oder vielmehr Loggia hin offenstehende Glastüren, über die sich längs der Gartenseite des Hauses gemauerte Gewölbebogen hinzogen. Es war ein wirklich prachtvoller Garten: Sanfte grüne Rasenflächen und davor ein Labyrinth herrlicher Blumenbeete um ein marmornes Becken voll dunklen Wassers gruppiert. Dahinter die Masse geschlossenen Laubwerks der verschiedenartigsten Bäume, die die Dächer der anderen Häuser verdeckte. Man hatte den Eindruck, die Stadt sei meilenweit entfernt. Es war eine vielfarbig leuchtende Einsamkeit, die in einer warmen Atmosphäre sinnlichen Schweigens dahindämmerte. Dort, wo die langen stillen Schatten über die Beete und dunklen Winkel fielen, war die Farbfülle von ungewöhnlicher Pracht und Wirkung. Überwältigt blieb ich stehen. Behutsam faßte mich Jacobus am Arm und versuchte meinen Blick etwas seitwärts nach links zu lenken.

Ich hatte das Mädchen vorher nicht bemerkt. Es saß in einen großen tiefen Korbstuhl versunken, und ich konnte es genau im Profil sehen, das so reglos wie die Figur auf einem Wandteppich wirkte. Jacobus ließ meinen Arm los.

»Das ist Alice«, kündigte er unbewegt an, und die sanfte Art, in der er das sagte, hörte sich wie eine vertrauliche Mitteilung an, so daß ich in Gedanken verständnisvoll nickte und »aha! ach so!« flüsterte ... Natürlich tat ich nichts dergleichen. Keiner von uns unternahm etwas; wir standen nebeneinander und blickten auf das Mädchen. Eine ganze Zeitlang rührte es sich nicht und schaute starr vor sich hin, als habe es die Vision eines festlichen Aufzuges, der in dem reichen strahlenden Glanz des Lichtes und dem Duft der Blumen durch den Garten schritt.

Als es endlich aus seiner Träumerei erwachte, blickte es sich um und sah uns. Wenn ich das Mädchen nicht zuerst beachtet hätte, dann wäre es sich bestimmt meiner Gegenwart auch nicht eher bewußt geworden, als es mich an der Seite ihres Vaters erst richtig gewahr wurde. Das war deutlich an dem raschen Aufschlagen der schweren Augenlider und dem Aufleuchten der müde schimmernden Augen zu erkennen, die uns jetzt mit starrem Blick ansahen.

Eine Spur von Furcht verbarg sich hinter der Überraschung des Mädchens, die dann einem aufwallenden Unmut wich. Nachdem Jacobus meinen Namen ziemlich laut ausgesprochen hatte, sagte er: »Machen Sie es sich bequem, Kapitän – ich werde nicht lange fortbleiben«, worauf er schnell davonging. Ehe ich noch Zeit hatte, eine Verbeugung zu machen, blieb ich mit dem Mädchen allein zurück, das, wie ich mich plötzlich erinnerte, seitdem es sein Haar aufstecken mußte, von noch keinem Mann und noch keiner Frau dieser Stadt gesehen worden war. Das Haar sah übrigens aus, als ob es seit jener fernen Zeit, als es zum ersten Mal aufgesteckt wurde, nie wieder berührt worden sei. Eine Menge schwarzglänzender Locken war irgendwie auf den Kopf hinaufgewickelt worden. Zu beiden Seiten des klaren, blassen Gesichtes hingen lange, unordentliche Haarbüschel herab. Es war eine solche Menge starken und üppigen Haares, daß man beim bloßen Anblick selber einen schweren Druck auf den Kopf zu spüren vermeinte und den Eindruck einer fabelhaft zynischen Unordnung gewann. Mit übereinandergeschlagenen Beinen beugte sich das Mädchen vor. Ein schäbiger, bernsteinfarbener, mit Volants besetzter Morgenrock aus irgendeinem dünnen Stoff verhüllte knapp den schmiegsamen jungen Körper, der, wie zum Sprung bereit, zusammengekauert in dem niedrigen, tiefen Sessel saß. Ich ertappte sie, wie sie ein- oder zweimal leicht in die Höhe fuhr, als wolle sie tatsächlich davonstürzen. Dann verhielt sie sich völlig unbeweglich.

Nachdem ich den sinnlosen Impuls, hinter Jacobus herzulaufen (denn auch ich war unangenehm überrascht), einmal unterdrückt hatte, nahm ich einen Stuhl, stellte ihn nicht weit von Alice entfernt hin, setzte mich bedächtig darauf und begann über den Garten zu plaudern. Ich achtete nicht auf das, was ich sagte, schlug aber einen sehr höflichen, schmeichelhaften Ton an, etwa so, wie man mit einem aufgeregten wilden Tier spricht, das man zu beruhigen versucht. Ich war mir nicht einmal sicher, ob sie verstand, was ich sagte. Nicht ein einziges Mal hob sie den Kopf oder versuchte sie, mich anzusehen. Ich sprach immer weiter, nur um sie von einem Fluchtversuch abzuhalten. Zwischendurch machte sie nochmals einen solchen unterdrückten Anlauf hochzufahren, so daß mir vor Schreck der Atem stockte.

Schließlich kam mir der Gedanke, daß es ihre spärliche Bekleidung war, die sie davon abhielt, mit einem einzigen großen Satz wegzulaufen. Der Korbstuhl war noch das gediegenste Stück, das ihre Person umgab. Denn was sie unter diesem schäbigen, losen bernsteinfarbenen Morgenrock anhatte, muß von äußerst dürftiger, ätherischer Beschaffenheit gewesen sein. Man konnte nicht umhin, es zu bemerken. Zuerst war ich davon wirklich peinlich berührt; aber ein Geist, der nicht durch engherzige Vorurteile eingeengt ist, kommt leicht über diese Art Verlegenheit hinweg. Ich wandte meinen Blick nicht von Alice ab und sprach mit einschmeichelnder Sanftheit weiter, wobei die Erinnerung daran, daß wahrscheinlich bisher noch kein fremder Mann so zu ihr gesprochen hatte, sehr zu meiner Selbstsicherheit beitrug. Ich weiß nicht, warum sich eine gewisse gefühlsmäßige Spannung spürbar machte. Sie war deutlich zu merken. Und gerade, als ich mir dessen bewußt wurde, unterbrach ein leichter Aufschrei den Fluß meiner höflichen Rede.

Der Schrei kam nicht von dem Mädchen. Er wurde hinter mir ausgestoßen und veranlaßte mich, meinen Kopf schnell umzudrehen. Ich wußte sofort, daß die Erscheinung in der Tür die ältere Verwandte von Jacobus war, die als Begleiterin und Gouvernante für Alice dem Hause diente. Während sie wie vom Blitz getroffen stehenblieb, erhob ich mich und machte eine tiefe Verbeugung vor ihr.

Offensichtlich brachten die Damen im Haushalt des Jacobus ihre Tage gewöhnlich in leichter Gewandung zu. Diese kleine untersetzte alte Frau mit ihren Perlaugen und einem Gesicht wie eine große verschrumpelte Zitrone, darüber ein stahlgrauer Haarschopf, trug ein Kleid aus irgendeinem aschgrauen, leichten Seidenstoff, das von ihrem dicken Hals bis zu ihren Zehen herabfiel und in seiner Schmucklosigkeit wie ein einfaches Nachthemd wirkte. Sie sah darin genau wie ein Faß aus. »Wie kommen Sie hierher?« rief sie aus. Ehe ich noch ein Wort sagen konnte, verschwand sie, und bald darauf hörte ich in einem entfernten Teil des Hauses einen Aufruhr kreischender Proteste. Offenbar konnte ihr niemand erklären, wie ich dort hingekommen war. Einen Augenblick später kam sie zur Tür zurückgewatschelt, gefolgt von zwei laut kreischenden Negerinnen.

»Was wollen Sie hier?«

Ich wandte mich dem Mädchen zu. Es saß jetzt aufrecht, die

Arme auf die Lehnen des Stuhles gestützt, da. Ich appellierte an sie.
»Fräulein Alice, Sie werden es doch sicherlich nicht zulassen, daß man mich auf die Straße jagt?«
Ihre prachtvollen schwarzen Augen verengten sich zu einem länglichen schmalen Schlitz und streiften mich mit einem undefinierbaren Ausdruck, worauf sie in barschem, verächtlichem Ton so etwas wie eine Erklärung auf Französisch fallen ließ: *»C'est papa.«*
Ich machte nochmals eine tiefe Verbeugung vor der alten Dame. Sie drehte mir den Rücken zu, um ihre schwarzen Begleiterinnen fortzujagen, dann sah sie mich auf eigenartige Weise prüfend an, indem sie eine Gesichtshälfte hochzog und das mir zugewandte Auge halb zukniff, als plage sie ein stechender Zahnschmerz. Sie trat auf die Veranda hinaus, setzte sich in einen weiter entfernt stehenden Schaukelstuhl und nahm von einem kleinen Tisch ihr Strickzeug. Ehe sie zu stricken begann, steckte sie eine der Nadeln in ihren grauen Haarschopf und stieß sie heftig hin und her.
Ihr einfaches nachthemdartiges Kleid hing formlos an ihrer kurzen dicken Figur herunter. Sie trug weiße, baumwollene Strümpfe und flache braune Samtpantoffeln. Aufdringlich boten sich ihre Füße auf dem Fußschemel bis zu den Knöcheln den Blicken dar. Während sie strickte, begann sie leicht zu schaukeln. Ich hatte meinen Platz wieder eingenommen und verhielt mich ruhig, denn ich traute dieser alten Frau nicht recht. Was sollte ich tun, wenn sie mich zum Verlassen des Hauses aufforderte? Sie schien jeder Gewalttätigkeit fähig. Ein- oder zweimal schnaubte sie kurz auf, während sie eifrig strickte. Plötzlich sagte sie mit piepsender Stimme etwas auf Französisch zu dem Mädchen, was etwa so lautete:
»Was hat dein Vater jetzt vor?«
Das junge Ding zuckte die Schultern so heftig, daß sein ganzer

Körper in der losen Umhüllung hin- und herschwankte. Mit einer überraschend harten Stimme, die doch einen verführerischen Klang hatte – wie gewisse rauhe Naturweine, die man gerne trinkt – gab es zur Antwort:

»Es ist irgendein Kapitän. Laß mich in Ruhe – bitte!«

Der Stuhl schaukelte schneller, und die alte dünne Stimme klang wie ein Pfeifenton. »Du und dein Vater, Ihr seid ein rechtes Paar. Er würde vor nichts zurückschrecken – das ist wohl bekannt. Aber das hätte ich nicht erwartet.«

Ich dachte, es sei nun höchste Zeit, ein wenig mit meinem eigenen Französisch herauszukommen, und bemerkte bescheiden, aber mit Bestimmtheit, daß es sich hier um geschäftliche Dinge handele, daß ich einige Angelegenheiten mit Herrn Jacobus zu besprechen habe.

Sofort kam mit piepsender Stimme die spöttische Antwort: »Oh, du arme Unschuld!« Und dann in verändertem Tonfall: »Für Geschäfte ist der Laden da. Warum gehen Sie nicht dorthin, um mit ihm zu sprechen?«

Die rasende Geschwindigkeit, mit der sie ihre Finger und die Stricknadeln bewegte, machte einen schwindlig. Kreischend vor Entrüstung, fuhr sie fort: »Hier herumsitzen und das Mädchen anstarren – nennen Sie das Geschäft?«

»Nein«, gab ich milde zur Antwort, »das nenne ich ein Vergnügen – ein unerwartetes Vergnügen. Und solange Fräulein Alice nichts dagegen hat –« Ich drehte mich halb zu ihr um. Sie hatte ihre Ellbogen auf die Knie gestützt und hielt ihr Kinn in den Händen – ein Jacobus-Kinn, ohne Zweifel – und warf mir ärgerlich ein verächtliches »Kehren Sie sich nicht daran!« zu. Und diese schweren Augenlider, dieser gereizte Ausdruck der dunklen Augen erinnerten mich auch an den wohlhabenden Kaufmann Jacobus, den geachteten von beiden. Auch die Zeichnung ihrer Augenbrauen war die gleiche, nämlich streng und unheilverkündend. Ja! Ich stellte bei ihr eine

Ähnlichkeit mit beiden fest, und als eine Art überraschender Folgerung kam mir die Erkenntnis, daß diese beiden Jacobus alles in allem recht ansehnliche Männer waren, und ich sagte: »Oh! Dann werde ich Sie so lange ansehen, bis Sie lächeln.«

Und wiederum beehrte sie mich mit einem noch boshafteren, zornigen »Kehren Sie sich nicht daran!«

Mit schriller Stimme fuhr die alte Frau grob dazwischen: »Hör sich einer diese Unverschämtheit an! Und du auch! Kehren Sie sich nicht daran! Geh wenigstens und zieh dir mehr Zeug an. In diesem Aufzug vor diesem Lümmel von Seemann herumzusitzen!«

Die Sonne war im Begriff, die Perle des Ozeans zu verlassen, um nach anderen Meeren, nach anderen Ländern zu wandern. Ein Meer von Farben ergoß sich in den ummauerten Garten, als ob die Blumen alles Licht wieder abgeben wollten, das sie tagsüber in sich aufgesaugt hatten. Die aufgeregte alte Frau wurde sehr deutlich und legte dem Mädchen mit zynischer Offenheit, die für mich sehr erniedrigend war, nahe, Leibchen und Unterrock anzuziehen. War ich für sie nicht mehr als eine hölzerne Schaufensterpuppe?

»Das werde ich nicht tun!« brach es aus dem Mädchen heraus. Es war nicht die unartige Antwort eines schlecht erzogenen Kindes, ihre Stimme hatte einen verzweifelten Unterton. Offenkundig hatte mein Eindringen das Gleichgewicht ihrer gefestigten Beziehungen irgendwie gestört. Die alte Frau strickte, die Augen fest auf ihre Arbeit gerichtet, mit wütender Akkuratesse.

»Oh, du bist das echte Kind deines Vaters! Und dabei dieses Geschwätz von wegen in ein Kloster gehen! Läßt sich hier von einem Kerl angaffen.«

»Hör auf.«

»Schamloses Ding!«

»Alte Hexe«, äußerte das Mädchen scharf, wobei es seine nachdenkliche Haltung beibehielt, das Kinn in der Hand und den Blick über den Garten hinweg weit in die Ferne gerichtet.

Es war wie der Streit zwischen dem Kessel und der Kanne. Die alte Frau sprang aus ihrem Stuhl hoch, warf ihr Strickzeug weg und stürzte mit einer erstaunlich schnellen Bewegung ihrer dicken Gliedmaßen, die sich unter ihrer sonderbaren, am Körper haftenden Bekleidung deutlich abzeichneten, auf das Mädchen zu – das sich überhaupt nicht rührte. Mich überfiel eine Art nervöses Zittern, als die ältliche Verwandte von Jacobus, als sei sie durch diese unbewußte Haltung erschrokken, sich kurz nach mir umdrehte. Sie war, wie ich bemerkte, mit einer Stricknadel bewaffnet, und als sie die Hand erhob, schien sie die Absicht zu haben, die Nadel wie einen Speer auf mich zu schleudern. Aber sie benutzte sie nur, um sich damit den Kopf zu kratzen, während sie mich aus nächster Nähe prüfend musterte, das eine Auge halb geschlossen, das Gesicht durch eine einseitige wunderliche Grimasse entstellt.

»Mein lieber Mann«, fragte sie mich abrupt, »erwarten Sie, daß hierbei etwas Gutes herauskommt?«

»Das hoffe ich doch, wirklich, Fräulein Jacobus.« Ich versuchte, im leichten Unterhaltungston eines Nachmittagsbesuches zu sprechen. »Wissen Sie, ich bin hinter einigen Säcken her.«

»Säcke! Hör dir das jetzt an! Habe ich nicht gehört, wie Sie diesem verdorbenen Wurm eine Rede gehalten haben?«

»Du würdest mich am liebsten schon im Grabe sehen«, gab das Mädchen unbeweglich mit leiser Stimme zur Antwort.

»Grab! Und was ist mit mir? Lebendig begraben nur wegen eines Geschöpfes, das mit solch einem schönen Vater gesegnet ist!« schrie die Alte, und zu mir gewandt: »Sie sind einer der Männer, mit denen er Geschäfte macht. Nun gut, aber warum lassen Sie uns nicht in Frieden, lieber Mann?«

Dieses »lassen Sie uns in Frieden«, war in besonderem Ton gesagt. Es lag etwas von roher Aufdringlichkeit, Überlegenheit und Geringschätzung in ihrer Stimme. Ich sollte sie noch mehr als einmal zu hören bekommen, denn wer da glaubt, daß dies mein letzter Besuch in diesem Hause war, in das seit Jahren keine achtbare Person mehr ihren Fuß gesetzt hatte, verrät seine vollkommene Unkenntnis der menschlichen Natur. Nein, man wäre vollkommen im Irrtum, wenn man dächte, dieser Empfang hätte mich verscheucht. Vor allem wollte ich nicht vor einem wunderlichen, groben alten Weib weglaufen. Und dann darf man nicht diese unbedingt notwendigen Säcke vergessen. An diesem ersten Abend bewog mich Jacobus, zum Abendessen zu bleiben, nachdem er mir allerdings offen erklärt hatte, er wisse nicht, ob er überhaupt etwas für mich tun könne. Er habe die Sache überdacht. Es sei zu schwierig, fürchte er . . . Aber er verlor nicht viel Worte darüber.

Wir waren nur zu dritt bei Tisch, nachdem das Mädchen durch sein wiederholtes »Ich will nicht!«, »Ich werde nicht!« und »Ich habe keine Lust!« die Absicht verkündet und den Willen bekräftigt hatte, nicht zu Tisch zu kommen, nicht essen zu wollen und nicht von der Veranda zu gehen. Die alte Verwandte sprang in ihren flachen Pantoffeln herum und piepste entrüstet. Jacobus blickte gelassen auf sie herab und murmelte friedlich etwas vor sich hin. Ich stimmte von weitem scherzend zu, indem ich ein paar Worte einwarf, wofür ich unter dem Deckmantel der Nacht heimlich einen bösartigen Rippenstoß mit dem Ellbogen oder vielleicht der Faust der alten Frau erhielt. Ich unterdrückte einen Aufschrei, und während der ganzen Zeit ließ sich das Mädchen nicht ein einziges Mal herab, den Kopf zu heben und einen von uns anzusehen. Dies alles mag vielleicht sehr kindisch klingen – und doch hatte diese frostige, launenhafte Unfreundlichkeit des Mädchens einen tragischen Anflug.

Und so setzten wir uns beim Schein zahlreicher Kerzen an den Tisch, während Alice draußen blieb, sich in ihren Sessel ver-

kroch und in die Finsternis starrte, als wolle sie ihre schlechte Laune mit dem schweren Duft des bewundernswerten Gartens nähren.
Bevor ich wegging, sagte ich zu Jacobus, ich würde am nächsten Tag wiederkommen, um zu hören, ob die Angelegenheit mit den Säcken irgendwelche Fortschritte gemacht habe. Als er das hörte, schüttelte er leicht den Kopf.
»Ich werde Ihr Haus täglich heimsuchen, bis Sie es geschafft haben. Sie werden mich hier immer finden können.«
Sein schwaches, melancholisches Lächeln vermochte nicht, seine wulstigen Lippen auch nur um einen kleinen Spalt zu öffnen.
»Ist in Ordnung, Kapitän.«
Als er mich hierauf bedächtig zur Tür brachte, murmelte er sehr ernst die Empfehlung: »Fühlen Sie sich hier wie zu Hause«, der er dann noch die gastfreundliche Andeutung folgen ließ, daß immer »ein Teller Suppe für mich da« sei. Erst auf dem Wege zum Kai durch die schlecht beleuchteten Straßen fiel mir ein, daß ich gerade an diesem Abend bei der Familie S. zum Essen eingeladen war. Obgleich ich mich über meine Vergeßlichkeit ärgerte – es würde sehr peinlich sein, eine Entschuldigung zu finden –, mußte ich doch eingestehen, daß ich so zu einem unterhaltsameren Abend gekommen war. Und nebenbei – Geschäft. Das heilige Geschäft –.
In dem barfüßigen Neger, der mich im Laufschritt überholte und hinunter nach den Landungsbrücken eilte, erkannte ich den Bootsmann von Jacobus, der in der Küche gegessen haben mußte. Sein übliches »Gute Nacht, Sah!« das er mir zurief, als ich das Fallreep meines Schiffes hinaufging, hatte einen herzlicheren Klang als bei vorherigen Gelegenheiten.

V

Ich blieb Jacobus im Wort. Ich suchte sein Haus heim. Er traf mich dort ständig des Nachmittags an, wenn er für einen Augenblick von seinem »Lager« hereingestürzt kam. Schon auf der Treppe wurde er vom Klang meiner Stimme im Gespräch mit seiner Alice begrüßt; und wenn er abends nach Geschäftsschluß endgültig zurückkehrte, fand er mich todsicher immer noch im Gespräch mit ihr auf der Veranda. Ich nickte ihm dann nur zu, während er sich gemächlich und leise hinsetzte und mit einer gewissen anerkennenden Besorgnis meine Bemühungen beobachtete, seine Tochter zum Lächeln zu bringen.

Ich nannte sie oft direkt in seiner Gegenwart »Alice«, und manchmal sprach ich sie auch als Fräulein »Kehren Sie sich nicht daran« an. Ich erschöpfte mich dabei in unsinnigem Geplauder, ohne daß es mir nur einmal gelang, sie aus ihrem verstockten und tragischen Ich herauszulocken. Es gab Augenblicke, in denen ich das Gefühl hatte, ich müßte mich gehenlassen und sie ausschelten, bis alles in die Brüche ging. Und ich konnte mir vorstellen, daß Jacobus keinen Finger rühren würde, wenn ich es täte. Stillschweigend schien sich zwischen uns ein gewisses vertrauliches Verständnis gebildet zu haben. Das Mädchen behandelte den Vater genauso, wie es mich behandelte, das muß ich schon sagen.

Und wie hätte es auch anders sein können? Alice behandelte mich ebenso, wie sie ihren Vater behandelte. Sie hatte nie einen Besucher gesehen, und sie wußte nicht, wie sich Männer benehmen. Ich gehörte zu der üblichen Sorte Männer, mit denen ihr Vater geschäftlich im Hafen zu tun hatte. Ich zählte nicht. Ihr Vater auch nicht. Die einzig ehrbaren Menschen, die es in der Welt gab, waren die Bewohner der Insel, die nichts mit Jacobus zu tun haben wollten, weil er etwas Schlimmes begangen hatte. Dies war offenbar die Erklärung, die Fräulein

Jacobus für die Isoliertheit des Hauses gegeben hatte. Irgend etwas mußte man Alice ja erzählen! Und ich bin überzeugt, daß Jacobus dieser Version seine Zustimmung gab.

Die alte Frau, das muß ich sagen, tischte sie mit großem Genuß immer wieder auf. In ihrem Munde war dies die umfassende Erklärung, Anspielung, Schmähung.

Eines Tages kam Jacobus früh zurück und bat mich in das Eßzimmer. Mit einer müden Geste trocknete er sich die Stirn und erzählte mir, daß es ihm gelungen sei, einen Vorrat an Säcken aufzustöbern.

»Waren es nicht vierzehnhundert, die Sie für Ihr Schiff brauchen, Kapitän?«

»Ja, ja!« Gab ich ungeduldig zur Antwort. Er blieb dabei ganz ruhig und sah sehr viel müder aus als je zuvor.

»Also gut, Kapitän, Sie können Ihren Leuten sagen, daß sie die Säcke von meinem Bruder bekommen werden.«

Als mir hierauf der Mund offenstehen blieb, fügte er gelassen seine milde Zusicherungsformel an: »Das geht schon in Ordnung, Kapitän.«

»Sie haben mit Ihrem Bruder darüber gesprochen?« Ich war geradezu erschrocken. »Und das meinetwegen? Wo er doch wissen mußte, daß mein Schiff das einzige war, das wegen der Säcke aufliegt. Wie in aller Welt –«

Er trocknete sich wieder die Stirn. Ich stellte fest, daß er mit ungewöhnlicher Sorgfalt gekleidet war; in solchem Anzug hatte ich ihn vorher noch nie gesehen. Er mied meinen Blick.

»Sie haben natürlich auch von dem Gerede der Leute gehört ... Das stimmt wirklich. Er ... Ich ... Wir zweifellos ... Einige Jahre lang ...« Seine Stimme wurde zu einem undeutlichen Gemurmel. »Wissen Sie, ich hatte ihm etwas mitzuteilen, etwas, das –«

Sein Gemurmel hörte auf. Er wollte mir nicht sagen, was dieses Etwas war. Und mir lag auch nichts daran. Ich konnte gar nicht schnell genug zu meinen Befrachtern kommen und lief daher zurück zur Veranda, um meinen Hut zu holen.

Meine hastige Geschäftigkeit veranlaßte das Mädchen, sich langsam nach mir umzudrehen, und sogar die alte Frau hörte auf zu stricken. Ich blieb einen Augenblick stehen, um aufgeregt auszurufen: »Ihr Vater ist ein Pfundskerl, Fräulein ›Kehren Sie sich nicht daran‹. Ja, das ist er.«

Sie beobachtete meine freudige Stimmung mit verächtlichem Erstaunen. Jacobus hielt mich indessen mit ungewohnter Vertraulichkeit am Arm fest, als ich durch das Eßzimmer schoß, und machte mir schwer atmend den Vorschlag, am Abend zu »einem Teller Suppe« zu kommen. Zerstreut antwortete ich: »Was?, eh? – Oh, vielen Dank! Gewiß. Mit Vergnügen«, worauf ich mich losriß. Mit ihm speisen? Natürlich. Bloße Dankbarkeit –

Aber als ich etwa drei Stunden später in der düsteren abgelegenen Straße mit dem Kopfsteinpflaster stand, merkte ich, daß es nicht reine Dankbarkeit war, die meine Schritte nach dem Haus mit dem alten Garten lenkte, wo seit Jahren kein anderer Gast als ich je diniert hatte. Bloße Dankbarkeit ruft nicht diesen so besonders nagenden Schmerz im Innern hervor, den ich verspürte. Hunger vermöchte das vielleicht; aber ich war nicht gerade auf das Essen bei Jacobus begierig.

Auch bei dieser Gelegenheit weigerte sich das Mädchen, zu Tisch zu kommen.

Meine Erbitterung wuchs. Die alte Frau warf mir hämische Blicke zu, und plötzlich kam mir der Einfall, zu Jacobus zu sagen: »Hier! Geben Sie mir doch etwas Huhn und Salat auf diesen Teller.« Ohne aufzublicken, befolgte er meinen Wunsch. Ich ging mit Teller, Messer und Gabel sowie einer Serviette hinaus auf die Veranda. Der Garten war in völliges Dunkel gehüllt wie ein in der Finsternis begrabener Friedhof von Blumen, und Alice in ihrem Sessel schien traurig über das

Verlöschen des Lichtes und der Farbenpracht nachzusinnen. Der Duft der Blumen zog mit jedem leichten Lufthauch in Wogen über sie hin wie die Seelen jener dahingeschiedenen Blüten. Mit gedämpfter Stimme sprach ich zungenfertig auf sie ein, scherzend, überredend, zärtlich. In den Ohren eines Zuhörers würde es wie das Murmeln eines bittenden Liebhabers geklungen haben. Wann immer ich auch erwartungsvoll eine Pause einlegte, es herrschte nur tiefes Schweigen. Es war, als ob man einer sitzenden Statue etwas zum Essen anböte.

»Ich habe auch nicht einen einzigen Bissen zu mir nehmen können im Gedanken daran, daß Sie hier draußen im Dunkeln fasten. Ihr Eigensinn ist wirklich grausam. Bedenken Sie doch einmal, was ich dabei erdulde.«

»Kehren Sie sich nicht daran.«

Mir war zumute, als könnte ich ihr irgendwie Gewalt antun – sie schütteln, vielleicht sogar schlagen. Ich sagte: »Ihr merkwürdiges Benehmen wird mich davon abhalten, jemals wieder hierherzukommen.«

»Was geht das mich an?«

»Sie möchten es aber doch.«

»Das ist nicht wahr«, fauchte sie.

Meine Hand packte ihre Schulter, und wenn sie zurückgewichen wäre, würde ich sie weiß Gott geschüttelt haben. Doch sie rührte sich nicht, und diese Unbeweglichkeit besänftigte meine Wut.

»Doch, Sie möchten es, sonst würde man Sie nicht jeden Tag auf der Veranda finden. Warum sonst sind Sie wohl hier? Es sind genug Zimmer im Haus. Sie haben Ihr eigenes Zimmer, in dem Sie sich aufhalten könnten, wenn Sie mich nicht sehen wollten. Aber Sie wollen es. Sie wissen das ganz genau.«

Ich fühlte ein leichtes Zittern unter meiner Hand und löste meinen Griff, als hätte mir dieses Zeichen ihrer inneren Bewegung einen Schrecken eingejagt. Eine warme Welle des

Gartenduftes zog an uns wie ein sehnsüchtiger, parfümierter Seufzer vorüber.
»Gehen Sie zurück zu den anderen«, flüsterte sie geradezu mitleiderregend.
Als ich wieder in das Eßzimmer trat, sah ich, wie Jacobus die Augen niederschlug. Ich knallte den Teller auf den Tisch. Bei dieser Äußerung meiner schlechten Laune murmelte er irgend etwas, das wie eine Entschuldigung klang. Als sei er für diese »abscheulichen Überspanntheiten«, wie ich es, glaube ich, nannte, zur Rechenschaft zu ziehen, fiel ich boshaft über ihn her:
»Ich darf wohl behaupten, Fräulein Jacobus hier ist zum größten Teil verantwortlich für dieses anstößige Benehmen.«
Sofort piepte sie in ihrer unverschämten groben Art los:
»Was? Warum lassen Sie uns nicht in Frieden, guter Mann?«
Ich war erstaunt, daß sie sich das vor Jacobus getraute. Doch was hätte er tun können, um sie zurückzuhalten? Er brauchte sie viel zu sehr. Einen Augenblick sah er mit einem müden Gesichtsausdruck unbeholfen auf, dann senkte er seinen Blick wieder. Mit schriller Stimme bestand sie auf dem letzten Wort: »Habt ihr eure Geschäfte noch nicht beendet, ihr beiden? Nun, dann –«

Sie besaß die echte Unverschämtheit der Jacobus-Sippe, diese alte Frau. Der Wust ihres eisengrauen Haares war wie eine Männerfrisur an der Seite liederlich gescheitelt, und sie tat so, als ob sie ihre Gabel, wie sie es mit ihrer Stricknadel zu tun pflegte, hineinstecken wollte; hielt sich aber dann doch zurück. Ihre kleinen schwarzen Augen funkelten tückisch. Drohend wandte ich mich an meinen Gastgeber am Kopfende der Tafel: »Nun, und was sagen Sie dazu, Jacobus? Soll ich das so auffassen, daß wir nichts mehr miteinander zu tun haben?«
Ich mußte einen Augenblick warten, und als dann die Antwort

kam, war sie doch sehr unerwartet und in einem ganz anderen Geiste als die Frage.

»Ich denke doch, daß wir beide über diese Sache mit den Kartoffeln bestimmt noch ins Geschäft kommen werden, Kapitän. Sie werden sehen, daß –«

Ich unterbrach ihn. »Schon einmal habe ich Ihnen gesagt, daß ich keinen Handel treibe.« Ein stummer Seufzer entrang sich seiner breiten Brust.

»Überlegen Sie sich das, Kapitän«, murmelte er zähe und gelassen, worauf ich in schrilles Gelächter ausbrach, da mir plötzlich in den Sinn kam, wie er hinter der Zirkusreiterin hergelaufen war. Eine tiefe Leidenschaft unter einer friedlichen Oberfläche, eine Leidenschaft, die sich sogar einer Reitpeitsche unterwarf (wie man sich erzählte), konnte sich nicht mit der Gewalt eines Sturms vergleichen; es war eher die Leidenschaft eines Fisches, wenn man sich so etwas wie einen leidenschaftlichen Fisch vorstellen könnte.

An diesem Abend erlebte ich deutlicher denn je das moralische Unbehagen, das mich jedes Mal in diesem von allen »anständigen« Menschen gemiedenen Haus befiel. Ich weigerte mich, nach dem Essen noch zu einer Zigarre dazubleiben, und als ich meine Hand in Jacobus' fettgepolsterte Pranke steckte, sagte ich mir, daß dies das letzte Mal unter seinem Dach gewesen sei. Dennoch drückte ich die kräftige Hand herzlich. Hatte er mir nicht aus einer sehr ernsten Schwierigkeit geholfen? Ich war verpflichtet, ihm hierfür einige anerkennende Worte zu sagen, und tat es auch bereitwilligst, worauf er seine geschlossenen Lippen zu dem üblichen melancholisch gepreßten Lächeln verzog.

»Ich hoffe, alles wird in Ordnung gehen, Kapitän«, flüsterte er gewichtig.

»Was meinen Sie damit?« fragte ich beunruhigt, »daß Ihr Bruder vielleicht doch ...«

»O nein«, beruhigte er mich, »er ... er ist ein Mann von Wort, Kapitän.«
Mein Selbstgespräch auf dem Rückweg erwies sich als unbefriedigend. Ich wollte mir einreden, das letzte Mal in jenem Haus gewesen zu sein. Doch ich wurde mir meiner Unaufrichtigkeit bei der Betrachtung der Motive bewußt, die Jacobus bewegten, und so ging ich natürlich gleich am nächsten Tag wieder hin.
Wie schwach, wie unvernünftig und absurd sind wir doch! Wie leicht lassen wir uns fortreißen, wenn unsere erweckte Einbildungskraft ein quälendes Verlangen schürt! Mir war das Mädchen auf eine besondere Art lieb. Ihr schwermütiger Gesichtsausdruck, ihr eigensinniges Schweigen, ihre seltenen spöttischen Worte, das ewige Schmollen ihres geschlossenen Mundes, die dunklen Tiefen des starren Blickes, wenn sie sich verächtlich und herausfordernd nach mir umdrehte, um schon im nächsten Augenblick wieder in ihre aufreizende Gleichgültigkeit zu verfallen – all dies hatte für mich einen verführerischen Zauber.
Natürlich hatte sich die Nachricht von meinen beharrlichen Besuchen überall in der kleinen Stadt verbreitet. Ich stellte eine Veränderung im Benehmen meiner Bekannten fest und sogar einen Unterschied im Gruß der anderen Kapitäne, wenn ich sie auf der Landungsbrücke oder in den Büros traf, wohin mich die Geschäfte führten. Der altjüngferliche Erste Buchhalter behandelte mich sehr formell und zurückhaltend; er künpfte gleichsam seine Jacke fester zu, wenn ich kam, aus Angst, er könne sich beschmutzen. Mir schien es, als ob sogar die Neger am Kai sich nach mir umdrehten, wenn ich vorbeiging, und was das »Gute Nacht, Sah« des Bootsmannes von Jacobus betraf, so schien es mir nicht mehr bloß herzlich zu klingen, wenn er mich an Bord brachte – sondern familiär und vertraulich, so als ob wir beide Partner bei einem Schurkenstreich gewesen wären.

Mein Freund S. der Ältere ging auf der anderen Seite der Straße an mir vorüber, winkte mit der Hand und lächelte ironisch. Sein jüngerer Bruder, der an die ältliche böse Sieben verheiratet worden war, erlaubte sich auf Grund unserer alten Freundschaft und um seine Dankbarkeit zu beweisen, mir ein Wort zur Warnung zu sagen. »Sie erweisen sich mit der Wahl Ihrer Freunde keinen guten Dienst, alter Junge«, sagte er mit kindischem Ernst. Da ich wußte, daß das Zusammentreffen der Brüder Jacobus auf der ganzen zuckrigen Perle des Ozeans Gegenstand aufgeregter Kritik war, versuchte ich zu erfahren, warum man mich tadelte.

»Ich war der Anlaß eines Schrittes, der vielleicht zu einer Wiederaussöhnung führen kann, und die ist sicherlich vom Standpunkt wohlanständiger Schicklichkeit nur wünschenswert – nicht wahr?«

»Natürlich, wenn dieses Mädchen versprochen wäre, würde es die Sache vereinfachen –«, murmelte er weise, dann gab mir das inkonsequente Geschöpf einen leichten Stoß in die Seite und sagte jovial: »Sie alter Sünder halten ja viel von der Wohlanständigkeit. Aber Sie sollten sich doch mehr in acht nehmen, hören Sie, mit einem Mann wie Jacobus, der nichts mehr an Ansehen zu verlieren hat.«

Inzwischen hatte er sich wieder zu dem Ernst eines ehrbaren Bürgers durchgerungen und fügte bedauernd hinzu: »Alle Frauen in unserer Familie sind richtig empört.«

Inzwischen hatte ich es aber aufgegeben, die Familie S. und die Familie D. zu besuchen, denn die älteren Damen zogen solche Gesichter, wenn ich mich sehen ließ, und die Mehrzahl der mit ihnen verwandten jungen Damen empfingen mich mit einer solchen Vielfalt staunender, erschrockener und spöttischer Blicke (außer Mary, die mit mir sprach und mich mit stillem, schmerzlichem Mitleid ansah, als ob ich krank wäre), daß es mir keine Schwierigkeiten bereitete, sie alle aufzugeben. Ich hätte sogar die Gesellschaft der ganzen Stadt dem fauchenden und stolzen Mädchen zuliebe aufgegeben, nur um in ihrer Nähe sitzen zu können. In ihrem dünnen, schäbigen, bernsteinfarbenen Kleidchen, das am Hals weit offen stand, und mit den zu beiden Seiten des Gesichts herunterhängenden wilden Haarbüscheln bot sie einen Anblick, als ob sie bei einem Feuerausbruch in wilder Hast gerade aus dem Bett gesprungen wäre.

Auf ihren Ellbogen gestützt, saß sie da und blickte ins Leere. Warum blieb sie und hörte meinem albernen Geschwätz zu? Und nicht nur das: Warum puderte sie sich das Gesicht, wenn sie sich auf meinen Besuch vorbereitete? Es schien doch ihre Absicht zu sein, sich für mich zurechtzumachen, was bei ihrer unordentlichen Nachlässigkeit ein Zeichen großer Anstrengung zur Verschönerung ihrer Person war.

Aber vielleicht irrte ich mich. Möglicherweise gehörte das Pudern zu ihrer täglichen Gewohnheit, und ihre Gegenwart in der Veranda war nichts anderes als ein Zeichen vollkommener Gleichgültigkeit, die meine Existenz überhaupt nicht in Betracht zog. Nun, mir war alles einerlei.

Es machte mir Freude, den langsamen Wechsel ihrer Haltung zu beobachten, die gelassene Ruhe zu betrachten, die in den anmutigen Linien ihres Körpers zum Ausdruck kam, den rätselhaft stechenden Blick ihrer dunkelglänzenden, etwas länglich geformten Augen, die, halb geschlossen, nachdenklich ins Leere starrten. Sie wirkte wie ein verzaubertes Wesen mit der Stirn einer Göttin, gekrönt mit dem zerzausten, prächtigen Haar eines Zigeunermädchens. Selbst ihre Gleichgültigkeit war verführerisch. Ich fühlte mich immer stärker zu ihr hingezogen, und zwar durch die Gewalt eines nicht zu verwirklichenden Verlangens. Denn ich verlor nicht den Kopf – so war es. Ich fand mich mit dem moralischen Unbehagen ab, das mir Jacobus' müde Wachsamkeit einflößte, die so scheinbar gelassen und doch so eindringlich war, als ob ein stillschweigendes Abkommen zwischen uns beiden bestünde. Und ich fand mich mit den Unverschämtheiten der alten Frau ab: »Wollen Sie uns überhaupt nicht mehr in Frieden lassen, guter Mann?« Ich fand mich mit ihren Sticheleien und ihrem rücksichtslosen, bösen Geschimpfe ab. Sie war eben eine echte Jacobus, kein Zweifel.

Jedesmal, wenn ich von dem Mädchen kam, machte ich mir selbst die größten Vorwürfe. Was für ein Wahnsinn war dies? So fragte ich mich immer wieder. Es war, als sei ich der Sklave irgendeiner unsittlichen Gewohnheit. Und doch kehrte ich mit einem klaren Kopf und einem gewiß freien Herzen wieder zu ihr zurück, nicht einmal von Mitleid für diese Verstoßene getrieben, denn das war sie, wie jede andere, die jemals auf einer verlassenen Insel strandete, nein, als würde ich durch ein außergewöhnliches Versprechen hierzu verführt. Man hätte sich nichts Unwürdigeres vorstellen können. Die Erinnerung an dieses zitternde Flüstern, als ich ihre Schulter mit der einen Hand anfaßte und in der anderen den Teller mit dem Huhn hielt, genügte, um alle meine guten Vorsätze zunichte zu machen.

Ihre beleidigende Schweigsamkeit genügte, um einen manchmal vor Wut mit den Zähnen knirschen zu lassen. Und wenn sie ihren Mund einmal öffnete, dann nur, um in barschem Ton abscheulich grob zu dem Bundesgenossen ihres verworfenen Vaters zu sein, wobei sie den vollen Beifall ihrer älteren Verwandten fand, die sich dann in widerlicher Weise ins Fäustchen lachte. Tat sie das einmal nicht, dann waren die immer in beißendem Ton gemachten Bemerkungen von äußerst erschreckender Hohlheit.

Wie konnte es auch anders sein? Dieses feiste, gefühlsrohe alte Jacobus-Mädchen in dem engen Kittel hatte ihr niemals Manieren beigebracht. Manieren scheinen für geborene Verstoßene nicht notwendig zu sein. Ich kann mir vorstellen, daß keine Bildungsanstalt veranlaßt werden könnte, sie nur guter Sitten wegen als Schülerin aufzunehmen. Jacobus wäre auch gar nicht in der Lage gewesen, sie irgendwo hinzuschicken. Wie hätte er das machen sollen? Mit wem? Wohin? Er selbst war nicht Abenteurer genug, um daran zu denken, sich andernorts einen Hausstand zu gründen. Seine Leidenschaft hatte ihn an fremden Küsten hinter einem Zirkus hergejagt; doch als der Sturm vorüber war, ließ er sich schamlos dorthin zurücktreiben, wo er, obgleich ein von der Gesellschaft Verstoßener, weiterhin ein Jacobus blieb – ein Mann aus der ältesten Familie der Insel, älter noch als die dort lebenden Franzosen. Einer aus der Familie Jacobus hatte immer an der Spitze der Gesellschaft gestanden ... Das Mädchen hatte nichts gelernt, es hatte niemals einer allgemeinen Unterhaltung zugehört, es wußte nichts, es hatte nie etwas erfahren. Alice konnte natürlich lesen; aber alles, was sie zu lesen bekam, waren die Zeitungen, die für das Kapitänszimmer im Lager vorgesehen waren. Jacobus brachte diese Blätter dann und wann mit nach Hause, und gewöhnlich waren sie sehr schmutzig und zerfetzt.

Da ihr Verstand nicht in der Lage war, außer den Polizeimeldungen und Berichten von Verbrechern die Bedeutung der Angelegenheiten, die dort behandelt wurden, zu begreifen, hatte sie sich eine Vorstellung von der zivilisierten Welt gemacht, die einem Schauplatz von Morden, Entführungen, Einbrüchen, hinterhältigen Schlägereien und jeder Art schlimmster Gewalttätigkeit glich. England und Frankreich, Paris und London – die beiden einzigen Städte, von denen sie anscheinend etwas gehört hatte – kamen ihr wie Sündenpfuhle vor, die nach Blut stanken, im Gegensatz zu ihrer kleinen Insel, wo geringfügige Diebstähle die üblichen Missetaten ausmachten, und nur ab und zu ausgesprochene Verbrechen und das auch nur unter den eingeführten Kulis auf den Zuckerpflanzungen oder unter den Negern der Stadt vorkamen. In Europa jedoch wurden diese Dinge täglich von einer sündhaften Bevölkerung weißer Individuen verübt, unter denen die herumziehenden Seeleute, diese Bundesgenossen ihres kostbaren Vaters, wie sich die alte aristokratische Dame Jacobus gefühlsroh auszudrücken pflegte, die Gemeinsten von den Gemeinen waren.

Es war einfach unmöglich, Alice einen Maßstab für die wirklichen Verhältnisse auf dieser Erde zu vermitteln. Ich nehme an, sie stellte sich England etwa so groß wie die Perle des Ozeans vor; und so gesehen, mußte es von Blut triefen und von einem Ende zum anderen aus einem Trümmerhaufen von geplünderten Häusern bestehen. Man konnte ihr nicht verständlich machen, daß diese Schrecken, mit denen sie ihre Einbildungskraft nährte, wie Tropfen Blutes im Ozean sich im normalen, geordneten Leben der menschlichen Gesellschaft verloren. Einen Augenblick richtete sie den verständnislosen Blick ihrer halbgeschlossenen Augen auf mich und wandte ihr gepudertes Gesicht mit einem verächtlichen Ausdruck wortlos ab. Sie nahm sich nicht einmal die Mühe, die Achseln zu zucken.

Um diese Zeit brachten die Stöße von Zeitungen, die mit der letzten Post kamen, seitenlange Berichte über eine Serie von Verbrechen im Londoner East End; es gab eine sensationelle Entführung in Frankreich und ein Muster von einem bewaffneten Raubüberfall in Australien. Als ich eines Nachmittags durch das Eßzimmer schritt, hörte ich die Alte mit gehässiger Feindseligkeit sagen: »Ich weiß nicht, was dein teurer Papa mit diesem Kerl im Schilde führt. Er ist doch genau einer von der Sorte Männer, die imstande wären, dich irgendwohin zu schleppen, weit fort, um dir dann eines Tages deines Geldes wegen die Kehle durchzuschneiden.«

Zwischen ihren beiden Stühlen lag gut die Hälfte der Veranda.

Ich ging hinaus und setzte mich wütend genau zwischen beide. »Ja, genauso gehen wir mit den Mädchen in Europa um«, begann ich grimmig in nüchternem Ton. Ich glaube, die Alte war durch mein plötzliches Erscheinen aus der Fassung geraten. Mit kalter Grausamkeit wandte ich mich an sie: »Und was die widerwärtigen alten Weiber betrifft, die werden erst langsam erwürgt, dann in kleine Stücke geschnitten und fortgeworfen, ein bißchen hierhin und ein bißchen dorthin. Sie verschwinden –«

Ich kann nicht so weit gehen zu behaupten, daß ich sie erschreckt hätte. Meine Roheit hatte sie jedoch beunruhigt, und das um so mehr, weil ich ihr sonst immer höflich begegnet war, und zwar mit einer Höflichkeit, die sie nicht verdiente. Langsam ließ sie ihre dicken, strickenden Hände auf die Knie sinken. Sie sagte nicht ein Wort, während ich sie ernst und entschlossen anblickte. Als ich mich dann schließlich von ihr abwandte, legte sie ihre Arbeit vorsichtig hin und ging von der Veranda fort. Tatsächlich, sie verschwand.

Aber ich dachte jetzt gar nicht an sie. Ich sah das Mädchen an. Das war es, warum ich täglich kam, ungeduldig und widerstrebend und voller Unruhe. Ihre Nähe rief in mir eine einzigartige Empfindung hervor, der ich mich mit Furcht, Selbstverachtung und wahrem Vergnügen hingab wie einem geheimen Laster, das zu meinem Ruin führen mußte, wie ein zur Gewohnheit gewordener Genuß einer Droge, die ihren Sklaven erniedrigt.

Mein Blick glitt von ihrem zerzausten Kopf über die liebliche Linie ihrer Schulter, folgte der Rundung der Hüfte und der verhüllten Form ihres schlanken Körpers bis zu dem zierlichen Fußgelenk unter den zerrissenen und beschmutzten Volants und weiter bis zur Spitze des schäbigen, mit einem hohen Absatz versehenen, blauen Pantöffelchens, das von ihrem wohlgeformten Fuß herunterbaumelte. Als könnte sie meine Gegenwart nicht ertragen, zuckte sie kaum merklich nervös mit ihrem Fuß schnell hin und her. Im Wohlgeruch der Blumenfülle empfand ich ihren unerklärlichen Charme besonders stark, diesen berauschenden Duft des immerwährenden, erzürnten Gefangenen des Gartens.

Ich sah auf ihr rundes Kinn, dieses Jacobus-Kinn, auf die vollen roten Lippen in dem gepuderten, blassen Gesicht; auf die festgeformten Wangen; auf die weißen Tupfen in ihren geraden, dunklen Augenbrauen; auf die weiten Augen mit dem schmalen Schimmer von wäßrigem Weiß und intensivem, regungslosem Dunkel, Augen, die so leer und so in sich selbst versunken blickten, als ob sie auf ihr eigenes einsames Bildnis in einem zwischen den Bäumen versteckten fernen Spiegel starrten.

Und plötzlich, als ob sie mit sich selbst spräche, fragte sie, ohne mich dabei anzusehen, mit ihrer etwas rauhen und doch sanften, immer gereizten Stimme:

»Warum kommen Sie immer wieder hierher?«

»Warum ich immer wieder hierherkomme?« wiederholte ich überrascht. Ich hätte es ihr nicht sagen können. Ich hätte mir selbst nicht aufrichtig erklären können, warum ich dorthin kam.

»Was für einen Sinn hat es, daß Sie eine solche Frage stellen?«

»Nichts hat irgendeinen Sinn«, bemerkte sie spöttisch in die leere Luft, das Kinn in die Hand gestützt, diese Hand, die sich noch nie einem Mann entgegengestreckt hatte, die noch nie jemand ergriffen hatte – ich hatte nur einmal ihre Schulter gepackt –, diese starke, schöne, etwas maskuline Hand, deren kräftige Form mir so wohlvertraut war – breit in der Grundfläche und nach den Fingern zu spitz zulaufend – die Form einer Hand, für die es nichts in der Welt zu ergreifen gab. Ich tat so, als ob ich sehr heiter sei, und sagte: »Nein! Aber wollen Sie das wirklich wissen?« Lässig zog sie ihre prächtigen

Schultern hoch, wobei ihr schäbiger, dünner Kittel etwas verrutschte.
»Oh – schon gut – schon gut!«
Ich fühlte, daß unter diesem äußeren Anschein von Mattigkeit etwas schwelte. Sie reizte mich durch ihre herausfordernde Gleichgültigkeit, die etwas Sich-Entziehendes und Trotziges hatte, das ich fassen wollte. Grob sagte ich:
»Warum? Glauben Sie nicht, daß ich Ihnen die Wahrheit sagen würde?« Ihre Augen glitten verstohlen über mich hin, dann murmelte sie, wobei sich nur ihre vollen, schmollenden Lippen bewegten:
»Ich glaube, Sie würden es nicht wagen.«
»Denken Sie, ich habe Angst vor Ihnen? Was in aller Welt ... Nun, es ist schon möglich, nach alledem, da ich nicht einmal genau weiß, warum ich hierherkomme. Es ist ja, um mit Fräulein Jacobus zu reden, doch zu nichts nütze. Sie scheinen all die gewalttätigen Dinge zu glauben, die sie erzählt, wenn Sie dann und wann Streit mit ihr haben.«
Boshaft stieß sie hervor:
»Wem sonst sollte ich glauben?«
»Ich weiß nicht«, mußte ich eingestehen, denn ich sah sie plötzlich sehr hilflos und zu moralischer Vereinsamung verdammt durch den Urteilsspruch einer achtbaren Gesellschaft. »Sie können *mir* glauben, wenn Sie wollen.«
Sie machte eine kleine Bewegung und fragte mich sofort, als wolle sie mich auf die Probe stellen:
»Was sind das für Geschäfte zwischen Ihnen und Papa?«
»Kennen Sie nicht die Art der Geschäfte Ihres Vaters? Nanu! Er verkauft Proviant an die Schiffe.«
Wieder erstarrte sie in ihrer kauernden Stellung.
»Das meine ich nicht. Was führt Sie hierher – in dieses Haus?«
»Und angenommen, Sie wären der Grund? Das würden Sie doch wohl nicht Geschäfte nennen. Nicht wahr? Und nun

lassen Sie uns von etwas anderem sprechen. Es hat keinen Zweck. Übermorgen wird mein Schiff klar zum Auslaufen sein.«

»So bald«, murmelte sie sichtlich erschrocken, worauf sie schnell aufsprang, nach dem kleinen Tisch eilte und ein Glas Wasser hinunterstürzte. Als sie mit raschen Schritten an mir vorüber ging, wobei sie ihre jugendliche Figur lässig in den Hüften wiegte, fühlte ich mit verzehnfachter Macht den besonderen Reiz des verheißungsvollen Gefühls, das mich immer wieder in ihre Nähe trieb. Ich war plötzlich bestürzt bei dem Gedanken, daß dies das Ende sei, daß ich nach einem weiteren Tag nicht mehr imstande sein würde, hierher auf diese Veranda zu kommen, auf diesem Stuhl zu sitzen und den Hauch von Verachtung, der von ihrer lässigen Haltung ausging, so pervers zu genießen, mich an ihren herausfordernden, spöttischen Blicken zu berauschen, ihre schroffen, anmaßenden Bemerkungen anzuhören, die sie mit dieser herben, verführerischen Stimme von sich gab. Als ob mein Innerstes durch die Wirkung eines moralischen Giftes verändert sei, hatte ich ein tiefes Grauen davor, in See zu gehen.

Ich mußte, so wie man eine Bremse zieht, plötzlich Selbstkontrolle üben, um mich daran zu hindern, aufzuspringen, hin- und herzustürmen, zu gestikulieren und ihr eine Szene zu machen. Wofür? Weswegen? Ich wußte es selbst nicht. Es war einfach der Wunsch, mich von diesem gewaltsamen Druck zu befreien, und ich lehnte mich nachlässig in meinem Stuhl zurück, versuchte, meine Lippen zu einem Lächeln zu verziehen, zu diesem halb nachsichtigen, halb höhnischen Lächeln, das mein Schutz und Schild gegen die Pfeile ihrer Verachtung und der verletztenden Ausfälle der alten Frau war.

Sie trank ihr Glas in einem Zuge mit der Gier einer Verdurstenden aus und ließ sich in den nächsten Stuhl fallen, als sei sie jetzt völlig geschlagen. Ihre Haltung hatte wie gewisse

Tonlagen ihrer Stimme etwas Maskulines an sich: Ihre Knie standen unter dem weiten Kittel auseinander, dazwischen hingen ihre gefalteten Hände herunter, ihr Körper lehnte mit gesenktem Kopf vornüber. Ich starrte auf den dicken schwarzen Knäuel geflochtenen Haares, der den geneigten Kopf mit überwältigender und mißachteter Pracht krönte. Einige lose Haarbüschel hingen glatt herunter. Und plötzlich wurde ich gewahr, daß das Mädchen am ganzen Leib zitterte, als ob ihr die Eiseskälte des Glases Wasser bis ins Innerste gedrungen wäre. »Was ist nun los?« sagte ich überrascht, aber nicht gerade sehr mitfühlend.

Sie schüttelte ihr vornüber geneigtes Haupt und flehte mit unterdrückter, immer dringlicher werdender Stimme:

»Gehen Sie fort! Gehen Sie fort! Gehen Sie fort!«

Ich stand auf und trat mit einem merkwürdigen Gefühl von Angst und Besorgnis auf sie zu, sah auf ihren runden kräftigen Hals hinab und bückte mich tief, um einen Blick in ihr Gesicht zu werfen. Dabei überlief mich selbst ein leises Erschauern.

»Worüber, um Himmels willen, regen Sie sich so auf, Fräulein ›Kehren Sie sich nicht daran‹?« Mit einem heftigen Schwung warf sie sich zurück, daß ihr Kopf über die Rückenlehne des Sessels fiel. Und nun war es ihr sanfter, voller, heftig pulsierender Hals, der entblößt vor meinem verwirrten Blick lag. Ihre Augen waren fast geschlossen, bis auf den schrecklichen weißen Schimmer, der unter ihren Lidern wie bei einer Toten zu sehen war.

»Was haben Sie?« fragte ich erschrocken. »Warum sind Sie so außer sich?«

Sie raffte sich auf, die Augen angstvoll weit aufgerissen. Der tropische Nachmittag verlängerte die Schatten auf der heißen, erschöpften Erde, diesem Sitz dunklen Verlangens, übertriebener Hoffnungen, unvorstellbarer Schrecken.

»Schon gut! Kehren Sie sich nicht daran!« Hierauf begann

sie nach einem tiefen Atemzug mit solch erschreckender Hast zu sprechen, daß ich die erstaunlichen Worte kaum verstehen konnte: »Denn wenn Sie mich an einem verlassenen Ort, der ringsum so kahl wie die Fläche meiner Hand ist, einsperren sollten, dann könnte ich mich immer noch mit meinem Haar erdrosseln.«

Einen Augenblick glaubte ich meinen Ohren nicht zu trauen und ließ die unfaßbare Erklärung auf mich einwirken. Es ist unmöglich, jemals die wilden Gedanken zu enträtseln, die durch die Köpfe unserer Mitmenschen gehen. Welch ungeheuerliche Vorstellungen von Gewalttätigkeit konnten sich hinter der niedrigen Stirn dieses Mädchens verbergen, das man gelehrt hatte, seinen Vater als einen Mann anzusehen, »der zu allem imstande ist«, und dies mehr im Sinn des Mißgeschicks als der Schande, etwas, das man augenscheinlich übelnimmt und fürchtet, dessen man sich aber nicht zu schämen braucht? Sie schien sich tatsächlich ebensowenig eines Schamgefühls wie sonst etwas in der Welt bewußt zu sein; aber in ihrer Unwissenheit nahmen ihr Groll und ihre Furcht geradezu kindische und verletztende Formen an.

Natürlich redete sie, ohne die eigentliche Bedeutung ihrer Worte zu kennen. Was konnte sie vom Tode wissen – sie, die nichts vom Leben kannte? Ihre seltsame Äußerung war nur der Beweis dafür, daß sie durch irgendwelche abscheuliche Vorstellungen vor Angst ganz von Sinnen war. Sie erregte nicht mein Mitleid, sondern faszinierte mich wie ein schreckliches Wunder. Ich konnte mir nicht vorstellen, was für Bedrohungen sie befürchtete. Eine Art Entführung vermutlich. Nach dem Gerede dieses abscheulichen alten Weibes war dies durchaus möglich. Vielleicht dachte sie, man würde sie an Händen und Füßen gefesselt und sogar geknebelt verschleppen. Mir war bei dieser Vermutung zumute, als hätte man vor mir die Tür eines glühend heißen Raumes geöffnet.

»Auf mein Wort!« rief ich aus, »Sie werden am Ende noch ganz verrückt, wenn Sie Ihrer abscheulichen alten Tante länger zuhören –«

Aufmerksam betrachtete ich ihren verstörten Gesichtsausdruck und ihre bebenden Lippen. Sogar ihre Wangen schienen etwas eingefallen zu sein. Aber wie ich, der Bundesgenosse ihres übelbeleumdeten Vaters, der »Gemeinste unter den Gemeinen« von dem verbrecherischen Europa, es fertigbringen könnte, sie wieder zu beruhigen, war mir schleierhaft. Sie konnte einen zur Verzweiflung bringen.

»Mein Gott! Was, glauben Sie, kann ich tun?«

»Ich weiß es nicht.«

Ihr Kinn bebte. Mit gespannter Aufmerksamkeit sah sie mich an. Ich machte einen Schritt auf ihren Stuhl zu.

»Ich werde nichts unternehmen. Das verspreche ich Ihnen. Genügt Ihnen das? Verstehen Sie? Ich werde nichts unternehmen, was es auch sein möge, und übermorgen werde ich nicht mehr hier sein.«

Was hätte ich sonst sagen können? Sie schien meine Worte mit der gleichen Gier in sich aufzunehmen, mit der sie das Glas Wasser geleert hatte. Mit zitternder Stimme, die ebenso rührend klang, wie ich sie schon einmal aus ihrem Munde gehört hatte, und die wiederum das gleiche Gefühl in mir auslöste, flüsterte sie:

»Ich würde Ihnen glauben. Aber was mit Papa –«

»Der Teufel soll ihn holen!« Die Brutalität meiner Stimme verriet meine innere Erregung. »Ich habe genug von Ihrem Papa. Sind Sie so einfältig zu glauben, ich hätte Angst vor ihm? Er kann mich zu nichts zwingen.«

All das klang mir angesichts ihrer Unwissenheit viel zu schwach. Aber ich komme doch zu dem Schluß, daß wie manche sagen, der »Ton der Aufrichtigkeit« eine wahrhaft unwiderstehliche Kraft hat. Die Wirkung meiner Worte überstieg all meine Hoffnungen – und sogar noch mein Vorstellungsvermögen. Die Veränderung zu beobachten, die in dem Mädchen vorging – die allmähliche, aber doch rasche Entspannung ihres stieren Blickes, ihrer verkrampften Muskeln und jeder Fiber ihres Körpers, war, als beobachte man ein Wunder. Dieser starre, dunkle Blick, in dem ich mehr als einmal eine tragische Bedeutung gesehen hatte, und der einen so schwermütigen, verführerischen Reiz hatte, war jetzt vollkommen leer und bar jeglicher Empfindung; er nahm nicht einmal meine Gegenwart mehr wahr und hatte den etwas schläfrigen Ausdruck der Jacobus-Art angenommen.

Aber da der Mensch ein perverses Tier ist, freute ich mich nicht über meinen vollkommenen Erfolg, sondern sah ihn mit überraschten und entrüsteten Augen. Es lag etwas Zynisches in dieser unverhohlenen Veränderung, die richtige Schamlosigkeit der Jacobus. Ich hatte das Gefühl, in einer ziemlich komplizierten Angelegenheit betrogen worden zu sein, in die ich wider besseres Wissen geraten war. Ja, betrogen, ohne daß man auch nur im geringsten auf die Formen des Anstands Rücksicht genommen hätte.

Mit einer leichten, lässigen und in ihrer Lässigkeit katzenartig geschmeidigen Bewegung erhob sie sich von ihrem Stuhl, wobei sie mich jetzt in einer solch aufreizenden Art ignorierte, daß ich vor lauter Wut knapp einen Fußbreit vor ihr auf meinem Platz stehenblieb. Gemächlich und mit heiterer Ruhe, als befinde sie sich ganz allein in einem Raum, breitete sie direkt vor mir ihre schönen Arme aus. Sie hatte die Hände gefaltet, den Kopf ein wenig zurückgebeugt und wiegte ihren Körper in einem Gefühl der Erleichterung, ihre Glieder entspannten sich, sie schwelgte förmlich in diesem Zustand nach den Tagen, die sie aus Angst und Zorn in demütiger, regloser Haltung verbracht hatte.

Dies alles geschah mit äußerster Gleichgültigkeit und so unglaublich beleidigend und aufreizend, daß es auf mich wie Undankbarkeit, ja, Treulosigkeit wirkte.

Ich hätte mich geschmeichelt fühlen sollen, vielleicht; aber meine Wut wurde im Gegenteil immer stärker. Ihre Bewegung, um an mir vorbeizukommen, als wäre ich ein Holzpfosten oder ein Möbelstück, diese unbekümmerte Bewegung ihres Körpers trieb die Dinge auf die Spitze.

Ich will nicht behaupten, daß ich nicht wußte, was ich tat, aber kühle Überlegung hatte gewiß nichts mit der Tatsache zu tun, daß im nächsten Augenblick meine beiden Arme ihre Taille umschlangen. Es war eine impulsive Handlung, so wie man nach etwas greift, das einem entfällt oder entschlüpft, und es hatte auch nichts mit scheinheiliger Zärtlichkeit zu tun. Sie hatte nicht die Zeit, auch nur einen Laut von sich zu geben, und der erste Kuß, den ich auf ihre geschlossenen Lippen drückte, war grimmig wie ein Biß.

Sie leistete keinen Widerstand, und ich hörte natürlich nicht bei einem Kuß auf. Sie ließ mich gewähren, nicht als ob sie leblos wäre – ich fühlte sie an mich gelehnt, jung, voller Kraft und Leben, ein starkes, begehrenswertes Geschöpf –, sondern als ob ihr im sicheren Gefühl der Geborgenheit nicht das geringste an dem läge, was ich tat oder nicht tat. In diesem Sturm zufälliger Liebkosungen waren unsere Gesichter nahe zusammengekommen. Ihre großen, dunklen, weitgeöffneten Augen sahen mich mit einem Ausdruck an, der nicht erkennen ließ, ob sie aufgebracht oder erfreut oder überhaupt von irgendeinem Gefühl bewegt war. Nicht mehr als vielleicht etwas Erstaunen konnte ich in dem festen Blick erkennen, mit dem sie ganz unpersönlich meine Verrücktheit zu beobachten schien. Ich überschüttete ihr Gesicht mit Küssen, und es schien keinen Grund zu geben, daß dies nicht für immer so weitergehen sollte.

Dieser Gedanke zuckte mir durch den Kopf, und ich war im

Begriff, von ihr abzulassen, als sie sich auf einmal mit aller Kraft plötzlich von mir loszureißen versuchte. Sie weckte damit nur aufs neue meine Erbitterung, und das heftige Verlangen, sie überhaupt nicht wieder loszulassen. Ich preßte sie noch fester an mich und rief schwer atmend aus: »Nein – das nicht!«, als wäre sie mein Todfeind. Von ihrer Seite kam kein Wort. Mit aller Kraft drückte sie ihre Hände gegen meine Brust und versuchte vergeblich, den Kreis meiner Arme zu brechen. Daß sie jetzt wieder vollkommen wach zu sein schien, war der einzige Aufschluß, den ihre Augen boten. Es war, als blickte man in einen tiefen Brunnen, wenn man ihrem dunkel starren Blick begegnete, und ich war auf ihre wechselnde Taktik völlig unvorbereitet. Anstatt zu versuchen, meine Hände auseinanderzureißen, warf sie sich an meine Brust und mit einer nach unten gerichteten, wellenförmigen, schlangenartigen Bewegung und einem schnellen, gleitenden Wegtauchen kam sie geschmeidig von mir los. Es ging alles sehr rasch; ich sah, wie sie den Saum ihres Kittels aufraffte und nicht gerade sehr anmutig zur Tür am Ende der Veranda lief. Sie schien leicht zu hinken – und dann war sie verschwunden. Die Tür ging hinter ihr so geräuschlos zu, daß ich nicht glauben konnte, sie sei vollkommen geschlossen. Ich hatte den bestimmten Verdacht, ihre dunklen Augen beobachteten durch den Türspalt, was ich wohl tun würde. Ich konnte mich nicht entscheiden, ob ich meine Faust drohend in diese Richtung schütteln oder ihr einen Kuß zuwerfen sollte.

VI

Beides wäre mit meinen Gefühlen durchaus vereinbar gewesen. Ich blickte zögernd nach der Tür, aber schließlich tat ich weder das eine noch das andere. Ein sechster Sinn – vielleicht war es ein gewisses Schuldgefühl, wie es leider immer zu spät kommt! – veranlaßte mich, den Kopf zu wenden, und sofort war mir klar, daß diese stürmische Szene wahrscheinlich ein aufregendes Ende nehmen würde. Jacobus stand in der Tür zum Eßzimmer. Wie lange er dort schon stand, konnte ich unmöglich erraten. Bei dem Gedanken an den Kampf mit dem Mädchen meinte ich, er müßte ein stummer Zeuge von Anfang bis zum Ende gewesen sein. Doch diese Vermutung schien mir fast unglaubhaft. Vielleicht hatte dieses unergründliche Mädchen ihn hereinkommen gehört und war rechtzeitig geflüchtet. In seiner üblichen Art, mit schläfrigen Augen und aufeinandergepreßten Lippen, betrat Jacobus die Veranda. Ich staunte über die Ähnlichkeit des Mädchens mit diesem Mann. Die weiten ägyptischen Augen und die niedrige Stirn einer stumpfsinnigen Göttin rührten von den Sägespänen des Zirkus her, aber alles andere in ihrem Gesicht, die Zeichnung und Form, das runde Kinn, die gleichen Lippen – all dies war Jacobus, nur verfeinerter, vollendeter und ausdrucksvoller.

Er ließ seine kräftige Hand sinken und griff mit Gewalt nach der Lehne eines Stuhles (es standen mehrere herum), und schon kam mir ein zertrümmerter Schädel am Ausgang dieser ganzen Geschichte sehr wahrscheinlich vor. Ich fühlte mich außerordentlich gedemütigt. Es würde einen furchtbaren Skandal geben, das war unvermeidlich. Doch ich wußte nicht, wie ich handeln sollte, um mir selbst zu genügen. Ich war auf der Hut und blickte Jacobus gerade ins Gesicht. Nichts anderes war zu tun. Ich hatte nur eine Gewißheit; wie schamlos mein Benehmen auch war, es konnte niemals mit der charakteristischen Unverschämtheit eines Jacobus verglichen werden.

Er lächelte mir melancholisch mit gepreßten Lippen zu und setzte sich hin. Ich gestehe, ich war erleichtert. Die Aussicht, daß den Küssen Schläge folgen könnten, hatte nichts besonders Anziehendes für mich. Vielleicht – vielleicht hatte er nichts gesehen? Er benahm sich wie gewöhnlich; aber noch nie zuvor hatte er mich auf der Veranda allein angetroffen. Wenn er irgendwie auf die Sache angespielt und mich gefragt hätte: »Wo ist Alice?« oder so etwas Ähnliches, dann hätte ich aus dem Ton seiner Stimme meine Schlüsse ziehen können. Hierzu wollte er mir jedoch keine Gelegenheit geben. Auffallend war, daß er mich noch nicht einmal angeblickt hatte. »Er weiß es«, sagte ich mir überzeugt, und meine Verachtung für ihn erlöste mich von dem Abscheu vor mir selbst.

»Sie kommen früh nach Hause«, bemerkte ich.

»Wenig zu tun; heute war nichts im Geschäft los«, erklärte er niedergeschlagen.

»Oh, nun, Sie wissen, ich geh'«, sagte ich, da ich das Gefühl hatte, dies sei vielleicht das Beste, was ich jetzt tun könnte.

»Ja«, sagte er leise, »übermorgen.«

Das war es nicht, was ich gemeint hatte; aber da er beharrlich auf den Boden starrte, folgte ich der Richtung seines Blickes. In der absoluten Stille, die in dem Hause herrschte, starrten wir auf den Pantoffel mit den hohen Absätzen, den das Mädchen verloren hatte. Wir starrten. Er lag dort umgestürzt.

Nach einer mir sehr lang scheinenden Zeit rückte Jacobus seinen Stuhl vorwärts, bückte sich mit ausgestrecktem Arm und hob den Pantoffel auf. In seiner großen, dicken Hand sah er wie ein winziges Ding aus. Es war auch kein richtiger Pantoffel, sondern ein flacher blauer Schuh aus weichem Glanzleder, der abgetragen und schäbig aussah. Er hatte Schnallen, die über den Spann liefen, aber das Mädchen hatte in seiner schlampigen Art nur die Füße hineingesteckt. Jacobus blickte vom Schuh auf und sah mich an. »Setzen Sie sich, Kapitän«, sagte er endlich im üblichen gedämpften Ton.

Als hätte der Anblick dieses Schuhes den Zauber erneuert, gab ich plötzlich den Gedanken auf, das Haus auf der Stelle zu verlassen. Es war mir jetzt unmöglich. Ich setzte mich hin und

blickte auf das faszinierende Objekt. Jacobus drehte den Schuh seiner Tochter in seiner fetten Hand hin und her, als versuche er herauszubekommen, wie das Ding gemacht sei. Nachdenklich betrachtete er eine Zeitlang die dünne Sohle, dann blickte er wie interessiert in den Schuh und sagte:
»Ich bin froh, daß ich Sie hier angetroffen habe, Kapitän.«
Meine Antwort war eine Art Brummen, wobei ich ihn verstohlen beobachtete. Dann fügte ich hinzu: »Sie werden jetzt bald nicht mehr viel von mir haben.«
Er war immer noch eingehend mit dem Innern dieses Schuhes beschäftigt, auf dem auch meine Augen ruhten.
»Haben Sie noch einmal über das Geschäft mit den Kartoffeln nachgedacht, von dem ich mit Ihnen neulich sprach?«
»Nein, habe ich nicht«, antwortete ich kurz. Mit einer strengen, gebieterischen Geste mit der Hand, in der er den ominösen Schuh hielt, hinderte er mich daran aufzustehen. Ich blieb sitzen und blickte ihn an. »Sie wissen, daß ich nicht handele.«
»Aber Sie sollten es, Kapitän. Sie sollten es wirklich.«
Ich überlegte. Wenn ich jetzt das Haus verließe, würde ich das Mädchen nie wiedersehen, und ich hatte das Gefühl, daß ich sie noch einmal sehen müßte, wenn auch nur für einen Augenblick. Es war ein Verlangen, dem sich mit Vernunft nicht beikommen und das sich nicht geringschätzen ließ. Nein, ich wollte nicht fortgehen. Ich wollte bleiben, um noch einmal dieses sonderbare, erregende Gefühl zu erleben und das undefinierbare Begehren zu verspüren, das mich so in seinen Bann geschlagen hatte, daß ich – ausgerechnet ich – geradezu ein Grauen davor hatte, in See zu gehen.
»Herr Jacobus«, erklärte ich langsam und mit Bestimmtheit, »meinen Sie wirklich, daß es alles in allem und wenn man verschiedene Dinge in Betracht zieht – ich meine alles in Betracht zieht, verstehen Sie? –, daß es für mich das Richtige wäre, Geschäfte zu machen, sagen wir, mit Ihnen?«

Ich wartete eine Zeitlang. Er blickte immer noch auf den Schuh, den er jetzt in der Mitte zusammengedrückt hielt, wobei die abgetragene Spitze und der hohe Absatz auf jeder Seite seiner schweren Faust hervorstanden.

»Das würde in Ordnung gehen«, sagte er, wobei er mir endlich offen ins Gesicht sah.

»Sind Sie davon überzeugt?«

»Sie werden es für ganz richtig halten, Kapitän.« Er äußerte diese seine stehende Redensart in seinem üblichen mild gedämpften Ton und begegnete meinem forschenden Blick, ohne auch nur mit der Wimper zu zucken.

»Dann lassen Sie uns das Geschäft machen«, sagte ich, ihm den Rücken zukehrend. »Ich sehe, Sie sind sehr erpicht darauf.«

Ich wollte keinen offenen Skandal, dachte aber, daß der Schein von Wohlanständigkeit manchmal zu teuer erkauft wird. Ich hatte gegen Jacobus, gegen mich selbst und gegen die ganze Bevölkerung der Insel den gleichen verachtungsvollen Abscheu, als ob wir alle gemeinsam an einer niederträchtigen Handlung beteiligt gewesen wären. Und das Bild der Perle des Ozeans, wie es mir sechzig Meilen von der Insel entfernt erschienen war, diese Vision eines körperlosen, von Zauberhand erschaffenen reinen Wunders von durchsichtigem Blau, dieses Bild verwandelte sich jetzt zu einem Gegenstand der Schrekken. War dies das Glück, das diese dunstumhüllte und feine Erscheinung in ihrem harten Herzen bereitgehalten hat, verborgen hinter einer Wand von Nebel und schönen Träumen? War dies mein Glück?

»Ich denke«, ließ sich Jacobus plötzlich nach einer Pause hören, die mir wie das Schweigen niederträchtigen Grübelns erschien, »daß Sie am besten etwa dreißig Tonnen nehmen. Das wäre ungefähr die ganze Partie, Kapitän.«

»Wäre es das? Die ganze Partie! Ich kann wohl sagen, es wäre das Beste, aber ich habe nicht genug Geld dafür.«

Noch nie hatte ich ihn so lebhaft gesehen.
»Nein!« rief er in einem Ton aus, der mir wie eine wilde Drohung vorkam.
»Das ist aber schade.« Er wartete einen Augenblick und fuhr dann unnachgiebig fort, indem er mich mit schrecklicher Deutlichkeit fragte: »Wieviel Geld haben Sie, Kapitän?«
Es war jetzt an mir, ihm offen ins Gesicht zu sehen. Das tat ich auch und nannte ihm den Betrag, über den ich verfügen konnte. Ich merkte, daß er enttäuscht war. Er dachte nach und sah mich, während er einen Überschlag machte, eine ganze Zeitlang wie geistesabwesend an, bis er in nachdenklichem Ton mit dem habgierigen Vorschlag kam: »Sie könnten noch etwas Geld aus Ihren Verladern herausholen. Das wäre doch ganz einfach, Kapitän.«
»Nein, das könnte ich nicht«, gab ich brüsk zur Antwort. »Ich habe mein Gehalt bis zum heutigen Tage aufgenommen, und außerdem ist das Konto des Schiffes abgeschlossen.«
Langsam wurde ich wütend. »Und das sag' ich Ihnen«, fuhr ich fort, »selbst wenn ich es könnte, würde ich es nicht tun.« Ich ließ alle Zurückhaltung fallen und fügte hinzu: »Sie sind ein bißchen zuviel von einem Jacobus, Herr Jacobus.«
Schon der Ton war ziemlich beleidigend, aber er blieb ruhig und war nur ein wenig verwirrt, bis ihm etwas zu dämmern schien. Aber das ungewohnte Aufblitzen seiner Augen verschwand sofort wieder. Als ein Jacobus auf heimatlicher Flur konnte es ihn, mochte er auch ein Verstoßener sein, nicht berühren, was ein einfacher Schiffer zu sagen beliebte. Als Schiffshändler konnte er einiges vertragen. Alles, was ich aus seinem Gemurmel heraushörte, war ein undeutliches »Ganz richtig«, was in Wirklichkeit, zum mindesten nach meiner Ansicht, eine schreiende Unwahrheit war. Aber ich besann mich – ich hatte es keinen Augenblick vergessen –, daß ich das Mädchen sehen mußte. Ich hatte nicht die Absicht zu gehen. Ich

wollte in dem Haus bleiben, bis ich sie noch einmal gesehen hatte.

»Hören Sie!« sagte ich schließlich. »Ich werde Ihnen sagen, was ich zu tun gedenke. Ich werde soviel von Ihren verflixten Kartoffeln nehmen, wie ich für mein Geld kaufen kann, unter der Bedingung, daß Sie sofort nach dem Kai hinuntergehen und dafür sorgen, daß alles auf einen Leichter verladen und direkt längsseits des Schiffes gebracht wird. Nehmen Sie die Rechnung und eine unterzeichnete Empfangsbescheinigung. Hier ist der Schlüssel meines Schreibtisches. Geben Sie ihn Burns, er wird Sie bezahlen.«

Ehe ich noch den Satz beendet hatte, war er von seinem Stuhl aufgestanden, aber er weigerte sich, den Schlüssel an sich zu nehmen. Burns würde das niemals tun. Er mochte ihn gar nicht erst fragen.

»Nun gut«, sagte ich, ihn von oben herab ansehend, »dann bleibt nichts anderes übrig, Herr Jacobus, als daß Sie an Bord warten, bis ich komme, um alles mit Ihnen zu regeln.«

»Das kommt in Ordnung, Kapitän. Ich gehe sofort.«

Er schien in Verlegenheit, was er mit dem Schuh des Mädchens machen sollte, den er immer noch in der Hand hielt. Schließlich legte er ihn, mich mit einem matten Blick ansehend, auf den Stuhl, von dem er sich erhoben hatte.

»Und Sie, Kapitän? Wollen Sie nicht auch mitkommen, nur um zu sehen –«

»Bemühen Sie sich nicht um mich. Ich werde schon für mich selbst sorgen.«

Einen Augenblick stutzte er verblüfft, als versuche er zu verstehen, und dann kam ein gewichtiges: »Gewiß, gewiß, Kapitän«, wie das Ergebnis eines plötzlichen Gedankens. Seine breite Brust hob sich. War es ein Seufzer? Als er hinausging, um diese Kartoffeln eilig zu besorgen, sah er nicht einmal nach mir zurück.

Ich wartete, bis das Geräusch seiner Fußtritte im Eßzimmer verklungen war, dann wandte ich mich nach einer kleinen Pause der weiter entfernten Tür zu und rief mit lauter Stimme über die Veranda:

»Alice!«

Nichts antwortete mir, nicht einmal eine Bewegung hinter der Tür. Vielleicht hatte man Jacobus' Haus geräumt, damit ich mich darin einrichten könne. Ich rief nicht noch einmal. Ich war sehr entmutigt, geistig erschöpft, moralisch niedergeschlagen. Ich wandte mich wieder dem Garten zu und setzte mich, den Kopf in beide Hände, die Ellbogen auf die niedrige Balustrade gestützt.

Die Abenddämmerung brach über mich herein. Die Schatten wurden länger und dunkler und vereinigten sich zu einem gemeinsamen Zwielicht, in dem die Blumenbeete wie glühende Schlacke schimmerten. Wellen schwerer Düfte zogen an mir vorüber, als sei die Dämmerung dieser Hemisphäre das Dunkel eines Tempels und der Garten ein ungeheures schwingendes Weihrauchfaß vor dem Altar der Sterne. Die Farben der Blüten wurden dunkler und verloren eine nach der anderen ihren Glanz.

Als ich nach einem schwachen Geräusch meinen Kopf umdrehte, erschien mir das Mädchen sehr groß und schlank, wie es dort schwankend und strauchelnd mit ungleichen Bewegungen auf den tiefen niedrigen Sessel zuschritt, bis sein schattenhafter Körper darin versank. Ich weiß nicht, warum oder woher ich jetzt das Gefühl hatte, daß sie zu spät gekommen war. Sie hätte erscheinen sollen, als ich sie rief. Sie hätte ... Es war, als sei eine letzte Gelegenheit verpaßt worden. Ich stand auf und nahm nahe bei ihr, fast gegenüber ihrem Lehnsessel, Platz. Mit ihrer wie immer mißvergnügten Stimme sprach sie mich sofort an und sagte verächtlich:

»Sie sind immer noch hier.«

Ich senkte meine Stimme:
»Sie sind schließlich herausgekommen.«
»Ich bin gekommen, um meinen Schuh zu suchen – ehe man die Lampen bringt.« Es war ihr übliches schroffes, aufreizendes Flüstern. Aber das leise Beben in ihrer unterdrückten, unsicheren Stimme erregte mich jetzt nicht. Ich konnte nur das Oval ihres Gesichts, ihren unbedeckten Hals und den weiten weißen Schimmer ihrer Augen sehen. Sie war ein zu rätselhaftes Wesen. Ihre Hände ruhten auf den Lehnen des Sessels. Doch wo war das mysteriöse, aufreizende Gefühl geblieben, das wie der Duft ihrer knospenhaften Jugend war? Ruhig sagte ich: »Ich habe Ihren Schuh hier.« Sie gab keinen Laut von sich, und ich fuhr fort: »Sie sollten mir lieber Ihren Fuß geben, damit ich den Schuh anziehen kann.«
Sie rührte sich nicht. Ich beugte mich tief hinunter und griff nach ihrem Fuß unter den Volants ihres Kleides. Sie zog ihn nicht zurück, und ich streifte ihr den Schuh über und knöpfte die Schnalle zu. Ihr Fuß war leblos. Sanft setzte ich ihn auf den Boden nieder.
»Wenn Sie die Schnalle zuknöpften, würden Sie Ihren Schuh nicht verlieren, ›Fräulein kehren Sie sich nicht daran‹« sagte ich, wobei ich ohne Überzeugung versuchte, heiter zu scheinen. Mir war eher kläglich zumute wegen der verlorenen Illusion eines unbestimmten Verlangens, wegen der plötzlichen Überzeugung, daß ich nie wieder in ihrer Nähe dieses seltsame, halb unglückliche, halb zarte Gefühl erleben würde, das seinen ätzenden Duft so manchen Tagen verliehen hatte und dieses Mädchen so tragisch und vielversprechend, so mitleiderregend und aufreizend hatte erscheinen lassen. Das war alles vorbei.
»Ihr Vater hat ihn aufgehoben«, sagte ich, da ich meinte, man könne ihr diese Tatsache ruhig erzählen.
»Ich fürchte mich nicht vor Papa – vor ihm selbst«, erklärte sie verächtlich.

»Oh! Also ist es nur in Verbindung mit seinem verrufenen Bundesgenossen, dem Fremden, dem Gesindel Europas, wie ihre reizende Tante oder Großtante zu sagen pflegt – Männer wie ich, zum Beispiel – daß Sie –«

»Ich fürchte mich nicht vor Ihnen«, sagte sie gereizt.

»Weil Sie nicht wissen, daß ich jetzt Geschäfte mit Ihrem Vater mache. Ja, ich mache jetzt tatsächlich genau das, was er von mir verlangt. Ich habe das Ihnen gegebene Versprechen gebrochen. So ein Mann bin ich. Und nun – haben Sie keine Angst? Die müßten Sie doch haben, wenn Sie das glauben, was diese teure, freundliche, wahrheitsliebende alte Dame sagt.«

Ihre Stimme wurde unerwartet sanft, als sie versicherte: »Nein, ich bin nicht ängstlich.« Sie zögerte ... »Jetzt nicht.«

»Ganz recht. Sie brauchen es auch nicht zu sein. Wir werden uns nicht wiedersehen, bevor ich in See gehe.« Ich stand auf und blieb bei ihrem Stuhl stehen. »Aber ich werde oft an Sie denken, wie Sie hier in dem alten Garten unter den Bäumen zwischen den prachtvollen Blumenbeeten umherwandern. Sie müssen diesen Garten sehr lieben –«

»Ich liebe gar nichts.«

Aus dem mürrischen Ton ihrer Stimme konnte ich ein schwaches Echo jenes grollenden, tragischen Klanges heraushören, den ich einmal als so aufreizend empfunden hatte. Jetzt ließ er mich ungerührt, bis auf die jähe quälende Erkenntnis, daß alle Dinge auf dieser Erde hohl und leer sind.

»Auf Wiedersehen, Alice«, sagte ich.

Sie gab keine Antwort und rührte sich nicht. Nur ihre Hand zu nehmen, sie zu schütteln und fortzugehen, schien mir unmöglich und beinahe ungehörig. Ich beugte mich ohne Hast zu ihr nieder und drückte meine Lippen auf ihre sanfte Stirn. Dies war der Augenblick, in dem ich mit einem gewissen Schrecken klar erkannte, wie vollständig ich mich von diesem unglücklichen Geschöpf gelöst hatte. Und wie ich noch in dieser grausamen Selbsterkenntnis verharrte, fühlte ich die leichte Berührung ihrer Arme, die sich matt um meinen Hals schlossen, und einen hastigen, linkischen Kuß, der meinen Mund verfehlte. Nein! Sie hatte keine Angst; aber das rührte mich nicht mehr. Langsam glitten ihre Arme herunter, sie gab keinen Laut von sich. Der tiefe Korbsessel knarrte ein wenig, und nur ein gewisses Gefühl für Würde hinderte mich daran, Hals über Kopf dieser katastrophalen Offenbarung zu entfliehen.

Langsam durchquerte ich das Eßzimmer. Jetzt lauscht sie meinen Fußtritten, dachte ich, sie muß es, sie wird mich die Tür öffnen und wieder schließen hören, und ich schloß sie so sanft hinter mir, als wäre ich ein Dieb, der mit einer unrechtmäßigen Beute entflieht. Und während ich dies verstohlen tat, erlebte ich den letzten Gefühlsausbruch in diesem Haus – bei dem Gedanken an das Mädchen, das ich dort in der Finsternis sitzend zurückließ mit den leeren Augen, die, so dunkel wie die Nacht selbst, in den ummauerten Garten starrten, in den stillen Garten, der erfüllt war vom Duft der eingekerkerten Blumen, die wie Alice selbst, den Blicken entzogen waren in einer in Finsternis begrabenen Welt.

In der engen, schlecht beleuchteten, ländlichen Straße, die mir auf meinem Weg zum Hafen so wohlvertraut geworden war, regte sich kein Laut. Im tiefsten Innern kam mir die Erkenntnis, je weiter man sich vorwagt, um so besser begreift man, wie alles in unserem Leben alltäglich, von kurzer Dauer und leer ist; daß wir auf der Suche nach dem Unbekannten in unseren Gefühlen entdecken müssen, wie unzulänglich all unsere Versuche sind und wie schnell vereitelt! Bei der Landungsbrücke erwartete mich Jacobus' Bootsmann mit ungewöhnlicher Bereitwilligkeit. Er brachte mich längsseits meines Schiffes, bot mir aber nicht sein vertrauliches »Gute Nacht, Sah« an und blieb, anstatt sofort wieder abzulegen, an der Treppe liegen. Ich war mit meinen Gedanken Tausende von Meilen entfernt von geschäftlichen Dingen, als auf dem dunklen Achterdeck Burns vor Aufregung stammelnd über mich herfiel. Stundenlang war er erregt an Deck auf und ab gelaufen und hatte auf mich gewartet. Kurz vor Sonnenuntergang war ein mit Kartoffeln beladener Leichter längsseits gekommen; der dicke Schiffshändler saß selbst auf dem Haufen Säcke. Er steckte jetzt unten in der Kajüte und rührte sich nicht. Was sollte das alles bedeuten? Bestimmt hatte ich nicht –

»Doch, Herr Burns, ich habe«, schnitt ich ihm kurz das Wort ab. Kurzerhand stoppte ich auch die verzweifelten Gesten, die er hierauf machte, und händigte ihm den Schlüssel meines Schreibtisches in einer Art aus, die keinen Widerspruch zuließ. Ich gab ihm den Auftrag, sofort nach unten zu gehen, die Rechnung von Jacobus zu bezahlen und ihn von Bord zu schicken.

»Ich möchte ihn nicht sehen«, gab ich freimütig zu, als ich die Treppe zur Poop hinaufstieg. Ich fühlte mich völlig erschöpft und ließ mich auf die Bank des Oberlichtes fallen. Dort starrte ich verloren nach den Lichtern am Kai und der Masse dunkler Berge im Süden des Hafens. Ich hörte nicht, wie Jacobus mit jedem einzelnen Sovereign meines Bargeldes in der Tasche das Schiff verließ. Ich hörte überhaupt nichts, bis sich eine lange Zeit hinterher Burns, unfähig, länger an sich zu halten, mir mit seinem lächerlichen, ärgerlichen Gejammer über meine Schwäche und Gutmütigkeit aufdrängte.

»Natürlich ist genug Platz in der Achterluke. Aber da unten werden sie todsicher verrotten. Na ja! Ich hab' noch nie gehört ... Siebzehn Tonnen! Ich nehme an, ich muß den ganzen Haufen morgen früh als erstes an Bord nehmen.« »Ich glaube auch, daß Sie das müssen, es sei denn, Sie werfen sie über Bord. Aber ich fürchte, das können Sie nicht machen. Mir selbst läge nichts daran, aber wie Sie wissen, ist es verboten, Abfall in den Hafen zu werfen.«

»Abfall – das ist das wahrste Wort, das Sie seit vielen Tagen gesagt haben, Kapitän. Genau das, erwarte ich, wird es sein. Fast achtzig gute Gold-Sovereign sind dahin. Ihre Schublade vollkommen reingefegt, Kapitän. So was, wenn das einer verstehen soll!«

Da es unmöglich war, ihn in die wahren Hintergründe dieser geschäftlichen Transaktion einzuweihen, überließ ich ihn seinem Gejammer und dem Eindruck, daß ich ein hoffnungsloser Narr sei. Am nächsten Tag ging ich nicht an Land. Denn einmal hatte ich nicht genug Geld, um an Land zu gehen, ja, nicht einmal genug, um mir eine Zigarette zu kaufen. Jacobus hatte reinen Tisch gemacht. Aber das war nicht der einzige Grund. Die Perle des Ozeans war mir innerhalb weniger Stunden verhaßt geworden. Ich wollte niemand mehr treffen. Mein Ruf hatte gelitten. Ich wußte, daß ich der Gegenstand unfreundlicher und höhnischer Kommentare geworden war.

Am nächsten Morgen bei Sonnenaufgang, gerade als wir die Achterleinen losgeworfen hatten und der Schlepper uns zwischen den Tonnen hinauszog, sah ich Jacobus in seinem Boot stehen. Der Neger pullte hastig; zwischen den Duchten waren mehrere Körbe Proviant für die Schiffe verstaut. Alices Vater war auf seiner Morgenrunde. Er war gelassen und freundlich, hob seinen Arm und rief etwas mit großer Herzlichkeit herüber. Aber seine Stimme trug nicht weit und alles, was ich schwach verstehen oder eher erraten konnte, waren die Worte »nächstes Mal« und »alles in Ordnung.« Aber nur von dem letzten war ich überzeugt, und indem ich mechanisch meinen Arm zur Erwiderung erhob, wandte ich mich ab. Ich war über diese ganze familiäre Art ziemlich verärgert. Hatte ich schließlich nicht alle Rechnungen mit diesem Kartoffelhandel beglichen?

Dies ist eine Hafengeschichte, und daher habe ich nicht die Absicht, von unserer Reise zu sprechen. Ich war nur froh, daß ich auf See war. Doch es war nicht die Fröhlichkeit alter Tage. Früher hatte ich keine Erinnerungen, die ich mit auf See schleppte. Ich besaß dieselbe gesegnete Vergeßlichkeit aller Seeleute, diese natürliche, unüberwindliche Vergeßlichkeit, die insofern der Unschuld gleicht, weil sie jede Selbstprüfung verhindert. Jetzt mußte ich jedoch an das Mädchen denken. Dauernd grübelte ich während der ersten Tage über die Vorgänge und Gefühle nach, die in Beziehung zu ihrer Person und meinem Verhalten standen.

Und ich muß gestehen, daß Burns, der ein unerträgliches Aufhebens von diesen Kartoffeln machte, nicht im geringsten dazu beitrug, mich die Rolle vergessen zu lassen, die ich gespielt hatte. Er sah das Ganze als eine rein geschäftliche Angelegenheit von besonders verrückter Art an; und seine Ergebenheit – wenn es überhaupt Ergebenheit und nicht Widerhaarigkeit war, wie ich bis vor kurzem angenommen hatte – spornte ihn zu größtem Eifer an, meinen Verlust so gering wie nur irgendmöglich zu halten. Oh, ja! Er nahm sich dieser infamen Kartoffeln mit einer solchen Sorgfalt an, daß es eine Art hatte, wie es so schön heißt.

Dauernd hing eine Talje über der Achterluke, und dauernd war die Wache an Deck dabei, einen Teil dieser Kartoffeln aufzuheißen, auszubreiten, auszusuchen, wieder einzusacken und zurück in den Laderaum zu fieren. So hing Tausende von Meilen auf hoher See ständig das Sinnbild dieses Handels mit all seinen abwegigen Gedankenverbindungen sichtbar vor meinen Augen – der Garten mit seinen Blumen und Wohlgerüchen, das Mädchen mit seinem herausfordernd verachtungsvollen Benehmen und der tragischen Einsamkeit einer hoffnungslos Verstoßenen. Und wie in satanisch ausgeklügelter Ironie war alles an Bord in einen schrecklichen Geruch gehüllt. Dieser üble Geruch verfaulter Kartoffeln verfolgte mich auf der Poop, vermischte sich mit meinen Gedanken, mit meinem Essen, vergiftete meine Träume und verbreitete über das ganze Schiff eine Atmosphäre der Fäulnis. Ich machte Burns Vorwürfe wegen seiner übertriebenen Mühe, und ich wäre vollkommen damit einverstanden gewesen, wenn er die Luke verschalkt hätte und die Kartoffeln wären unter Deck verfault.

Unter Umständen wäre das gefährlich gewesen, denn die eklige Ausdünstung hätte womöglich die Zuckerladung verdorben. Der Geruch schien so streng zu sein, daß er sogar die Eisenteile des Schiffes angriff. Hinzu kam, daß Burns die ganze Sache zu seiner persönlichen Angelegenheit machte. Er versicherte mir, er wisse, wie man eine Ladung Kartoffeln auf See zu behandeln habe – schon als Junge habe er damit zu tun gehabt, sagte er. Er beabsichtige, meinen Verlust so klein wie möglich zu halten – teils aus Ergebenheit, es muß Ergebenheit gewesen sein – und teils aus Eitelkeit. Ich wagte es jedenfalls nicht, ihm Anweisung zu geben, mein geschäftliches Abenteuer über Bord zu werfen. Ich glaube, er würde sich rundweg geweigert haben, meinen rechtmäßigen Befehl auszuführen. Dadurch wäre auch eine noch nie dagewesene, komische Situation entstanden, der ich mich nicht gewachsen fühlte.

Ich begrüßte das aufkommende schlechte Wetter, wie es noch kein Seemann getan hat. Als ich schließlich beidrehte, um den Lotsen vor Port Philip Heads überzunehmen, war die Achterluke über eine Woche nicht geöffnet worden, und ich hätte beinahe glauben können, daß so etwas wie eine Kartoffel nie an Bord gewesen war.

Es war ein abscheulicher Tag, naßkalt und stürmisch mit heftigen Wind- und Regenböen. Der Lotse, ein fröhlicher Mensch, führte das Schiff und plauderte mit mir, während das Wasser an ihm herunterlief; und je stärker der anhaltende Regen auf ihn herabströmte, desto zufriedener schien er mit sich selbst und der ganzen Welt zu sein. Er rieb sich die nassen Hände mit solcher Genugtuung, wie ich, der ich das gerade mehrere Tage und Nächte durchgestanden hatte, es mir von einer nicht gerade im Wasser lebenden Kreatur einfach nicht vorstellen konnte.

»Sie scheinen Ihre Freude daran zu haben, naß zu werden«, bemerkte ich. Er hatte etwas Land bei seinem Haus in einem Vorort, und es war sein Garten, an den er dachte. Bei dem Wort Garten, das ich so viele Tage nicht gehört und nicht ausgesprochen hatte, überfiel mich die Vision von prächtigen Farben, süßen Düften und einer mädchenhaften Figur, die in einem Sessel kauerte. Ja, dieses deutliche Gefühl brach mit aller Gewalt in den Frieden ein, den ich nach den schlaflosen Aufregungen gefunden hatte, die das gefährliche schlechte Wetter eine Woche lang meiner Verantwortung aufgebürdet hatte. Die Kolonie, so erklärte der Lotse, habe unter einer Trockenheit ohnegleichen gelitten. Dies sei der erste anständige Tropfen Wasser, den sie nach sieben Monaten erlebten. Die ganze Ernte war verloren. Und wie beiläufig fragte er mich, sichtlich interessiert, ob ich zufällig einige Kartoffeln übrig hätte.

Kartoffeln! Ich hatte es fertiggebracht, sie zu vergessen. Sofort fühlte ich mich wieder bis zum Hals in Fäulnis versinken. Hinter dem Rücken des Lotsen warf mir Burns einen bedeutungsvollen Blick zu.

Schließlich bekam der Lotse eine Tonne und bezahlte zehn Pfund dafür. Das war zweimal so viel, wie ich Jacobus bezahlt hatte. Habgier erwachte in mir. In derselben Nacht kam im Hafen, ehe ich schlafen ging, das Zollboot längsseit. Während die Zolleute den Proviantraum versiegelten, nahm mich der diensttuende Offizier beiseite und fragte mich vertraulich: »Sagen Sie, Kapitän, Sie haben nicht zufällig einige Kartoffeln zu verkaufen?«

Klar, daß an Land ein ausgesprochener Mangel an Kartoffeln herrschte. Ich überließ ihm eine Tonne für zwölf Pfund, und freudig verließ er das Schiff. In dieser Nacht träumte ich von einem Haufen Gold in Form eines Grabes, in dem ein Mädchen begraben lag. Hartherzig vor Habgier, wachte ich auf. Als ich ins Büro meines Schiffsmaklers kam, sagte der Chef, nachdem die üblichen geschäftlichen Verhandlungen beendet waren und er seine Brille auf die Stirn geschoben hatte:

»Ich denke, Kapitän, daß Sie Kartoffeln zu verkaufen haben, da Sie von der Perle des Ozeans kommen.«

In gleichgültigem Ton sagte ich: »Oh, ja, ich könnte Ihnen eine Tonne abgeben. Fünfzehn Pfund.«

»Na hören Sie!« rief er aus. Aber nachdem er mich eine Weile prüfend angesehen hatte, akzeptierte er meinen Preis mit einem schwachen Lächeln. Es schien, daß diese Menschen nicht ohne Kartoffeln leben konnten. Ich konnte es. Ich wollte keine Kartoffeln mehr sehen, solange ich lebe; aber dämonische Gewinnsucht hatte von mir Besitz ergriffen. Wie sich die Neuigkeit herumsprach, weiß ich nicht, aber als ich ziemlich spät wieder an Bord kam, stand eine Gruppe Männer mittschiffs, die nach Gemüsehändlern aussahen, während Burns hochmütig auf der Poop hin und her schritt und sie triumphierend im Auge behielt. Sie waren gekommen, um Kartoffeln zu kaufen.

»Diese Kerle warten seit Stunden hier in der Sonne«, flüsterte mir Burns aufgeregt zu. »Sie haben schon das Wasserfaß leergetrunken. Vergeben Sie ja nicht Ihre Chance, Kapitän. Sie sind zu gutmütig.«

Ich wählte einen Mann mit dicken Beinen und einen Mann, der schielte, zum Verhandeln aus. Aus dem einfachen Grunde, weil sie leicht von den anderen zu unterscheiden waren. »Haben Sie das Geld dabei?« erkundigte ich mich, ehe ich sie mit nach unten in den Salon nahm.

»Jawohl, Herr Kapitän«, antworteten sie gleichzeitig, wobei sie gegen ihre Taschen klopften. Ihre ruhige, entschlossene Art gefiel mir. Lange bevor der Tag zu Ende ging, waren alle Kartoffeln zu einem etwa dreimal höheren Preis verkauft, als ich für sie bezahlt hatte. Burns frohlockte, und aufgeregt beglückwünschte er sich selbst zu der geschickten Art, mit der er mein geschäftliches Abenteuer behandelt hatte; aber zugleich gab er deutlich zu verstehen, daß ich eigentlich mehr daraus hätte machen sollen.

Diese Nacht schlief ich nicht sehr gut. Zwischen abgerissenen Träumen von Verstoßenen, die auf einer verlassenen, mit Blumen übersäten Insel des Hungers starben, dachte ich von Zeit zu Zeit an Jacobus. Es war außerordentlich unangenehm. Als ich morgens müde und unausgeschlafen erwachte, setzte ich mich hin und schrieb einen langen Brief an meinen Reeder, in dem ich ihm einen sorgfältig durchdachten Plan über den Einsatz des Schiffes im Fernen Osten und im Chinesischen Meer für die beiden nächsten Jahre unterbreitete. Ich verbrachte den ganzen Tag mit dieser Aufgabe und fühlte mich etwas ruhiger, als sie getan war.

Die Antwort kam zur rechten Zeit. Man war von meinem Plan sehr angetan, aber in Anbetracht der Tatsache, daß trotz der verhängnisvollen Schwierigkeit mit den Säcken (gegen die ich mich, wie sie überzeugt seien, in Zukunft sehr wohl zu schützen wüßte) die Reise doch einen guten Gewinn eingebracht habe, hielten sie es für besser, das Schiff in der Zuckerfahrt zu lassen – wenigstens einstweilen.

Ich blätterte die Seite um und las weiter:

»Wir haben von unserem guten Freund Jacobus einen Brief erhalten und sind erfreut zu hören, wie gut Sie mit ihm ausgekommen sind. Abgesehen von seinem Beistand in dieser unglückseligen Angelegenheit mit den Säcken, schreibt er, daß er in der Lage sei, uns eine gute Frachtrate zu bieten, wenn es

Ihnen unter Ausnutzung aller Möglichkeiten gelänge, das Schiff rechtzeitig zu Beginn der Saison zurückzubringen. Wir haben keinen Zweifel, daß Sie mit den größten Bemühungen ... usw ... usw.«

Ich ließ den Brief sinken und saß eine lange Zeit regungslos da. Dann schrieb ich meine Antwort (sie war sehr kurz) und ging an Land, um sie zur Post zu geben. Doch ich ging an einem Briefkasten nach dem andern vorbei, und als ich schließlich die Collins Street hinaufging, hatte ich ihn immer noch in der Tasche – an meinem Herzen. Die Collins Street ist nachmittags um vier Uhr nicht gerade eine verlassene Einöde, aber ich hatte mich noch nie so einsam und von der übrigen Menschheit abgesondert gefühlt wie an diesem Tage, als ich inmitten der drängenden Menge verzweifelt mit meinen schon überwundenen Gedanken und Gefühlen kämpfte.

Es kam der Augenblick, da mir die schreckliche Hartnäckigkeit des Jacobus, des Mannes einer einmaligen Leidenschaft und Idee, als nahezu heroisch erschien. Er hatte mich nicht aufgegeben. Er hatte seinen abscheulichen Bruder wieder aufgesucht. Und dann kam er mir selbst abscheulich vor. Hatte er es für sich selbst oder für das arme Mädchen getan? Und bei dieser letzten Vermutung erfüllte mich die Erinnerung an den Kuß, der meine Lippen verfehlte, mit Entsetzen: denn was auch immer Jacobus gesehen, gedacht oder gewagt hatte, davon wußte er nichts. Es sei denn, das Mädchen hätte es ihm erzählt. Wie hätte ich zurückgehen und diesen verhängnisvollen Funken von neuem mit meinem kalten Atem entfachen können? Nein, nein. Für diesen unerwarteten Kuß mußte der volle Preis bezahlt werden.

Am nächsten Briefkasten, den ich erreichte, blieb ich stehen, langte in meine Brusttasche und zog den Brief heraus – mir war zumute, als ob ich mir das Herz herausriß – und ließ ihn durch den Schlitz fallen. Dann ging ich geradewegs an Bord.

Ich war gespannt, wovon ich diese Nacht träumen würde. Aber wie sich zeigte, schlief ich überhaupt nicht. Beim Frühstück informierte ich Burns, daß ich um meine Entlassung gebeten habe. Er ließ Messer und Gabel fallen und sah mich entrüstet an.

»Das haben Sie getan, Kapitän! Ich dachte, Sie liebten Ihr Schiff.«

»Das tue ich auch, Burns«, sagte ich »aber Tatsache ist, daß der Indische Ozean und alles, was darin ist, für mich seinen Reiz verloren hat. Ich werde als Passagier durch den Suez-Kanal nach Hause fahren.«

»Alles, was darin ist«, wiederholte er aufgebracht. »Ich habe noch nie jemand so reden gehört. Und um die Wahrheit zu sagen, Kapitän, die ganze Zeit über, die wir zusammen waren, bin ich aus Ihnen nie ganz klug geworden. Was hat der eine Ozean mehr als der andere? Reize, weiß Gott!«

Er war mir wirklich zugetan, glaube ich. Aber er freute sich doch, als ich ihm sagte, daß ich ihn als meinen Nachfolger vorgeschlagen hatte.

»Jedenfalls«, fuhr er fort, »lassen Sie die Leute reden, was sie wollen, dieser Jacobus hat Ihnen einen guten Dienst erwiesen. Dieses Geschäft mit den Kartoffeln hat sich außerordentlich gut ausgezahlt, das muß ich sagen. Natürlich, hätten Sie nur –« »Ja, Herr Burns«, unterbrach ich ihn, »so recht ein Lächeln des Glücks.«

Ich konnte ihm ja nicht erzählen, daß mich dies Glück von Bord des Schiffes trieb, das ich lieben gelernt hatte. Und wie ich schweren Herzens bei jenem Abschied saß und alle meine Pläne zerstört sah, meine bescheidenen Zukunftsaussichten gefährdet – denn dieses Kommando war für einen jungen Mann ein Sprungbrett –, gab mein Erster Offizier zum ersten Mal seine kritische Haltung auf.

»Ein großartiger Glücksfall!« sagte er.

DER GEHEIME TEILHABER

Eine Episode von der Küste

I

Zu meiner Rechten standen Reihen von Fischpfählen, die einem geheimnisvollen System halbüberfluteter Bambuszäune glichen, unverständlich in ihrer Aufteilung nach den Domänen tropischer Fischarten und von so baufälligem Aussehen, als wären sie von nomadisierenden Fischerleuten, die jetzt ans andere Ende des Ozeans gezogen waren, für immer aufgegeben worden. Denn so weit das Auge reichte, war kein Zeichen menschlicher Wohnstätten zu sehen. Zur Linken erweckte eine Gruppe kahler kleiner Inseln die Vorstellung von Ruinen steinerner Wälle, Türme und Blockhäuser, die wie festgemauert in einer blauen See standen. Die See selbst sah wie eine kompakte Masse aus, so still und unbeweglich lag sie zu meinen Füßen; sogar die Spur des Lichts der untergehenden Sonne schimmerte unbewegt auf dem Wasser, ohne jenes belebende Glitzern, das selbst von einer unmerklichen Kabbelung ausgeht. Und als ich meinen Kopf wandte, um einen letzten Blick auf den Schlepper zu werfen, der uns gerade draußen vor der Barre, wo wir zu Anker gegangen waren, verlassen hatte, sah ich die gerade Linie der flachen Küste in einer so vollkommenen, durch nichts unterbrochenen Verbindung mit der unveränderlichen See, daß sie eine einzige ebene Fläche, halb braun, halb blau, unter der ungeheuren Kuppel des Himmels bildete. Die einzige Unterbrechung in dieser makellosen Bindung bildeten zwei kleine Baumgruppen – unbedeutend wie die Inselchen im Meer – die beide Seiten der Mündung des Flusses Meinam kennzeichneten, aus dem wir gerade auf der ersten Etappe unserer Heimreise ausgelaufen waren. Und weit hinten auf dem ebenen Land bot der Hain, der die große Paknam-Pagode umgab, als größeres und hochaufragendes Landzeichen den einzigen Punkt, auf dem das Auge von dem vergeblichen Versuch ausruhen konnte, den einförmigen Bogen des Horizonts zu durchforschen. Hier und da blitzten wie ein paar verstreute Silberstücke die Windungen des großes Flusses auf, und in der nächsten, just innerhalb der Barre liegenden Böschung, verlor ich den geradewegs auf das Land zu dampfenden Schlepper aus meinem Blickfeld. Rumpf, Schornstein und Masten verschwanden, als habe die gefühllose Erde alles mühelos verschlungen, ohne zu erbeben. Mein Auge folgte der dünnen Rauchwolke des Schleppers, die, dem gewundenen Flußlauf entsprechend, bald hier, bald dort über der Ebene hing, doch immer ferner und schwächer, bis ich sie schließlich hinter dem mitraförmigen Hügel der großen Pagode ganz aus der Sicht verlor. Dann war ich allein mit meinem Schiff, das im Norden des Golfs von Siam vor Anker lag.

Es schwamm dort am Ausgangspunkt einer langen Reise lautlos in einer unermeßlichen Stille. Die untergehende Sonne warf die Schatten seiner Takelage weit nach Osten. Ich war in diesem Augenblick ganz allein an Deck. Man hörte keinen Laut an Bord, und nichts regte sich um uns, nichts lebte, kein Kanu auf dem Wasser, kein Vogel in der Luft, keine Wolke am Himmel. Es war, als suchten wir in dieser atemlosen Pause am Beginn einer langen Fahrt das Maß unserer Befähigung für ein langwieriges, mühsames Unternehmen zu ergründen, für die mir und dem Schiff gestellte Aufgabe, die wir fern von den Blicken der Menschen nur mit dem Himmel und der See als Zuschauern und Richtern zu bestehen hatten.

Die Sicht muß irgendwie durch einen grellen Glanz in der Luft beeinträchtigt gewesen sein, denn erst kurz bevor die Sonne unterging, entdeckte mein schweifender Blick jenseits der Hügelkette der Hauptinsel dieser Gruppe etwas, was der feierlichen Stimmung vollkommener Einsamkeit ein jähes Ende bereitete. Die Flut der Dunkelheit brach schnell über uns herein, und mit tropischer Plötzlichkeit erschien ein Schwarm von Sternen über der schattigen Erde, während ich noch zaudernd stehenblieb, die Hände leicht auf die Reling gestützt wie auf die Schulter eines vertrauten Freundes. Aber angesichts dieser Unzahl von Himmelskörpern, die auf mich herabsahen, war der Trost der schweigsamen Verbundenheit mit dem Schiff endgültig dahin. Störende Geräusche wurden jetzt auch laut – Stimmen, Schritte auf dem Vordeck. Der Steward flitzte über das Oberdeck, ein geschäftiger, dienstbereiter Geist; unter der Poop wurde heftig mit einer Tischglocke geläutet ...

Ich traf meine beiden Offiziere auf mich wartend beim Abendbrottisch im erleuchteten Salon an. Wir nahmen sofort Platz, und als ich dem Ersten Offizier etwas reichte, sagte ich: »Haben Sie gesehen, daß bei den Inseln ein Schiff vor Anker liegt? Ich sah seine Mastspitzen, als die Sonne unterging.«

Sein einfältiges Gesicht, das von einem schrecklichen Bartwuchs überwuchert war, hob sich mit einem Ruck, dann stieß er seinen üblichen Stoßseufzer aus: »Du meine Güte, Kapitän! Was Sie nicht sagen!«

Mein Zweiter Offizier war ein rundwangiger, stiller junger Mann, der meiner Ansicht nach zu ernst für sein Alter war; doch als sich unsere Blicke zufällig begegneten, bemerkte ich, wie sein Mund etwas zuckte. Ich sah sofort weg, denn es ging nicht an, daß ich Hänseleien an Bord meines Schiffes unterstützte. Ich muß auch bekennen, daß ich meine Offiziere noch viel zuwenig kannte. Infolge gewisser Ereignisse, die nicht von allgemeiner, sondern nur für mich von Bedeutung waren, hatte ich erst vierzehn Tage vorher das Kommando über das Schiff erhalten. Auch die Leute vorn kannte ich kaum. Sie waren alle schon seit etwa achtzehn Monaten an Bord, so daß ich unter ihnen die Stellung eines Fremden einnahm. Ich erwähne das, weil es für die folgenden Ereignisse von einiger Wichtigkeit ist. Was ich jedoch am stärksten empfand, war, daß ich auch für das Schiff ein Fremder war. Und um ganz ehrlich zu sein: ich kam mir selbst wie ein Fremder vor. Als jüngster Mann an Bord – vom Zweiten Offizier abgesehen – und noch unerprobt in einer Stellung, die vollste Verantwortung verlangte, war ich geneigt, es als selbstverständlich anzusehen, daß alle andern an Bord ihren Posten voll ausfüllten. Sie mußten einfach ihren Aufgaben gewachsen sein. Ich aber fragte mich, inwieweit ich der idealen Vorstellung gerecht werden würde, die sich jeder Mensch insgeheim von seinem eigenen Ich macht.

Unterdessen versuchte der Erste Offizier, eine Theorie über das vor Anker liegende Schiff zu entwickeln, wobei seine großen runden Augen und sein scheußlicher Bart mit beinah sichtbarer Mühe mitarbeiteten. Es war ein hervorstechender Zug seines Charakters, stets alle Möglichkeiten in Betracht zu ziehen. Er war von einer peinlichen Gewissenhaftigkeit und pflegte zu sagen, daß er über praktisch alles, was ihm über den Weg laufe, versuche, »sich Rechenschaft abzulegen«. Das ging bis hinunter zu dem elenden Skorpion, den er vor einer Woche in seiner Kammer gefunden hatte. Das Warum und Weshalb jenes Skorpions – wie er an Bord gekommen war und warum er sich seine Kammer statt der Pantry (die ein dunkler Raum war und viel mehr der Vorliebe eines Skorpions entsprochen hätte) ausgesucht hatte, und wie er es um alles in der Welt fertigbringen konnte, sich im Tintenfaß seines Schreibtischs zu ertränken – dies alles hatte ihn endlos beschäftigt. Über das zwischen den Inseln liegende Schiff fiel die Rechenschaft viel leichter; und gerade als wir vom Tisch aufstehen wollten, ließ er sich darüber aus. Es handelte sich nach seiner Meinung zweifellos um ein Schiff aus der Heimat, das erst kürzlich angekommen war. Wahrscheinlich habe es zuviel Tiefgang, so daß es die Barre nur bei Springtide passieren könne. Deswegen sei es in diesen natürlichen Hafen gelaufen, um lieber dort die paar Tage bis zur günstigen Tide abzuwarten, als auf offener Reede liegenzubleiben.

»Das stimmt«, bestätigte der Zweite Offizier plötzlich mit seiner etwas heiseren Stimme. »Das Schiff hat mehr als zwanzig Fuß Tiefgang. Es ist die ›Sephora‹ aus Liverpool mit einer Ladung Kohlen von Cardiff. Hatte dreiundzwanzig Tage Reise.«

Überrascht sahen wir ihn an.

»Das hat mir der Schlepperführer erzählt, als er an Bord kam, um Ihre Post abzuholen«, erklärte der junge Mann. Er hoffe, sie übermorgen den Strom hinauf schleppen zu können. Nachdem er uns so mit dem Ausmaß seiner Kenntnisse überwältigt hatte, schlüpfte er aus dem Salon. Ärgerlich bemerkte der Erste, »für die wunderlichen Einfälle dieses jungen Kerls habe er keine Erklärung«. Er wolle bloß wissen, was den Zweiten daran gehindert habe, uns das alles sogleich zu berichten.

Als er gehen wollte, hielt ich ihn zurück. Die Mannschaft hatte in den beiden letzten Tagen schwer gearbeitet und die Nacht vorher sehr wenig Schlaf gehabt. Ich gab ihm daher die ungewöhnliche Anweisung (und das war mir, einem Fremden, sehr peinlich), alle Mann zur Koje zu schicken, ohne eine Ankerwache aufzustellen. Ich hatte vor, selbst bis etwa ein Uhr an Deck zu bleiben, um mich dann vom Zweiten Offizier ablösen zu lassen.

»Er kann den Koch und den Steward um vier wecken«, schloß ich, »und Ihnen dann Bescheid sagen. Natürlich müssen wir beim geringsten Anzeichen von Wind die Leute wecken und sofort ankerauf gehen.«

Er ließ sich seine Überraschung nicht anmerken. »Jawohl, Kapitän.« Draußen vor dem Salon steckte er den Kopf in die Tür des Zweiten Offiziers, um ihn von dem noch nie dagewesenen launischen Einfall zu berichten, daß ich selbst eine fünfstündige Ankerwache übernehmen wolle. Ich hörte den andern mit lauter Stimme ausrufen: »Was? Der Kapitän selbst?« Dann noch einige gemurmelte Sätze, eine Tür schlug zu, dann die zweite. Einige Augenblicke später ging ich an Deck.

Dieses Gefühl der Fremdheit, das mir den Schlaf raubte, war der Anlaß zu der ungewöhnlichen Anordnung gewesen, als hätte ich erwartet, in diesen einsamen Nachtstunden vertrauter zu werden mit dem Schiff, von dem ich nichts wußte und das eine Mannschaft hatte, die ich nicht viel besser kannte. Ich hatte das Schiff noch gar nicht richtig gesehen, als es am Kai festgemacht lag, übersät mit unordentlich herumliegenden Dingen, wie jedes Schiff im Hafen, und überlaufen von Leuten von Land, zu denen es keine Beziehungen hatte. Jetzt, wo es seeklar draußen lag, schien mir der Schwung seines Oberdecks sehr schön unter den Sternen. Sehr schön, sehr geräumig für seine Größe und sehr einladend. Ich stieg von der Poop hinab und schritt langsam nach mittschiffs und malte mir dabei die bevorstehende Reise aus: durch den Malaiischen Archipel, den Indischen Ozean hinunter und den Atlantik hinauf. Alle Phasen der Reise waren mir wohlbekannt, alle charakteristischen Merkmale, alle Alternativen, vor denen ich vermutlich auf hoher See stehen würde, – alles – bis auf die neue Verantwortlichkeit meines Kommandos. Doch ich faßte Mut bei dem vernünftigen Gedanken, daß es ein Schiff wie jedes andere war, eine Mannschaft wie jede andere Mannschaft und daß die See wohl kaum besondere Überraschungen bereit hielt, die ausgerechnet mich aus der Fassung bringen könnten.

Als ich bei diesem tröstlichen Schluß angelangt war, besann ich mich einer Zigarre und ging unter Deck, um sie mir zu holen. Dort unten war alles still. Alle Mann im Achterschiff lagen in tiefem Schlaf. Ich kam wieder heraus aufs Achterdeck und fühlte mich im Schlafanzug, barfüßig, eine glimmende Zigarre im Mund, so recht behaglich in jener warmen, reglosen Nacht. Und als ich nach vorn ging, empfing mich tiefes Schweigen im Vorschiff. Nur beim Vorbeigehn an der Logistür hörte ich von drinnen den tiefen, ruhigen, vertrauensvollen Seufzer eines Schläfers. Und mit einem Male empfand ich Freude über die große Geborgenheit auf See im Vergleich zur Unrast des Landes, über meine Wahl eines Lebens, das keiner Versuchung ausgesetzt ist, keine beunruhigenden Probleme aufwirft und durch seine unmittelbare Anziehungskraft und Zielstrebigkeit von elementarer moralischer Schönheit erfüllt ist.

Die Ankerlampe im Vortopp brannte klar und stetig wie eine symbolische Flamme, die zuversichtlich und heiter in die geheimnisvollen Schatten der Nacht leuchtet. Als ich auf meinem Weg nach achtern auf der anderen Seite des Schiffes entlangging, sah ich, daß die Sturmleiter noch außenbords hing. Ohne Zweifel war sie für den Schlepperführer ausgebracht worden, als er zum Abholen der Post an Bord kam, und dann war sie nicht wieder eingeholt worden, wie es sich gehörte. Das ärgerte mich, denn Genauigkeit in kleinen Dingen ist das eigentliche Wesen der Disziplin. Dann dachte ich darüber nach, daß ich selbst meine Offiziere diktatorisch von ihren Pflichten entbunden und durch meine eigene Handlungsweise verhindert hatte, daß eine ordnungsgemäße Ankerwache aufgestellt und alles ordentlich erledigt wurde. Ich fragte mich, ob es überhaupt klug sei, in die festgelegte dienstliche Routine einzugreifen, selbst wenn es gut gemeint ist. Vielleicht ließ meine Handlungsweise mich als überspannt erscheinen. Weiß der Himmel, was für eine Erklärung mein komischer, backenbärtiger Erster für mein Verhalten finden würde und was das ganze Schiff von der Formlosigkeit seines neuen Kapitäns hielt. Ich war ärgerlich über mich selbst.

Ganz mechanisch und nicht aus irgendwelchen Gewissensbissen ging ich daran, die Leiter selbst einzuholen. Nun ist eine Sturmleiter dieser Art eine leichte Sache, die mühelos übergenommen werden kann; der heftige Zug, mit dem sie eigentlich an Deck fliegen mußte, prallte jedoch völlig unerwartet mit einem Ruck auf meinen Körper zurück. Was zum Teufel ... Ich war so verblüfft über die Unbeweglichkeit der Leiter, daß ich stocksteif stehenblieb und ähnlich wie mein blödsinniger Erster versuchte, dafür eine Erklärung zu finden. Schließlich streckte ich natürlich meinen Kopf über die Reling.
Die Bordwand warf einen undurchdringlichen Schattengürtel auf die dunkel werdende, glasig schimmernde See. Aber ich sah sofort etwas Längliches und Bleiches dicht an der Sturmleiter treiben. Ehe ich noch irgendwelche Vermutungen anstellen konnte, flackerte in dem totenstillen Wasser ein schwacher phosphoreszierender Lichtstrahl auf, wie fernes stummes Wetterleuchten am nächtlichen Himmel, das plötzlich von dem nackten Körper eines Mannes auszugehen schien. Es verschlug mir fast den Atem, als vor meinen entsetzten Blicken ein Paar Füße, die langen Beine, ein breiter, bleicher Rücken sichtbar wurden, die bis zum Hals in einen grünlichen, leichenblassen Schein getaucht waren. Eben über dem Wasser, umklammerte eine Hand die unterste Sprosse der Leiter. Nichts fehlte bis auf den Kopf! Eine Leiche ohne Kopf! Die Zigarre fiel mir aus dem offenen Mund, und in der absoluten Stille konnte man deutlich ein schwaches Aufplumpsen und ein kurzes Zischen hören. In diesem Augenblick wohl hob er das Gesicht, ein undeutliches, bleiches Oval im Schatten der Bordwand. Aber auch dann konnte ich da unten kaum die Umrisse des schwarzhaarigen Kopfes erkennen. Immerhin genügte es, daß sich die eiserne Umklammerung, die sich um meine Brust gelegt hatte, nun löste. Es war auch kein Anlaß mehr, unnütz Alarm zu schlagen. Ich kletterte auf die Reservespier und beugte mich,

so weit ich konnte, über die Reling, um näher an dieses schwimmende Geheimnis heranzukommen.
Er hing da unten an der Leiter wie ein Schwimmer, der sich ausruht. Bei jeder Bewegung spielte das Meerleuchten um seine Glieder und ließ ihn wie einen geisterhaften, silbernen Fisch erscheinen. Er verhielt sich auch so stumm wie ein Fisch und machte keine Anstalten, aus dem Wasser zu steigen. Es war unverständlich, daß er nicht versuchte, an Bord zu kommen, und die Vermutung, er wollte es vielleicht gar nicht, war seltsam beunruhigend. Diese verwirrende Ungewißheit veranlaßte mich zu den ersten Worten.
»Was haben Sie?« fragte ich in meinem gewöhnlichen Tonfall, wobei ich auf das genau zu mir aufgewandte Gesicht einsprach.
»Einen Krampf!« kam die ebenso ruhige Antwort. Dann etwas ängstlich: »Übrigens, nicht nötig, jemand zu rufen.«
»Das wollt' ich auch nicht«, sagte ich.
»Sind Sie allein an Deck?«
»Ja.«
Ich hatte irgendwie den Eindruck, daß er im Begriff war, die Leiter loszulassen und aus meinem Gesichtskreis herauszuschwimmen – geheimnisvoll, wie er gekommen war. Doch jetzt wollte dieses Wesen, das so aussah, als sei es vom Meeresboden aufgestiegen (das war fraglos das dem Schiff am nächsten liegende Land), nur wissen, wie spät es sei. Ich sagte es ihm, worauf es von unten zögernd heraufklang:
»Ich nehme an, Ihr Kapitän ist schon zur Koje gegangen?«
»Bestimmt nicht«, sagte ich.
Er schien mit sich zu kämpfen, denn ich hörte etwas, das wie ein leises bitter zweifelndes Murmeln klang. »Was nützt es?.« Seine nächsten Worte stieß er zögernd hervor. »Hören Sie mal, guter Mann, könnten Sie ihn wohl unauffällig an Deck rufen?«
Ich dachte, es sei nun an der Zeit, mich zu erkennen zu geben.

»Der Kapitän bin ich.«
Über der Wasseroberfläche war ein leise geflüstertes »Donnerwetter« zu hören. Das phosphoreszierende Leuchten blitzte in einem Wasserwirbel um all seine Glieder; er ergriff auch mit der anderen Hand die Leiter.
»Mein Name ist Leggat.«
Die Stimme klang ruhig und entschlossen. Eine gute Stimme. Die Selbstbeherrschung des Mannes hatte irgendwie in mir die gleiche Haltung ausgelöst. Ich bemerkte ganz ruhig: »Sie müssen ein guter Schwimmer sein.«
»Ja, ich bin wirklich seit neun Uhr im Wasser. Es handelt sich jetzt für mich darum, ob ich die Leiter loslassen soll und weiterschwimmen, bis ich vor Erschöpfung untersinke, oder – hier an Bord kommen.«
Ich spürte, daß diese verzweifelte Äußerung keine leere Redensart war, sondern die wahre Alternative in der Sicht einer starken Seele. Daraus hätte ich schließen müssen, daß er jung war; in der Tat, nur junge Menschen sehen sich vor so klare Entscheidungen gestellt. Doch damals war dies alles nur eine plötzliche Eingebung von mir. Angesichts des schweigsamen, dunklen Tropenmeeres war schon eine geheimnisvolle Verbindung zwischen uns beiden hergestellt. Auch ich war jung; jedenfalls jung genug, um keine kritische Bemerkung zu machen. Plötzlich begann der im Wasser liegende Mann die Leiter heraufzuklettern, und ich eilte von der Reling weg, um ein paar Kleidungsstücke zu holen.
Bevor ich in die Kajüte eintrat, blieb ich stehen und horchte in den Gang am Fuße des Niedergangs. Durch die geschlossene Tür der Kammer des Ersten Offiziers hörte ich leises Schnarchen. Die Tür des Zweiten Offiziers war nur übergehakt, aber die Dunkelheit da drinnen war vollkommen lautlos. Auch er war jung und konnte wie ein Stein schlafen. Blieb nur noch der Steward, aber es war unwahrscheinlich, daß er aufwachte,

ehe er gerufen wurde. Ich nahm einen Schlafanzug aus meiner Kammer, und als ich an Deck kam, sah ich den nackten Mann aus der See auf der Großluke sitzen. Er hatte die Ellbogen auf die Knie gestützt und den Kopf in den Händen. Sein Körper schimmerte weiß in der Dunkelheit. Einen Augenblick später hatte er seinen feuchten Körper in einen Schlafanzug gehüllt, der dasselbe graue Streifenmuster hatte wie der, den ich trug. Dann folgte er mir wie ein Doppelgänger auf die Poop. Barfüßig und schweigend gingen wir zusammen ganz nach achtern.

»Was ist mit Ihnen?« fragte ich mit gedämpfter Stimme, nahm die brennende Lampe aus dem Kompaßstand und leuchtete damit in sein Gesicht. »Eine üble Geschichte.«

Er hatte ziemlich regelmäßige Züge; einen gutgeschnittenen Mund; helle Augen unter etwas schweren dunklen Augenbrauen; eine glatte markante Stirn; bartlose Wangen; einen kleinen braunen Schnurrbart und ein gutgeformtes, rundes Kinn. Im prüfenden Schein der Lampe, die ich hoch hielt, erschien sein Gesichtsausdruck konzentriert und nachdenklich wie der eines Mannes, der in seiner Einsamkeit angestrengt über etwas nachdenkt. Mein Schlafanzug war gerade richtig für seine Größe. Ein kräftiger, junger Mann von höchstens fünfundzwanzig Jahren. Er biß sich mit seinen weißen, gleichmäßigen Zähnen auf die Unterlippe.

»Ja«, sagte ich und setzte die Lampe in die Kompaßkuppel zurück. Über seinem Kopf schloß sich wieder die warme, schwere Tropennacht.

»Da drüben liegt ein Schiff«, murmelte er.

»Ja, ich weiß. Die ›Sephora‹. Wußten Sie etwas von uns?«

»Hatte nicht die geringste Ahnung. Ich bin ihr Erster Offizier –« Er machte eine Pause und verbesserte sich: »Ich war es vielmehr.«

»Aha, etwas schiefgegangen?«

»Ja, weiß Gott, sehr schief. Ich habe einen Mann umgebracht.«

»Wie meinen Sie das? Gerade jetzt?«

»Nein, während der Reise. Vor Wochen. Auf neununddreißig Grad Süd. Wenn ich – einen Mann – sage –«

»Ein Wutanfall«, deutete ich verständnisvoll an.

Sein Kopf, schattendunkel wie meiner, schien über dem geisterhaften Grau meines Schlafanzugs unmerklich zu nicken. Im Dunkel der Nacht war mir, als sähe mich mein eigenes Bildnis aus der Tiefe eines düsteren und ungeheueren Spiegels an.

»Eine schöne Geschichte, so etwas als Conway-Junge offen zugeben zu müssen«, murmelte mein Doppelgänger deutlich.

»Sie waren in Conway?«

»Ja, das war ich«, sagte er wie erschrocken, dann fuhr er langsam fort: »Sie vielleicht auch?«

So war es, doch da ich ein paar Jahre älter war, hatte ich Conway verlassen, ehe er hinkam. Nachdem wir schnell einige Daten ausgetauscht hatten, verfielen wir in Schweigen; und ich dachte plötzlich an meinen komischen Ersten mit seinem schrecklichen Vollbart und seinem geistreichen »Ach du meine Güte – was Sie nicht sagen«-Geschwätz.

Eine dunkle Ahnung von dem, was in meinem Doppelgänger vorging, bekam ich, als er sagte: »Mein Vater ist Pfarrer in Norfolk. Können Sie sich vorstellen, daß ich wegen eines solchen Verbrechens vor Gericht komme? Ich selbst kann die Notwendigkeit nicht einsehen. Es gibt Kerle, die selbst ein Engel vom Himmel – und ich bin keiner. Er gehörte zu den Kreaturen, die jederzeit zu irgendeiner hinterhältigen Bosheit imstande sind. Erbärmliche Kerle, die nicht die geringste Daseinsberechtigung haben. Er wollte seine Schuldigkeit nicht tun und hinderte auch die andern daran, ihre Pflicht zu erfüllen. Aber welchen Sinn hat es noch, darüber zu sprechen. Sie kennen sie ja selbst, diese boshaften, ewig stänkernden Schufte –«

Er berief sich auf mich, als glichen sich unsere Erfahrungen genauso wie unsere Kleidung. Ich wußte recht gut, welch verpestende Gefahr diese Charaktere dort bedeuten, wo es keine rechtlichen Mittel gibt, sie im Zaume zu halten. Und ich wußte auch recht gut, daß mein Doppelgänger kein brutaler Mörder war. Ich dachte nicht daran, ihn nach Einzelheiten zu fragen. Mit kurzen, unzusammenhängenden Sätzen erzählte er mir die Geschichte in groben Umrissen. Mehr brauchte ich auch nicht. Ich sah, wie sich alles abspielte, als steckte ich selbst in jenem anderen Schlafanzug.

»Es passierte, als wir die gereffte Fock bei Einbruch der Dunkelheit setzten. Eine gereffte Fock! Sie können sich vorstellen, was das für ein Wetter war. Das einzige Segel, das wir noch hatten, um das Schiff in Fahrt zu halten; daran können Sie ermessen, wie es uns seit Tagen ergangen war. Keine leichte Arbeit, das mit der Fock. An der Schot sagte er mir ein paar von seinen verfluchten Unverschämtheiten. Ich war erledigt, sag' ich Ihnen, von dem fürchterlichen Wetter, das kein Ende zu nehmen schien. Einfach fürchterlich, sag' ich Ihnen – auf dem tiefbeladenen Schiff. Ich glaube, der Kerl war vor Angst halb verrückt. Für wohlgesetzte Zurechtweisungen war keine Zeit, und so drehte ich mich um und schlug ihn nieder wie einen Ochsen. Er hoch und auf mich los. Gerade als wir übereinander herfielen, kam eine furchtbare Sturzsee auf das Schiff zu. Alle Mann sahen sie kommen und flüchteten in die Takelage, aber ich hatte ihn an der Gurgel gepackt und schüttelte ihn weiter wie eine Ratte, während die Männer über uns schrien: ›Aufpassen! Vorsicht!!‹ Dann ein Krach, als stürze der Himmel ein. Später sagten sie, daß über zehn Minuten lang kaum mehr etwas vom Schiff zu sehen gewesen sei – bis auf die drei Masten und etwas vom Logis und der Poop, die in einem Strudel von Schaum und Gischt dahintrieben. Es war ein Wunder, daß sie uns fanden. Wir lagen eingeklemmt hinter dem vorderen Poller. Es war klar, daß ich Ernst gemacht hatte, denn ich hielt ihn immer noch an der Kehle, als sie uns hochholten. Er war schwarz im Gesicht. Das war zuviel für die Leute. Wie ein Haufen Verrückter schrien sie ›Mord‹. Anscheinend haben sie uns, ineinander verkrampft, wie wir waren, nach achtern gedrängt und in den Salon gestoßen, während das Schiff auf Leben und Tod dahinstürmte, jede Minute konnte seine letzte sein, in einem Seegang, bei dessen Anblick man schon graue Haare bekommen konnte. Es war zu vertreten, daß auch der Kapitän, wie die übrigen, zu toben anfing. Der Mann hatte über eine Woche nicht mehr geschlafen, und als dies noch auf ihn zukam, in einem Augenblick, da der wütende Sturm seinen Höhepunkt erreichte, hätte er beinah den Verstand verloren. Ich wundere mich, daß sie mich nicht über Bord geworfen haben, nachdem sie den Leichnam ihres teuren Kameraden aus meinen Fingern gelöst hatten. Es war ein ziemliches Stück Arbeit, bis sie uns auseinander hatten, wurde mir erzählt. Eine Geschichte, die toll genug ist, um jeden alten Richter samt den ehrenwerten Geschworenen etwas aus der Fassung zu bringen. Das erste, was ich hörte, als ich wieder zu mir kam, war das zum Wahnsinn reizende Heulen dieses endlosen Sturmes und dazwischen die Stimme des Alten. Er stand, sich an meine Koje klammernd, vor mir und starrte unter seinem Südwester in mein Gesicht.

»Herr Leggat, Sie haben einen Menschen umgebracht. Sie können nicht länger Erster Offizier auf diesem Schiff bleiben.«

Mein Doppelgänger gab sich Mühe, seine Stimme zu beherrschen, seine Rede klang daher monoton. Er stützte eine Hand auf das Oberlicht, um sich geradezuhalten, und rührte während der ganzen Zeit, soviel ich sehen konnte, kein Glied. »Eine reizende kleine Geschichte für eine gemütliche Tee-Gesellschaft«, schloß er im gleichen Ton.

Auch meine eine Hand lag auf dem Oberlicht, und auch ich bewegte nicht ein Glied, soweit es mir bewußt war. Wir standen uns knapp einen Fußbreit voneinander entfernt gegenüber. Wenn jetzt dieser alte ›Du meine Güte – was Sie nicht sagen‹ seinen Kopf aus dem Niedergang steckte und uns sähe, so schoß es mir durch den Kopf, dann würde er sicher glauben, doppelt zu sehen oder sich einbilden, er sei in eine unheimliche Hexenszene geraten: der neue Kapitän am Ruder im vertraulichen Geplauder mit seinem eigenen grauen gespensterhaften Ebenbild. Mir lag sehr daran, einen solchen Zwischenfall zu verhindern. Ich hörte mein Gegenüber in ruhigem Ton weitersprechen:

»Mein Vater ist Pfarrer in Norfolk.« Offenbar hatte er vergessen, daß er mir diese wichtige Tatsache schon vorher erzählt hatte. Wirklich eine reizende kleine Geschichte.

»Es ist besser, Sie verschwinden jetzt unten in meine Kammer«, sagte ich und ging leise voran. Mein Doppelgänger folgte meinen Schritten, unsere bloßen Füße machten kein Geräusch. Ich ließ ihn hinein, schloß vorsichtig die Tür und kehrte, nachdem ich den Zweiten Offizier geweckt hatte, zurück an Deck, um auf meine Ablösung zu warten.

»Noch nicht viel von Wind zu spüren«, bemerkte ich, als der Zweite an Deck kam. »Nein, nicht viel«, stimmte er schläfrig mit seiner heiseren Stimme zu, wobei er kaum ein Gähnen unterdrücken konnte und gerade noch ein Mindestmaß an Ehrerbietung zeigte.

»Nun, weiter ist nichts zu beachten, Ihre Anweisungen haben Sie ja.«

»Jawohl, Kapitän.«

Ich schritt noch ein paarmal auf der Poop auf und ab und ehe ich hinunterging, sah ich, wie er am Besanwant stehenblieb, und, die Ellbogen auf eine Webeleine gestützt, nach vorn blickte. Unten schnarchte noch immer friedlich der Erste. Im Salon brannte die Lampe über dem Tisch, auf dem eine Vase mit Blumen stand, eine kleine Aufmerksamkeit des Schiffshändlers – es waren die letzten Blumen, die wir die nächsten drei Monate sehen würden. Vom Decksbalken hingen gleichmäßig zu beiden Seiten des Ruderkokers zwei Bund Bananen herab. Es war alles genauso wie vorher auf dem Schiff, bis auf die Tatsache, daß zwei Schlafanzüge des Kapitäns gleichzeitig benutzt wurden, einer regungslos im Salon, der andere sehr still in der Kammer des Kapitäns.

Hierzu muß ich erklären, daß meine Kammer die Form eines großen L hatte. Die Tür lag im Scheitelpunkt des Winkels und ging zum kurzen Teil des Buchstabens hin auf. Links stand ein Sofa, rechts war die Koje; mein Schreibtisch und das Fach für die Chronometer befanden sich der Tür gegenüber. Wenn man die Tür öffnete und nicht gleich eintrat, konnte man nichts von dem Teil der Kammer sehen, den ich mit dem langen (oder senkrechten) Teil des Buchstabens verglichen hatte. Hier standen einige Spinde mit einem Bücherregal darüber, und an mehreren Haken hing etwas Zeug, ein oder zwei dicke Jacken, Mützen, ein Ölmantel und ähnliches mehr. Am Ende dieses Teils der Kammer war die Tür zu meinem Bad, das man auch vom Salon aus betreten konnte. Doch dieser Zugang wurde nie benutzt.

Der geheimnisvolle Ankömmling hatte den Vorteil dieser besonderen Form meiner Kammer herausgefunden. Als ich sie betrat – sie war hell erleuchtet durch eine große Lampe am Schott, die in einer kardanischen Aufhängung über meinem Schreibtisch pendelte –, sah ich ihn nirgends, bis er ganz ruhig hinter den Sachen hervortrat, die im Hintergrund hingen.

»Ich hörte jemand herumlaufen und ging sofort dort hinein«, flüsterte er.

Auch ich sprach ganz leise.

»Hier wird wohl kaum jemand hereinkommen, ohne anzuklopfen und eingelassen zu werden.«

Er nickte. Sein Gesicht war mager, und die Sonnenbräune war verblaßt, als sei er krank gewesen. Kein Wunder. Wie ich sogleich erfuhr, war er fast zehn Wochen lang in seiner Kammer eingesperrt gewesen. Aber es war nichts Krankhaftes in seinen Augen oder in seinem Gesichtsausdruck. In Wirklichkeit sah er mir nicht ein bißchen ähnlich; als wir jedoch über meine Koje gelehnt Seite an Seite dastanden und miteinander flüsterten, unsere dunklen Köpfe nahe beieinander und unsere Rücken der Tür zugekehrt, hätte jeder, der dreist genug wäre, die Tür verstohlen zu öffnen, den unheimlichen Anblick eines Kapitäns in doppelter Gestalt gehabt, der sich flüsternd mit seinem anderen Ich unterhielt.

»Aber dies alles sagt mir noch nichts darüber, wie es dazu kam, daß Sie sich an unsere Sturmleiter klammerten«, murmelte ich fragend in demselben kaum vernehmbaren Ton, nachdem er mir noch einiges mehr berichtet hatte, was mit ihm an Bord der ›Sephora‹ geschehen war, sobald sich das schlechte Wetter legte.

»Als Java Head in Sicht kam, hatte ich Zeit genug gehabt, mir alles mehrmals zu überlegen. Sechs Wochen lang hatte ich nichts anderes zu tun, als allabendlich etwa eine Stunde auf dem Achterdeck hin- und herzulaufen.« Er hielt die Arme auf dem Rand meiner Koje verschränkt und starrte durch das offene Bullauge, während er flüsternd berichtete. Und ich konnte mir deutlich die Art seiner Überlegungen vorstellen; sie zielten hartnäckig und unerschütterlich auf eine Unternehmung ab, deren ich vollkommen unfähig gewesen wäre.

»Ich rechnete mir aus, daß es dunkel sein würde, wenn wir unter Land kämen«, fuhr er fort, so leise, daß ich angespannt hinhören mußte, obgleich wir so nahe beieinander standen, daß sich unsere Schultern fast berührten. »Deshalb bat ich um eine Unterredung mit dem Kapitän. Er sah immer sehr schlecht aus, wenn er zu mir kam – als könne er mir nicht ins Gesicht sehen. Sie wissen, diese Fock hat das Schiff gerettet. Es war zu tief beladen, um lange vor Topp und Takel zu laufen. Und ich war es, der es fertiggebracht hatte, das Segel für ihn zu setzen. Immerhin, er kam. Als ich ihn in meiner Kammer hatte – er stand an der Tür und sah mich an, als hätte ich den Strick schon um den Hals –, bat ich ihn rundheraus, meine Kammertür nachts unverschlossen zu lassen, während das Schiff durch die Sundastraße lief. Querab von Angier Point war die Küste dort nur zwei oder drei Meilen entfernt. Mehr wollte ich nicht. Ich hatte einen Preis im Schwimmen gewonnen, als ich das zweite Jahr in Conway war.«

»Das glaube ich!« sagte ich flüsternd.

»Gott allein weiß, warum sie mich jede Nacht einschlossen. Wenn man ihre Gesichter sah, hätte man meinen können, sie fürchteten, ich würde nachts umherlaufen und Leute erwürgen. Bin ich denn ein mordendes Untier? Seh' ich so aus? Bei Gott, wenn ich so ausgesehen hätte, dann würde er sich so wohl kaum in meine Kammer gewagt haben. Sie werden sagen, ich hätte ihn zur Seite stoßen und hinausstürzen können, gerade hier, es war ja schon dunkel. Aber nein, ich tat es nicht, ebensowenig, wie ich daran dachte, die Tür einzuschlagen. Bei dem Lärm wären sie alle über mich hergefallen, und ich wollte mich nicht in so ein verdammtes Handgemenge einlassen. Vielleicht wäre dabei noch einer umgekommen, denn nur um mich wieder zurückstoßen zu lassen, wäre ich nicht ausgebrochen; mein Bedarf an diesen Dingen war gedeckt. Der Kapitän schlug meine Bitte ab, er sah dabei noch schlechter aus als sonst. Er hatte Angst vor den Leuten und auch vor seinem alten Zweiten Offizier, der schon seit Jahren mit ihm fuhr – ein grauhaariger alter Schaumschläger; und auch sein Steward war schon weiß der Teufel wie lange bei ihm – siebzehn Jahre oder noch länger – ein chronischer Faulenzer, der mich haßte wie Gift, nur weil ich der Erste Offizier war. Wissen Sie, es hat kein Erster Offizier jemals mehr als eine Reise auf der ›Sephora‹ gemacht. Die beiden alten Burschen regierten auf dem Schiff. Der Teufel weiß, was der Kapitän (seit dieser letzten Schlechtwetter-Periode war er völlig mit den Nerven fertig) vom Gericht für sich und vielleicht seine Frau befürchtete. Oh, ja, sie ist an Bord. Obwohl ich nicht glaube, daß sie sich eingemischt hätte. Sie wäre nur zu froh gewesen, wenn sie mich irgendwie losgeworden wären. Sie kennen ja die Geschichte mit dem Kainszeichen. Das ist schon richtig. Ich war bereit, ›unstet und flüchtig auf Erden‹ zu sein – und dieser Preis war hoch genug für so einen Abel. Dennoch wollte mich der Kapitän nicht anhören. ›Die Sache muß ihren Lauf nehmen, ich vertrete hier das Gesetz.‹ Er zitterte wie Espenlaub. ›Sie wollen also nicht?‹ ›Nein!‹ ›Dann hoffe ich nur, Sie können noch ruhig schlafen‹, sagte ich und drehte ihm den Rücken zu ›Ich wundere mich, daß Sie es können‹, schrie er und schloß die Tür ab.

Nun, hiernach konnte ich es nicht, jedenfalls schlief ich nicht gut. Das war vor drei Wochen. Wir hatten eine lange Reise durch die Java-See, trieben zehn Tage bei Caritama, und als wir hier ankerten, dachten sie vermutlich, nun ginge alles in Ordnung. Die kürzeste Entfernung zur Küste betrug fünf Meilen, und dort liegt auch der Bestimmungsort des Schiffes. Der Konsul würde mich hier bald festnehmen lassen, und es hätte keinen Zweck gehabt, nach diesen Inseln auszurücken. Ich glaube nicht, daß ein Tropfen Wasser auf ihnen zu finden ist. Ich weiß nicht, wie es kam, aber nachdem mir dieser Steward heute abend mein Essen gebracht hatte, ging er wieder hinaus, um mich dabei allein zu lassen, und ließ die Tür unverschlossen. Ich aß auch alles auf, was er mitgebracht hatte. Als ich fertig war, schlenderte ich hinaus aufs Achterdeck. Ich hatte gar keine bestimmte Absicht dabei. Alles, was ich wollte, war, ein bißchen frische Luft zu schnappen. Dann überkam mich plötzlich die Versuchung. Ich schleuderte meine Slipper weg, und ehe ich mich recht besonnen hatte, war ich im Wasser. Jemand hörte das plätschernde Geräusch, und dann machten alle einen furchtbaren Spektakel. ›Er ist weg! Fier die Boote zu Wasser! Er hat Selbstmord begangen! Nein, er schwimmt.‹ Natürlich schwamm ich. Es ist für einen Schwimmer, wie ich es bin, nicht leicht, Selbstmord durch Ertrinken zu begehen. Ich landete auf der nächsten Insel, ehe das Boot vom Schiff ablegte. Ich hörte sie im Dunkeln herumpullen, rufen und so weiter, aber nach einer Weile gaben sie es auf. Alles beruhigte sich, und der Ankerplatz war still wie ein Grab. Ich setzte mich auf einen Stein und dachte nach. Bei Tagesanbruch würden sie wieder nach mir suchen, davon war ich überzeugt. Auf diesen felsigen Inseln gab es kein Versteck – und wenn, was hätte es mir genützt? Aber da ich nun einmal von Bord war, wollte ich nicht wieder zurückkehren. So zog ich mich nach einiger Zeit ganz aus, machte aus meinem Zeug ein Bündel mit einem Stein darin und versenkte alles draußen vor der Insel im tiefen Wasser. Das genügte mir als Selbstmord. Laß sie denken, was sie wollen; ich hatte jedenfalls nicht die Absicht, mich zu ertränken. Ich wollte schwimmen, bis ich unterging – das ist aber nicht dasselbe. Ich schwamm weiter nach einer der andern kleinen Inseln, und von dort sah ich zum ersten Mal Ihre Ankerlampe. Ein Ziel, nach dem es sich zu schwimmen lohnte. Ich kam leicht voran und stieß unterwegs auf einen flachen Felsen, der ein oder zwei Fuß aus dem Wasser ragte. Ich glaube wohl, daß Sie ihn bei Tageslicht mit dem Glas ausmachen können. Ich kletterte hinauf und ruhte mich ein wenig aus. Dann schwamm ich weiter. Die letzte Strecke muß länger als eine Meile gewesen sein.«

Sein Flüstern wurde immer schwächer, während er die ganze Zeit über zum Bullauge hinausstarrte, durch das nicht einmal ein Stern zu sehen war. Ich hatte ihn nicht unterbrochen.

Irgend etwas in seinem Erzählen oder vielleicht in ihm selbst machte jeden Kommentar unmöglich; irgendein Gefühl, eine charakteristische Eigenart, für die ich keinen Namen finden konnte. Und als er aufhörte, war alles, was ich äußerte, die ganz überflüssige, geflüsterte Frage: »So schwammen Sie dann auf unsere Lampe zu?«

»Ja, direkt darauf zu. Es war etwas, das in meinem Blickfeld lag. Die tieferstehenden Sterne konnte ich nicht sehen, weil die Küste sie verdeckte, und auch das Land konnte ich nicht sehen. Das Wasser war wie Glas. Man hätte ebensogut in einer verdammten Zisterne von tausend Fuß Tiefe schwimmen können, in der es keine Stelle gab, wo man hinausklettern konnte; aber was mir gar nicht gefiel, war das Gefühl, wie ein wildgewordener Stier im Kreis herum zu schwimmen, bis ich nicht mehr weiterkonnte. Und da ich nicht zurückkehren wollte ... Nein! Können Sie sich vorstellen, wie ich, splitternackt beim Genick gepackt, von einer dieser kleinen Inseln zurückgeschleppt werde und wie ein wildes Tier kämpfen muß? Dabei wäre bestimmt jemand getötet worden, und so weit wollte ich es nicht wieder kommen lassen. So machte ich denn weiter. Dann Ihre Sturmleiter –«

»Warum riefen Sie das Schiff nicht an?« fragte ich etwas lauter Er stieß mich leicht an die Schulter. Man hörte lässige Schritte direkt über unseren Köpfen. Dann wurde es still. Der Zweite Offizier war von der anderen Seite der Poop herübergekommen und mochte sich jetzt über die Reling lehnen.

»Er konnte uns doch nicht sprechen hören – oder?« flüsterte mein Doppelgänger mir besorgt ins Ohr. Seine Besorgnis war eine Antwort, eine ausreichende Antwort auf die Frage, die ich ihm gestellt hatte. Eine Antwort, die alle Schwierigkeiten dieser Situation in sich barg. Ich schloß leise das Bullauge, um sicherzugehen, denn ein lautes Wort hätte man vielleicht hören können.

»Wer ist das?« flüsterte er dann.
»Mein Zweiter Offizier. Aber ich kenne ihn nicht viel besser als Sie.« Darauf erzählte ich ihm ein wenig von mir selbst. Ich hatte das Kommando über das Schiff erhalten, als ich dergleichen am wenigsten erwartete, vor nicht ganz zwei Wochen. Ich kannte weder das Schiff noch die Besatzung. Im Hafen hatte ich keine Zeit gehabt, mich umzusehen oder mir ein Urteil auch nur über einen dieser Männer zu bilden. Und die Mannschaft ihrerseits, die wußte von mir nicht mehr, als daß ich das Schiff nach Hause bringen sollte. Im übrigen, fuhr ich fort, bin ich an Bord beinah ebenso ein Fremder, wie Sie es sind. Und in diesem Augenblick empfand ich das besonders deutlich. Ich hatte das Gefühl, daß nur wenig dazu gehörte, um mich in den Augen der Leute an Bord zu einer verdächtigen Person zu machen.
Inzwischen hatte er sich umgedreht, und wir, die beiden Fremdlinge an Bord, standen uns in genau gleicher Haltung gegenüber.
»Ihre Sturmleiter« –, murmelte er, nachdem er eine Zeitlang geschwiegen hatte. »Wer hätte damit gerechnet, nachts hier draußen auf einem vor Anker liegenden Schiff eine außenbords hängende Sturmleiter zu finden! Gerade in dem Augenblick bekam ich einen unangenehmen Schwächeanfall. Das Leben, das ich neun Wochen lang führen mußte, hätte jeden außer Form gebracht. Ich war nicht mehr imstande, nach achtern bis an die Sorgleinen zu schwimmen. Und siehe da, es gab eine Sturmleiter, an der man sich festhalten konnte. Nachdem ich sie ergriffen hatte, sagte ich mir: ›Was für einen Wert hat es?‹ Und als ich den Kopf eines Mannes über die Reling blicken sah, dachte ich daran, sofort wieder wegzuschwimmen und ihn hinter mir herrufen zu lassen – in welcher Sprache es auch immer sein mochte. Es machte mir nichts aus, daß ich gesehen wurde. Ich – ich fand es sogar gut. Als Sie dann so ruhig zu mir sprachen, als hätten Sie mich erwartet, hielt ich

mich noch etwas länger fest. Hinter mir lag eine verdammt einsame Zeit – ich meine nicht während des Schwimmens. Nun war ich froh, mit jemand sprechen zu können, der nicht zur ›Sephora‹ gehörte. Daß ich nach dem Kapitän fragte, geschah ganz impulsiv. Es hätte zwecklos sein können, wenn das ganze Schiff alles über mich erführe und die andern ziemlich sicher am Morgen hier sein würden. Ich weiß nicht – ich wollte gesehen werden und mit jemandem sprechen, ehe ich weiterschwamm. Ich weiß nicht, was ich sonst gesagt hätte... Schöne Nacht, nicht wahr? oder so etwas Ähnliches.«

»Glauben Sie, daß die bald hier sein werden?« fragte ich etwas skeptisch.

»Höchstwahrscheinlich«, sagte er mutlos, und plötzlich sah er ganz verstört aus. Der Kopf sank auf seine Schulter.

»Hm. Dann werden wir sehen. Gehen Sie inzwischen hier zur Koje«, flüsterte ich. »Soll ich Ihnen helfen? Dort!« Es war eine ziemlich hohe Koje mit Schubladen darunter. Dieser erstaunliche Schwimmer brauchte tatsächlich meine Hilfe, um hineinzukommen. Er stürzte vornüber, wälzte sich auf den Rücken und bedeckte mit einem Arm seine Augen. Als er so mit verborgenem Gesicht dalag, muß er genauso ausgesehen haben, wie ich gewöhnlich in dieser Koje aussah. Eine Zeitlang betrachtete ich mein zweites Ich, ehe ich die beiden grünen, an einer Messingstange hängenden Gardinen sorgfältig zuzog. Einen Augenblick dachte ich daran, sie sicherheitshalber mit einer Nadel zusammenzustecken, doch ich setzte mich auf das Sofa, und als ich erst einmal saß, mochte ich nicht wieder aufstehen und nach einer Nadel suchen. Ich würde es nachher gleich tun. All diese Heimlichkeiten, das verstohlene Gehabe und mühevolle Flüstern hatten in mir ein eigenartiges Gefühl völliger innerer Ermattung ausgelöst. Es war jetzt drei Uhr, und seit neun war ich auf den Beinen; aber ich war nicht müde; ich hätte nicht schlafen gehen können.

Völlig erschöpft, saß ich da und starrte auf die Kojengardinen, dabei versuchte ich, mich von dem verworrenen Gefühl frei zu machen, zugleich an zwei Stellen zu sein, während es in meinem Kopf vor Aufregung hämmerte. Es war fast eine Erlösung, als ich plötzlich entdeckte, daß es gar nicht in meinem Kopf klopfte, sondern draußen an der Tür. Noch ehe ich mich sammeln konnte, schlüpfte mir das »Herein« aus dem Munde, und der Steward trat mit einem Tablett ein, auf dem er mir den Morgenkaffee brachte. Ich hatte also doch geschlafen und war so erschrocken, daß ich »Hierher! Hier bin ich, Steward!« rief, als wäre er meilenweit entfernt. Er stellte das Tablett auf den Tisch neben dem Sofa und sagte erst dann sehr ruhig: »Ich sehe, daß Sie hier sind, Kapitän!« Ich merkte, wie er mich groß anschaute, aber gerade jetzt wagte ich nicht, seinem Blick zu begegnen. Er muß sich gewundert haben, warum ich meine Kojengardinen zugezogen hatte, ehe ich mich auf dem Sofa schlafen legte. Er ging wieder hinaus und hakte die Tür wie gewöhnlich über.

Über mir hörte ich die Mannschaft Deck waschen. Ich wußte, daß man es mir sofort gemeldet hätte, wenn etwas Wind aufgekommen wäre. Windstille, dachte ich und war noch mehr, gewissermaßen zweifach verärgert. Tatsächlich fühlte ich mich mehr denn je wie ein doppeltes Wesen. Plötzlich erschien der Steward wieder an der Tür. Ich sprang so schnell vom Sofa hoch, daß er zusammenfuhr.

»Was wollen Sie hier?«

»Ihr Bullauge schließen, Kapitän – oben wird an Deck gewaschen.«

»Es ist zu«, sagte ich und wurde rot.

»Jawohl!« Aber er ging nicht von der Tür weg und erwiderte meinen Blick einen Moment lang auf eine ungewöhnlich zweideutige Art. Dann flackerten seine Augen, sein ganzer Gesichtsausdruck änderte sich, und mit ungewöhnlich liebenswürdiger Stimme fragte er beinah schmeichelnd: »Darf ich eintreten und die leere Tasse wegnehmen?«

»Natürlich!« Ich kehrte ihm den Rücken zu, während er hereinschlüpfte und gleich wieder hinausging. Dann machte ich die Tür auf und schloß sie richtig, sogar den Riegel schob ich vor. So konnte das nicht mehr lange weitergehen. Überdies war es in der Kammer so heiß wie in einem Ofen. Ich warf einen verstohlenen Blick auf meinen Doppelgänger und sah, daß er sich nicht gerührt hatte; sein Arm lag immer noch über seinen Augen, aber seine Brust atmete schwer, seine Haare waren naß, sein Kinn glänzte vor Schweiß. Ich griff über ihn hinweg und öffnete das Bullauge.

»Ich muß mich an Deck sehen lassen«, überlegte ich.

Theoretisch konnte ich natürlich tun, was ich wollte, ohne daß mir irgend jemand im ganzen Umkreis des Horizonts seine Zustimmung verwehren konnte; aber meine Kammertür abzuschließen und den Schlüssel wegzunehmen – das wagte ich nicht. Gerade hatte ich den Kopf aus dem Niedergang gesteckt, als ich meine beiden Offiziere in einer Gruppe mit dem Steward vorn auf der Poop zusammenstehen sah. Der Zweite war barfüßig, der Erste hatte lange Gummistiefel an, und der Steward stand in der Mitte der Pooptreppe und redete eifrig auf die beiden ein. Als er mich zufällig erblickte, bückte er sich hastig; der Zweite lief hinunter auf das Oberdeck und gab irgendeinen Befehl, und der Erste Offizier kam mit der Hand an der Mütze auf mich zu. In seinen Augen war eine gewisse Neugier, die mir nicht gefiel. Ich weiß nicht, ob der Steward ihnen erzählt hatte, daß ich nur »sonderbar« war oder regelrecht betrunken, aber ich weiß jedenfalls, der Mann hatte die Absicht, mich ganz genau zu betrachten. Ich sah ihn mit einem Lächeln auf mich zukommen, das beim Näherkommen immer eisiger wurde und, als er schließlich vor mir stand, sogar seinen Bart erstarren ließ. Ich ließ ihm keine Zeit, den Mund aufzumachen, und sagte:

»Lassen Sie die Rahen vierkant brassen und kanten, bevor die Leute Frühstück machen.«

Es war der erste eigentliche Befehl, den ich bisher an Bord dieses Schiffes gegeben hatte; und ich blieb an Deck, um auch zu sehen, wie er ausgeführt wurde. Ich hatte das Gefühl, es sei an der Zeit, mir Geltung zu verschaffen. Dieser grinsende junge Tolpatsch sollte bei dieser Gelegenheit ein paar Dämpfer bekommen; zugleich nützte ich die Gelegenheit, mir das Gesicht jedes einzelnen Mannes genau anzusehen, als sie einer nach dem andern an mir vorbei an die Achterbrassen liefen. Beim Frühstück aß ich selbst nichts, präsidierte aber mit solch eiskalter Würde, daß beide Offiziere nur zu froh waren, aus der Messe zu flüchten, sobald es der Anstand erlaubte, während der ganzen Zeit quälte mich der Dualismus meiner Gedanken und Gefühle fast bis zum Wahnsinn. Ständig sah ich mich, wie auch mein geheimes Ich, das von meinen Handlungen ebenso abhängig war wie ich selbst und das dort in meiner Koje hinter der Tür schlief, während ich am Kopfende des Tisches genau gegenüber dieser Tür saß. Es war fast zum Wahnsinnigwerden, nur schlimmer, weil ich mir dessen bewußt war.

Ich mußte ihn eine volle Minute lang schütteln, doch als er endlich die Augen aufschlug sah er mich bei vollem Bewußtsein mit einem fragenden Blick an.

»Alles in Ordnung, soweit!« flüsterte ich, »Sie müssen jetzt ins Bad verschwinden.«

Er tat es, lautlos wie ein Geist, dann klingelte ich dem Steward und gab ihm Anweisung – wobei ich ihn scharf ansah –, meine Kammer aufzuklaren, solange ich mein Bad nahm. »Und beeilen Sie sich damit.« Da mein Ton keine Ausflüchte zuließ, sagte er: »Jawohl, Kapitän«, und lief fort, um Besen und Schaufel zu holen. Ich nahm ein Bad und kleidete mich fast ganz an. Zur Beruhigung des Stewards planschte und pfiff ich leise vor mich hin, während der geheime Teilhaber meines Lebens kerzengerade in dem kleinen Raum stand. Im Tageslicht sah sein Gesicht sehr eingefallen aus. Er hielt die Lider gesenkt unter der strengen Linie seiner Augenbrauen, die ein leichtes Stirnrunzeln zusammenzog.

Als ich ihn verließ, um in meine Kammer zurückzukehren, war der Steward gerade mit dem Staubwischen fertig. Ich ließ den Ersten Offizier rufen, den ich in ein ziemlich belangloses Gespräch verwickelte, was bei dem schrecklichen Charakter dieses Backenbarts reine Zeitverschwendung war, aber ich wollte ihm die Gelegenheit bieten, sich gründlich in meiner Kammer umzusehen. Und dann konnte ich endlich mit reinem Gewissen meine Kammertür abschließen und meinen Doppelgänger dort in dem verborgenen Winkel unterbringen. Anders ging es nicht. Er mußte still auf einem kleinen Klappstuhl sitzen, halberstickt unter den schweren Mänteln, die dort hingen. Wir hörten, wie der Steward aus dem Salon in das Bad ging, dort die Wasserkaraffen auffüllte, die Wanne scheuerte, alles zurechtlegte, wischte, wie er lärmte, polterte – dann wieder hinaus in den Salon ging, den Schlüssel umdrehte – klick. Dies war mein Plan, wie ich mein zweites Ich unsichtbar machen konnte. Unter den gegebenen Umständen ließ sich nichts Besseres ausdenken. Und so saßen wir dort, ich an meinem Schreibtisch, bereit, jederzeit den Eindruck zu erwekken, als ob ich mit irgendwelchen Papieren beschäftigt sei, er hinter mir außer Sicht der Tür. Es wäre nicht klug gewesen, sich tagsüber zu unterhalten; und mit mir selbst zu flüstern – dieses seltsame, erregende Gefühl hätte ich einfach nicht ertragen. Ab und zu blickte ich über die Schulter und sah ihn weit dort hinten aufrecht auf dem niedrigen Stuhl sitzen, die nackten Füße aneinandergepreßt, die Arme verschränkt, den Kopf auf der Brust – und völlig regungslos. Jedermann hätte ihn für mich gehalten. Ich selbst war von dem Anblick fasziniert. Alle Augenblicke mußte ich über meine Schulter blicken. Und ich sah ihn gerade an, als eine Stimme vor der Tür sagte: »Entschuldigen Sie, Kapitän.«

»Nun, was ist!« Ich behielt meinen Doppelgänger im Auge, und als die Stimme draußen meldete: »Da kommt ein Boot von einem andern Schiff«, sah ich ihn zusammenzucken. Es war die erste Bewegung, die er seit Stunden machte. Aber er erhob seinen gesenkten Kopf nicht.

»Gut. Lassen Sie die Sturmleiter überhängen.«

Ich zögerte. Sollte ich ihm etwas zuflüstern? Aber was? Es schien, als sei er in seiner Bewegungslosigkeit nie gestört worden. Was konnte ich ihm sagen, was er nicht schon wußte? ... Schließlich ging ich an Deck.

II

Der Kapitän der ›Sephora‹ hatte einen dünnen roten Bart, der sein ganzes Gesicht umrahmte, und eine Hautfarbe, wie sie meist Leuten mit rotem Haar zu eigen ist, und auch dieses eigenartige, etwas trübe Blau in den Augen. Er war nicht gerade eine stattliche Erscheinung, hatte hohe Schultern, war sonst aber von mittelmäßiger Statur – das eine Bein etwas krummer als das andere. Er schüttelte mir die Hand und sah sich unsicher um. Eine Art stumpfer Hartnäckigkeit schien nach meiner Ansicht für ihn bezeichnend zu sein. Ich kam ihm mit ausgesuchter Höflichkeit entgegen, was ihn aus der Fassung zu bringen schien. Vielleicht war er schüchtern. Er murmelte mir etwas zu, wobei er so tat, als schämte er sich über das, was er mir sagte, nannte seinen Namen (es hörte sich an wie Archbold – aber nach so vielen Jahren bin ich mir nicht mehr ganz sicher) und den seines Schiffes, dann noch weitere Einzelheiten dieser Art, etwa so wie ein Verbrecher, der zögernd ein schmerzliches Geständnis ablegt. Er hatte auf der Ausreise furchtbares Wetter gehabt – furchtbar – furchtbar – und dazu seine Frau an Bord.

Unterdessen hatten wir in der Kajüte Platz genommen, und der Steward brachte ein Tablett mit einer Flasche und Gläsern herein. »Danke! Nein.« Er trinke nie Alkohol, hätte aber gerne etwas Wasser. Er trank zwei Glas voll. Schreckliche Arbeit, die Durst macht. Seit Tagesanbruch habe er die Inseln rings um sein Schiff abgesucht.

»Warum das – aus Spaß?« fragte ich mit gespieltem höflichem Interesse.

»Nein!« Er seufzte. »Eine peinliche Pflicht.«

Da er hartnäckig bei seinem Gemurmel blieb, ich aber gern wollte, daß mein Doppelgänger jedes Wort höre, kam ich auf den Einfall, ihm zu sagen, daß ich leider schwerhörig sei.

»Und dabei noch so jung!« nickte er, die trüben, blauen Augen unintelligent auf mich gerichtet. Was war die Ursache gewesen, fragte er, Krankheit? Dabei zeigte er nicht das geringste Mitgefühl, als dächte er, wenn dem so ist, dann wird er es wohl auch verdient haben.

»Ja, eine Krankheit«, gab ich gutgelaunt zu, was ihm anscheinend sehr mißfiel. Aber ich hatte erreicht, was ich wollte, denn nun mußte er mir seine Geschichte mit lauter Stimme erzählen. Es lohnt sich nicht, seine Darstellung wiederzugeben. Es war etwas mehr als zwei Monate her, als das alles passierte, und er hatte so viel darüber gegrübelt, daß er offenbar den wahren Sachverhalt völlig durcheinanderbrachte, aber vom Ganzen noch ungeheuer beeindruckt war.

»Was würden Sie denken, wenn so etwas bei Ihnen an Bord passierte? Ich fahre die ›Sephora‹ jetzt fünfzehn Jahre und bin ein bekannter Schiffsführer.«

Er war ganz unglücklich – und vielleicht hätte ich ihm alles nachempfunden, hätte ich nicht dauernd vor dem geistigen Auge das Bild des unverhofften Teilhabers meiner Kammer gehabt, als wäre er mein zweites Ich. Dort auf der anderen Seite des Schotts war er vier oder fünf Fuß von uns entfernt, indes wir hier im Salon saßen. Mein Blick war höflich auf Kapitän Archbold (wenn er so hieß) gerichtet, aber was ich sah, war der andere im grauen Schlafanzug, wie er auf dem niedrigen Stuhl saß, die nackten Füße dicht beieinander, die Arme verschränkt, den dunklen Kopf auf die Brust gesenkt, jedes Wort in sich aufnehmend, das wir wechselten.

»Ich fahre jetzt seit siebenunddreißig Jahren von frühester Jugend an zur See, aber ich habe noch nie gehört, daß so etwas auf einem englischen Schiff passiert ist. Und daß es mein Schiff sein mußte! Dazu noch meine Frau an Bord.«

Ich hörte ihm kaum zu.

»Meinen Sie nicht«, sagte ich, »daß die schwere See, die, wie Sie mir sagten, gerade in jenem Augenblick überkam, den Tod des Mannes verursacht haben könnte? Ich habe selbst einmal gesehen, wie das bloße Gewicht eines einzigen Brechers einen Mann glatt erschlagen hat; sie hat ihm einfach das Genick gebrochen.«

»Mein Gott«! rief er mit Nachdruck aus, wobei er mich mit seinen trüben blauen Augen starr anblickte, »die See! So sieht niemand aus, den die See erschlagen hat.« Er schien über meine Vermutung richtig entrüstet zu sein, und während ich ihn noch anblickte, ahnungslos und keineswegs auf etwas Ungewöhnliches von seiner Seite gefaßt, kam er mit seinem Kopf dicht an mein Gesicht und streckte so plötzlich die Zunge heraus, daß ich unwillkürlich zurückfuhr.

Nachdem er auf diese anschauliche Weise sein Urteil über meine Gemütsruhe ausgedrückt hatte, nickte er weise mit dem Kopf. Wenn ich das gesehen hätte, versicherte er mir, würde ich den Anblick in meinem ganzen Leben nicht vergessen. Das

Wetter war zu schlecht, um die Leiche wie auf See üblich zu bestatten. So wurde sie am nächsten Tag im Morgengrauen auf die Poop gebracht, und das Gesicht mit etwas Flaggentuch verdeckt. Er verlas ein kurzes Gebet, dann schleuderten sie den Toten, so wie er war, mit Ölzeug und Seestiefeln, in die berghohe See, die jeden Augenblick das Schiff selbst samt seiner in Schrecken versetzten Besatzung zu verschlingen drohte.

»Die gereffte Fock hat Sie gerettet«, warf ich ein. »Mit Gottes Hilfe – geschah es«, rief er inbrünstig aus. »Ich glaube fest, es war eine besondere Gnade, daß das Schiff diese Orkanböen überstanden hat.«

»Daß die Fock gesetzt wurde, war –« begann ich.

»Da hatte Gott selbst die Hand im Spiel«, unterbrach er mich. »Kein Geringerer hätte es fertiggebracht. Ich mache keinen Hehl daraus, daß ich den Befehl dazu kaum zu geben wagte. Es schien mir einfach unmöglich, etwas anzufassen, ohne es ganz zu verlieren, und dann wäre unsere letzte Hoffnung über Bord gegangen.«

Der Schrecken dieses Orkans steckte immer noch in ihm. Ich ließ ihn noch eine Weile weiterreden, dann sagte ich beiläufig, als käme ich auf eine geringfügige Sache zurück:

»Ihnen lag wohl viel daran, den Ersten Offizier an die Behörden auszuliefern, scheint mir?«

Ja, so war es; dem Gesetz ausliefern. Seine düstere Hartnäckigkeit in diesem Punkt hatte etwas Unbegreifliches, ja, Furchtbares und geradezu Mystisches; ganz abgesehen von seiner Angst, er könne in den Verdacht kommen, »derartige Taten zu unterstützen«. Siebenunddreißig Jahre rechtschaffene Seefahrtszeit, davon über zwanzig Jahre als bewährter Schiffsführer und die letzten fünfzehn Jahre auf der ›Sephora‹ hatten ihm offenbar erbarmungslose Verpflichtungen auferlegt.

»Und Sie verstehen«, fuhr er fort, wobei er verlegen sich in seinen Gefühlen zurechtzufinden suchte, »ich habe diesen jungen Mann nicht eingestellt. Seine Familie hatte irgendwelche Beziehungen zu meiner Reederei, so war ich gewissermaßen gezwungen, ihn anzunehmen. Er sah sehr aufgeweckt aus, sehr vornehm und dergleichen. Aber wissen Sie – irgendwie hat er mir nie recht gefallen. Ich bin nur ein einfacher Mann, verstehen Sie, er paßte nicht recht als Erster Offizier auf ein Schiff wie die ›Sephora‹.«

Ich fühlte mich in Gedanken und in meinen Eindrücken schon so verwandt mit dem geheimen Teilhaber meiner Kajüte, daß ich das Gefühl hatte, als habe man mir selbst zu verstehen gegeben, auch ich sei nicht für ein Schiff wie die ›Sephora‹ als Erster Offizier geeignet. Darüber war ich mir keinen Augenblick im Zweifel.

»Überhaupt nicht geeignet. Sie verstehen«, wiederholte er beharrlich und sah mich dabei zu allem Überfluß scharf an.

Ich lächelte verbindlich, worauf er eine Zeitlang verlegen schwieg.

»Ich glaube, ich muß einen Selbstmord melden.«

»Wie bitte?«

»Selbst-Mord! Das werde ich meiner Reederei berichten müssen, sobald wir einlaufen.«

»Es sei denn, Sie fänden ihn heute noch«, stimmte ich in gleichgültigem Ton zu . . . »lebendig, meine ich.«

Er murmelte etwas, was ich tatsächlich nicht verstand, worauf ich ihm mit einer fragenden Geste mein Ohr zuwandte. Er brüllte förmlich: »Das Land – hören Sie mal, das Festland ist mindestens sieben Meilen von meinem Ankerplatz entfernt.«

»Ja, ungefähr.«

Daß ich mich gar nicht aufregte, nicht neugierig und nicht überrascht war und auch sonst keinerlei ausgesprochenes Interesse zeigte, machte ihn langsam mißtrauisch. Aber bis auf den glücklichen Einfall, mich taub zu stellen, hatte ich nichts vorzutäuschen versucht. Ich fühlte mich völlig außerstande, die

Rolle des Unwissenden überzeugend zu spielen, und wagte es daher gar nicht erst zu versuchen. Es ist auch sicher, daß er mit einem festen Verdacht gekommen war und meine Höflichkeit als sehr merkwürdig und unnatürlich empfand. Und dennoch, wie hätte ich ihn sonst empfangen sollen? Jedenfalls nicht herzlich! Das war aus psychologischen Gründen, die ich hier nicht auseinanderzusetzen brauche, einfach nicht möglich. Mein einziges Ziel war, seine Nachforschungen abzuwehren. Hätte ich ihn von oben herab behandeln sollen? Ja, aber Schroffheit hätte ihn womöglich zu einem direkten Vorgehen veranlaßt. Äußerste Höflichkeit, die ihm von Natur aus fremd und ungewohnt war, mußte die beste Methode sein, den Mann in Schach zu halten. Es bestand allerdings die Gefahr, daß er meine Verteidigung plump durchbrach. Mit einer direkten Lüge hätte ich ihm, glaube ich, nicht antworten können, und zwar ebenfalls aus psychologischen (nicht moralischen) Gründen. Allein, wenn er gewußt hätte, wie sehr ich befürchtete, er könne die völlige Übereinstimmung meiner Gefühle mit denen meines Doppelgängers auf die Probe stellen! Doch sonderbarerweise (ich dachte erst hinterher daran) war er, glaube ich, von der Kehrseite dieser unheimlichen Situation ziemlich verwirrt, durch etwas in mir, das ihn an den Mann erinnerte, den er suchte, durch die Andeutung einer geheimnisvollen Ähnlichkeit mit dem jungen Mann, gegen den er von Anfang an Mißtrauen und Abneigung gehegt hatte.

Wie auch immer es sein mochte – das Schweigen hielt nicht allzulange an, dann machte er einen zweiten versteckten Versuch.

»Ich schätze, wir hatten nicht mehr als zwei Meilen bis zu Ihrem Schiff zu pullen. Mehr war es nicht.«

»Gerade genug bei dieser furchtbaren Hitze«, sagte ich.

Wieder eine Pause voller Mißtrauen. Not macht erfinderisch, heißt es, aber auch die Furcht ist ein fruchtbarer Boden für kluge Eingebungen. Und ich fürchtete, er würde mich geradeheraus nach Neuigkeiten über mein zweites Ich befragen.

»Ein hübscher kleiner Salon, nicht wahr?« sagte ich, als sei es mir zum ersten Mal aufgefallen, daß seine Augen von der einen geschlossenen Tür zur andern wanderten. »Und auch alles sehr gut eingerichtet. Hier, zum Beispiel«, fuhr ich fort, indem ich lässig nach hinten langte und die Tür aufstieß, »ist mein Bad.« Er machte eine ungeduldige Bewegung, warf aber kaum einen Blick hinein. Ich stand auf, machte die Tür des Baderaums wieder zu und forderte ihn höflich auf, sich überall umzusehen, als sei ich sehr stolz auf meine Räumlichkeiten. Er mußte aufstehen und sich herumführen lassen, dabei ließ er alles über sich ergehen, ohne jedoch die geringste Begeisterung zu zeigen.

»Und jetzt wollen wir uns meine Kammer ansehen«, sagte ich so laut wie nur irgend möglich, indem ich mit absichtlich schweren Schritten quer durch den Salon nach der Steuerbordseite hinüberging. Er folgte mir in die Kammer und sah sich dort um. Mein intelligenter Doppelgänger war verschwunden. Ich spielte weiter Theater.

»Sehr bequem – nicht wahr?«

»Sehr hübsch. Sehr ge . . .« Er sprach nicht zu Ende und ging kurzerhand hinaus, als wollte er sich irgendwelchen unredlichen Tricks von mir entziehen. Aber das wollte ich nicht. Ich hatte zu große Angst ausgestanden, um jetzt nicht rachsüchtig zu sein. Ich hatte ihm Beine gemacht, merkte ich, und das wollte ich weiter tun. Meine beharrliche Höflichkeit muß etwas Bedrohliches für ihn gehabt haben, denn plötzlich gab er nach. Aber ich ersparte ihm keine Einzelheit: Die Kammer des Ersten Offiziers, die Anrichte, die Provianträume, sogar die Segelkoje, die auch achtern unter der Poop lag, überall mußte er hineinsehen. Als ich ihn endlich hinaus aufs Achterdeck führte, stieß er zaghaft einen tiefen Seufzer aus und murmelte

bedrückt, daß er jetzt wirklich zurück auf sein Schiff gehen müsse. Ich gab dem Ersten Offizier, der zu uns getreten war, den Befehl, das Boot des Kapitäns klar zu halten.
Mein bärtiger Erster pfiff einmal mit seiner Pfeife, die er gewöhnlich um den Hals trug, und brüllte: »›Sephora‹-Boot klar!« Mein Doppelgänger dort unten in meiner Kammer mußte es gehört haben und konnte sich bestimmt nicht erleichterter fühlen als ich. Irgendwo von vorn kamen vier Mann gelaufen und kletterten über die Reling, während meine Leute ebenfalls an Deck erschienen und sich an die Reling stellten.
Ich begleitete meinen Besucher ganz förmlich, beinah zu zeremoniell, bis ans Fallreep. Er war ein zähes Biest. Sogar auf der Fallreepstreppe zögerte er noch und fragte mit jener einzigartigen Hartnäckigkeit aus schlechtem Gewissen.
»Sagen Sie . . . Sie . . . Sie glauben nicht, daß –«
Ich übertönte seine Stimme mit einem lauten »Ganz bestimmt nicht . . . es war mir ein Vergnügen. Leben Sie wohl!«
Ich wußte, was er sagen wollte, und rettete mich mit knapper Not in die Vorteile meines mangelnden Hörvermögens. Er war schon zu sehr von allem mitgenommen, um auf seiner Frage zu beharren, aber mein Erster, der Augenzeuge dieser Verabschiedung war, sah sehr verblüfft aus und machte ein nachdenkliches Gesicht.
Da ich nicht den Eindruck erwecken wollte, als wiche ich jedem Gedankenaustausch mit meinen Offizieren aus, bot ich ihm die Gelegenheit, mich anzusprechen.
»Scheint ein netter Mann zu sein. Die Bootsmannschaft hat unsern Leuten – wenn es wahr ist, was mir der Steward sagte – eine ganz außergewöhnliche Geschichte erzählt. Ich nehme an, Sie wissen es auch vom Kapitän?«
»Ja, ich hörte so etwas von ihm.«
»Eine ganz fürchterliche Sache – finden Sie nicht?«
»Ja, ist es.«

»Übertrifft alle Mordgeschichten, die man von den Yankeeschiffen hört.«

»Ich glaube nicht, daß sie die übertrifft. Ich glaube nicht einmal, daß sie denen im entferntesten gleicht.«

»Du meine Güte, was Sie nicht sagen! Aber ich kenne natürlich die Verhältnisse auf den amerikanischen Schiffen nicht und kann Ihnen nicht widersprechen. Ich finde die Sache schlimm genug ... Aber das Eigenartige an der Sache ist, daß diese Brüder glaubten, der Mann sei hier an Bord versteckt. Glaubten sie wirklich. Haben Sie schon jemals so etwas gehört?«

»Lächerlich – nicht wahr?«

Wir gingen auf dem Achterdeck hin und her. Von der Mannschaft vorn war nichts zu sehen (es war ein Sonntag), und der Erste fuhr fort: »Es gab sogar einen kleinen Disput darüber. Unsere Leute waren beleidigt. ›Als ob wir so einen Kerl beherbergen würden‹, sagten sie. ›Wollt Ihr vielleicht in unserm Kohlenkasten nachsehen?‹ Eine ziemliche Reiberei war es. Aber zum Schluß vertrugen sie sich wieder. Ich glaube, er hat sich ertränkt. Meinen Sie nicht auch?«

»Ich meine gar nichts.«

»Aber Sie zweifeln doch nicht daran, Kapitän?«

»Nicht im geringsten.«

Ich hatte das Gefühl, einen schlechten Eindruck zu machen, und ließ ihn kurzerhand stehen; aber mit meinem Doppelgänger da unten war es sehr unangenehm, an Deck zu bleiben, und beinah ebenso unangenehm war es, unten zu sein. Es war eine ganz und gar nervenaufreibende Situation. Aber alles in allem fühlte ich mich weniger in zwei Stücke gerissen, wenn ich bei ihm war. Auf dem ganzen Schiff gab es niemand, den ich gewagt hätte, ins Vertrauen zu ziehen. Da die Leute die Geschichte erfahren hatten, wäre es unmöglich gewesen, ihn für einen andern auszugeben, und die Gefahr einer zufälligen Entdeckung war jetzt größer denn je ...

Da der Steward, als ich hinunterging, gerade dabei war, den Tisch zum Mittagessen zu decken, konnte ich mich zuerst nur mit den Augen mit meinem Doppelgänger verständigen. Später am Nachmittag versuchten wir, vorsichtig miteinander zu flüstern. Die Sonntagsruhe an Bord war gegen uns; die Windstille und das ruhige Wasser rings um das Schiff waren gegen uns; die Elemente und die Menschen waren gegen uns: alles war gegen unsere geheime Partnerschaft. Sogar die Zeit – denn so konnte es nicht weitergehen. Selbst das Vertrauen auf die Vorsehung blieb uns vermutlich wegen seiner Schuld versagt. Soll ich bekennen, daß mich dieser Gedanke sehr niedergeschlagen machte? Und was das Kapitel »Zufall« betrifft, das im Buch des Erfolges eine so große Rolle spielt, so konnte ich nur hoffen, daß es abgeschlossen sei. Denn was für ein günstiger Zufall war noch zu erwarten?

»Haben Sie alles gehört?« waren meine ersten Worte, sobald wir unsere alte Stellung, Seite an Seite über den Kojenrand gelehnt, wieder einnahmen.

Er hatte alles gehört. Das bewies, was er mir in ernsthaftem Ton zuflüsterte: »Er erzählte Ihnen, daß er kaum gewagt habe, den Befehl zu geben.«

Ich verstand, daß dies ein Hinweis auf die rettende Fock sein sollte. »Ja, er hatte Angst, daß das Segel beim Setzen verlorengehe.«

»Er hat den Befehl niemals gegeben, das versichere ich Ihnen. Vielleicht bildet er sich das ein, aber er hat es nie getan. Er stand mit mir vorn auf der Poop, nachdem das Großmarssegel weggeflogen war und jammerte über unsere letzte Hoffnung – tatsächlich, er jammerte darüber und weiter nichts –, dazu wurde es Nacht! Seinen Kapitän in einem solchen Wetter so reden zu hören, genügt, um einen Menschen verrückt zu machen. Es trieb mich beinah zur Verzweiflung, und ich nahm einfach alles selbst in die Hand. Kochend vor Erregung, ging ich von ihm weg, und, aber was hat es für einen Sinn, Ihnen das zu erzählen? *Sie* verstehen!... Glauben Sie, die Leute hätten auch nur einen Handschlag getan, wenn ich nicht so wütend gewesen wäre? Bestimmt nicht! Der Bootsmann vielleicht? Vielleicht! Es war keine schwere See – es war eine rasend gewordene See! So ähnlich wird das Ende der Welt sein, glaube ich! Man hat vielleicht das Herz, dies eines Tages kommen zu sehen und damit fertig zu werden; aber ihm Tag für Tag gegenüberzustehen – ich mache niemandem einen Vorwurf. Ich war verflucht wenig besser als die andern, nur war ich immerhin Offizier auf dieser Kohlenhulk –«

»Ich verstehe Sie vollkommen!« Diese aufrichtige Versicherung flüsterte ich ihm ins Ohr. Er war ganz außer Atem von dem Wispern. Ich konnte ihn leise keuchen hören. Mir war alles verständlich: Dieselbe Kraftanspannung, die vierundzwanzig Menschen zumindest die Chance bot, ihr Leben zu retten, hatte wie ein Rückstoß das Leben eines nichtswürdigen Meuterers vernichtet.

Doch ich hatte nicht die Muße, sorgfältige Erwägungen in dieser Sache anzustellen. Im Salon waren Schritte zu hören, dann ein kräftiges Klopfen an der Tür. »Da ist jetzt Wind genug, um ankerauf zu gehen, Kapitän.« Es war das Signal zu einer neuen Anforderung, die an mein Denken und sogar an meine Gefühle gestellt wurde.

»Lassen Sie alle Mann an Deck kommen«, rief ich durch die Tür. »Ich bin gleich oben.«

Ich ging hinaus, um mich mit meinem Schiff vertraut zu machen. Ehe ich die Kajüte verließ, trafen sich unsere Augen – die Augen der beiden einzigen Fremden an Bord. Ich wies auf den achteren Teil der Kammer, wo ihn der kleine Feldstuhl erwartete, und legte einen Finger an meine Lippen. Mein zweites Ich machte eine etwas unbestimmte, geheimnisvolle Geste, die er mit einem schwachen Lächeln begleitete, als bedauere er mich.

Dies ist nicht der Ort, sich über die Eindrücke eines Mannes zu verbreiten, der zum ersten Mal fühlt, daß sich ganz allein auf sein Kommando ein Schiff unter seinen Füßen in Bewegung setzt. In meinem Falle waren diese Empfindungen nicht ungetrübt. Ich hatte das Kommando nicht ganz allein, denn in meiner Kammer war dieser Fremde. Oder besser: Ich war nicht mit ganzem Herzen bei meinem Schiff. Ein Teil von mir war abwesend. Das Gefühl, an zwei Orten zugleich zu sein, wirkte sich auch körperlich auf mich aus, als sei mein ganzes Wesen von dieser geheimnisvollen Stimmung durchdrungen. Ehe noch eine Stunde verstrichen war, seitdem das Schiff Fahrt aufgenommen hatte, kam es dazu, daß ich den Ersten Offizier (er stand neben mir) aufforderte, eine Kompaßpeilung von der Pagode zu nehmen. Dabei ertappte ich mich, wie ich im Begriff war, ihm diese Anweisung ins Ohr zu flüstern. Ich sage, daß ich mich dabei ertappte, aber es war mir schon genug entschlüpft, um den Mann zu alarmieren. Er wurde kopfscheu, anders kann ich es nicht beschreiben. Von da an verließ ihn nicht mehr eine ernste, gedankenverlorene Haltung, so als sei er im Besitz einer verblüffenden Erkenntnis. Bald darauf ging ich von der Reling weg, um einen Blick auf den Kompaß zu werfen, dabei schlich ich so verstohlen über Deck, daß es dem Mann am Ruder auffiel; und ich konnte nicht umhin festzustellen, daß er ungewöhnlich große Augen machte.

Dies sind nur belanglose Beispiele, obgleich es keinem Kapitän zum Vorteil gereicht, wenn man ihn lächerlicher Verschrobenheiten verdächtigt. Aber ich war noch stärker betroffen. Es gibt für einen Seemann gewisse Worte und Gesten, die unter bestimmten Umständen ganz selbstverständlich und so instinktiv sind wie das Blinzeln eines gefährdeten Auges. Gewisse Befehle sollten ihm, ohne nachzudenken, über die Lippen gehen, gewisse Zeichen müssen unwillkürlich gegeben werden, sozusagen ohne Überlegung. Ich hatte aber alle unbewußte

Wachsamkeit verloren. Ich mußte meinen Willen anstrengen, mich (aus meiner Kammer) zu den Bedingungen des Augenblicks zurückzurufen. Ich spürte, daß ich diesen Leuten, die mich mehr oder weniger kritisch beobachteten, als unentschlossener Schiffsführer erschien.
Und dann gab es noch diese Angst. Als ich zum Beispiel am zweiten Tag auf See nachmittags (ich hatte Strohslipper an meinen nackten Füßen) von Deck ging, blieb ich an der offenen Pantrytür stehen und sprach den Steward an. Er war dort mit irgend etwas beschäftigt und kehrte mir den Rücken zu. Beim Klang meiner Stimme fuhr er fast aus der Haut, wie man so sagt, und zerbrach nebenbei noch eine Tasse.
»Was um Himmels willen ist denn mit Ihnen los?« fragte ich erstaunt. Er war vollkommen verwirrt. »Verzeihung, Kapitän, Ich war der Überzeugung, daß Sie in Ihrer Kammer sind.«
»Sie sehen, daß ich es nicht war.«
»Gewiß, aber ich hätte schwören können, daß ich Sie vor einem Augenblick dort noch gehört habe. Es ist sehr sonderbar . . . Verzeihung.«
Ich ging mit einem innerlichen Schauder weiter, fühlte mich aber mit meinem geheimen Doppelgänger so eins, daß ich diesen Vorfall in unseren spärlichen, ängstlich geflüsterten Gesprächen nicht einmal erwähnte. Ich nehme an, daß er irgendwie einmal ein leises Geräusch gemacht hatte. Es wäre ja auch ein Wunder gewesen, wenn das nicht gelegentlich einmal geschehen wäre. Und dennoch, so hager er aussah, schien er doch immer vollkommen selbstbeherrscht, mehr als nur ruhig, ja, beinah unverwundbar. Auf meinen Vorschlag hielt er sich fast ausschließlich in meinem Bad auf, das im ganzen gesehen der sicherste Platz war. Es konnte in der Tat für niemanden auch nur den Schatten einer Entschuldigung geben, der da hätte hineingehen wollen, sobald der Steward dort aufgeklart hatte. Es war ein sehr kleiner Raum. Manchmal legte sich mein Dop-

pelgänger dort auf den Fußboden hin, die Füße angezogen, den Kopf auf einen Ellbogen gestützt. Dann fand ich ihn wieder auf dem Feldstuhl, wo er mit seinem grauen Schlafanzug und dem kurzgeschnittenen schwarzen Haar unbeweglich wie ein geduldiger Sträfling saß. Nachts schmuggelte ich ihn in meine Koje, und dann flüsterten wir miteinander, während über unseren Köpfen der wachhabende Offizier mit regelmäßigen Schritten hin- und herging.

Es war eine unendlich klägliche Zeit. Glücklicherweise waren in einem Spind meiner Kammer einige Dosen guter Konserven verstaut; Hartbrot konnte ich mir immer verschaffen, und so lebte er von eingemachtem Huhn, Gänseleberpastete, Spargel, Austern, Sardinen, also von allen möglichen Sorten abscheulicher, sogenannter Delikatessen aus Dosen. Er trank immer meinen Morgenkaffee, und das war alles, was ich in dieser Hinsicht für ihn zu tun wagte.

Es war jeden Tag ein schreckliches Manöver nötig, damit meine Kammer und dann mein Bad in der üblichen Weise reingemacht werden konnten. Allmählich wurde mir der Anblick des Stewards verhaßt und die Stimme dieses harmlosen Mannes widerlich. Ich fühlte, daß er es war, der das Unglück einer Entdeckung über uns bringen würde. Es hing wie ein Schwert über unsern Häuptern.

Es war, glaube ich, am vierten Tag der Reise (wir kreuzten Schlag um Schlag bei leichtem Wind und ruhiger See an der Ostseite des Golfs von Siam entlang) – am vierten Tag, sagte ich, dieses kläglichen falschen Spiels mit dem Unvermeidlichen, als wir beim Abendessen saßen und dieser Mann, dessen kleinste Bewegung mich in Angst versetzte, die Schüsseln hinstellte und eiligst an Deck lief. Das konnte nicht gefährlich sein. Er kam gleich darauf wieder herunter, und dann stellte sich heraus, daß er sich einer Jacke von mir erinnert hatte, die ich zum Trocknen über die Reling gelegt hatte, nachdem ein

Regenschauer, der am Nachmittag über das Schiff hinweggegangen war, sie durchnäßt hatte.
Ich saß gleichmütig am Kopfende des Tisches und erschrak nicht wenig, als ich das Kleidungsstück über seinem Arm sah. Natürlich ging er auf meine Tür zu. Es war keine Zeit zu verlieren.
»Steward!« donnerte ich. Meine Nerven waren so zerrüttet, daß ich weder meine Stimme beherrschen noch meine Aufregung verbergen konnte. Derlei Dinge waren es, die meinen so schrecklich bärtigen Ersten veranlaßten, mit dem Zeigefinger an seine Stirn zu tippen. Ich ertappte ihn einmal bei dieser Geste, als er an Deck dem Zimmermann etwas vertraulich zuraunte. Ich war zu weit entfernt, um auch nur ein Wort zu verstehen, aber ich zweifelte nicht daran, daß sich diese Gebärde allein auf den merkwürdigen neuen Kapitän beziehen konnte.
»Jawohl, Kapitän!« Resigniert wandte mir der Steward sein blasses Gesicht zu. Sein zunehmend kläglicher Gesichtsausdruck war auf dieses verrückte Hin und Her zurückzuführen: bald wurde er von mir angeschrien, bald ohne Sinn und Verstand aufgehalten, dann trieb ich ihn wieder willkürlich aus meiner Kammer oder rief ihn plötzlich wieder herein und jagte ihn mit unverständlichen Aufträgen aus der Pantry.
»Wohin gehen Sie mit der Jacke?«
»In Ihre Kammer, Kapitän.«
»Kommt da noch ein Schauer?«
»Ich weiß nicht genau. Soll ich wieder an Deck gehen und nachsehen?«
»Nein! Lassen Sie nur.«
Mein Zweck war erreicht, da natürlich mein zweites Ich in der Kammer alles gehört haben mußte, was vorging. Während dieses Zwischenfalls blickten meine beiden Offiziere nicht einmal von ihren Tellern auf, aber die Lippen des Zweiten Offiziers, dieses verdammten Flegels, zitterten sichtlich. Ich nahm

an, der Steward würde meinen Rock hinhängen und gleich wieder herauskommen. Er ließ sich sehr viel Zeit dabei; aber ich war wenigstens so weit Herr meiner Nerven, daß ich ihn nicht zurückrief. Plötzlich merkte ich (man konnte es deutlich genug hören), daß der Kerl aus irgendeinem Grund die Tür zum Bad öffnete. Das war das Ende. Der Raum war buchstäblich nicht groß genug, um sich darin umdrehen zu können. Das Wort erstarb mir in der Kehle, und ich erstarrte am ganzen Körper. Ich war darauf gefaßt, einen überraschten und erschrockenen Ausruf zu hören, und machte eine Bewegung, hatte aber nicht die Kraft, mich zu erheben. Alles blieb still. Hatte mein zweites Ich den armseligen Wicht bei der Kehle? Ich weiß nicht, was ich gemacht hätte, wenn der Steward nicht aus der Kammer gekommen, die Tür geschlossen hätte und dann still bei der Anrichte stehengeblieben wäre.

»Gerettet!« dachte ich. »Doch nein! Verloren! Fort! Er ist fort!« Ich legte Messer und Gabel hin und lehnte mich in meinem Stuhl zurück. Mir schwamm alles vor den Augen. Nachdem einige Zeit verstrichen war und ich mich genügend gefaßt hatte, um mit fester Stimme zu sprechen, gab ich dem Ersten die Order, um acht Uhr über Stag zu gehen.

»Ich komme nicht an Deck«, fuhr ich fort. »Ich glaube, ich lege mich hin, und wenn der Wind nicht umspringt, möchte ich bis Mitternacht nicht gestört werden. Ich fühle mich nicht recht wohl.«

»Sie sahen vor einem Augenblick auch wirklich nicht wohl aus«, bemerkte der Erste Offizier, ohne sich deswegen sehr besorgt zu zeigen. Sie gingen beide hinaus, und ich starrte den Steward an, der den Tisch abräumte. Auf dem Gesicht des armen Kerls war nichts zu lesen. Aber warum wich er meinem Blick aus, fragte ich mich. Dann kam mir der Gedanke, den Klang seiner Stimme hören zu sollen.

»Steward!«

»Kapitän!« kam die Antwort, erschrocken wie gewöhnlich.
»Wo haben Sie den Rock hingehängt?«
»Ins Bad«, – der übliche ängstliche Ton – »Er ist noch nicht ganz trocken.«
Ich blieb noch eine ganze Zeit im Salon sitzen. War mein Doppelgänger verschwunden, so wie er gekommen war? Für sein Kommen gab es eine Erklärung, sein Verschwinden hingegen wäre unerklärlich ... Ich ging langsam in meine dunkle Kammer, schloß die Tür, zündete die Lampe an und wagte eine ganze Zeitlang nicht, mich umzudrehen. Als ich es schließlich tat, sah ich ihn kerzengerade im achteren Teil der Kammer stehen. Ich spräche nicht die Wahrheit, wenn ich sagte, daß es mir einen Schock versetzte, aber mir schoß ein unwiderstehlicher Zweifel an seiner körperlichen Existenz durch den Sinn. Ist es möglich, fragte ich mich, daß er für alle anderen Augen außer meinen unsichtbar ist? Es war, als würde ich von Gespenstern heimgesucht. Regungslos und mit ernstem Gesicht hob er nur die Hände ein wenig zu mir hin, eine Geste, die deutlich besagte: »Mein Gott! Mit knapper Not davongekommen!« In der Tat, mit knapper Not! Ich glaube, ich war dem Wahnsinn langsam nahe. Es war sozusagen diese Geste, die mich davor bewahrte, ganz dem Wahnsinn zu verfallen.
Der Erste mit seinem schrecklichen Bart war jetzt dabei, mit dem Schiff über Stag zu gehen. In dem Augenblick völliger Stille, die immer dann eintritt, wenn die Leute auf ihre Stationen geeilt sind, hörte ich den Ersten mit lauter Stimme rufen: »Ree!« und das ferne Echo der Leute, die den Befehl an Deck wiederholten. Die killenden Segel machten bei der leichten Brise nur wenig Lärm. Langsam hörte er ganz auf, das Schiff drehte auf den andern Bug. In der wieder eingetretenen erwartungsvollen Stille hielt ich den Atem an. Man hätte glauben können, nicht eine einzige lebende Seele sei mehr an Deck. Dann unterbrach plötzlich der energische Ausruf: »Rund

achtern!« die Stille, und unter dem Lärm der Rufe und Schritte der Mannschaft, die mit den Großbrassen längs Deck lief, kamen wir beide unten in meiner Kammer wieder am gewohnten Platz bei meiner Koje zusammen.

Er wartete erst gar nicht meine Frage ab. »Ich hörte ihn hier herumhantieren und konnte mich gerade noch im Bad hinkauern«, flüsterte er mir zu. »Er machte nur die Tür auf und streckte den Arm herein, um die Jacke aufzuhängen. Gleichviel –«

»Daran habe ich nicht gedacht«, gab ich flüsternd zur Antwort. Ich war jetzt noch mehr erschrocken über sein knappes Entrinnen und bestaunte seinen unbeugsamen Charakter, der ihn alles so wunderbar durchstehen ließ. Seine geflüsterten Worte zeigten keine Spur von Erregung. Wer auch immer zur Raserei getrieben wurde, er jedenfalls nicht. Er war bei gesundem Verstand. Und den Beweis hierfür erbrachte er, als er zu flüstern fortfuhr:

»Es wird für mich keinen Zweck haben, jemals wieder ins Leben zurückzukehren.«

Das hätte ein Gespenst sagen können. Doch worauf er anspielte, war das zögernde Zugeständnis seines alten Kapitäns, es könnte Selbstmord gewesen sein. Das schien offenbar seinen Zwecken dienlich – wenn ich überhaupt begriffen hatte, nach welchem Gesichtspunkt er seine unabänderliche Absicht verfolgte.

»Sie müssen mich aussetzen, sobald Sie an die Inseln vor der Kambodscha-Küste herankommen können«, fuhr er fort.

»Sie aussetzen! Wir markieren doch keine kindlichen Abenteuer«, protestierte ich. Verächtlich fuhr er mich flüsternd an: »Das tun wir wahrhaftig nicht, und das hat auch gar nichts mit Kindergeschichten zu tun. Aber es bleibt uns nichts anderes übrig. Mehr will ich gar nicht. Sie glauben doch nicht, daß ich Angst habe vor dem, was mir geschehen kann? Gefängnis oder der Galgen oder was sonst denen beliebt. Aber Sie werden es nicht erleben, daß ich zurückkehre, um einem alten Mann mit einer Perücke und zwölf ehrbaren Krämerseelen solche Dinge zu erklären! Oder? Was wissen die davon, ob ich schuldig bin oder nicht – oder *wessen* ich schuldig bin? Das ist meine eigene Angelegenheit. Was steht in der Bibel? ›Unstet und flüchtig sollst du sein auf Erden.‹ Nun gut, ich flüchte jetzt aus dem Angesicht der Erde. So wie ich nachts gekommen bin, werde ich wieder gehen.«

»Unmöglich!« murmelte ich. »Das können Sie nicht.«

»Kann ich nicht? ... Nicht nackt wie eine Seele am Jüngsten Tag. Ich werde mich an diesen Schlafanzug halten. Noch ist der Jüngste Tag nicht gekommen – und ... Sie haben mich doch richtig verstanden? Nicht wahr?«

Plötzlich schämte ich mich meiner selbst. Ich kann ehrlich sagen, daß ich ihn verstand – und mein Zögern, diesen Mann von meinem Schiff wegschwimmen zu lassen, war eine reine Heuchelei, eine gewisse Feigheit.

»Es kann jetzt nicht vor morgen nacht geschehen«, sagte ich leise. »Das Schiff liegt auf ablandigem Kurs, und der Wind kann abflauen.«

»Wenn ich nur weiß, daß Sie mich verstehen«, flüsterte er. »Aber das tun Sie ja auch. Es ist eine große Beruhigung, jemanden zu haben, der einen versteht. Es scheint, als ob Sie damals absichtlich an der Reling standen.« Und in demselben Ton weiterflüsternd, als sei alles, was wir uns zu sagen hatten, nicht für die Ohren der übrigen Welt bestimmt, fügte er hinzu: »Es ist einfach wunderbar!«

Wir blieben nebeneinander stehen und setzten unsere heimliche Zwiesprache fort. Doch mitunter schwiegen wir oder tauschten erst nach langen Zwischenpausen ein paar geflüsterte Worte. Und wie gewöhnlich starrte er dabei aus dem Bullauge. Dann und wann wehte uns ein Windhauch ins Gesicht.

Das Schiff hätte ebenso im Hafen vertäut liegen können, so sanft glitt es auf ebenem Kiel durchs Wasser, das schattenhaft und stumm wie ein gespensterhafter See trotz unserer Fahrt nicht einmal ein Murmeln vernehmen ließ.
Um Mitternacht ging ich an Deck und brachte zur großen Überraschung meines Ersten Offiziers das Schiff auf den andern Bug. Mit stummer Kritik umwehte mich sein schrecklicher Bart. Ich hätte das Manöver natürlich nicht auszuführen brauchen, wenn es nur darum gegangen wäre, so schnell wie möglich aus diesem verschlafenen Golf herauszukommen. Ich glaube, daß er dem ablösenden Zweiten Offizier erzählte, daß dieses Manöver einen großen Mangel an Urteilsvermögen verrate. Der andere gähnte nur. Dieser unausstehliche Flegel schlurfte so schläfrig umher und rekelte sich so lässig und ungehörig an der Reling, daß ich ihn heftig zusammenstauchte.
»Sind Sie noch nicht richtig wach?«
»Jawohl, Kapitän, ich bin wach.«
»Nun, dann benehmen Sie sich gefälligst auch entsprechend. Und halten Sie gut Ausguck. Wenn wir Strom mit haben, werden wir noch vor Tagesanbruch in die Nähe einiger Inseln kommen.«
Die Ostseite des Golfs ist von Inseln umsäumt, einige liegen dort einzeln, andere in Gruppen. Gegen den blauen Hintergrund der hohen Küste scheinen sie auf silbernen Streifen stillen Wassers zu treiben, schal und grau oder dunkelgrün und kreisrund wie Gruppen immergrünender Büsche; die größeren ein oder zwei Meilen lang mit hügeligen Umrissen und grauen Felsrippen, unter dem feuchten Mantel dichten Gestrüpps. Unbekannt dem Handel und Verkehr, ja, beinahe sogar der Erdkunde unbekannt, bieten sie das ungelöste Rätsel, was für eine Art Leben sie beherbergen. Auf den größten von ihnen muß es Dörfer, zumindest Siedlungen von Fischern geben, und wahrscheinlich wird irgendeine Verbindung mit der

Welt durch Eingeborenenfahrzeuge bestehen. Aber während jenes ganzen Vormittags, als wir, nur von einem Hauch von Brise getrieben, auf sie zusteuerten, sah ich keine Spur von einem Menschen oder Kanu im Blickfeld meines Teleskops, das ich beständig auf die verstreuten Inselgruppen richtete.

Um Mittag gab ich keine Order, den Kurs zu ändern, worauf der bärtige Erste sehr besorgt wurde und sich mir gegenüber in übertriebener Weise bemerkbar zu machen versuchte. Schließlich sagte ich: »Ich werde direkt auf die Küste zuhalten. Direkt darauf zu – solange es geht.«

Ein Blick äußerster Überraschung verlieh sogar seinen Augen einen wilden Ausdruck, und einen Augenblick lang sah er richtig schreckenerregend aus.

»Es hat keinen Zweck, in der Mitte des Golfs zu bleiben«, fuhr ich gleichgültig fort. »Ich werde versuchen, heute Nacht den ablandigen Wind zu erwischen.«

»Ach du meine Güte! Meinen Sie im Dunkeln, Kapitän? Zwischen all den Inseln und Riffs und Untiefen?«

»Nun ja – wenn es an dieser Küste überhaupt eine regelmäßige Landbrise gibt, dann muß man dicht unter Land gehen, um sie auszunützen, oder meinen Sie nicht?«

»Du meine Güte!« rief er nochmals leise aus. Den ganzen Nachmittag über trug er einen verträumten, nachdenklichen Ausdruck zur Schau, was bei ihm ein Kennzeichen von Bestürzung war. Nach dem Essen ging ich in meine Kammer, als beabsichtigte ich, mich etwas auszuruhen. Dort beugten wir beide unsere dunklen Köpfe über eine Seekarte, die halbaufgerollt in meiner Koje lag.

»Hier«, sagte ich, »das muß Koh-Ring sein. Ich habe es schon seit Sonnenaufgang in Sicht. Die Insel hat zwei Hügel und eine flache Landspitze. Sie muß bewohnt sein, und an der gegenüberliegenden Küste scheint die Mündung eines größeren Flusses zu liegen. Zweifellos ist nicht weit flußaufwärts irgendein Ort gelegen. Es ist die beste Chance, die ich für Sie sehen kann.«

»Was es auch sei, meinetwegen Koh-Ring.«

Er blickte nachdenklich auf die Karte, als schätze er die Chancen und Entfernungen von einer hohen Warte aus ab und verfolge dabei mit den Augen seine eigene wandernde Gestalt, wie sie von diesem Blatt Papier aus dem Blickfeld entschwand, in Gebiete, die auf keiner Karte verzeichnet sind. Und es war, als habe das Schiff zwei Kapitäne, die seinen Kurs festlegten.

Ich war an diesem Tage so gereizt und ruhelos treppauf und treppab gelaufen, daß ich nicht mehr die Geduld aufbrachte, mich anzukleiden. Ich blieb im Schlafanzug, mit Strohslippern an den Füßen und einem weichen Hut auf dem Kopf. Die schwüle Hitze im Golf war sehr drückend, und die Mannschaft war es gewöhnt, mich in diesem luftigen Aufzug herumlaufen zu sehen.

»Auf dem Kurs, den wir jetzt anliegen, kommen wir gerade von der Südspitze klar«, flüsterte ich ihm ins Ohr. »Nur Gott weiß, wann; sicherlich jedoch nach Dunkelwerden. Ich werde das Schiff bis auf eine halbe Meile heranbringen, soweit ich das im Dunkel abschätzen kann –«

»Seien Sie vorsichtig«, murmelte er warnend – und mir wurde plötzlich klar, daß meine ganze Zukunft, die einzige Zukunft, für die ich tauglich war, möglicherweise unwiederbringlich ruiniert würde, wenn mir auf meiner ersten Reise als Kapitän etwas passierte. Ich durfte nicht einen Augenblick länger in meiner Kammer bleiben. Mit einem Zeichen forderte ich ihn auf, von der Bildfläche zu verschwinden, und machte mich auf den Weg zur Poop. Die Wache hatte dieser tranige Tolpatsch. Ich ging eine Weile auf und ab und überlegte alles, dann winkte ich ihn heran.

»Schicken Sie ein paar Mann hin und lassen Sie die beiden Achterdeckpforten aufmachen«, sagte ich leichthin.

Er besaß tatsächlich die Unverschämtheit oder vergaß sich vor Verwunderung über diesen unbegreiflichen Befehl so weit, daß er wiederholte: »Die Achterdeckpforten aufmachen! Wozu, Kapitän?«
»Der einzige Grund, der Sie interessieren dürfte, ist, daß ich es Ihnen befehle. Lassen Sie sie weit aufmachen und ordentlich befestigen.«
Er lief rot an und ging weg, aber ich glaube, er machte dem Zimmermann gegenüber eine höhnische Bemerkung über dieses unvernünftige Verfahren, das Achterdeck eines Schiffes zu lüften. Ich weiß, daß er in die Kammer des Ersten Offiziers hineinflitzte, um ihm die Tatsache mitzuteilen, denn der Bakkenbart kam – wie zufällig – an Deck und musterte mich verstohlen von unten bis oben, vermutlich, um Anzeichen von Geistesstörung oder Trunkenheit an mir zu finden.
Kurz vor dem Abendessen kam ich einen Augenblick mit meinem zweiten Ich zusammen. Ich war unruhiger als je zuvor, und ihn so ruhig dasitzen zu sehen, überraschte mich wie etwas Übernatürliches, ja Unmenschliches.
Hastig flüsternd entwickelte ich ihm meinen Plan. »Ich werde so dicht wie möglich unter Land halten und dann über Stag gehen. Jetzt werde ich gleich Mittel und Wege finden, sie von hier in die Segelkoje zu schmuggeln; es besteht eine Verbindung vom Gang aus zu ihr. Aber dort ist eine zweite Öffnung, eine Art viereckige Luke zum Herausholen der Segel, die direkt auf das Achterdeck führt. Sie wird, damit die Segel lüften, bei schönem Wetter nie geschlossen. Sobald das Schiff beim Wenden keine Fahrt mehr hat und alle Mann achtern bei den Großbrassen sind, haben Sie freie Bahn, um herauszuschlüpfen und durch die offenstehende Achterdeckpforte nach außenbords zu kommen. Ich habe beide Pforten hochlaschen lassen. Nehmen Sie einen Tampen und fieren Sie sich damit ins Wasser, Sie wissen ja, um das Aufklatschen zu vermeiden. Das könnte

sonst gehört werden und üble Schwierigkeiten verursachen.«
Er schwieg eine Zeitlang, dann flüsterte er: »Ich habe verstanden.«
»Ich werde nicht dort sein, wenn Sie gehen«, begann ich mühsam. »Das Weitere ... ich hoffe nur, daß auch ich Sie verstanden habe.«
»Das haben Sie. Von Anfang bis zum Ende« – und zum ersten Mal schien seine Stimme unsicher zu werden und etwas zu schwanken, als er das flüsterte. Er ergriff meinen Arm und hielt ihn fest, aber das Läuten der Glocke zum Abendbrot ließ mich auffahren. Er rührte sich jedoch nicht und ließ mich nur los.
Nach dem Abendessen kam ich erst sehr spät, nach acht Uhr, wieder hinunter. Die schwache, stetige Brise war taufeucht, und die nassen, dunklen Segel standen gerade noch voll. Die sternenklare Nacht schimmerte geheimnisvoll, und wie lichtlose, undurchsichtige Flecke trieben die kleinen Inseln vor den niedriger stehenden Sternen vorüber. An Backbord lag etwas weiter entfernt eine größere Insel, die durch ihre großen schattenhaften Umrisse am Himmel noch imposanter wirkte.
Als ich die Tür öffnete, sah ich den Rücken meines zweiten Ichs, das auf eine Seekarte blickte. Er war aus seinem Schlupfwinkel herausgekommen und stand in der Nähe des Tisches.
»Es ist dunkel genug«, flüsterte ich.
Er trat zurück und lehnte sich mit einem gleichmütigen, ruhigen Blick gegen meine Koje. Ich setzte mich auf das Sofa. Wir hatten einander nichts zu sagen. Über unsern Köpfen schritt der wachhabende Offizier hin und her. Dann hörte ich ihn schneller gehen. Ich wußte, was das bedeutete. Er näherte sich dem Niedergang; gleich darauf hörte ich seine Stimme vor meiner Tür. »Wir kommen ziemlich schnell näher unter Land. Es ist schon dicht bei.«
»Schon gut!« antwortete ich. »Ich bin gleich an Deck.«

Ich wartete, bis er aus dem Salon war, dann stand ich auf. Auch mein Doppelgänger erhob sich. Der Augenblick, für unsere letzten geflüsterten Worte war gekommen, denn keiner von uns sollte jemals die natürliche Stimme des andern hören. »Hören Sie!« Ich zog eine Schublade heraus und nahm drei Sovereigns heraus. »Nehmen Sie das auf jeden Fall mit. Ich habe sechs und würde sie Ihnen alle geben, ich muß aber etwas Geld hierbehalten, um für die Besatzung Obst und Gemüse von den Eingeborenenbooten zu kaufen, wenn wir durch die Sunda-Straße kommen.«
Er schüttelte den Kopf.
»Nehmen Sie es«, drängte ich ihn, verzweifelt flüsternd, »niemand weiß, was –«
Er lächelte und klopfte bedeutungsvoll auf die einzige Tasche der Schlafanzugjacke. Natürlich, dort war es nicht sicher. Ich holte ein großes altes Seidentaschentuch von mir, band die drei Goldstücke in eine Ecke und drückte sie ihm in die Hand. Er war darüber gerührt, glaube ich, denn er nahm es schließlich und band es rasch um seine Taille, unter der Jacke, auf die nackte Haut.
Unsere Blicke trafen sich, es vergingen einige Sekunden, bis ich, immer noch Auge in Auge mit ihm, meine Hand ausstreckte und die Lampe löschte. Dann ging ich durch den Salon und ließ meine Kammertür weit offenstehen.
»Steward!«
In seinem Übereifer hielt er sich immer noch in der Pantry auf und putzte als letzte Arbeit vor dem Schlafengehen eine versilberte Menage. Ganz vorsichtig, um den Ersten Offizier nicht aufzuwecken, dessen Kammer gegenüberlag, sprach ich mit gedämpfter Stimme. Ängstlich sah er sich um. »Jawohl, Herr Kapitän.«
»Können Sie mir etwas heißes Wasser aus der Kombüse holen?«

»Ich fürchte, das Feuer in der Kombüse ist jetzt schon lange aus.«
»Gehen Sie nachsehen.«
Er flog den Niedergang hinauf.
»Jetzt«, flüsterte ich laut in den Salon – zu laut vielleicht, da ich Angst hatte, keinen Ton herauszubringen. Sofort stand er neben mir – der doppelte Kapitän schlüpfte an der Treppe vorbei durch einen winzigen dunklen Gang ... eine Schiebetür. Wir waren in der Segelkoje und krochen auf den Knien über die Segel. Plötzlich fuhr mir ein Gedanke durch den Sinn. Ich sah mich selbst mit bloßen Füßen und barhäuptig dahinwandern, während die Sonne auf meinen dunklen Schädel brannte. Ich riß mir den Hut vom Kopf und versuchte schnell im Dunkeln, ihn meinem andern Ich über den Kopf zu stülpen. Er wich mir aus und wehrte stumm ab. Ich möchte wissen, was er von mir dachte, bis er begriff und plötzlich nachgab. Unsere tastenden Hände trafen sich und blieben eine Sekunde lang in einem festen, reglosen Druck vereinigt. Keiner von uns brachte ein Wort heraus, bis wir uns wieder trennten.
Als der Steward zurückkam, stand ich ruhig an der Pantrytür.
»Es tut mir leid, der Kessel ist kaum warm. Soll ich den Spirituskocher anzünden?«
»Nein, lassen Sie es.«
Langsam trat ich auf das Deck hinaus. Es war jetzt eine Gewissenssache, so dicht wie möglich unter Land zu gehen, denn nun mußte er, sobald beim Wenden die Fahrt aus dem Schiff kam, über Bord gehen ... Mußte! Es gab kein Zurück für ihn. Nach einem kurzen Augenblick ging ich nach der Leeseite hinüber, und mir stockte der Atem, als ich dicht vor unserm Bug das Land sah. Unter anderen Umständen wäre ich keinen Augenblick länger auf diesem Bug geblieben. Der Zweite Offizier war mir ängstlich gefolgt.

Ich sah geradeaus, bis ich das Gefühl hatte, daß ich meine Stimme wieder beherrschen würde.
»Vielleicht kommen wir in Luv vorbei«, sagte ich gelassen.
»Wollen Sie das versuchen?« stammelte er ungläubig. Ich beachtete ihn nicht und sagte so laut, daß es der Rudersmann hören konnte: »Halten Sie gut voll.«
»Gut vollhalten, jawohl!«
Der Wind fächelte meine Wange, die Segel schliefen, die Welt war stumm. Der Anblick des dunkel aufragenden Landes, das immer größer und undurchdringlicher wurde, war eine zu große Anspannung für mich. Ich hatte die Augen geschlossen – weil das Schiff noch näher heran mußte. Es mußte! Die Ruhe war unerträglich. Standen wir still?
Als ich die Augen öffnete, blieb mir bei diesem zweiten Hinschauen beinah das Herz vor Schreck stehen. Der schwarze Hügel im Süden von Koh-Ring schien direkt über dem Schiff zu hängen, wie ein aufragender Überrest der ewigen Nacht. In dieser ungeheuren Finsternis war kein Lichtschimmer zu sehen, kein Laut zu hören. Unwiderstehlich glitt das Dunkel auf uns zu und schien schon mit Händen greifbar. Ich sah die undeutlichen Gestalten der Wache mittschiffs zusammenstehen und mit stummem Entsetzen in die Finsternis starren.
»Gehen Sie noch dichter heran, Kapitän?« fragte eine unsichere Stimme neben mir. Ich ignorierte sie. Ich mußte weiter.
»Gut vollhalten! Laß das Schiff jetzt nicht aus der Fahrt kommen«, sagte ich warnend.
»Ich kann die Segel nicht mehr deutlich ausmachen«, antwortete der Rudersmann mit merkwürdig zitternder Stimme.
Waren wir dicht genug heran? Das Schiff war schon, ich will nicht sagen im Schatten, aber im tiefsten Dunkel des Landes, das uns gleichsam aufgesaugt hatte. Wir waren schon zu weit gelaufen, um noch etwas rückgängig machen zu können. Mir war alles entglitten.

»Rufen Sie den Ersten«, sagte ich zu dem jungen Mann, der stumm wie ein Grab neben mir stand. »Und holen Sie alle Mann an Deck!« Meine Stimme hatte durch den Widerhall des hohen Landes einen unnatürlich lauten Klang. »Wir sind alle an Deck«, schrien mehrere Stimmen gleichzeitig.

Dann war es wieder still, und der riesige Schatten glitt näher, stieg immer höher empor, ohne Licht, ohne Laut. Eine solche Stille hatte plötzlich das Schiff überfallen, als sei es ein Nachen des Todes, der langsam durch die Pforte des Erebus gleitet.

»Mein Gott! wo sind wir?«

Es war der Erste, der neben mir stöhnte. Er war wie vom Donner gerührt und gleichsam des moralischen Halts seines Bartes beraubt. Er schlug die Hände zusammen und schrie hemmungslos: »Verloren!«

»Seien Sie ruhig!« sagte ich streng.

Er senkte die Stimme, aber ich sah, wie er verzweifelt gestikulierte. »Was machen wir denn hier?«

»Warten auf den Landwind.«

Er hob die Hände, als wolle er sich die Haare raufen, und redete wie verrückt auf mich ein.

»Wir kommen nie wieder hier heraus. Und das haben Sie verschuldet, Kapitän. Ich wußte, daß es mit so etwas enden würde! Wir kommen niemals in Luv vorbei, und jetzt sind Sie zu dicht unter Land, um noch wenden zu können. Wir treiben auf Grund, ehe das Schiff über Stag ist. O mein Gott!«

Ich bekam seinen erhobenen Arm zu fassen, mit dem er sein armes, dem Untergang geweihtes Haupt zerschmettern wollte, und schüttelte ihn kräftig.

»Wir sitzen schon fest«, jammerte er und versuchte, sich loszureißen.

»Meinen Sie? . . . Halt gut voll, dort!«

»Gut vollhalten«, wiederholte der Rudersmann ängstlich mit kläglicher Kinderstimme.

Ich hatte den Arm des Ersten nicht losgelassen und schüttelte ihn weiter.

»Klar zum Wenden! Hören Sie? Sie gehen nach vorn!«

Ich schüttelte ihn – »und bleiben dort« – ich schüttelte ihn – »und halten den Mund« – ich schüttelte ihn – »und sehen zu, daß die Vorschoten gut überholt werden« – ich schüttelte, schüttelte und schüttelte ihn.

Und während der ganzen Zeit wagte ich einfach nicht, nach dem Land zu blicken, aus Angst, das Herz könnte mir stehenbleiben. Endlich ließ ich ihn los, worauf er nach vorn rannte, als laufe er ums liebe Leben.

Ich hätte gern gewußt, was mein Doppelgänger in der Segelkoje von diesem Aufstand dachte. Er konnte dort alles hören – und verstand vielleicht, warum mir mein Gewissen befahl, keinen Meter weniger unter Land zu gehen.

Mein erster Befehl »Ree!« schallte so unheilverkündend vom turmhohen Schatten Koh-Rings wider, als hätte ich in eine Gebirgsschlucht hineingerufen. Und dann ließ ich die Küste nicht aus Sicht. In dem glatten Wasser und bei dem leichten Wind war es unmöglich festzustellen, ob das Schiff anluvte. Nein! Ich spürte nichts. Und mein zweites Ich war jetzt dabei, hinauszuschlüpfen und über Bord zu gehen. Vielleicht war er schon fort . . .?Die große schwarze Masse über unsern Mastspitzen begann sich schweigend vom Schiff abzudrehen. Und nun vergaß ich den Fremden, der bereit war fortzugehen, und erinnerte mich nur daran, daß ich dem Schiff ein völlig Fremder war. Ich kannte mein Schiff nicht. Würde es über Stag gehen? Wie mußte man es behandeln?

Ich ließ achtern rundholen und wartete hilflos. Vielleicht hatten wir schon keine Fahrt mehr, und das ganze Schicksal des Schiffes hing in der Schwebe unter der schwarzen Masse von Koh-Ring, die wie das Tor der ewigen Nacht über die Heckreling emporragte. Was würde es jetzt machen? Hatte es noch

Fahrt? Ich trat schnell an die Reling, aber nichts war auf dunklem Wasser zu erkennen als ein schwaches phosphoreszierendes Leuchten, das die glasige Glätte der schlafenden Oberfläche verriet. Es war unmöglich, etwas zu erkennen – und ich hatte noch nicht das rechte Gefühl für mein Schiff bekommen. Bewegte es sich noch?

Was ich brauchte, war etwas, das leicht zu erkennen war, ein Stück Papier, das ich über Bord werfen und beobachten konnte. Ich hatte nichts bei mir und wagte nicht hinunterzulaufen, um etwas zu holen. Dazu war jetzt keine Zeit. Da entdeckte plötzlich mein angespannter, verlangender Blick einen weißen Gegenstand, der etwa einen Meter von der Bordwand entfernt trieb. Er schimmerte weiß auf dem dunklen Wasser. Ein phosphoreszierender Schein bewegte sich darunter vorbei. Was für ein Ding war das? . . . Ich erkannte meinen eigenen weichen Hut. Er mußte ihm vom Kopf gefallen sein . . . und er kümmerte sich nicht darum. Nun hatte ich, was ich brauchte – den rettenden Anhaltspunkt für meine Augen. Ich dachte kaum mehr an meinen Doppelgänger, der nun das Schiff verlassen hatte, um sich für immer vor jedem Freundesantlitz zu verbergen, um ein Flüchtling und Vagabund zu sein auf Erden, ohne Kainsmal auf der klugen Stirn, das eine mörderische Hand gehemmt hätte . . . zu stolz, um sich zu rechtfertigen.

Und ich beobachtete den Hut, dieses sichtbare Zeichen meines jähen Mitleids mit dem, was sterblich an ihm war. Er sollte sein heimatloses Haupt vor den Gefahren der Sonne schützen. Und jetzt – siehe da – rettete er das Schiff, indem er mir als Kennzeichen diente, um mir in meiner Unwissenheit und Fremdheit zu helfen.

Ha! Er trieb voraus und warnte mich gerade zur rechten Zeit, daß das Schiff Fahrt achteraus aufgenommen hatte.

»Leg das Ruder andern Weg!« sagte ich leise zu dem Seemann, der reglos wie eine Statue dastand.

Seine Augen blitzten im Schein der Kompaßlampe wild auf, als er auf die andere Seite des Ruders sprang und das Rad herumwirbelte. Ich ging nach vorn an die Poopreling. Auf dem verdunkelten Deck standen alle Mann klar bei den Fockbrassen und warteten auf meinen Befehl. Die Sterne oben schienen von der rechten Seite nach der linken hinüberzugleiten. Und alles war so still auf Erden, daß ich die leise gesprochenen Worte: »Wir sind herum« hören konnte, die zwei Seeleute mit hörbarer Erleichterung wechselten.

»Rund vorn!«

Mit großem Lärm und unter anfeuernden Rufen schwangen die Vorrahen herum. Und nun ließ sich auch der fürchterliche Backenbart hören und gab einige Befehle. Das Schiff hatte wieder Fahrt voraus. Und ich war mit ihm allein! Nichts, niemand in der Welt sollte jetzt zwischen uns stehen, zwischen mir und meinem Schiff! Keiner sollte mehr einen Schatten werfen auf den Weg stummen Verständnisses und schweigender Liebe, dieser vollkommenen Gemeinschaft eines Seemannes mit seinem ersten Kommando.

Als ich an die Heckreling trat, kam ich gerade noch zur rechten Zeit, um einen flüchtigen Schimmer meines weißen Hutes zu erhaschen. Er trieb dort am äußersten Rand des tiefen Schattens jener schwarzen Masse, die der Pforte zum Erebus glich, um die Stelle zu kennzeichnen, wo der geheime Teilhaber meiner Kammer und meiner Gedanken – so, als wäre er mein zweites Ich – sich selbst hinab ins Wasser gefiert hatte, um seine Strafe auf sich zu nehmen: ein freier Mann und ein kühner Schwimmer, der sich einem neuen Schicksal entgegenwarf.

FREYA VON DEN SIEBEN INSELN

Eine Geschichte von seichten Gewässern

I

Eines Tages – und dieser Tag liegt nun schon viele Jahre zurück – erhielt ich einen langen, plauderhaften Brief von einem meiner alten Bekannten, der mit mir in den östlichen Gewässern gefahren hatte. Er war immer noch dort draußen, aber inzwischen seßhaft geworden. Ich stellte ihn mir jetzt als einen Mann mittleren Alters von würdevollem Aussehen und häuslicher Lebensweise vor; kurz, dem gleichen Schicksal verfallen, das wir alle erleiden, außer denen, die früh dahingerafft werden.

Es war ein besinnlicher Brief voller Rückblicke auf vergangene Zeiten, einer jener »Erinnerst Du Dich?«-Briefe. So schrieb er unter anderem: »Du erinnerst Dich doch sicher noch an den alten Nelson.«

An den alten Nelson! Natürlich konnte ich mich an ihn erinnern. Und da muß ich gleich vorausschicken, daß er gar nicht Nelson hieß. Die Engländer dort draußen nannten ihn nur so, weil ihnen »Nelson« mehr zusagte, nehme ich an; und er hat nie dagegen protestiert. Das wäre auch allzu pedantisch gewesen. Mit richtigem Namen hieß er Nielsen. Er war lange vor den Telegrafenkabeln in den Osten gekommen, hatte für englische Firmen gearbeitet, eine Engländerin geheiratet und jahrelang zu uns gehört, die wir Handel treibend in den östlichen Gewässern zwischen den Inseln und in allen Richtungen des Archipels fuhren, kreuz und quer, rundherum, diagonal, rechtwinklig, im Halbkreis, im Zickzack und in Achtform, Jahr für Jahr.

Es gab keine Bucht und keinen Schlupfwinkel in diesen tropischen Gewässern, in die der alte Nelson (oder Nielsen) nicht mit höchst friedfertigem Unternehmungsgeist eingedrungen wäre. Eine Aufzeichnung seiner Fahrten würde die Karte des Archipels wie ein Spinngewebe bedecken – die ganze Karte mit Ausnahme der Philippinen. Um diese Inseln machte er stets einen großen Bogen aus einer merkwürdigen Furcht vor den Spaniern oder, genauer gesagt, vor den spanischen Behörden. Was er eigentlich von ihnen befürchtete, weiß niemand. Vielleicht hat er einmal in seinem Leben ein paar Geschichten von der Inquisition gelesen.

Aber er fürchtete ganz allgemein alles, was er »die Behörden« nannte; nicht die englischen Behörden, zu denen er Vertrauen hatte und die er achtete, sondern die beiden anderen, die in diesem Teil der Welt die Macht hatten. Gegen die Holländer hegte er zwar nicht soviel Abneigung wie gegen die Spanier, dafür war er aber ihnen gegenüber mißtrauischer. Sehr mißtrauisch sogar. Seiner Meinung nach waren die Holländer imstande, jedem Menschen »einen üblen Streich zu spielen«, dem das Unglück widerfuhr, ihr Mißfallen zu erregen. Sie hatten natürlich auch ihre Gesetze und Vorschriften, aber bei ihrer Anwendung fehlte ihnen der Begriff des »fair play«. Es war geradezu mitleiderregend mit anzusehen, wie äußerst behutsam er mit jedem x-beliebigen Beamten umging, wenn man bedenkt, daß dieser Mann dafür bekannt war, mit der allergrößten Ruhe in ein Kannibalendorf Neuguineas hineinzuspazieren – nicht zu vergessen, daß er zeit seines Lebens wohlbeleibt war und, wenn ich mich so ausdrücken darf, einen appetitlichen Leckerbissen abgab –, um irgendeinen kleinen Tauschhandel zu machen, der am Ende nicht mehr als fünfzig Pfund einbrachte.

Und ob ich mich an den alten Nelson erinnerte! Natürlich! Aus meiner Generation hat ihn zwar keiner gekannt, als er noch zur See fuhr. Zu unserer Zeit war er schon »außer

Dienst«. Auf einer kleinen Insel, die einer etwas nördlich von Banka gelegenen Gruppe der sogenannten »Sieben Inseln« angehörte, hatte er vom Sultan ein Stück Land gekauft oder gepachtet. Es war, wie ich annehme, eine rechtmäßige Transaktion; aber ich zweifle nicht, daß die Holländer einen Grund gefunden hätten, ihn ohne weiteres wieder hinauszuwerfen, wenn er ein Engländer gewesen wäre. In dieser Hinsicht kam ihm die richtige Schreibweise seines Namens sehr zustatten. Als anspruchslosen Dänen, der sich sehr korrekt verhielt, ließen sie ihn in Frieden. Und da er sein ganzes Geld zur Kultivierung seines Landes angelegt hatte, war er natürlich darauf bedacht, nicht den leisesten Anstoß bei den Behörden zu erregen, und hauptsächlich aus solchen praktischen Überlegungen heraus war er Jasper Allen nicht wohlgesinnt. Doch davon später. Ja! Man erinnerte sich noch genau an den großen Bungalow, den der gastfreundliche alte Nelson auf einer vorspringenden Landspitze errichtet hatte, an seine behäbige Gestalt, die meist in einem weißen Hemd und einer weißen Hose steckte – er hatte die feste Angewohnheit, beim geringsten Anlaß seine Alpakajacke auszuziehen –, ich erinnerte mich seiner großen blauen Augen, seines struppigen, sandfarbenen Schnurrbartes, der sich wie die Stacheln eines gereizten Igels sträubte, an seine Neigung, sich unversehens hinzusetzen und sich mit dem Hut Luft zuzufächeln. Aber es hat keinen Sinn, die Tatsache zu verbergen, daß es vor allem seine Tochter war, an die man sich noch genau erinnerte. Sie war damals herausgekommen, um ihrem Vater den Haushalt zu führen – und eine Art Herrin der Insel zu sein.
Freya Nelson, oder Nielsen, war ein Mädchen, das man nicht leicht vergißt. Das Oval ihres Gesichts war vollkommen, und die äußerst glückliche Verteilung der Linien und Formen in diesem bezaubernden Rahmen sowie ihr bewundernswerter Teint vermittelten den Eindruck von Gesundheit, Kraft und,

wie ich es nennen möchte, unbewußtem Selbstvertrauen, nämlich einer sehr liebenswürdigen und gleichsam kapriziösen Entschlossenheit. Ich will ihre Augen nicht mit Veilchen vergleichen, weil ihre Farbe von besonderer Schattierung war, nicht so dunkel wie Veilchen, sondern leuchtender. Sie hatte die weit geöffneten Augen, die einen bei jeder Stimmung frank und frei anblicken. Ich habe jedenfalls nie gesehen, daß sie ihre langen, dunklen Wimpern senkte – aber ich darf wohl sagen, daß Jasper Allen diesen Vorzug des öfteren genossen hat, und zweifle nicht, daß dieser Ausdruck in vielerlei Hinsicht sehr reizvoll gewesen sein muß. Sie konnte – so erzählte mir Jasper einmal mit rührender Begeisterung – auf ihrem Haar sitzen. Das glaube ich schon, allerdings war ich nicht dazu auserwählt, solche Wunder zu erblicken. Ich mußte mich damit begnügen, die geschmackvolle, kleidsame Art zu bewundern, mit der sie ihr Haar aufsteckte, ohne die schöne Form ihres Kopfes zu verbergen. Und diese Haarpracht war von einem solchen Glanz, daß es in dem wohltuenden Dämmerlicht der Westveranda, wenn die Jalousien herabgelassen waren, oder im Schatten der beim Haus stehenden Obstbäume wie pures Gold aufleuchtete.

Sie trug meistens ein weißes Kleid. Der Rock hatte Schrittlänge und ließ ihre gepflegten, braunen Schnürschuhe hervorsehen. Wenn sie irgend etwas Farbiges an ihrer Kleidung trug, dann höchstens ein wenig Blau. – Keine Mühe schien ihr zuviel. Ich sah sie einmal nach einer langen Bootsfahrt in der Sonne aus dem Dingi steigen (sie pullte viel allein umher), ohne daß sie heftiger atmete oder daß auch nur ein einziges Haar in Unordnung geraten wäre. Wenn sie morgens auf die Veranda hinaustrat, um den ersten Blick über die See nach Westen, nach Sumatra hin, zu richten, dann sah sie frisch und strahlend wie ein Tautropfen aus. Aber Tautropfen sind vergänglich, und Freya hatte nichts Vergängliches an sich. Ich

sehe sie noch mit ihren kräftigen, runden Armen vor mir, mit den schmalen Handgelenken und den breiten, tüchtigen Händen und schlanken Fingern.
Ich weiß nicht, ob sie wirklich auf See geboren wurde, ich weiß nur, daß sie bis zu ihrem zwölften Lebensjahr bei ihren Eltern an Bord verschiedener Schiffe aufgewachsen ist. Als der alte Nelson seine Frau verlor, wurde es für ihn zu einem ernsten Problem, was er mit dem Mädchen anfangen solle. Sein stummer Gram und seine bedauernswerte Hilflosigkeit rührten eine freundliche Dame in Singapur, und sie erbot sich, Freya zu sich zu nehmen. Diese Regelung dauerte etwa sechs Jahre. Inzwischen hatte der alte Nelson (oder Nielsen) die Seefahrt aufgegeben und sich auf seiner Insel niedergelassen. Man kam überein, zumal da die freundliche Dame nach Europa zurückkehrte, daß seine Tochter jetzt zu ihm ziehe.
Als erste und wichtigste Vorbereitung für dieses Ereignis bestellte der alte Herr bei seinem Agenten in Singapur ein großes Steyn & Ebhart-Klavier. Ich war damals Kapitän eines kleinen Dampfers, der zwischen den Inseln fuhr, und es war mein Los, dieses Klavier zu Nelson hinaus auf die Insel zu bringen. So weiß ich über Freyas Klavier Bescheid. Nur unter großen Schwierigkeiten konnten wir die riesige Kiste auf einem flachen Felsvorsprung inmitten des Gebüsches an Land setzen. Bei diesem seemännischen Unternehmen hätten wir beinahe den Boden eines unserer Boote herausgeschlagen.
Angestrengt wie die alten Ägypter beim Bau der Pyramiden, mühte sich dann die ganze Besatzung einschließlich der Maschinisten und Heizer, unter Anwendung vieler erfinderischer Mittel und mit Hilfe von Rollen, Brechstangen, Taljen und schräggestellten, mit Seife beschmierten Brettern, in der sengenden Sonne damit ab, die Kiste bis an das Haus hinaus in die Ecke der Westveranda zu transportieren, die der eigentliche Salon des Bungalows war. Dort bekamen wir endlich das be-

wundernswerte Monstrum aus Palisanderholz zu sehen, nachdem wir es vorsichtig aus seiner Kiste befreit hatten. In ehrfurchtsvollem Staunen schoben wir es sanft an die Wand und holten dann zum ersten Male an diesem Tage wieder tief Atem. Es war bestimmt der schwerste bewegliche Gegenstand, der seit Erschaffung der Welt auf die Insel gekommen war. Die Klangfülle, die von dem Instrument ausging, das in dem wie ein Resonanzboden wirkenden Bungalow stand, war geradezu erstaunlich. Wohltönend dröhnte es weit hinaus aufs Meer. Jasper Allen erzählte mir, daß er frühmorgens an Deck der ›Bonito‹ – seiner erstaunlich schnellen und schönen Brigg – ganz deutlich hören konnte, wie Freya ihre Tonleitern übte. Der verrückte Kerl ging hier immer viel zu dicht unter Land zu Anker, was ich ihm mehr als einmal vorhielt. Natürlich war die See meist gleichmäßig ruhig, und bei den Sieben Inseln ist es in der Regel besonders windstill und wolkenlos. Aber dennoch ging dann und wann ein Gewittersturm über Banka nieder, oder es fegte sogar eine jener tückischen Sturmböen von der fernen Sumatraküste über die Inselgruppe hinweg und hüllte sie mit ihren Wirbelwinden einige Stunden in einen ungewöhnlich finsteren, blauschwarzen Dunst. Freya pflegte sich dann an ihr Klavier zu setzen und wilde Wagner-Musik zu spielen, während die herabgelassenen Jalousien fürchterlich im Wind klapperten, das ganze Haus im Sturm bebte und die Blitze ringsum zuckten, daß einem die Haare zu Berge standen. Jasper verhielt sich dann reglos auf der Veranda und betrachtete mit bewundernden Blicken die geschmeidig sich hin und her wiegende Gestalt, den wundervollen Glanz ihres blonden Haares, ihre flink über die Tasten gleitenden Hände und ihren weißen Nacken – während die Brigg keine hundert Meter von den gefährlichen, schwarzglänzenden Klippen entfernt unten vor der Landspitze an ihren Ankerketten zerrte. Hu!

Und das alles, man stelle es sich nur vor, bloß damit er nachts, wenn er an Bord kam und den Kopf auf das Kissen legte, das Gefühl hatte, seiner im Bungalow schlummernden Freya so nahe wie nur irgend möglich zu sein. Hat man jemals so etwas erlebt? Und man bedenke, daß diese Brigg einmal ihr Heim sein sollte – das schwimmende Paradies, das er nach und nach wie eine Yacht ausstattete, um damit glückselig mit seiner Freya durchs Leben zu segeln. Dieser Narr! Aber der Kerl riskierte immer alles.

Ich erinnere mich, wie ich eines Tages mit Freya von der Veranda aus die sich vom Norden her der Insel nähernde Brigg beobachtete. Ich nehme an, Jasper hatte das Mädchen in seinem langen Kieker ausgemacht. Und was tat er? Anstatt noch anderthalb Meilen an den Untiefen vorbei auf seinem alten Kurs zu bleiben und dann auf ordentliche seemännische Weise über Stag zu gehen, um den Ankerplatz anzusteuern, nimmt er einen Spalt zwischen zwei abscheulichen alten, zerklüfteten Riffs wahr, legt plötzlich das Ruder über und läßt die Brigg mit killenden Segeln hindurchschießen, daß wir den Lärm des wild hin und her schlagenden Tuches bis auf die Veranda hören können. Mir stockte der Atem, das kann ich Ihnen sagen, und Freya fluchte. Ja! Sie ballte ihre kräftigen Fäuste und stampfte mit ihrem hübschen braunen Schuh auf. »Verdammt«! rief sie, und sah mich dann mit einer leichten Röte im Gesicht an. »Ich hatte ganz vergessen, daß Sie da sind«, bemerkte sie lachend. Natürlich, natürlich, wenn Jasper in Sicht war, konnte man nicht erwarten, daß sie sich noch an irgendeinen anderen Menschen in der Welt erinnerte. Besorgt über diesen verrückten Streich, konnte ich nicht umhin, an ihren vernünftigen, verständnisvollen Menschenverstand zu appellieren.

»Ist er nicht ein Narr?« sagte ich mitfühlend.

»Ein vollkommener Idiot«, pflichtete sie mir herzhaft bei und

sah mich mit ihren großen, ernsten Augen offen an, während sich ein schelmisches Lächeln auf ihren Wangen bildete.
»Und das nur«, betonte ich, »um zwanzig Minuten früher bei Ihnen zu sein.«
Wir hörten den Anker fallen, und dann wurde sie plötzlich sehr resolut.
»Warten Sie einen Augenblick. Ich werde es ihm zeigen.«
Sie lief in ihr Zimmer, schloß die Tür hinter sich und ließ mich mit meinen Anweisungen allein auf der Veranda. Schon lange bevor die Segel der Brigg festgemacht waren, kam Jasper drei Stufen auf einmal heraufgestürmt und sah sich ungeduldig nach allen Seiten um, wobei er ganz vergaß, mir guten Tag zu sagen.
»Wo ist Freya? War sie nicht eben noch hier?«
Als ich ihm erklärte, daß er noch eine ganze Stunde auf Freyas Gegenwart verzichten müsse, »nur um ihm eine Lehre zu erteilen«, sagte er, dazu hätte ich sie ohne Zweifel angestiftet, und er befürchte, eines Tages würde er mich doch noch erschießen müssen. Sie und ich wären schon viel zu dicke Freunde geworden. Dann ließ er sich in einen Sessel fallen und versuchte, mir von seiner Reise zu erzählen. Aber das Merkwürdige dabei war, daß der Kerl tatsächlich Qualen ausstand. Es war ihm anzusehen. Die Stimme versagte ihm, stumm saß er da und blickte nach der Tür mit dem Ausdruck eines Menschen, der wirklich Schmerzen erleidet. Tatsäch ... und noch viel sonderbarer war, schon nach weniger als zehn Minuten kam das Mädchen seelenruhig wieder aus seinem Zimmer. Und da ließ ich die beiden allein. Das heißt, ich ging fort, um den alten Nelson auf der hinteren Veranda aufzusuchen, die sein besonderer Schlupfwinkel war. Ich hatte die löbliche Absicht, ihn in eine Unterhaltung zu verwickeln, damit er nicht im Hause umherstrich und dort unbeabsichtigt störte, wo er gerade nicht erwünscht war.
Er wußte zwar, daß die Brigg angekommen, aber nicht, daß

Jasper schon bei seiner Tochter war. Ich nehme an, er hielt das nicht für möglich in der kurzen Zeit. Ein Vater könnte das auch nicht für möglich halten. Er vermutete lediglich, daß Allen hinter seiner Tochter her war; die Vögel in der Luft und die Fische im Wasser wußten das wie auch die meisten Fahrensleute im Archipel und alle möglichen Einwohner der Stadt Singapur. Nelson selbst war jedoch nicht imstande, klar zu erkennen, inwieweit das Mädchen sich in den Kerl verliebt hatte. Seiner Vorstellung nach war Freya viel zu vernünftig, um sich überhaupt in jemand zu verlieben – ich meine über das kontrollierte Maß hinaus. Nein, das war es nicht, was ihn veranlaßte, sich während Jaspers Besuchen sorgenvoll in seiner bescheidenen Art auf die hintere Veranda zurückzuziehen. Worüber er sich Sorgen machte, waren die holländischen »Behörden«. Denn es war tatsächlich so, daß die Holländer das Tun und Treiben Jasper Allens, des Eigners und Kapitäns der Brigg ›Bonito‹, mit großem Mißtrauen beobachteten. Sie hielten ihn für einen viel zu unternehmungslustigen Küstenfahrer. Ich wüßte zwar nicht, daß er jemals etwas Illegales begangen hätte, aber anscheinend war ihnen seine ungeheure Aktivität bei ihrer eigenen Schwerfälligkeit und langsamen Art in höchstem Grade zuwider. Wie dem auch sei, in den Augen des alten Nelson war der Kapitän der ›Bonito‹ zwar ein tüchtiger Seefahrer und ein netter junger Mann, aber im ganzen genommen keine sehr wünschenswerte Bekanntschaft – eben ein wenig kompromittierend, man begreife! Andererseits mochte er Jasper nicht lang und breit zu verstehen geben, daß er fernbleiben solle, dazu war der alte Nelson selbst ein viel zu netter Kerl. Ich glaube, er würde sogar davor zurückgeschreckt sein, die Gefühle eines kraushaarigen Kannibalen zu verletzen, es sei denn, man provozierte ihn vielleicht allzusehr. Ich meine damit jetzt seine Gefühle, nicht den Körper. Denn gegen Speere, Messer, Beile, Keulen oder Pfeile hatte er oft genug seinen Mann gestanden. In jeder anderen Hinsicht war er eine ängstliche Seele. So saß er mit bekümmerter Miene auf der hinteren Veranda, und jedesmal, wenn die Stimmen seiner Tochter und Jasper Allens ihn erreichten, blies er die Backen auf und ließ dann, wie ein schwergeprüfter Mann, mit einem kläglichen Laut die Luft entweichen.

Natürlich nahm ich seine Befürchtungen, die er mir mehr oder weniger anvertraute, nicht ernst. Er wußte mein Urteil in gewisser Hinsicht zu schätzen und hatte auch eine gewisse Hochachtung nicht etwa vor meinen moralischen Qualitäten, sondern vor den guten Beziehungen, die ich nach seinen Vermutungen zu den holländischen Behörden hatte. Was ich wirklich wußte, war, daß der Gouverneur von Banka, der für Nelson das größte Schreckgespenst darstellte – ein charmanter, etwas hitziger, aber herzlich guter pensionierter Konteradmiral –, entschieden etwas für ihn übrig hatte. Immer wieder gab ich Nelson diese beruhigende Versicherung, die ihn auch vorübergehend etwas froher stimmte. Aber am Ende schüttelte er doch wieder skeptisch den Kopf, als wollte er sagen, daß dies zwar alles schön und gut sei, aber in der Beamtennatur des Holländers gebe es Abgründe, denen kein anderer als er jemals auf den Grund gekommen sei. Es war einfach lächerlich.

Bei der Gelegenheit, von der ich hier spreche, war der alte Nelson sogar so ärgerlich, daß er mitten in unserem Gespräch – ich suchte ihn gerade mit der Geschichte von einem sehr drolligen, etwas skandalösen Abenteuer aufzuheitern, das einer unserer gemeinsamen Bekannten in Saigon erlebt hatte – plötzlich ausrief: »Warum, zum Teufel, kreuzt er immer wieder hier auf?« Er hatte mir natürlich nicht zugehört und kein Wort meiner Erzählung mitbekommen. Das ärgerte mich, weil die Geschichte wirklich gut war. Ich sah ihn groß an. »Na, hören Sie«! rief ich, »wissen Sie wirklich nicht, wozu Jasper Allen hierherkommt?«

Es war das erste Mal, daß ich ganz offen Andeutungen über das wahre Verhältnis zwischen Jasper und seiner Tochter machte. Er nahm es sehr ruhig hin. »Ach, Freya ist ein vernünftiges Mädchen!« murmelte er geistesabwesend. Augenscheinlich beschäftigte sich sein Geist immer noch mit den »Behörden«. Nein, Freya war keine Närrin. Darüber machte er sich keine Sorgen. Das beunruhigte ihn nicht im geringsten. Der junge Mann bedeutete für sie etwas gesellige Unterhaltung. Es war ihr ein Zeitvertreib, nicht mehr.

Als der scharfsinnige Alte mit seinem Gemurmel aufhörte, war alles still im Haus. Die beiden anderen unterhielten sich ganz ruhig und zweifellos sehr herzlich. Was hätte auch fesselnder und weniger geräuschvoll sein können, als Pläne für die Zukunft zu schmieden? Vermutlich saßen sie nebeneinander auf der Veranda, die Blicke auf die Brigg gerichtet, die der Dritte im Bunde dieser reizvollen Partie war. Ohne sie wäre die Zukunft nicht vorstellbar. Sie war das Glück und die Heimat für beide, und ihre große freie Welt. Wer war es, der ein Schiff mit einem Gefängnis verglich? Man mag mich mit Schimpf und Schande an einer Rahnock aufhängen, wenn das wahr ist. Die weißen Segel ihres Schiffes waren die weißen Flügel – Schwingen, glaube ich, wäre poetischer ausgedrückt –, die weißen Schwingen ihrer himmelhochjauchzenden Liebe. Himmelhochjauchzend jedenfalls, soweit es Jasper angeht. Freya verstand es als Frau besser, auch den irdischen Teil ihres Glückes hierbei nicht außer acht zu lassen.

Aber Jasper fühlte sich im wahrsten Sinne des Wortes in eine höhere Sphäre versetzt von dem Tage an, als beide zusammen schweigend die Brigg betrachteten und Allen Freya den Vorschlag machte, das Eigentumsrecht an diesem Schatz mit ihm zu teilen. Es war in einer jener Stunden entscheidenden Schweigens, das allein eine vollkommene Gemeinschaft zwischen zwei mit der Gabe der Sprache bedachten Wesen herzustellen vermag. In Wirklichkeit brachte er ihr damit die Brigg ganz und gar als Geschenk dar. Denn sein ganzes Herz steckte in dem Schiff seit dem Tage, als er es in Manila von einem gewissen Peruaner gekauft hatte, einem Mann mittleren Alters in einem schlichten, schwarzen Anzug, der sehr geheimnisvoll tat und salbungsvoll redete. Soviel ich weiß, hat der Kerl das Schiff wahrscheinlich an der südamerikanischen Küste gestohlen, von wo er, wie er sagte, »aus familiären Gründen« nach den Philippinen gekommen war. Diese Floskel »aus familiären Gründen« war entschieden gut gewählt, denn kein wahrer *caballero* würde nach einer solchen Erklärung weitere Nachforschungen anstellen.

Und Jasper war in der Tat ein wahrer *caballero*. Die Brigg sah damals sehr geheimnisvoll aus; sie hatte einen kohlrabenschwarzen Anstrich und war sehr schmutzig; ein unter Schmutz verborgenes Juwel der See, oder vielmehr ein vernachlässigtes Kunstwerk. Ihr unbekannter Erbauer, der diesen Rumpf aus härtesten Tropenhölzern und reinstem Kupfer zu den herrlichsten Linien zusammengefügt hatte, muß ein wahrer Künstler gewesen sein. Gott allein weiß, in welchem Teil der Welt sie erbaut worden ist. Jasper selbst hatte aus seinem salbungsvollen, verschlossenen Peruaner nicht viel über die Herkunft der Brigg herausbringen können – wer weiß, ob der Kerl überhaupt Peruaner und nicht der Teufel selbst in der Maske des Biedermannes war, wie Jasper oft scherzhaft zu glauben vorgab. Meiner Meinung nach war sie alt genug, um noch aus der Zeit der letzten Seeräuber zu stammen. Vielleicht war sie ein Sklavenschiff oder ein Opiumklipper früherer Zeiten, wenn nicht sogar ein Opiumschmuggler.

Wie dem auch sei, sie war noch so gesund wie an dem Tage, als sie zum ersten Mal zu Wasser ging. Sie segelte verteufelt gut, steuerte wie ein kleines Boot, und wie viele schöne Frauen, die durch ihr abenteuerliches Leben berühmt geworden sind, schien auch die Brigg das Geheimnis ewiger Jugend zu besitzen. Es war daher ganz natürlich, daß Jasper Allen sie wie eine Geliebte behandelte. Und diese Behandlung stellte den Glanz ihrer Schönheit wieder her. Er versah sie mit vielen Anstrichen von allerbester weißer Farbe, die so geschickt, sorgfältig und geradezu künstlerisch aufgetragen und von einer geplagten Mannschaft ausgesuchter Malaien saubergehalten wurde, daß nicht die kostbarste Emaille, wie sie Juweliere verwenden, hätte schöner aussehen und sich sanfter anfühlen können. Eine schmale vergoldete Zierleiste hob ihren eleganten Schwung hervor, so daß sie das zünftige, gute Aussehen jeder Vergnügungsyacht, die in jenen Tagen in die östlichen Gewässer kam, mit Leichtigkeit in den Schatten zu stellen vermochte. Ich selbst, muß ich sagen, ziehe eine Zierleiste von leuchtend roter Farbe auf einem weißen Schiffsrumpf vor. Sie hebt sich schärfer ab und ist außerdem weniger kostspielig. Das sagte ich auch Jasper. Aber nein, es mußte das beste Blattgold sein, denn keine Verzierung war ihm prächtig genug für die künftige Wohnstätte seiner Freya.

Seine Gefühle für die Brigg und für das Mädchen waren so unzertrennlich in seinem Herzen vereint wie zwei in einem Schmelztiegel verbundene kostbare Metalle. Und die Flamme war ziemlich heiß, das kann ich Ihnen versichern. Sie schürte seine innere Rastlosigkeit, die sich sowohl in seiner Aktivität als auch in seinen Wünschen kundtat. Mit seinem überaus feinen Gesicht, seinem seitlich gewellten, dunkelbraunen Haar, seiner schlanken, langgliedrigen Figur, seinen leuchtenden, stahlblauen Augen und seinen raschen, brüsken Bewegungen erinnerte er mich manchmal an eine blitzende Schwertklinge, die fortwährend aus der Scheide herauszückt. Nur wenn er in der Nähe des Mädchens war, wenn er sie ansehen konnte, wich diese eigenartige Spannung einer ernsten, andächtigen Wachsamkeit, der nicht die geringste Bewegung oder Äußerung Freyas entging. Ihre selbstbeherrschte, kühle und resolute Art wie auch ihre Tüchtigkeit und ihr Frohsinn schienen einen beruhigenden Einfluß auf ihn auszuüben. War es der Zauber ihres Gesichts, ihrer Stimme oder ihrer Blicke, der ihn so sanftmütig machte? Es waren doch gerade diese Dinge, sollte man glauben, die seine Phantasie in helle Flammen versetzte – wenn die Liebe der Phantasie entspringt. Aber ich bin nicht der Mann, solche Mysterien zu enthüllen, und es fällt mir jetzt auf, daß wir den alten Nelson vernachlässigt haben, den armen Mann hinten auf der Veranda, der vor lauter Sorgen die Backen aufblies.

Ich erklärte ihm, daß Jasper doch gar nicht ein so häufiger Gast in seinem Hause sei. Er habe viel zuviel mit seiner Brigg im ganzen Archipel zu tun. Aber alles, was der alte Nelson sagte, und das klang sehr beklommen, waren die Worte:

»Ich hoffe nur, daß Heemskirk nicht hier aufkreuzt, wenn die Brigg in der Nähe ist.«

Sich jetzt Heemskirks wegen zu ängstigen! Heemskirk! ... Da konnte man wirklich die Geduld verlieren – –

II

Ich bitte Sie, wer war schon Heemskirk? Man wird sogleich einsehen, wie unbegründet diese Angst vor Heemskirk ... Gewiß, er hatte einen sehr boshaften Charakter, das merkte man sofort, wenn man ihn lachen hörte. Nichts verrät den wahren Charakter eines Menschen mehr als der Klang seines unbedachten Lachens. Aber du meine Güte! Wenn wir bei jedem boshaften Gewieher wie ein Hase beim kleinsten Geräusch aufschrecken wollten, dann würden wir zu nichts anderem mehr taugen, als zu einem Leben in der Einsamkeit einer

Wüste oder der Abgeschiedenheit einer Einsiedelei. Und selbst dort müßten wir uns die unvermeidliche Gesellschaft des Teufels gefallen lassen.

Doch der Teufel ist immerhin eine bedeutende Persönlichkeit, die bessere Tage gesehen hat und in der Hierarchie der himmlischen Heerscharen einen hohen Rang erreicht hat; Heemskirk hingegen, dessen Jugend nicht sehr großartig gewesen sein konnte, war nur ein einfacher Marineoffizier im Alter von vierzig Jahren, der sich keiner besonderen Fähigkeiten oder Beziehungen zu rühmen wußte. Er war der Führer der ›Neptun‹, eines kleinen Kanonenbootes, das die langweilige Aufgabe hatte, in den Gewässern des östlichen Archipels auf und ab zu patrouillieren, um die dort verkehrenden Küstenfahrzeuge zu überwachen. Kein sehr begeisterndes Amt, weiß Gott. Nur ein einfacher Leutnant, der seine fünfundzwanzig Dienstjahre hinter sich hatte und über kurz oder lang pensioniert werden sollte – nicht mehr war er.

Er hat sich niemals viel Gedanken darüber gemacht, was in der Gruppe der Sieben Inseln vorging, bis er, wie ich annehme, durch irgendwelche Gespräche in Mintok oder Palembang erfuhr, daß dort ein hübsches Mädchen lebte. Ich vermute, daß es Neugierde war, die ihn dazu trieb, in dieser Gegend herumzuspionieren, und nachdem er Freya einmal gesehen hatte, machte er es sich zur Gewohnheit, die Inselgruppe jedesmal anzusteuern, wenn er sich eine halbe Tagesreise von dort entfernt mit seinem Schiff aufhielt. Ich will nicht sagen, daß Heemskirk ein typischer holländischer Marineoffizier war. Ich habe genug von ihnen kennengelernt, um nicht in diesen lächerlichen Fehler zu verfallen. Er hatte ein breites, glattrasiertes Gesicht, großflächige, braungebrannte Wangen, eine schmale Hakennase und einen kleinen, dicken Mund. Ein paar Silberfäden durchzogen sein schwarzes Haar, und seine unangenehmen Augen waren auch fast schwarz. Er hatte eine schroffe Art, Blicke seitwärts zu werfen, ohne dabei seinen auf einem kurzen, dicken Hals sitzenden Kopf überhaupt zu bewegen. Sein rundlicher, beleibter Rumpf steckte in einer dunklen Bordjacke mit goldenen Achselstücken und wurde von einem Paar gespreizter, dicker, runder Beine in weißen Drellhosen gestützt. Auch sein runder Schädel sah unter der weißen Mütze ungeheuer dick aus; aber es war Verstand genug darin, um die nervöse Furcht des armen, alten Nelson zu entdecken, die dieser vor allem hatte, was auch nur im Entferntesten nach Behörde aussah, und dieses Wissen nutzte er auf die gemeinste Weise aus.

Heemskirk pflegte an der Landspitze an Land zu gehen und, ehe er das Haus betrat, stillschweigend überall auf der Plantage herumzuspazieren, als ob ihm das ganze Anwesen gehöre. Auf der Veranda nahm er dann den besten Stuhl für sich in Anspruch und blieb einfach zum Mittagessen oder zum Abendbrot da, ohne es für nötig zu halten, hierüber auch nur ein Wort zu verlieren.

Allein wegen seines Benehmens Freya gegenüber hätte er einen Fußtritt verdient gehabt. Wäre er ein nackter, mit Speeren und vergifteten Pfeilen bewaffneter Wilder gewesen, hätte sich der alte Nelson mit bloßen Fäusten auf ihn gestürzt. Aber diese goldenen Achselsücke – noch dazu holländische Achselstücke – genügten, um den Alten zu terrorisieren; und so ließ er sich von dem Burschen, der seine Tochter mit den Augen verschlang und langsam seinen kleinen Weinvorrat austrank, auch noch mit größter Verachtung behandeln.

Nachdem ich das einige Male beobachtet hatte, machte ich bei Gelegenheit den Versuch, mich dazu kritisch zu äußern. Es war geradezu mitleiderregend, die auflodernde Angst in den runden Augen des alten Mannes zu sehen. Seine erste Reaktion war, laut zu verkünden, der Leutnant sei ein guter Freund von ihm, ein sehr netter Mensch. Als ich ihn jedoch weiter scharf anblickte, wurde er unsicher und mußte zugeben, daß Heemskirk äußerlich wohl keinen sehr freundlichen Eindruck macht, aber gleichviel im Grunde – –

»Ich bin hier draußen noch keinem freundlichen Holländer begegnet«, unterbrach ich ihn. »Aber Freundlichkeit ist schließlich nicht von ausschlaggebender Bedeutung, merken Sie denn nicht –«

Nelson sah plötzlich über das, was ich sagen wollte, so erschrocken aus, daß ich es nicht übers Herz brachte, weiterzusprechen. Ich wollte ihm natürlich sagen, daß der Kerl hinter seiner Tochter her sei. Damit wäre die Sache richtig ausgedrückt. Was Heemskirk erwartete oder zu tun beabsichtigte, kann ich nicht sagen. Wer weiß, vielleich hielt er sich für unwiderstehlich oder Freya wegen ihres lebhaften, selbstbewußten und ungezwungenen Auftretens für etwas ganz anderes, als sie in Wirklichkeit war. Jedenfalls war er hinter ihr her. Auch Nelson konnte das nicht entgangen sein, nur, er wollte es nicht sehen, und er wollte auch nicht, daß man es ihm sagte.

»Ich will nur in Ruhe und Frieden mit den holländischen Behörden leben«, murmelte er kleinlaut.

Er war unverbesserlich, und er tat mir leid. Ich glaube bestimmt, auch Freya bedauerte ihren Vater. Sie hielt sich seinetwegen sehr zurück, und wie alles, was sie tat, geschah auch das auf ganz schlichte, ungekünstelte und sogar gutmütige Art und Weise. Aber das kostete sie nicht wenig Mühe, denn Heemskirks Aufmerksamkeiten hatten einen Anflug unverschämter Geringschätzung, die schwer zu ertragen war. Holländer seines Schlages benehmen sich gegenüber Untergeordneten arrogant, und dieser königliche Offizier betrachtete Nelson und Freya als zwei in jeder Hinsicht unter ihm stehende Personen.

Ich kann nicht sagen, daß mir Freya besonders leid tat. Sie

gehörte nicht zu den Mädchen, die etwas tragisch nehmen. Man konnte sich in ihre Lage versetzen und ihre Schwierigkeiten nachempfinden, doch sie schien jeder Situation gewachsen zu sein. Ihre gelassene Ruhe und Heiterkeit waren eher bewundernswert. Nur wenn Jasper und Heemskirk gleichzeitig im Hause waren, wie es ab und zu vorkam, spürte sie die Spannung, aber selbst dann wäre es keinem aufgefallen. Ich allein entdeckte den leichten Schatten, der auf den strahlenden Glanz ihrer Persönlichkeit fiel. So konnte ich einmal nicht umhin, ihr anerkennend zu sagen:

»Sie sind wirklich großartig.«

Mit einem schwachen Lächeln nahm sie es hin.

»Die Hauptsache ist, daß Jasper daran gehindert wird, Dummheiten zu machen«, sagte sie, und ich konnte aufrichtige Besorgnis in den stillen Tiefen ihrer klaren Augen lesen, die mich offen anblickten. »Sie werden mir helfen, ihn zu besänftigen, nicht wahr?«

»Natürlich müssen wir ihn von Dummheiten abhalten«, erklärte ich ihr, da ich ihre Besorgnis sehr gut verstehen konnte. »Er ist wie ein Verrückter, wenn man ihn reizt.«

»Ja, das ist er!« pflichtete sie mir mit sanfter Stimme bei, denn es war ja mehr Scherz, daß wir Jasper so heruntermachten. »Ich habe ihn aber schon etwas zahmer gemacht. Er ist jetzt ein ganz braver Junge.«

»Trotzdem würde er Heemskirk wie einen Kakerlaken zerquetschen«, bemerkte ich.

»Ganz sicher!« murmelte sie, »und das geht nicht«, fügte sie schnell hinzu. »Stellen Sie sich nur vor, in welche Lage der arme Papa geraten würde. Außerdem möchte ich die Herrin der geliebten Brigg werden und hier in diesen Gewässern bleiben und nicht einige tausend Meilen von hier entfernt umhersegeln.«

»Je eher Sie an Bord gehen und sich um Jasper und die Brigg

kümmern, desto besser«, sagte ich ernst. »Beide brauchen Sie, um ein bißchen auf geradem Kurs zu bleiben. Ich glaube nicht, daß Jasper Vernunft annimmt, ehe er Sie nicht von dieser Insel fortgebracht hat. Sie kennen ihn nicht so, wie ich ihn kenne, wenn er nicht bei Ihnen ist. Er ist dann ständig in einem solch erregten Zustand, daß ich richtig erschrocken bin.«

Als ich das sagte, lächelte sie wieder und wurde dann ernst. Es konnte ihr ja nicht unangenehm sein, ihren Einfluß auf Jasper von mir bestätigt zu hören, und sie war sich ihrer Verantwortung bewußt.

Plötzlich entschwand sie, als Heemskirk, begleitet vom alten Nelson, die Stufen der Veranda heraufkam. Sowie sein Kopf in Fußbodenhöhe war, schossen die boshaften Blicke aus seinen schwarzen Augen suchend hin und her.

»Wo ist Ihre Tochter, Nelson?« fragte er in einem Ton, als ob ihm jede Seele in dieser Welt gehöre. Und dann zu mir gewandt: »Die Göttin ist wohl geflüchtet?«

Nelsons Bucht, wie wir sie zu nennen pflegten, war an diesem Tage voll von Schiffen. Einmal lag dort mein Dampfer, weiter draußen das Kanonenboot ›Neptun‹ und schließlich die Brigg ›Bonito‹, die wie üblich so dicht unter Land zu Anker gegangen war, daß man den Eindruck hatte, mit etwas Geschick und Verstand könnte man einen Hut von der Veranda auf ihr sauber gescheuertes Achterdeck schleudern. Ihr Messing blitzte wie Gold, und ihr weißer Außenbordanstrich glänzte wie Seide. Der Fall ihrer gefirnißten Masten mit den schweren Rahen, die haargenau vierkant gebraßt waren, verliehen ihr das Aussehen eines eleganten Marinefahrzeuges. Sie war eine Schönheit. Kein Wunder, daß der Besitz eines solchen Fahrzeuges und die Aussicht auf die Hand eines Mädchens wie Freya Jasper in einen Zustand dauernder freudiger Erregung versetzten, in einen Zustand, der zum siebten Himmel paßt, in unserer Welt aber nicht ganz ohne Gefahren ist.

Höflich sagte ich zu Heemskirk, daß Freya zweifellos häusliche Angelegenheiten zu erledigen habe, da drei Gäste im Hause seien. Ich wußte natürlich, daß sie, um Jasper zu treffen, nach einer bestimmten lichten Stelle am Ufer des einzigen Flusses auf Nelsons kleiner Insel gegangen war. Der Kommandant der ›Neptun‹ warf mir einen skeptischen, finsteren Blick zu und begann sich häuslich niederzulassen, indem er seinen massigen, tonnenähnlichen Körper in einen Schaukelstuhl fallen ließ und den Rock aufknöpfte. In seiner äußerst bescheidenen Art setzte sich der alte Nelson ihm gegenüber und starrte ihn ängstlich mit runden Augen an, wobei er sich mit seinem Hut Luft zufächelte. Um die Zeit zu vertreiben, versuchte ich ein Gespräch anzuknüpfen, was keine leichte Aufgabe bei diesem mürrischen, verliebten Holländer war, der fortwährend von einer Tür nach der anderen blickte und alle Annäherungsversuche entweder mit einer spöttischen Bemerkung oder mit einem Grunzen beantwortete.
Gleichwohl ging der Abend ganz gut vorüber. Glücklicherweise kann die Seligkeit einen solchen Grad äußerster Intensität erreichen, daß sie sich nicht mehr in Erregung äußert. Jasper blieb ruhig und konzentrierte sich ganz darauf, Freya schweigend zu beobachten. Als wir dann an Bord unserer Schiffe gingen, bot ich Jasper an, ihn am nächsten Morgen mit seiner Brigg hinauszuschleppen. Das tat ich mit Absicht, um ihn so früh wie möglich von diesem Platz wegzubringen. So passierten wir beim ersten Strahl der kühlen Morgendämmerung das Kanonenboot, als es noch dunkel und regungslos, ohne einen Laut an Bord, am Ausgang der spiegelglatten Bucht lag. Doch mit tropischer Schnelligkeit war die Sonne schon um das Zweifache ihres Durchmessers über den Horizont gestiegen, bevor wir das Riff umrundet hatten und querab von der Landspitze waren. Dort stand Freya auf dem größten Felsblock, ganz in Weiß gekleidet mit einem Tropenhelm

auf dem Kopf, wie eine kriegerische weibliche Statue mit einem rosigen Gesicht, das ich gut durch mein Fernglas erkennen konnte. Sie ließ ihr Taschentuch heftig im Wind flattern, und Jasper, der in den Großtopp seiner blitzblanken, weißen Brigg aufenterte, winkte mit dem Hut zurück. Kurz darauf trennten wir uns. Ich lief nach Norden, und Jasper ging mit leichter Backstagsbrise auf östlichen Kurs, um auf dieser Reise Banjermassin, glaube ich, und zwei weitere Häfen anzulaufen. Es war das letzte Mal, daß ich diese Menschen friedlich beisammen sah: Die bezaubernde, lebhafte und resolute Freya, den mit seinen großen Augen unschuldig blickenden alten Nelson und den langgliedrigen, stürmischen Jasper mit dem schmalen Gesicht, bewundernswert beherrscht in seiner Art, weil er sich unter den Augen seiner Freya unsagbar glücklich fühlte. Alle drei groß, blond und blauäugig in verschiedenen Schattierungen und dazwischen der dunkelhäutige, arrogante, schwarzhaarige Holländer, fast einen Kopf kleiner und weitaus dicker als alle anderen, wodurch der Eindruck entstand, er sei ein Geschöpf, das sich selbst aufblähen konnte, ein groteskes Exemplar des menschlichen Geschlechts von einem anderen Planeten. Dieser Kontrast fiel mir plötzlich auf, als wir nach dem Essen auf der erleuchteten Veranda standen. Den ganzen Abend hielt er mich in seinem Bann, und heute noch erinnere ich mich an meinen Eindruck, in dem sich Belustigung und die Ahnung drohenden Unheils mischten.

III

Als ich einige Wochen später von einer Reise nach dem Süden in Singapur einlief, sah ich die Brigg in gewohnter Symmetrie und Pracht vor Anker liegen, als habe man sie gerade aus einer Vitrine genommen und behutsam ins Wasser gesetzt.

Sie lag weit draußen auf Reede, ich aber dampfte in den Hafen und ging auf meinem gewohnten Platz dicht vor der Stadt zu Anker. Als wir noch beim Frühstück saßen, meldete mir ein Quartiermeister, daß Kapitän Allens Boot auf uns zusteuere.

Seine schnittige Gig schoß längsseits, und mit zwei Sätzen kam Allen das Fallreep heraufgestürmt. Während er mich mit seinem nervösen Händedruck begrüßte, sah er mich mit forschenden Blicken an, denn er vermutete, daß ich auf der Reise die Sieben Inseln angelaufen hatte. Ich zog einen sauber gefalteten kleinen Brief aus der Tasche; er riß ihn mir ohne weitere Umstände aus der Hand und eilte damit auf die Brücke, um ihn allein zu lesen. Nach einer angemessenen Zeitspanne folgte ich ihm nach und fand ihn auf der Brücke erregt hin und her laufen. Es lag in seiner Natur, daß ihn Gemütsbewegungen selbst in den nachdenklichsten Augenblicken in Unruhe versetzten.

Triumphierend rief er mir zu:

»Nun, mein Lieber, jetzt werde ich bald die Tage zählen können!«

Ich wußte, was er damit meinte. Die jungen Leute hatten schon lange beschlossen, einfach durchzubrennen und ohne Formalitäten zu heiraten. Es war eine ganz konsequente Entscheidung. Der alte Nelson würde niemals eingewilligt haben, seine Freya diesem ihn so sehr kompromittierenden Jasper im Guten zu überlassen. Um Gottes willen! Was würden die holländischen Behörden zu einem solchen Paar sagen! Es klingt beinahe lächerlich. Aber es gibt nichts Selbstsüchtigeres und Engherzigeres auf der Welt als einen ängstlichen Mann, der um sein »kleines Besitztum« fürchtet, wie der alte Nelson die Plantage gewissermaßen entschuldigend zu nennen pflegte. Ein Herz, das von einer solchen Angst erfüllt ist, bleibt gegen alle Vernunftgründe, gegen jedes Gefühl und jeden Spott unempfindlich. Es wird zu einem Stein.

Jasper hätte dennoch um Freya angehalten und danach so oder so seinen Willen durchgesetzt; aber es war Freya, die entschied, daß nichts gesagt werden sollte, »weil Papa sich zu Tode ängstigen würde«. Er sei imstande, darüber krank zu werden, und dann würde sie es nicht übers Herz bringen, ihn zu verlassen. Darin zeigten sich die gesunde Vernunft weiblicher Lebensauffassung und der Freimut weiblichen Urteils. Im übrigen las Freya in ihrem »armen lieben Papa«, wie eine Frau in einem Mann liest – als einem offenen Buch. Wäre seine Tochter erst einmal fort, dann würde sich der alte Nelson keine Sorgen mehr machen. Er würde zwar ein großes Geschrei erheben und endloses Wehklagen. Aber das ist etwas anderes. Die wirklichen Qualen der Unentschlossenheit und die Pein widerstreitender Gefühle blieben ihm erspart. Und da er zu bescheiden und anspruchslos war, um richtig wütend zu werden, würde er sich nach einiger Zeit wieder beruhigen, sich seinem »kleinen Besitztum« widmen und alles versuchen, das gute Verhältnis mit den Behörden aufrechtzuerhalten.
Die Zeit würde ein übriges tun. Und Freya dachte, sie könnte schon warten, während sie in ihrem eigenen Heim auf der schönen Brigg herrschte und über den Mann, den sie liebte. Das war das richtige Leben für sie, die auf dem Deck eines Schiffes das Gehen gelernt hatte. Sie war ein Seemannskind, ein Mädchen der See, wie es nur je eins gegeben hat. Und natürlich liebte sie Jasper und vertraute ihm, aber auf dieses stolze Gefühl fiel ein Schatten von Sorge. Es ist sehr schön und romantisch, eine scharfgeschliffene und zuverlässige Schwertklinge sein eigen zu nennen, aber es ist eine andere Frage, ob dies auch die beste Waffe ist, die Keulenschläge des Schicksals abzuwehren.
Freya hatte die vollere Substanz von beiden, das wußte sie. Darüber braucht man keinen billigen Witz zu machen – ich spreche nicht vom Körpergewicht. Sie war nur etwas in Sorge,

wenn Jasper unterwegs war. Aber da war ich noch, ihr erprobter Vertrauter, der sich die Freiheit nahm, ihm immer wieder zuzuflüstern, »je früher, um so besser«. Aber sie hatte eine gewisse halsstarrige Art, und der Grund für ihr Zögern war charakteristisch für sie. »Nicht vor meinem einundzwanzigsten Geburtstag, damit kein Irrtum entsteht und die Leute etwa denken, ich sei nicht alt genug, um zu wissen, was ich tue.«
Jasper war gefühlsmäßig so abhängig von ihr, daß er gegen diesen Beschluß niemals Einwendungen erhob. Sie war einfach großartig, was auch immer sie machte oder sagte, und damit war für ihn die Sache erledigt. Ich glaube sogar, daß er sich, durchaus fein empfindend, im Grunde seines Herzens zuweilen ein wenig geschmeichelt fühlte. Zum Troste hatte er dann ja noch die Brigg, die vom Geiste Freyas durchdrungen schien, da allem, was er an Bord tat, seine Liebe die höchste Bestätigung gab.
»Ja, ich werde bald anfangen, die Tage zu zählen«, wiederholte er. »Noch elf Monate. In der Zeit muß ich noch drei Reisen schaffen.«
»Seien Sie vorsichtig, muten Sie sich nicht zuviel zu«, ermahnte ich ihn. Doch lachend ging er mit einer übermütigen Geste über meine Warnung hinweg. Pah! Was sollte schon der Brigg passieren. Nichts, gar nichts! rief er, als ob die Glut seines Herzens die dunklen Nächte in unvermessenen Gewässern erhellen und das Bild Freyas ihm als Leitstern zwischen verborgenen Untiefen dienen könnte; als ob der Wind seiner Zukunft untertan und die Sterne auf ihren Wegen für ihn kämpfen müßten; als ob ein Schiff durch die Zauberkraft seiner Leidenschaft auf einem Tautropfen schwimmen und durch ein Nadelöhr zu segeln vermöchte – nur weil es dieses Schiffes herrliches Los war, Diener einer gnadenreichen Liebe zu sein, die alle Wege der Erde sicher, strahlend und leicht macht.
»Ich vermute«, sagte ich, nachdem er aufgehört hatte, über

meine ganz arglosen Bemerkungen zu lachen, »ich vermute, Sie werden heute auslaufen.«

Ja, das habe er vor. Er sei nur deshalb bei Tagesanbruch nicht ausgelaufen, weil er mich erwartet hatte.

»Aber stellen Sie sich nur vor, was gestern passiert ist«, fuhr er fort, »mein Steuermann hat mich plötzlich verlassen. Er mußte gehen. Und da ich in der kurzen Zeit niemand auftreiben konnte, werde ich Schultz mitnehmen. Den berüchtigten Schultz! Warum fahren Sie nicht aus der Haut? Ich sage Ihnen, ich bin überall herumgelaufen und habe ihn schließlich gestern spätabends nach endlosen Mühen aufgestöbert. ›Jawohl Herr Kapitän, ich komme‹, sagte er mit seiner wunderbaren Stimme, ›aber ich muß leider gestehen, daß ich faktisch so gut wie gar nichts anzuziehen habe. Ich mußte mein ganzes Zeug verkaufen, um von einem Tag auf den nächsten wenigstens etwas zu essen zu haben.‹ Was der Mann für eine Stimme hat! Steine könnte man damit erweichen! Aber die Leute scheinen sich daran zu gewöhnen. Ich bin ihm vorher nie begegnet, und glauben Sie mir, ich spürte plötzlich, wie mir die Tränen in die Augen traten. Zum Glück war es dunkel. Er saß, dünn wie eine Latte, ganz ruhig unter einem Baum in einer Eingeborenensiedlung, und als ich ihn mir genauer ansah, stellte ich fest, daß alles, was er anhatte, ein altes baumwollenes Unterhemd und ein zerrissener Pyjama waren. Ich kaufte ihm sechs weiße Anzüge und zwei Paar Segeltuchschuhe. Ohne Steuermann kann ich das Schiff ja nicht ausklarieren. Ich muß jemand haben. Ich gehe jetzt gleich an Land, um ihn anzumustern, und nehme ihn mit an Bord, wenn ich zurückgehe, um dann sofort auszulaufen. Nun, bin ich verrückt oder nicht? Verrückt natürlich! Schimpfen Sie nur ordentlich. Nehmen Sie kein Blatt vor den Mund. Meinetwegen können Sie sich gerne aufregen.«

Da er augenscheinlich erwartete, ich würde mit ihm schimpfen, machte es mir besonderen Spaß, übertriebene Ruhe und Gleichgültigkeit zur Schau zu tragen.

»Das Schlimmste, was man gegen Schultz vorbringen kann«, begann ich, wobei ich die Arme kreuzte und ganz gelassen sprach, »ist die üble Angewohnheit, daß er von jedem Schiff, auf dem er bisher war, Bordeigentum entwendet hat. Er tut es immer wieder. Das ist alles, was man ihm nachsagen kann. Ich glaube nicht recht an die Geschichte, die Kapitän Robinson erzählt, wonach Schultz in Chantabun sich mit einigen Halsabschneidern auf einer chinesischen Dschunke zusammengetan haben soll, um den vor der Klüse hängenden Steuerbord-Buganker des Schoners ›Bohemian Girl‹ zu stehlen. Robinsons Geschichte ist völlig unwahrscheinlich. Viel glaubwürdiger ist jene andere Geschichte von den Ingenieuren der ›Nan-Shan‹, die Schultz um Mitternacht im Maschinenraum antrafen, als er damit beschäftigt war, auf den Lagerschalen herumzuhämmern, um sie an Land zu schaffen und dort zu verkaufen. Von dieser kleinen Schwäche abgesehen, ist Schultz, das sage ich Ihnen, ein besserer Seemann als manch anderer, der nie in seinem Leben einen Tropfen Alkohol getrunken hat, und moralisch ist er vielleicht nicht schlechter als einige Männer, von denen wir genau wissen, daß sie niemals etwas gestohlen haben, das auch nur einen Penny wert war. Er mag wohl an Bord nicht gerade erwünscht sein, aber wenn man keine Wahl hat, wird es wohl mit ihm gehen, glaube ich. Das Wichtigste ist, ihn genau zu kennen. Geben Sie ihm kein Geld, ehe die Reise zu Ende ist, nicht einen Cent, und wenn er Sie noch so sehr darum bittet, denn in dem Augenblick, in dem Sie ihm Geld geben, wird er todsicher anfangen zu stehlen. Denken Sie daran.«

Jaspers ungläubiges Erstaunen machte mir richtig Spaß.

»Den Teufel wird er!« rief er aus. »Wozu in aller Welt? Sie wollen mich wohl zum Narren halten, alter Knabe?«

»Nein, das will ich nicht. Sie müssen die Mentalität dieses Mannes verstehen. Er ist weder ein Faulenzer noch ein Schmarotzer. Es liegt ihm nicht, herumzulaufen und nach jemand auszuschauen, der ihm etwas zum Trinken spendiert. Aber angenommen, er geht mit fünf Dollar oder meinetwegen mit fünfzig Dollar in der Tasche an Land, was passiert? Nach dem dritten oder vierten Glas ist er betrunken und wird freigebig. Er wirft dann mit seinem Geld umher oder verteilt alles unter seinen Trinkkumpanen, an irgendwelche Leute, die es haben wollen. Dann fällt es ihm ein, daß es noch früh am Tage ist und er bis zum nächsten Morgen für sich und seine Freunde noch allerhand zu trinken braucht. In heiterer Stimmung macht er sich so auf den Weg nach seinem Schiff. Er wird dabei nie wie andere Menschen unsicher auf den Beinen oder benommen im Kopf. An Bord kriegt er den ersten besten Gegenstand zu fassen, der ihm geeignet erscheint: die Kajütslampe, eine Trosse Tauwerk, einen Sack Biskuits oder eine Kanne Öl, die er dann ohne Bedenken zu Geld macht. So und nicht anders geht das immer vor sich. Sie müssen nur aufpassen, daß er gar nicht erst in Versuchung gerät. Das ist alles.«
»Zum Teufel mit seiner Mentalität«, murmelte Jasper. »Ein Mann mit einer Stimme, wie er sie hat, ist doch imstande, mit den Engeln Zwiesprache zu halten. Glauben Sie nicht, daß er zu heilen ist?«
»Ich glaube es leider nicht«, sagte ich. Niemand habe ihn bisher angeklagt, aber kein Mensch würde ihn länger beschäftigen. Am Ende, so fürchte ich, werde er in irgendeiner Höhle oder sonstwo Hungers sterben.
»Na gut«, überlegte Jasper, »die ›Bonito‹ läuft keine Häfen in zivilisierten Gegenden an. Da wird es ihm leichter fallen, auf geradem Weg zu bleiben.«
Das stimmte. Die Brigg lief unzivilisierte Gegenden an, wo obskure Rajahs in fast unbekannten Buchten lebten; sie segel-

te zu Eingeborenensiedlungen an den Ufern geheimnisvoller Flüsse, deren von düsteren Wäldern umsäumte Mündungen voller fahler, grüner Riffe und verwirrender Sandbänke waren; zu einsamen Meerengen, deren glattes blaues Wasser im Sonnenschein glitzerte. Allein, weit ab von den üblichen Dampferrouten, glitt die ›Bonito‹ in ihrem strahlenden Weiß dahin, umrundete dunkle Vorgebirge, kam lautlos wie ein Gespenst hinter Landspitzen hervor, die sich tiefschwarz im Mondenschein ausbreiteten, oder sie lag wie ein schlafender Seevogel beigedreht im Schatten eines namenlosen Berges, auf ein Zeichen zum Aufbruch wartend. An trüben, stürmischen Tagen konnte man plötzlich einen Blick von ihr erhaschen, wie sie die kurzen, angriffslustigen Wellen der Java-See hochmütig zur Seite schleuderte; oder sie kam in weiter Ferne als ein winziger strahlend weißer Fleck in Sicht, der vor einer dunklen Masse purpurner Gewitterwolken vorüberzog, die sich über dem Horizont auftürmten. Manchmal, auf den wenigen Routen der Postdampfer, wo die Zivilisation die geheimnisvolle Wildnis streift, drängten sich die naiven Passagiere an die Reling, während sie interessiert auf die Brigg zeigten: »Oh, eine Yacht!« Worauf der holländische Kapitän mit einem feindseligen Blick verächtlich zu brummen pflegte: »Yacht! Nein! Das ist nur der Engländer Jasper. Ein kleiner Hausierer –«

»Ein guter Seemann, sagen Sie«, warf Jasper hin, der in Gedanken immer noch bei dem hoffnungslosen Schultz mit der wundervollen, ergreifenden Stimme war.

»Ein erstklassiger Seemann, fragen Sie, wen Sie wollen. Gut zu gebrauchen – nur ein unmöglicher Mensch«, erklärte ich.

»Auf der Brigg soll er die Chance bekommen, es besser zu machen«, sagte Jasper lachend. »Dorthin, wo es dieses Mal geht, kommt er nicht in Versuchung, zu trinken oder zu stehlen.«

Ich drang nicht weiter in Jasper, mir Näheres hierüber zu erklären. Vertraut, wie wir miteinander waren, hatte ich eine ziemlich klare Vorstellung von dem allgemeinen Gang seiner Geschäfte.

Als wir in seiner Gig an Land fuhren, fragte er jedoch plötzlich: »Wissen Sie übrigens, wo Heemskirk ist?«

Ich sah ihn heimlich an und war beruhigt. Er hatte die Frage nicht als Liebhaber, sondern als Geschäftsmann gestellt. Ich sagte ihm, daß ich in Palembang erfahren hätte, die ›Neptun‹ sei auf Patrouillenfahrt unten in der Gegend von Flores und Sumbawa, weitab von seiner Reiseroute also, worauf er sich sehr befriedigt zeigte.

»Wissen Sie«, fuhr er fort, »wenn der Kerl an die Borneo-Küste kommt, macht er sich einen Spaß daraus, meine Baken umzuwerfen. Ich mußte einige als Marken beim Ein- und Auslaufen in den Flüssen aufstellen. Ein Händler aus Celebes hat ihn in diesem Frühjahr dabei beobachtet, als er mit seiner Prau in einer Flaute umhertrieb. Mit voller Wucht war Heemskirk mit seinem Kanonenboot auf zwei von ihnen losgedampft und hat eine nach der anderen in Stücke geschlagen. Dann fierte er ein Boot zu Wasser, um eine dritte herauszureißen, die ich mit viel Mühe sechs Wochen vorher im flachen Schlick als Pegel aufgestellt hatte. Haben Sie jemals etwas Empörenderes gehört – he?«

»Ich würde mich mit dem Kerl nicht anlegen«, bemerkte ich beiläufig, obgleich mir diese Nachricht gar nicht gefiel. »Es ist die Sache nicht wert.«

»Ich mich mit ihm anlegen?« rief Jasper. »Nein, das will ich nicht. Nicht ein einziges Haar möchte ich ihm auf seinem häßlichen Schädel krümmen. Mein lieber Freund, wenn ich an Freyas einundzwanzigsten Geburtstag denke, kann ich die ganze Welt umarmen, sogar Heemskirk, obgleich, was er gemacht hat, ein übler, boshafter Zeitvertreib ist.«

Am Kai trennten wir uns ziemlich eilig, da jeder von uns noch dringende Geschäfte zu erledigen hatte. Ich wäre tief unglücklich gewesen, hätte ich damals gewußt, daß dieser hastige Händedruck mit dem »Auf Wiedersehen, alter Junge. Viel Glück!« ein Abschied für immer war.

Als Jasper nach den Straits zurückkam, war ich schon fort, und als ich wiederkam, war er schon unterwegs. Er wollte ja noch drei Reisen vor Freyas einundzwanzigstem Geburtstag machen. Und als ich das nächste Mal Nelsons Bucht anlief, verpaßte ich ihn abermals nur um ein paar Tage. Freya und ich sprachen mit höchster Anerkennung und Vergnügen von »diesem Verrückten« und »vollkommen Wahnsinnigen«. Sie strahlte und war sichtlich fröhlicherer Stimmung als sonst, obgleich sie sich gerade von Jasper verabschiedet hatte. Doch es sollte ihre letzte Trennung sein.

»Gehen Sie doch so bald wie möglich an Bord«, bat ich Freya. Sie sah mich gerade an, eine leichte Röte überzog ihr Gesicht, und mit einem gewissen feierlichen Ernst und leicht bewegter Stimme gab sie zur Antwort: »Ja, gleich am Tage darauf.«

Ach, ja! Unmittelbar nach ihrem einundzwanzigsten Geburtstag. Ich war froh über dieses Zeichen ihrer tiefen Zuneigung und hatte den Eindruck, sie sei über diese selbstauferlegte Verzögerung schließlich ungeduldig geworden. Vermutlich war Jaspers jüngster Besuch von ausschlaggebender Bedeutung gewesen.

»Das ist recht«, sagte ich anerkennend. »Es wird mir leichter zumute sein, wenn ich weiß, daß Sie sich um diesen Verrückten kümmern. Verlieren Sie keine Minute. Er wird schon zur rechten Zeit hier sein – es sei denn, der Himmel stürze ein.«

»Ja, es sei denn –«, wiederholte sie leise und nachdenklich. Ihre Augen blickten in den wolkenlosen Abendhimmel. Wir schwiegen eine Weile und ließen unsere Blicke über die See unter uns wandern, die in dem Zwielicht geheimnisvoll still aussah, als bereite sie sich vertrauensvoll auf einen langen, langen Traum in der warmen tropischen Nacht vor. Und der Friede um uns schien grenzenlos und ohne Ende.

Dann begannen wir wieder in unserer üblichen Weise über Jasper zu sprechen. Wir waren uns darüber einig, daß er in vielerlei Hinsicht viel zu sorglos handelte. Zum Glück war die Brigg allem gewachsen. Anscheinend war ihr nichts zuviel. »Sie ist ein wahres Juwel«, meinte Freya. Mit ihrem Vater hatte sie einmal einen Nachmittag an Bord verbracht. Jasper hatte sie zum Tee eingeladen. Papa war schlechter Laune ... Ich stellte mir den alten Nelson vor, wie er unter den schneeweißen Sonnensegeln der Brigg saß und in seiner bescheidenen Art über seinen Kummer nachdachte und sich dabei mit dem Hut Luft zufächelte. Ein Vater wie aus der Komödie ...

Als neuestes Beispiel für Jaspers Verrücktheit erzählte mir Freya, er sei traurig, daß er nicht an allen Kammertüren massive, silberne Türdrücker anbringen könne. »Als ob ich das zugelassen hätte!« bemerkte Freya mit gespielter Empörung. Beiläufig erfuhr ich auch, daß Schultz, der nautische Kleptomane mit der pathetischen Stimme, immer noch an Bord war, und zwar mit Freyas Zustimmung. Jasper hatte der Dame seines Herzens anvertraut, er habe die Absicht, die Psyche des Kerls in Ordnung zu bringen. Ja, er hätte wahrhaftig die ganze Welt umarmen können, weil alle dieselbe Luft atmeten wie Freya.

Irgendwie kam es, daß ich im Laufe des Gesprächs den Namen Heemskirk fallen ließ. Zu meinem Erstaunen fuhr Freya zusammen. Ihre Augen nahmen einen besorgten Ausdruck an, während sie sich auf die Lippen biß, als ob sie den Ausbruch eines heftigen Gelächters unterdrücken wollte. Ach ja! Heemskirk war zusammen mit Jasper im Bungalow gewesen, aber einen Tag nach ihm angekommen; dann aber am selben Tage wie die Brigg, nur einige Stunden später, ausgelaufen.

»Wie lästig muß er Ihnen beiden gewesen sein«, sagte ich teilnahmsvoll.
Ihre Augen blitzten mich mit einer gewissen Art erschrockener Fröhlichkeit an, und plötzlich brach sie in ein herzhaftes Gelächter aus. »Ha, ha, ha!«
Ich stimmte herzhaft mit ein, mein Lachen hatte nur nicht denselben reizenden Klang. »Ha, ha, ha! . . . ist er nicht lächerlich? Ha, ha, ha!« Und das komisch wirkende Bild des alten Nelson mit den wütend blickenden runden Augen und dem gefälligen Wesen, das er stets dem Leutnant gegenüber zeigte, stand mir vor Augen und reizte mich aufs neue zum Lachen.
»Er sieht aus«, sprudelte es aus mir heraus, »er sieht aus – ha, ha, ha! – zwischen Ihnen drei – – wie ein unglücklicher Kakerlak. Ha, ha, ha!«
Sie brach nochmals in schallendes Gelächter aus, lief dann in ihr eigenes Zimmer, schlug die Tür hinter sich zu und ließ mich völlig verblüfft zurück. Sofort hörte ich auf zu lachen.
»Was gibt's zu lachen?« fragte die Stimme des alten Nelson auf halber Treppe. Er kam herauf, setzte sich hin, blies die Backen auf und sah unaussprechlich einfältig aus. Die Lust zum Lachen war mir vergangen. Worüber eigentlich, fragte ich mich, hatten wir so unbändig gelacht? Ich fühlte mich plötzlich ganz niedergeschlagen.
Ja, richtig, Freya hatte damit angefangen. Das Mädchen ist in einem überreizten Zustand, dachte ich. Und darüber brauchte man sich wirklich nicht zu wundern.
Ich fand keine Antwort auf die Frage des alten Nelson, aber er war noch zu sehr über Jaspers Besuch beunruhigt, als daß er an etwas anderes denken konnte. Ziemlich deutlich fragte er mich, ob ich Jasper nicht zu verstehen geben könne, daß er auf den Sieben Inseln nicht gern gesehen sei. Das brauchte ich nicht zu tun, erklärte ich ihm. Aus gewissen Umständen, die mir kürzlich zu Ohren gekommen seien, hätte ich Grund zu

der Annahme, daß ihn Jasper Allen in Zukunft nicht mehr sehr belästigen werde.
Er stieß ein inständiges »Gott sei Dank!« aus, das mich beinahe wieder zum Lachen gebracht hätte. Doch seine Laune wurde deswegen nicht besser. Anscheinend hatte sich Heemskirk dieses Mal besondere Mühe gegeben, so unangenehm wie nur möglich zu sein. Er hatte dem alten Nelson einen Mordsschrecken mit der dunklen Andeutung eingejagt, er wundere sich, daß die Regierung es überhaupt einem Weißen erlaube, sich in dieser Gegend anzusiedeln. »Das widerspricht unserer offiziellen Politik«, hatte er hinzugefügt und Nelson zugleich beschuldigt, er sei in Wirklichkeit nicht besser als jeder Engländer. Er hatte sogar versucht, mit ihm einen Streit vom Zaune zu brechen, weil er nicht Holländisch gelernt habe.
»Ich habe ihm doch gesagt, daß ich jetzt zu alt sei, um es noch zu lernen«, seufzte der alte Nelson trübsinnig. »Er sagte, ich hätte es schon vorher lernen sollen. Ich verdiene ja mein Geld auf holländischem Gebiet, und es sei eine Schande, daß ich nicht Holländisch spräche. Er war so wütend auf mich, als sei ich ein Chinese.«
Es war klar, daß man Nelson übel mitgespielt hatte. Er erwähnte zwar nicht, wie viele Flaschen besten Rotweins er auf dem Altar der Versöhnung geopfert hatte, aber es muß eine ganz großzügige Libation gewesen sein. Der Alte war wirklich gastfrei und nicht kleinlich. Ich bedauerte bloß, daß diese Tugend an den Führer der ›Neptun‹ verschwendet wurde. Gar zu gerne hätte ich ihm erzählt, daß er aller Wahrscheinlichkeit nach auch von Heemskirks Besuchen bald befreit sein würde. Nur aus Furcht – es war lächerlich, ich gebe es zu –, irgendwelchen Verdacht zu erwecken, tat ich es nicht. Als ob das bei diesem komischen Vater überhaupt möglich gewesen wäre.
Seltsamerweise wurden die letzten Worte über Heemskirk von Freya gesprochen, und zwar im gleichen Sinne. Beim Abend-

essen kam der alte Nelson immer wieder auf den Leutnant zurück. Schließlich murmelte ich halblaut: »Zum Teufel mit dem Leutnant.« Ich merkte, wie auch Freya ärgerlich wurde.

»Und er fühlte sich gar nicht wohl – nicht wahr, Freya?« fuhr der alte Nelson stöhnend fort. »Vielleicht war er deswegen so mürrisch, wie, Freya? Er sah sehr schlecht aus, als er uns so plötzlich verließ. Seine Leber muß auch nicht ganz in Ordnung sein.«

»Ach, darüber wird er schon hinwegkommen«, sagte Freya ungeduldig. »Und hör doch endlich auf, dir über ihn Sorgen zu machen. Sehr wahrscheinlich wirst du in Zukunft nicht mehr viel von ihm zu sehen bekommen.«

In dem Blick, den sie mir nach meinem verschwiegenen Lächeln zuwarf, lag keine versteckte Fröhlichkeit mehr. Ihre Augen lagen in tiefen Höhlen, und ihr Gesicht war in wenigen Stunden immer blasser geworden. Wir hatten zuviel gelacht. Überreizt! Überreizt, da sich der entscheidende Augenblick näherte. Trotz ihres Mutes, ihres Selbstvertrauens und ihrer redlichen Absichten muß sie neben ihrer Leidenschaft auch Gewissensbisse wegen ihres Entschlusses empfunden haben. Die Kraft ihrer Liebe, die sie so weit getrieben hatte, muß sie in eine seelische Spannung versetzt haben, die auch nicht frei von natürlicher Reue war. Denn sie war ehrlich – und dort, ihr gegenüber am Tisch saß der arme alte Nelson und starrte sie mit runden Augen an. Mit seiner grimmigen Miene sah er so rührend komisch aus, daß er jedem leid tun mußte.

Er zog sich früh in sein Zimmer zurück, um sich mit seinen Kontobüchern zu beschäftigen und so die notwendige Nachtruhe wieder zu gewinnen. Wir beide blieben noch etwa eine Stunde auf der Veranda, wechselten aber nur noch gleichgültige Redensarten über unwichtige Dinge, als habe die lange Unterhaltung, die wir während des Tages über das einzige wichtige Thema geführt hatten, unser Gefühl abgestumpft.

Und doch gab es etwas, das sie einem Freunde hätte mitteilen können. Doch sie tat es nicht. Schweigend trennten wir uns. Vielleicht mißtraute sie dem Wirklichkeitssinn des Mannes ... oh, Freya!

Als ich den steilen Pfad zur Landungsbrücke hinunterging, begegnete ich im Schatten der Felsblöcke und Sträucher einer weiblichen Gestalt. Ihr plötzliches Auftauchen erschreckte mich zuerst. Sie trat hinter einem Felsen hervor mir direkt in den Weg. Sie hatte einen Umhang um, und einen Augenblick später fiel mir ein, daß es niemand anders als das Mädchen Freyas sein konnte, ein portugiesischer Mischling aus Malakka. Ihr olivbraunes Gesicht mit den blendend weißen Zähnen war manchmal flüchtig im Hause zu sehen gewesen. Ich hatte sie auch einige Male aus der Ferne beobachtet, als sie in Rufweite im Schatten der Obstbäume saß und ihre kohlrabenschwarzen Locken bürstete und zu Zöpfen flocht. Das schien ihre Hauptbeschäftigung während ihrer Freizeit zu sein. Wir hatten uns oft zugenickt und ein Lächeln ausgetauscht oder ein paar Worte gewechselt. Es war ein hübsches Geschöpf. Und einmal sah ich ihr beifällig zu, wie sie hinter Heemskirks Rücken sehr komische, ausdrucksvolle Grimassen machte. Von Jasper erfuhr ich, daß sie in ihr Geheimnis eingeweiht war wie die Zofe in einer Komödie. Sie sollte Freya auf ihrem ungewöhnlichen Weg in den Ehestand und das »bis in alle Ewigkeit« währende Glück begleiten. Was anderes als eine eigene Liebesaffäre konnte sie dazu bewegen, nachts in der Nähe der Bucht herumzustreifen, fragte ich mich. Aber soviel ich wußte, gab es niemand auf den Sieben Inseln, der zu ihr gepaßt hätte. Dann schoß es mir durch den Kopf, daß ich selbst es war, auf den sie gewartet hatte.

Vom Kopf bis zum Fuß in ihren Umhang gehüllt, stand sie im Halbdunkel zögernd vor mir. Ich trat einen Schritt auf sie zu, und wie mir dabei zumute war, geht niemand etwas an.

»Was gibt's?« fragte ich ganz leise.
»Niemand weiß, daß ich hier bin«, flüsterte sie.
»Und es kann uns auch niemand sehen«, flüsterte ich zurück. Ich hörte sie gerade noch die Worte murmeln: »Ich habe einen solchen Schreck bekommen«, da ertönte von der noch erleuchteten Veranda zwölf Meter über uns unerwartet und erschrekkend klar Freyas gebieterischer Ruf: »Antonia!«
Mit einem unterdrückten Aufschrei verschwand das Mädchen nach einem Augenblick des Zögerns vom Wege. Nahebei raschelte es im Gebüsch, dann war es still. Verwundert wartete ich noch eine Weile. Auf der Veranda erloschen die Lampen. Ich wartete noch einige Zeit, dann setzte ich meinen Weg hinunter zu meinem Boot fort. Ich war verwunderter denn je.
Die Vorkommnisse gerade bei diesem Besuch sind mir deswegen so deutlich in Erinnerung geblieben, weil es das letzte Mal war, daß ich Nelsons Bungalow sah. Als ich nach den Straits kam, fand ich dort einige telegrafische Mitteilungen vor, die mich zwangen, kurzfristig meine Stellung aufzugeben und sofort nach Hause zu fahren. Es war eine schreckliche Hetzjagd, den am nächsten Tag abfahrenden Postdampfer noch zu erreichen. Aber ich fand dennoch Zeit, zwei kurze Briefe zu schreiben, einen an Freya, den anderen an Jasper. Später schrieb ich noch einmal einen längeren Brief, aber nur an Allen. Als ich keine Antwort darauf erhielt, machte ich die Anschrift seines Bruders oder vielmehr Stiefbruders, ausfindig, der als Rechtsanwalt in London lebte. Es war ein ruhiger, kleiner, blasser Mann, der mich nachdenklich über seine Brillengläser ansah.
Jasper war das einzige Kind aus der zweiten Ehe seines Vaters, die nicht die Zustimmung der bereits erwachsenen Kinder aus erster Ehe gefunden hatte.
»So, Sie haben eine Ewigkeit nichts mehr von ihm gehört«, wiederholte ich mit unterdrücktem Ärger. »Darf ich wohl fra-

gen, was für Sie in diesem Zusammenhang ›eine Ewigkeit‹ bedeutet.«
»Es bedeutet, daß es mir völlig egal ist, ob ich jemals wieder etwas von ihm hören werde oder nicht«, entgegnete der kleine Mann des Rechtes plötzlich sehr gehässig. Ich konnte es Jasper nicht verdenken, daß er seine Zeit nicht damit vergeuden wollte, einem derartig unverschämten Verwandten zu schreiben. Aber warum schrieb er mir nicht, der ich ihm doch stets ein guter Freund war? Jedenfalls Freund genug, daß ich sein Schweigen mit der Vergeßlichkeit entschuldigte, die in seinem Zustand übernatürlicher Seligkeit nicht verwunderlich war. Nachsichtig wartete ich weiterhin, aber niemals ist etwas eingetroffen. Und der Osten schien aus meinem Leben ohne Widerhall zu verschwinden, wie ein Stein, der in einen abgrundtiefen Brunnen fällt.

IV

Lobenswerte Beweggründe sind eine ausreichende Rechtfertigung wohl beinahe für alles. Und was könnte wohl theoretisch lobenswerter sein als der Entschluß eines jungen Mädchens, ihrem »alten Papa« Sorgen zu ersparen, und ihr Bestreben, den Mann ihrer Wahl daran zu hindern, etwas Überstürztes zu begehen, was alle Pläne vom zukünftigen Glück gefährden könnte?
Nichts könnte mitfühlender, nichts besonnener sein. Und nicht zu vergessen das starke Selbstvertrauen des Mädchens und die allgemeine Abneigung der Frau – der klugen Frau, meine ich –, viel Wesens um solche Dinge zu machen.
Wie schon erwähnt, erschien Heemskirk kurz nach Jaspers Ankunft in Nelsons Bucht. Die direkt unterhalb des Bungalows vor Anker liegende Brigg war für ihn ein geradezu wi-

derwärtiger Anblick. Er stürzte nicht wie Jasper sofort an Land, ehe noch der Anker Grund berührte, sondern strich vor sich hin murmelnd auf dem Achterdeck seines Schiffes herum. Und als er schließlich Befehl gab, das Boot klarzumachen, tat er es mit zorniger Stimme. Freyas Existenz, die Jasper über sich selbst hinaus in einen Zustand glückseliger Stimmung versetzte, war für Heemskirk die Ursache geheimer Qual und stundenlangen erbitternden Brütens.

Als er die Brigg passierte, rief er das Schiff mit grober Stimme an und fragte, ob der Kapitän an Bord sei. Schultz, der sauber und gepflegt in makellosem weißem Zeug an der Reling stand, fand die Frage irgendwie amüsant. Belustigt blickte er auf Heemskirks Boot hinunter und erwiderte in den liebenswürdigsten Modulationen seiner schönen Stimme: »Kapitän Allen ist oben im Bungalow.« Aber sein Gesichtsausdruck änderte sich sofort, als es hierauf schroff zurückschallte: »Worüber, zum Teufel, grinsen Sie?«

Er sah, wie Heemskirk an Land ging, aber anstatt das Haus zu betreten, einen anderen Weg nach der Plantage einschlug.

Der von seinem Verlangen geplagte Holländer traf den alten Nelson im Trockenschuppen an, wo er eifrig damit beschäftigt war, seine Tabakernte zu inspizieren, die zwar klein, aber von vorzüglicher Qualität war. Augenscheinlich hatte er viel Freude daran, doch Heemskirk machte diesem unschuldigen Glück bald ein Ende. Er setzte sich zu Nelson und brachte es in kurzer Zeit fertig, das Gespräch in eine Richtung zu lenken, die, wie er wußte, am besten geeignet war, den alten Mann so nervös zu machen, daß er vor innerer Aufregung ins Schwitzen geriet. Es war eine abscheuliche Unterhaltung über »Behörden«. Der alte Nelson versuchte sich zu verteidigen. Wenn er mit englischen Küstenfahrern Handel treibe, so geschehe dies nur, weil er seine Erzeugnisse irgendwie loswerden müsse. Er versuchte, mit seiner Antwort so versöhnlich wie

nur möglich zu sein, und gerade das schien Heemskirk, der sich immer mehr in leidenschaftliche Wut hineingeredet hatte, noch mehr zu reizen.
»Und der Schlimmste von allen ist dieser Jasper«, knurrte er. »Ihr besonderer Freund, wie? Sie haben sich hier mit einer Menge von diesen Engländern eingelassen. Man hätte Ihnen niemals erlauben sollen, sich auf dieser Insel anzusiedeln. Niemals! Was macht der Kerl jetzt hier?«
Der alte Nelson (oder Nielsen) wurde immer aufgeregter und erklärte, daß Jasper Allen kein besonderer Freund von ihm sei – nein, keineswegs. Er hatte drei Tonnen Reis von ihm gekauft für seine Arbeiter. Inwiefern wäre das ein Beweis von Freundschaft?
Schließlich platzte Heemskirk mit dem Gedanken heraus, der an seinem Lebensnerv nagte: »Ja, drei Tonnen Reis verkaufen und dabei drei Tage lang mit Ihrer Tochter flirten. Ich sage Ihnen als Freund, Nielsen, so geht das nicht. Sie werden hier nur stillschweigend geduldet.«
Der alte Nelson geriet zunächst außer Fassung, aber er erholte sich doch ziemlich rasch. So ginge das nicht, gewiß! Natürlich ginge das nicht! Der Mann wäre der letzte. Aber seine Tochter mache sich auch gar nichts aus dem Kerl und sei viel zu vernünftig, um sich überhaupt in irgend jemand zu verlieben. Er war eifrig bemüht, Heemskirk von seinem eigenen Gefühl absoluter Gewißheit zu überzeugen. Und der Leutnant, der zweifelnd zur Seite blickte, glaubte ihm sogar.
»Was Sie schon davon wissen«, brummte er dennoch.
»Aber ich weiß es doch«, beteuerte Nelson, immer emphatischer werdend, weil er die eigenen Zweifel unterdrücken wollte, die in ihm aufstiegen. »Meine eigene Tochter! In meinem eigenen Haus! Und ich sollte davon nichts wissen! Ich bitte Sie! Das wäre ein guter Witz, Leutnant!«
»Sie scheinen aber doch etwas miteinander zu haben«, be-

merkte Heemskirk verstimmt. »Ich nehme an, sie sind jetzt wieder beisammen«, fügte er hinzu, und das versetzte ihm einen solch stechenden Schmerz, daß sein Versuch, spöttisch zu lächeln, zur wunderlichen Grimasse wurde. Gequält winkte Nelson mit der Hand ab. Im Grunde seines Herzens fühlte er sich durch diese beharrlichen Vorhaltungen verletzt und begann sich über den ganzen Unsinn zu ärgern.

»Pah! Ich werde Ihnen etwas sagen, Leutnant: Gehen Sie jetzt ins Haus, und trinken Sie einen Gin vor dem Essen. Lassen Sie Freya rufen. Ich muß jetzt sehen, daß ich den restlichen Tabak verstaut bekomme, ehe es dunkel wird, aber dann komme ich auch gleich.«

Heemskirk war nicht abgeneigt, auf diesen Vorschlag einzugehen. Er entsprach seinem geheimen Verlangen, das allerdings nicht auf ein Getränk gerichtet war. Hinter seinem breiten Rücken rief ihm der alte Nelson noch die besorgte Aufforderung nach, es sich gemütlich zu machen und daß auf der Veranda eine Kiste Zigarren stehe.

Es war die Westveranda, die der alte Nelson meinte, die Veranda, die zugleich als Wohnzimmer diente und Fensterblenden aus feinstem spanischem Rohr hatte. Die Ostveranda, die sein eigenes Privatheiligtum war, dem Aufblasen der Wangen und anderen Zeichen verwirrten Nachdenkens geweiht, hatte Jalousien aus handfestem Segeltuch. Die Nordveranda war überhaupt keine richtige Veranda, sondern mehr ein langgestreckter Balkon. Zwischen ihr und den beiden anderen Veranden bestand keine Verbindung. Sie konnte nur durch einen Gang im Haus erreicht werden. Dadurch lag sie so ungestört, daß sie der geeignete Platz für die stummen, nachdenklichen Stunden eines Mädchens und auch für die scheinbar sinnlosen Gespräche war, die zwischen einem jungen Mann und einem jungen Mädchen durch die ihre Bedeutungsvielfalt so gewichtig werden.

Diese Nordveranda war von Kletterpflanzen umgeben, und da sie vor Freyas Zimmer lag, hatte das junge Mädchen sie als eine Art Boudoir mit einigen Rohrstühlen und einem Sofa für sich ausgestattet. Auf diesem Sofa saß sie mit Jasper so nahe beieinander, wie es in dieser unvollkommenen Welt nur möglich ist, wo man weder an zwei Stellen zugleich sein kann noch zwei Körper zur gleichen Zeit sich auf dem selben Fleck befinden können. Sie hatten den ganzen Nachmittag dort nebeneinander gesessen, und ich kann nicht sagen, daß ihre Unterhaltung keinen Sinn gehabt hätte. Da Freyas Liebe nicht ganz frei von der verständigen Sorge war, irgendein unglücklicher Zufall könnte Jasper in seinem Überschwang das Herz brechen, redete das Mädchen ganz vernünftig mit ihm. Er, der immer ein erregtes und schroffes Wesen zur Schau trug, wenn er fern von ihr war, schien bei ihrem Anblick immer wieder wie überwältigt von dem großen Wunder ihrer fühlbaren Liebe zu ihm. Als Nachkömmling, der seine Mutter früh verloren hatte und schon in jungen Jahren zur See geschickt worden war, weil man ihn loswerden wollte, hatte Jasper noch nicht viel Zärtlichkeit in seinem Leben erfahren.

Auf dieser verschwiegenen, laubumsäumten Veranda und zu dieser späten Nachmittagsstunde beugte er sich ein wenig hinunter, ergriff Freyas Hände und küßte eine nach der anderen, während sie lächelnd, mit Augen, die ihr tiefes Mitgefühl ausdrückten, auf ihn herabsah. In diesem Augenblick näherte sich Heemskirk von Norden her dem Haus.

Hier auf dieser Seite des Bungalows stand Antonia und paßte auf; aber sie war unaufmerksam. Die Sonne ging gerade unter, und Antonia wußte, daß ihre junge Herrin und der Kapitän der ›Bonito‹ im Begriff waren, voneinander Abschied zu nehmen. Mit einer Blume im Haar ging sie leise vor sich hinsingend im dämmrigen Gehölz auf und ab, als plötzlich dicht vor ihr der Leutnant hinter einem Baum hervortrat. Sie sprang wie ein erschrockenes kleines Reh beiseite, aber Heemskirk, der sofort erfaßt hatte, weshalb sie hier war, stürzte sich auf sie, packte sie am Arm und hielt ihr mit der anderen fetten Hand den Mund zu.

»Wenn du versuchst, Lärm zu machen, dreh' ich dir den Hals um!« Diese grausame Drohung jagte dem Mädchen einen furchtbaren Schrecken ein. Heemskirk hatte ganz deutlich Freyas goldblonden Haarschopf dicht neben einem anderen Kopf auf der Veranda gesehen. Er zerrte die keinen Widerstand leistende Antonia auf einem Umweg in das freie Gelände, wo er sie mit einem boshaften Schubs auf die Bambushütten zustieß, in denen die Dienstboten wohnten.

Antonia hatte zwar sehr viel Ähnlichkeit mit der treuen Zofe in einer italienischen Komödie, aber in ihrer Angst war sie, ohne einen Laut von sich zu geben, vor diesem kleinen, dicken Mann mit den schwarzen Augen und dem grausamen eisernen Griff davongelaufen. Sie zitterte noch am ganzen Leib, als sie schon weit entfernt war. Völlig verstört, wußte sie nicht, ob sie weinen oder lachen sollte; dann sah sie, wie Heemskirk das Haus durch den hinteren Eingang betrat.

Das Innere des Bungalows war durch zwei Flure geteilt, die sich in der Mitte kreuzten. An dieser Stelle konnte sich Heemskirk beim Vorübergehen durch eine kleine Linksdrehung des Kopfes davon überzeugen, daß sie tatsächlich »etwas miteinander hatten«, was in einem solchen Gegensatz zu den Beteuerungen des alten Nelson stand, daß ihm vor Erregung das Blut in den Kopf stieg. Zwei weiße Gestalten, die sich deutlich gegen das Licht abhoben, standen dort in einer unmißverständlichen Haltung. Freyas Arme waren um Jaspers Hals, und ihre Gesichter waren in unverkennbarer Weise einander zugekehrt. Heemskirk eilte weiter, die Kehle wie zugeschnürt von aufsteigenden Flüchen, bis er auf der Westveranda wie blind gegen einen Stuhl lief und sich in einen Sessel fallen ließ, als wären ihm die Beine unterm Leib weggerissen worden. Er hatte zu lange der Gewohnheit gefrönt, Freya in Gedanken schon als sein Eigentum zu betrachten. »So also unterhältst du deine Besucher – du ...«, dachte er und fühlte sich so schmählich behandelt, daß er dafür keinen Ausdruck finden konnte, der ihm schimpflich genug war.

Freya machte eine abwehrende Bewegung und warf ihren Kopf zurück. »Es ist jemand hereingekommen«, flüsterte sie.

»Dein Vater«, meinte Jasper unbekümmert, während er auf ihr Gesicht hinabblickte und sie fest an seine Brust gedrückt hielt. Sie versuchte, sich aus seiner Umarmung zu winden, brachte es aber nicht übers Herz, ihn mit den Händen von sich zu stoßen.

»Ich glaube, es ist Heemskirk«, hauchte sie ihm zu. Aber Jasper, der ihr in stiller Versunkenheit tief in die Augen blickte, wurde vom Klang dieses Namens nur zu einem schwachen Lächeln gereizt. »Dieser Narr«, murmelte er, »reißt mir andauernd meine Baken in der Flußmündung um.« Das war die einzige Bedeutung, die er der Existenz Heemskirks beimaß; aber Freya fragte sich, ob der Leutnant sie wohl gesehen hatte.

»Laß mich los, Junge«, flüsterte sie energisch. Jasper gehorchte, trat einen Schritt zurück und setzte die nachdenkliche Betrachtung ihres Gesichtes aus einem anderen Blickwinkel fort. »Ich muß gehen und nachsehen«, sagte sie sich besorgt. Hastig wies sie ihn an, noch einen Augenblick hier zu warten und dann auf die hintere Veranda zu gehen, dort in aller Ruhe noch eine Weile zu rauchen, ehe er sich sehen ließe.

»Bleib heute abend nicht zu lange«, war ihre letzte Ermahnung, als sie ihn verließ. Dann trat Freya mit leichten, schnellen Schritten auf die Westveranda hinaus. Als sie durch die Tür schritt, gelang es ihr noch, die am Ende des Gangs in Falten hochgebundenen Gardinen herunterzuschütteln, um Jaspers Rückzug aus ihrem Boudoir zu decken. Bei ihrem Erscheinen sprang Heemskirk auf, als ob er sich auf sie stürzen wollte. Sie blieb stehen, und er machte eine übertrieben tiefe Verbeugung vor ihr. Freya war irritiert. »Oh, Sie sind es, Herr Heemskirk. Guten Tag.«

Sie ließ sich nichts anmerken. Im Halbdunkel der großen Veranda konnte er ihr Gesicht nicht deutlich wahrnehmen. Er traute sich nicht, etwas zu sagen. Zu groß war seine Wut über das, was er gesehen hatte. Und als sie seelenruhig fortfuhr: »Papa wird gleich kommen«, gab er ihr innerlich die abscheulichsten Schimpfnamen, ehe er mit verzerrtem Gesicht sagte: »Ich habe Ihren Vater schon gesehen. Wir haben uns im Trockenschuppen unterhalten. Er hat mir einige sehr interessante Dinge erzählt. Ja, sehr interessante . . .«

Freya setzte sich. »Er hat uns bestimmt gesehen«, dachte sie. Aber sie schämte sich nicht. Sie fürchtete nur, daß irgendeine dumme und unangenehme Komplikation daraus entstehen könnte. Sie konnte natürlich nicht ahnen, wie sehr schon Heemskirk in Gedanken von ihr Besitz ergriffen hatte, und versuchte, mit ihm eine Unterhaltung anzuknüpfen.

»Sie kommen jetzt wohl von Palembang, nehme ich an.«

»Wie? Was? Ach, ja! Ich komme von Palembang. Ha, ha, ha! Wissen Sie, was mir Ihr Vater sagte? Er meinte, es sei für Sie doch wohl sehr langweilig hier.«

»Und ich nehme an, Sie werden jetzt in der Gegend der Molukken umherkreuzen«, fuhr Freya fort, die Jasper, wenn möglich, eine nützliche Auskunft zukommen lassen wollte. Außerdem war sie stets froh, die beiden Männer einige hundert Meilen voneinander entfernt zu wissen, wenn sie nicht gerade mit ihren Schiffen unter ihren Augen in Vaters Bucht lagen.

»Ja, Molukken«, knurrte Heemskirk wütend, wobei er bohrende Blicke auf ihre im Schatten stehende Gestalt warf. »Ihr Vater denkt, es sei sehr still, für Sie hier. Ich will Ihnen etwas sagen, mein Fräulein, es gibt auf der ganzen Erde keinen Flecken, der so still ist, daß eine Frau nicht Gelegenheit fände, jemand zum Narren zu halten.«

»Ich darf mich von ihm nicht provozieren lassen«, dachte Freya. Gleich darauf kam der indische Diener mit den Lampen. Ausführlich wies sie ihn sofort an, wo er sie hinstellen sollte, und forderte ihn auf, das Tablett mit dem Gin zu bringen und Antonia ins Haus zu rufen.

»Ich muß Sie einen Augenblick allein lassen, Herr Heemskirk«, sagte sie. Darauf ging sie in ihr Zimmer, um ein anderes Kleid anzuziehen. Sie beeilte sich beim Umziehen, weil sie wieder auf der Veranda sein wollte, ehe ihr Vater mit dem Leutnant zusammentraf. Sie traute sich zu, diese abendliche Unterhaltung zwischen den beiden in die richtige Bahn zu lenken. Da zeigte ihr Antonia, die immer noch vor Schreck ganz aufgeregt war, einen blauen Fleck auf ihrem Arm. Freya war empört. »Er kam wie ein Tiger aus dem Gebüsch auf mich zugesprungen«, sagte das Mädchen, nervös lächelnd mit erschrockenen Augen.

»Dieser Rohling«, dachte Freya, »da wollte er doch nur spionieren.« Sie war wütend. Aber die Erinnerung an den dicken Holländer in weißen Hosen mit den breiten Hüften und dünnen Beinen, an seine Achselstücke und den kugelrunden, schwarzen Kopf, die Erinnerung daran, wie er sie beim Schein der Lampen angestarrt hatte, war so abstoßend komisch, daß sie ein Lächeln nicht unterdrücken konnte. Aber dann wurde sie unruhig. Die Unvernunft dreier Männer – Jaspers Ungestüm, die Ängste ihres Vaters, Heemskirks Verliebtheit – machte ihr große Sorgen. Mit den ersten beiden ging sie stets rücksichtsvoll um, und sie entschloß sich, ihre ganze weibliche Diplomatie zu entfalten. All das, sagte sie sich, wird ja nun bald vorbei und dann nicht mehr nötig sein. Heemskirk räkelte sich in seinem Stuhl auf der Veranda. Er hatte die Beine ausgestreckt, und die weiße Mütze lag auf seinem Bauch. Sein abscheulicher Charakter hatte sich in eine Wut hineingesteigert, die einem Mädchen wie Freya völlig unverständlich sein mußte. Das Kinn war ihm auf die Brust gesunken, und mit steinernem Blick starrte er auf seine Schuhe. Freya war hinter dem Vorhang stehengeblieben und blickte prüfend nach ihm hin. Er rührte sich nicht. Es war einfach lächerlich. Doch diese absolute Stille war ihr unheimlich. Leise schlich sie den Gang entlang bis zur Ostveranda, wo Jasper, so wie es ihm gesagt worden war, wie ein braver Junge im Dunkeln saß.

»Pst!« wisperte sie. Im nächsten Augenblick war er bei ihr.

»Ja! Was ist?« murmelte er.

»Ach, es ist dieser Kerl«, flüsterte sie unruhig. Noch ganz beeindruckt von der unheildrohenden Reglosigkeit Heemskirks, hatte sie nicht übel Lust, Jasper zu erzählen, daß man sie gesehen hatte. Aber sie war sich keineswegs sicher, daß Heemskirk es ihrem Vater berichten würde – auf jeden Fall nicht heute abend. Sie kam daher rasch zu dem Schluß, es wäre das beste, Jasper so schnell wie möglich von hier wegzubringen.

»Was macht er denn?« fragte Jasper ganz ruhig.

»Ach, nichts! Nichts! Er sitzt da und ist schlechter Laune. Aber du weißt, wie er Papa immer quält.«

»Dein Vater ist zu unvernünftig«, erklärte Jasper kritisch.

»Ich weiß nicht«, sagte sie in zweifelndem Ton. Etwas von des alten Nelson Angst vor den Behörden, die das Mädchen tagtäglich miterlebte, hatte schon auf sie abgefärbt. »Ich weiß nicht, Papa fürchtet, in seinen alten Tagen noch einmal an den Bettelstab zu kommen, wie er sagt. Hör zu, mein Junge, am besten verschwindest du gleich morgen früh.«

Jasper hatte gehofft, einen zweiten Nachmittag mit Freya zusammen zu sein, einen Nachmittag stillen Glücks mit seinem Mädchen, die Brigg vor Augen, und erfüllt von der Hoffnung auf eine selige Zukunft. Sein Schweigen war ein beredter Ausdruck der Enttäuschung, und Freya verstand sie nur zu gut. Auch sie war enttäuscht. Aber sie mußte vernünftig sein.

»Wenn dieser Kerl hier herumkriecht, werden wir doch keinen Augenblick für uns haben«, sagte sie hastig mit leiser Stimme. »Welchen Zweck hat es also, daß du bleibst? Und er wird nicht weggehen, solange die Brigg hier ist, das weißt du.«

»Man müßte ihn eigentlich der Behörde melden wegen ›Sichdrückens vom Dienst‹«, murmelte Jasper und lachte ärgerlich auf.

»Sieh zu, daß du bei Tagesanbruch unterwegs bist«, empfahl ihm Freya flüsternd.

Verliebt hielt er sie fest. Sie protestierte, ohne sich jedoch ernsthaft zu wehren, denn es wäre ihr schwergefallen, ihn abzuweisen. Während er sie in die Arme nahm, flüsterte er ihr ins Ohr:

»Das nächste Mal, wenn wir wieder zusammenkommen, wenn ich dich wieder in meinen Armen halte, wird es an Bord sein Du und ich, auf der Brigg – die ganze Welt, das ganze Leben –.« Und dann brach es aus ihm heraus: »Ich wundere mich nur, daß ich noch warten kann! Mir ist zumute, als müßte ich dich jetzt gleich forttragen. Ich könnte dich in die Arme nehmen – den Weg hinunterlaufen – ohne zu straucheln – ohne die Erde überhaupt zu berühren –.«

Stumm lauschte sie dem leidenschaftlichen Ausbruch seiner Stimme. Sie brauchte nur ein schwaches Ja zu hauchen, sagte sie sich, bloß durch einen leisen Seufzer ihre Einwilligung anzudeuten, und er würde es wirklich tun. Er war imstande

dazu – ohne die Erde zu berühren. Sie schloß die Augen und lächelte im Dunkeln. Einen Augenblick gab sie sich dem schwindelerregenden Glücksgefühl in seinen Armen hin; aber ehe er noch in die Versuchung kommen konnte, sie fester zu umarmen, hatte sie sich aus seinen Armen gelöst und stand einen Schritt von ihm entfernt wieder völlig gefaßt da.
Sie war wieder die vernünftige Freya, und der tiefe Seufzer, der von der weißen, regungslosen Gestalt vor ihr aufstieg, griff ihr ans Herz.
»Du bist wahnsinnig, Junge«, sagte sie mit bebender Stimme, aber dann änderte sich ihr Ton: »Niemand könnte mich forttragen. Nicht einmal du. Ich bin kein Mädchen, das sich davontragen läßt.« Die weißen Umrisse seiner Gestalt schienen von der Kraft dieser Feststellung zurückzuweichen, und sie wurde wieder sanft. »Genügt es dir denn nicht, daß du mich – daß du mich ja schon ganz allein für dich hast?« fügte sie zärtlich hinzu. Er murmelte ein Kosewort, und sie fuhr fort: »Ich habe dir versprochen – ich habe dir gesagt, daß ich kommen werde – und ich werde aus freiem Willen kommen. Du sollst an Bord auf mich warten. Ich werde allein an Bord kommen und an Deck auf dich zugehen und sagen: ›Hier bin ich, mein Junge‹, und dann werde ich davongetragen werden. Aber es wird kein Mann sein, der mich davonträgt – es wird die Brigg sein, deine Brigg – unsere Brigg ... Ich liebe ihre Schönheit!«
Sie hörte einen unartikulierten Laut, ein Stöhnen aus Freude oder Leid – dann glitt sie fort. Da war dieser andere Mann, dieser dunkle, mürrische Holländer auf der Veranda, der es zu Schwierigkeiten zwischen Jasper und ihrem Vater bringen konnte, einen Streit herbeiführen, häßliche Worte sagen und womöglich sogar einen physischen Zusammenstoß provozieren würde. Was für eine gräßliche Situation! Aber selbst wenn man vom Äußersten absah, graute ihr davor,

noch an die drei Monate mit einem bedauernswerten, gequälten und verängstigten Mann verbringen zu müssen, der verwirrt und unvernünftig war. Und wenn der Tag kam, der Tag und die Stunde, was sollte sie tun, falls ihr Vater versuchen sollte, sie mit aller Gewalt zurückzuhalten – was schließlich möglich sein konnte? Würde sie wirklich mit ihm streiten können und Gewalt gegen Gewalt anwenden? Doch wovor sie sich wirklich fürchtete, das war sein Wehklagen und Bitten. Würde sie dem widerstehen können? Welch abscheuliche, schreckliche, lächerliche Lage würde das sein!

»Aber so wird es nicht kommen. Er wird nichts sagen«, dachte sie, als sie mit raschen Schritten hinaus auf die Westveranda trat und – als sie sah, daß Heemskirk sich nicht rührte – sich in der Nähe der Tür auf einen Stuhl setzte und den Holländer beobachtete. Der gekränkte Leutnant saß immer noch in derselben Haltung da, nur die Mütze war von seinem Bauch herabgeglitten und lag auf dem Boden. Seine dicken schwarzen Augenbrauen waren zu einem Stirnrunzeln zusammengezogen, während er Freya aus den Augenwinkeln ansah. Diese schiefen Blicke, dazu die ganze massige, plump ausgestreckt daliegende Gestalt mit der Hakennase, wirkten auf Freya so komisch-mürrisch, daß sie trotz ihrer inneren Unruhe ein Lächeln nicht unterdrücken konnte. Sie tat ihr möglichstes, diesem Lächeln einen versöhnlichen Ausdruck zu geben. Sie wollte Heemskirk nicht unnötig reizen.

Und der Leutnant, der das Lächeln wahrnahm, war besänftigt. Er wäre nie auf den Gedanken gekommen, daß seine äußere Erscheinung, ein Marineoffizier in Uniform, der Tochter des alten Nielsen, diesem Mädchen, das gar keine gesellschaftliche Stellung einnahm, lächerlich vorkommen könnte. Die Erinnerung daran, wie sie die Arme um Jaspers Hals geschlungen hatte, wirkte immer noch aufreizend auf ihn und erregend. »Das Biest«! dachte er. »Lächeln – was? So amüsierst du dich und führst deinen Vater an der Nase herum, nicht wahr? Diese Art Zeitvertreib scheint nach deinem Geschmack zu sein, wie? Nun, wir werden schon noch sehen –«

Er verharrte in seiner Haltung, aber um seinen zugespitzten Mund erschien jetzt ein griesgrämiges, unheildrohendes Lächeln, indes er sich wieder in die Betrachtung seiner Schuhe versenkte.

Freya wurde es heiß vor Empörung. Sie saß in ihrer ganzen strahlenden Lieblichkeit im Lampenlicht und hatte die kräftigen, wohlgeformten Hände übereinander im Schoß liegen. »Ekelhafte Kreatur«, dachte sie. Das Blut stieg ihr vor Wut jäh ins Gesicht. »Sie haben meinem Mädchen einen furchtbaren Schrecken eingejagt«, sagte sie laut. »Was war in Sie gefahren?«

Er war so tief in Gedanken über Freya versunken, daß ihn der Klang ihrer Stimme, die diese unerwarteten Worte sprach, heftig zusammenfahren ließ. Er hob den Kopf mit einem Ruck. Verwirrt sah er um sich, so daß Freya ungeduldig weiter in ihn drang:

»Ich meine Antonia. Sie haben ihren Arm so gedrückt, daß sie eine blaue Stelle bekommen hat. Warum taten Sie das?«

»Wollen Sie mit mir streiten?« fragte er sie erstaunt mit belegter Stimme. Er sah sehr komisch aus, als er dabei wie eine Eule die Augen halb zukniff. Freya, die wie alle Frauen einen ausgeprägten Sinn für das Lächerliche in der äußeren Erscheinung eines Menschen hatte, konnte nicht mehr an sich halten. »Nein, das will ich, glaube ich, nicht«, gab sie zur Antwort, dann brach sie nervös in helles Gelächter aus, in das Heemskirk plötzlich mit einem schroffen »Ha, ha, ha!« einstimmte.

Im Flur waren Schritte und Stimmen zu hören, und gleich darauf kamen Jasper und der alte Nelson auf die Veranda. Nelson warf seiner Tochter einen anerkennenden Blick zu, denn er freute sich, wenn der Leutnant bei guter Laune gehalten wurde. Aus Sympathie stimmte er in das Lachen ein. »Nun wollen wir erst einmal etwas essen, Leutnant«, sagte er und rieb sich gutgelaunt die Hände. Jasper war sogleich an die Brüstung der Veranda getreten. Der Himmel war mit Sternen übersät, und in der blauen, samtweichen Nacht lag die Bucht unter ihnen in fast undurchdringlicher Dunkelheit, in der die Ankerlampen der Brigg und des Kanonenbootes wie in der Luft schwebende rötliche Funken flackerten. »Wenn das nächste Mal meine Ankerlampe dort unten blinkt, werde ich auf dem Achterdeck auf sie warten, bis sie kommt und sagt: ›Hier bin ich!‹«, dachte Jasper, und das Herz schien ihm die Brust sprengen zu wollen vor überwältigendem Glück, das ihm fast einen Schrei entrang. Es war windstill. Kein Blatt bewegte sich, und selbst die See war nur ein stiller, klagloser Schatten. In weiter Ferne zitterten am wolkenlosen Himmel zwischen den niedrigen Sternen bleiche Blitze, das Wetterleuchten der Tropen; sie leuchteten in kurzen Intervallen schwach und geheimnisvoll auf wie unverständliche Signale von einem fernen Planeten.

Das Essen verlief friedlich. Gelassen, aber mit bleichem Gesicht saß Freya ihrem Vater gegenüber. Heemskirk zog es vor, nur mit dem alten Nelson zu sprechen. Jaspers Verhalten war mustergültig. Er hielt seine Blicke im Zaume und sonnte sich im Gefühl von Freyas Nähe, wie Menschen die Sonne genießen, ohne den Blick zum Himmel zu erheben. Und sehr bald nach der Mahlzeit erklärte er, eingedenk seiner Anweisungen, daß es für ihn an der Zeit sei, an Bord zu gehen.

Heemskirk sah nicht auf. Er hatte es sich in dem Schaukelstuhl bequem gemacht und rauchte eine Zigarre; dabei sah er aus, als grüble er boshaft über irgendeine abscheuliche Gehässigkeit nach. So erschien es wenigstens Freya. Der alte Nelson sagte rasch: »Ich werde Sie hinunter begleiten.« Er hatte gerade ein berufliches Gespräch begonnen, und zwar über die Gefahren an der Küste Neuguineas, und wollte Jasper etwas von seinen eigenen Erfahrungen »dort drüben« erzählen. Jasper war ein so geduldiger Zuhörer! Freya machte Anstalten, als wollte sie die beiden begleiten, aber ihr Vater runzelte die Stirn, schüttelte den Kopf und nickte bedeutungsvoll nach dem mit halbgeschlossenen Augen regungslos dasitzenden Heemskirk hin, der zwischen seinen vorgeschobenen Lippen dicke Rauchwolken hervorstieß. Der Leutnant durfte nicht allein gelassen werden. Er könnte vielleicht beleidigt sein.

Freya gehorchte den Blicken ihres Vaters. »Vielleicht ist es besser, ich bleibe hier«, dachte sie. Frauen sind im allgemeinen nicht geneigt, ihr eigenes Verhalten einer kritischen Nachprüfung zu unterziehen, noch weniger, es zu verurteilen. Die peinliche männliche Neigung zu unsinnigen Taten ist in erster Linie für das Ethos solchen weiblichen Verhaltens verantwortlich. Doch als Freya Heemskirk ansah, empfand sie Bedauern und sogar Reue. Sein lässig ausgestreckt daliegender dicker Körper erweckte den Eindruck der Übersättigung, während er in Wirklichkeit kaum etwas gegessen, wenn auch viel getrunken hatte. Die fleischigen Ohrläppchen seiner widerlich großen Ohren, die an den Rändern tiefe Falten hatten, waren hochrot. Sie flammten förmlich neben seinen flachen, fahlen Wangen. Eine ganze Zeitlang hielt er seine schweren braunen Augenlider gesenkt. Der Gewalt eines solchen Geschöpfes ausgeliefert zu sein, war demütigend. Und Freya, die am Ende immer ehrlich gegen sich selbst war, dachte bedauernd: »Wäre ich doch von Anfang an offen gegenüber Papa gewesen! Aber wie schwer hätte er mir dann das Leben gemacht!« Ja, die Männer waren doch in vielerlei Hinsicht unberechenbar: liebenswert wie Jasper, widerspenstig wie ihr Vater oder widerwärtig wie dieses dort in dem Stuhl hingestreckt liegende lächerliche Geschöpf. Würde es möglich sein, Vater noch zu überreden? Vielleicht war das gar nicht nötig. Ach, ich kann nicht mit ihm reden, dachte sie. Und als Heemskirk immer noch, ohne sie anzusehen, mit einer entschlossenen Bewegung begann, seine halbaufgerauchte Zigarre auf dem Kaffeetablett auszudrücken, packte sie die Angst, und sie glitt auf das Klavier zu, öffnete es in furchtbarer Hast und fing an zu spielen, noch ehe sie sich hingesetzt hatte.

Im Augenblick war die Veranda und der ganze aus Holz erbaute und auf Pfählen stehende Bungalow, in dem keine Teppiche lagen, von dröhnenden, wirren Klängen erfüllt. Aber durch alles hindurch hörte sie, spürte sie die schweren, umherstreifenden Schritte des Leutnants, der hinter ihrem Rücken auf und ab lief. Er war nicht richtig betrunken, aber doch befeuert genug, um die Eingebungen seiner erregten Phantasie für absolut durchführbar und sogar klug zu halten; ja, für wunderbar, bedenkenlos und klug. Freya merkte, daß er genau hinter ihr stehengeblieben war, aber sie spielte weiter, ohne sich umzudrehen. Sie spielte ausgezeichnet und schwungvoll ein stürmisches Stück, aber als seine Stimme an ihr Ohr drang, überlief es sie eiskalt. Es war der Klang seiner Stimme, nicht das, was er sagte. Der unverschämte, vertrauliche Ton jagte ihr einen solchen Schrecken ein, daß sie es zuerst gar nicht begriff, was er sagte. Er war auch kaum zu verstehen.

»Ich ahnte schon ... Natürlich ahnte ich schon etwas von dem Spielchen, das Sie treiben. Ich bin ja kein Kind. Aber es ist doch ein gewaltiger Unterschied zwischen dem, was man weiß, und dem, was man nur ahnt. Verstehen Sie? Man ist doch nicht aus Stein. Und wenn ein Mann so von einem Mädchen gequält wird, wie ich, Fräulein Freya, von Ihnen – bei Tag und bei Nacht, dann natürlich ... Aber ich bin ein Mann von Welt. Es muß hier sehr langweilig für Sie sein ... Sagen Sie, wollen Sie nicht aufhören mit diesem verdammten Klavierspiel ... ?«

Diese letzten Worte waren eigentlich alles, was sie begriff. Sie

schüttelte verneinend den Kopf und trat in ihrer Verzweiflung auf das Fortepedal, aber es gelang ihr nicht, seine laute Stimme zu übertönen.
»Ich bin nur überrascht, daß Sie ... Einen englischen Küstenschiffer, so einen gewöhnlichen Kerl –. Minderwertige, freche Bande, die sich hier auf der Insel breitmacht. Ich würde mit solchem Gesindel kurzen Prozeß machen! Dabei haben Sie hier einen guten Freund, einen Gentleman, der bereit ist, zu Ihren Füßen – Ihren hübschen, kleinen Füßen – niederzusinken, um Sie anzubeten – einen Offizier, einen Mann aus gutem Haus. Merkwürdig, nicht wahr? Aber was ist schon dabei? Wo Sie doch eines Prinzen würdig sind!«
Freya wandte nicht den Kopf. Ihr Gesicht erstarrte vor Entsetzen und Empörung. Dieses Erlebnis überstieg alles, was sie bisher für möglich gehalten hatte. Es war nicht ihre Art, aufzuspringen und davonzulaufen. Man konnte auch nicht wissen, was passieren würde, wenn sie sich rührte. Ihr Vater mußte jeden Augenblick zurückkommen, und dann müßte der Kerl sie zufriedenlassen. Es war das beste, ihn zu ignorieren – alles zu ignorieren. Sie fuhr fort, laut und korrekt zu spielen, als wäre sie allein, als existierte Heemskirk gar nicht. Und das reizte ihn.
»Hören Sie! Sie können vielleicht Ihren Vater hinters Licht führen«, brüllte er wütend, »aber mich können Sie nicht zum Narren halten! Hören Sie auf mit diesem höllischen Lärm ... Freya ... He! Sie skandinavische Liebesgöttin! Hören Sie auf! Können Sie nicht hören? Ja, das sind Sie – eine Liebesgöttin. Aber die heidnischen Götter sind nur verkleidete Teufel, und das sind Sie auch – ein durchtriebener kleiner Teufel. Hören Sie auf, sage ich, oder ich werde Sie von dem Stuhl herunterholen!« Er stand hinter ihr und verschlang sie mit seinen Augen – von der goldenen Haarkrone ihres starraufgerichteten, regungslosen Kopfes bis zu den Hacken ihrer Schuhe, die

Linien ihrer wohlgeformten Schultern, ihrer schönen, sich vor dem Klavier leicht hin und her wiegenden Gestalt. Sie hatte ein helles Kleid mit halblangen Ärmeln an, die mit Spitzen eingefaßt waren. Ein Satinband umschloß ihre Taille, und um diese Taille legten sich plötzlich in einem Anfall unwiderstehlicher, verwegener Hoffnung seine beiden Hände, und nun hörte endlich die aufreizende Musik auf. Aber wie schnell Freya auch bei dieser Berührung aufsprang – der runde Klavierstuhl fiel krachend um – Heemskirks Lippen, die Freyas Hals suchten, konnten gerade noch unter ihrem Ohr einen gierigen, schmatzenden Kuß landen. Einen Augenblick herrschte atemlose Stille. Dann lachte er leise auf.
Der Anblick ihres blassen, stillen Gesichtes und der großen dunkelblauen Augen, die ihn mit einem eiskalten Blick anstarrten, brachten ihn etwas aus der Fassung. Sie hatte keinen Laut von sich gegeben und stand ihm gegenüber, den ausgestreckten Arm auf eine Ecke des Klaviers gestützt, während sie mit der anderen Hand mechanisch immer wieder die Stelle rieb, die seine Lippen berührt hatten.
»Was haben Sie?« sagte er beleidigt. »Habe ich Sie erschreckt? Nun hören Sie mal: Machen Sie keine Geschichten. Sie wollen mir doch wohl nicht erzählen, daß Sie ein Kuß so erschreckt, wie Sie jetzt tun. Ich weiß es besser ... und ich denke nicht daran, mich so kaltstellen zu lassen.«
Während er sprach, hatte er ihr mit solch gespannter Aufmerksamkeit ins Gesicht geblickt, daß er es gar nicht mehr genau erkennen konnte. Um ihn herum war alles wie im Nebel. Er vergaß den umgestürzten Stuhl, stieß mit dem Fuß dagegen und taumelte etwas nach vorn, während er in einschmeichelndem Ton sagte: »Ich bin wirklich kein schlechter Geselle. Versuchen Sie es erst mal mit ein paar Küssen –«
Weiter kam er nicht, denn plötzlich dröhnte ihm der Kopf von einer schrecklichen Erschütterung, die von einem explosiven

Geräusch begleitet war. Freya hatte mit ihrem kräftigen, runden Arm so gewaltig zum Schlag ausgeholt, daß der Zusammenprall ihrer offenen Handfläche mit seiner flachen Wange ihn halb um seine Achse drehte. Mit einem schwachen, heiseren Aufschrei legte er hastig beide Hände an seine linke Gesichtsseite, die plötzlich eine dunkelrote Färbung angenommen hatte. Freya stand aufrecht da, ihre blauen Augen waren dunkel geworden. Ihre Hand brannte ihr noch von dem Schlag, und um ihren Mund lag ein verhaltenes, entschlossenes Lächeln, das einen schwachen Schimmer ihrer weißen Zähne sehen ließ. In diesem Augenblick hörte sie die eiligen, schweren Schritte ihres Vaters auf dem Weg unter der Veranda. Der kampffreudige Ausdruck wich aus ihrem Gesicht und machte einer besorgten Miene Platz. Ihr Vater tat ihr leid. Sie bückte sich schnell, um den Klaviersessel aufzuheben, als wolle sie alle Spuren des Zwischenfalls beseitigen.

Aber es nützte nichts. Sie hatte wieder eine unbefangene Haltung eingenommen, die eine Hand leicht auf das Klavier gestützt, als der alte Nelson die letzten Stufen heraufkam.

Armer Vater! Wie wütend würde er sein, wie aufgebracht! Und hinterher, welche Ängste, welcher Kummer! Warum war sie nicht von Anfang an offen gegen ihn gewesen? Der unschuldige, erstaunte Ausdruck in seinen runden Augen ging ihr durch und durch. Aber er sah sie gar nicht an. Sein Blick war auf Heemskirk gerichtet, der ihm den Rücken zukehrte und mit den Händen immer noch sein Gesicht hielt, während er Flüche durch die Zähne zischte und Freya, sie konnte ihn im Profil sehen, mit einem scheelen Blick wütend ansah.

»Was ist los?« fragte der alte Nelson ganz bestürzt. Sie gab keine Antwort und dachte an Jasper, der jetzt vom Deck der Brigg zum erleuchteten Bungalow hinaufblickte. Angst kroch ihr ins Herz. Es war ein Segen, daß wenigstens einer von beiden an Bord und aus dem Wege war. Sie wünschte nur, er wäre hundert Meilen entfernt. Und doch war sie sich nicht sicher, ob das wirklich ihr Wunsch war. Wäre Jasper auf irgendeine geheimnisvolle Weise in diesem Augenblick wieder auf der Veranda erschienen, dann hätte sie ihre Standhaftigkeit, ihre Festigkeit und Selbstbeherrschung aufgegeben und sich in seine Arme geworfen.

»Was ist geschehen? Was ist passiert?« fragte der ahnungslose Nelson immer wieder in steigender Erregung. »Eben noch hast du gespielt, und nun –« Freya, die aus Furcht vor dem was nun kommen könnte, nicht imstande war, zu sprechen –, sie war auch von dem schwarzen, böse blickenden Auge Heemskirks wie hypnotisiert – nickte nur leicht nach dem Leutnant hin, als ob sie sagen wollte: »Sieh ihn dir nur an!«

»Nun ja!« rief der alte Nelson. »Ich sehe ja, aber was um Himmels willen –« Inzwischen hatte er sich vorsichtig Heemskirk genähert, der zusammenhanglose Verwünschungen ausstieß und mit beiden Füßen auf den Boden stampfte. Der schimpfliche Schlag, die Wut über seine vereitelte Absicht, die lächerliche Bloßstellung seiner Person und die Unmöglichkeit, sich dafür zu rächen, versetzten ihn in eine solche Raserei, daß er das Gefühl hatte, vor Wut heulen zu müssen.

»Oh, oh, oh!« brüllte er und tobte dabei, mit den Füßen aufstampfend, durch die Veranda, als wollte er mit jedem Schritt den Fußboden durchstoßen. »Was ist, hat er sich das Gesicht verletzt?« fragte der alte Nelson erschrocken. Plötzlich schien ihm in seiner Arglosigkeit ein Licht aufzugehen. »Ach du lieber Himmel!« rief er verständnisvoll aus. »Hol schnell Cognac, Freya ... Sie sind anfällig dafür, Leutnant? Verdammte Schmerzen, was? Ich kenne das! Früher bin ich von diesen plötzlichen Schmerzen oft ganz verrückt geworden ... Bring auch die kleine Flasche Laudanum aus dem Arzneischrank mit, Freya. Mach schnell ... Siehst du nicht, daß er Zahnschmerzen hat?«

Und wirklich, welche andere Erklärung hätte dem alten Nelson einfallen können, als er sah, wie sich Heemskirk mit beiden Händen die Backe hielt, wilde Blicke um sich warf, mit den Füßen aufstampfte und wie toll hin und her taumelte. Es hätte auch außergewöhnlichen Scharfsinns bedurft, um die wahre Ursache zu finden. Freya hatte sich nicht gerührt. Sie beobachtete Heemskirks forschenden, wütenden Blick, der verstohlen auf sie gerichtet war. »Aha, du möchtest wohl so leicht davonkommen!« sagte sie sich. Sie sah ihn unentwegt an und überlegte. Die Versuchung, der ganzen Sache ohne weitere Umstände ein Ende zu machen, war unwiderstehlich. Sie nickte ihrem Vater unmerklich zu und glitt hinaus. »Beeile dich mit dem Cognac!« rief ihr der Alte nach, als sie im Gang verschwand. Heemskirk machte seinen tieferen Gefühlen Luft, indem er ihr eine Flut von Verwünschungen auf Holländisch und Englisch nachsandte. Er tobte nach Herzenslust, wobei er auf der Veranda hin und her lief und die Stühle, die ihm im Wege standen, mit den Füßen wegstieß. Nelson, dessen Mitleid durch diese Zeichen quälender Schmerzen aufs tiefste erregt war, sprang dabei um seinen lieben (und gefürchteten) Leutnant wie eine aufgeregte alte Henne herum.

»Meine Güte! Ach du lieber Himmel! Ist es so schlimm? Ich weiß genau, wie das ist. Damit habe ich meiner armen Frau manchmal einen Schrecken eingejagt. Passiert Ihnen das oft, Leutnant?« Heemskirk lachte wie ein Irrer kurz auf und drängte ihn mit der Schulter wütend zur Seite. Aber sein taumelnder Gastgeber fühlte sich nicht beleidigt; einen Mann mit solch quälenden Zahnschmerzen kann man für nichts verantwortlich machen. »Gehen Sie in mein Zimmer, Leutnant«, schlug er dringend vor. »Legen Sie sich auf mein Bett. Wir werden Ihnen gleich etwas bringen, was den Schmerz lindert.« Er faßte den armen Dulder beim Arm und schob ihn bis an das Bett, auf das sich Heemskirk in einem neuen Wutanfall mit

solcher Gewalt warf, daß er beinah einen Fuß von der Matratze hochprallte.
»Ach, du liebe Zeit!« rief der entsetzte Nelson aus und lief rasch fort, um nach dem Cognac und dem Laudanum zu sehen. Er war sehr ärgerlich darüber, daß man so wenig Bereitwilligkeit zeigte, die Qualen seines teuren Gastes zu erleichtern. Schließlich brachte er die Sachen selbst.
Eine halbe Stunde später blieb er im mittleren Flur des Hauses stehen. Überrascht hörte er schwache, halberstickte rätselhafte Geräusche zwischen Lachen und Weinen. Er zog die Stirn in Falten, ging stracks auf das Zimmer seiner Tochter zu und klopfte an die Tür. Freya machte die Tür halb auf. Ihr prachtvolles blondes Haar umrahmte ihr blasses Gesicht und hing aufgelöst über ihren dunkelblauen Morgenrock herab. Das Zimmer war nur schwach erleuchtet. In einer Ecke kauerte Antonia, ihr Körper schwankte hin und her, während sie leise stöhnende Laute von sich gab. Der alte Nelson hatte zwar nicht viel Erfahrung mit den verschiedenen Arten weiblichen Gelächters, aber dessen war er sich gewiß, daß hier gelacht wurde.
»Sehr herzlos, sehr herzlos!« sagte er mit entschiedenem Mißfallen. »Was ist dabei so amüsant, wenn ein Mann Schmerzen hat? Ich hätte gedacht, daß eine Frau – ein junges Mädchen –«
»Er war so komisch«, murmelte Freya, und ihre Augen funkelten dabei ganz merkwürdig im Halbdunkel des Flures. »Und dann weißt du ja, daß ich ihn nicht leiden mag«, fügte sie mit bebender Stimme hinzu.
»Komisch!« wiederholte der Alte, erstaunt über dieses Zeichen von Fühllosigkeit bei einem so jungen Mädchen. »Du magst ihn nicht leiden! Willst du damit etwa sagen, weil du ihn nicht leiden magst, daß du – aber, das ist doch einfach grausam! Weißt du nicht, daß dies so ziemlich der schlimmste Schmerz ist, den es überhaupt gibt? Bekanntlich sind sogar schon Hunde tollwütig davon geworden.«

»Bestimmt scheint er toll geworden zu sein«, brachte Freya mühsam heraus, als ob sie mit einem unterdrückten Gefühl kämpfte.

Aber ihr Vater war jetzt in Gang gekommen.

»Du weißt doch, wie er ist. Er achtet auf alles. Er ist ein Mensch, der an der geringsten Kleinigkeit Anstoß nimmt – ein richtiger Holländer –, und ich möchte mir seine Freundschaft erhalten. Es ist nämlich so, mein Kind, wenn dieser Rajah hier irgend etwas Verrücktes anfangen sollte – du weißt ja, was für ein launenhafter, widerspenstiger Bursche das ist – und wenn die Behörde der Meinung ist, daß mein Einfluß auf ihn nicht gut sei, dann würdest du bald kein Dach mehr über dem Kopf haben –« »Welch ein Unsinn, Vater!« rief sie. Ihre Stimme klang nicht sehr sicher. Sie merkte plötzlich, daß er aufgebracht war, so aufgebracht, daß er ironisch wurde, ja, ironisch. Der alte Nelson (oder Nielsen) und Ironie! Allerdings war es nur ein Schimmer von Ironie.

»Natürlich, wenn du eigenes Vermögen hast – eine Villa vielleicht oder eine Plantage, von denen ich nicht weiß –« Aber er war nicht imstande, lange ironisch zu bleiben. »Ich sage dir, die würden mich ohne viel Federlesens von hier fortjagen«, flüsterte er eindringlich, »ohne Entschädigung natürlich. Ich kenne diese Holländer. Und der Leutnant ist gerade der Richtige, den Stein ins Rollen zu bringen. Er hat einflußreiche Beziehungen. Ich möchte ihn um keinen Preis beleidigen – um keinen Preis und unter gar keinen Umständen ... Was sagtest du?«

Es war nur ein undeutlicher Ausruf. Wenn sie jemals die leiseste Absicht gehabt hätte, ihm alles zu sagen, jetzt hatte sie es aufgegeben. Es war unmöglich, sowohl mit Rücksicht auf sein Ansehen als auch auf die Ruhe seines armen Gemüts.

»Ich mache mir selbst nicht viel aus ihm«, gestand der alte Nelson mit einem unterdrückten Seufzer. »Es geht ihm jetzt

besser«, fuhr er nach einer Pause fort. »Für die Nacht habe ich ihm mein Bett überlassen. Ich werde in meiner Hängematte auf der Veranda schlafen. Nein, ich kann auch nicht sagen, daß ich ihn leiden mag, aber deswegen braucht man einen Mann noch lange nicht auszulachen, der vor Schmerzen verrückt ist. Du hast mich sehr überrascht, Freya. Die eine Seite seines Gesichts ist ganz gerötet.« Ihre Schultern zuckten krampfhaft unter seinen Händen, die er väterlich auf sie gelegt hatte. Sein struppiger, borstiger Schnurrbart berührte ihre Stirn zu einem Gutenachtkuß. Sie schloß die Tür und ging erst bis in die Mitte des Zimmers, ehe sie sich ein müdes, bitteres Lachen gestattete.
»Gerötet! Etwas gerötet!« Wiederholte sie vor sich hin. »Das hoffe ich wirklich! Etwas!« Ihre Augenwimpern waren feucht. Antonia stöhnte und kicherte in ihrer Ecke, und es war unmöglich zu sagen, wo das Stöhnen aufhörte und das Kichern begann. Die Herrin und ihr Mädchen waren etwas unbeherrscht gewesen. Als Freya in ihr Zimmer geflüchtet war, hatte sie Antonia dort gefunden und ihr alles erzählt. »Ich habe dich gerächt, mein Kind«, rief sie aus. Und dann hatten sie lachend geweint und unter Tränen gelacht, sich dazwischen ermahnt: »Pst, nicht so laut!« klang es von der einen Seite und »ich habe mich so erschreckt ... Er ist ein böser Mann« von der anderen.
Antonia hatte furchtbare Angst vor Heemskirk. Seine ganze Erscheinung, seine Augenbrauen und seine Augen, sein Mund, seine Nase und seine Glieder flößten ihr Furcht ein. Das war auch ganz erklärlich. Sie hielt ihn für einen schlechten Menschen, weil er in ihren Augen böse aussah. Welch vernünftigeren Grund hätte es für diese Meinung geben können? In dem nur schwach erleuchteten Zimmer, wo nur ein Nachtlicht am Kopfende von Freyas Bett brannte, schlich das Mädchen aus der Ecke, um sich zu Füßen seiner Herrin niederzukauern und demütig flüsternd zu bitten:

»Dort ist die Brigg! Und Kapitän Allen ist da! Lassen Sie uns doch sofort weglaufen – oh, kommen Sie mit! Ich habe solche Angst! Kommen Sie! Kommen Sie!«
»Ich! Weglaufen!« dachte Freya bei sich, ohne auf das verängstigte Mädchen herabzusehen. »Niemals!« Weder die resolute Herrin unter dem Moskitonetz noch das verängstigte Mädchen, das auf einer Matte am Fußende des Bettes lag, fanden in dieser Nacht viel Schlaf. Wer aber überhaupt nicht schlafen konnte, war Leutnant Heemskirk. Er lag auf dem Rücken und starrte rachsüchtig in die Finsternis. Abwechselnd gingen ihm aufregende Vorstellungen und demütigende Gedanken durch den Kopf, die ihn wachhielten und seinen Zorn steigerten. Eine schöne Geschichte, wenn sie ruchbar wird. Aber das durfte nicht geschehen. Die Beschimpfung mußte stillschweigend geschluckt werden. Eine schöne Geschichte! Erst wird man zum Narren gehalten, dann verlockt und schließlich von dem Mädchen geschlagen – wahrscheinlich auch noch vom Vater zum Narren gehalten. Doch nein. Nielsen war nur ein zweites Opfer dieser schamlosen Göre, dieser frechen Range, dieser verschlagenen, lachenden, küssenden, verlogenen . . .
»Nein, der hat mich nicht mit Absicht hintergangen«, dachte der gequälte Leutnant. »Aber ich möchte es ihm doch heimzahlen, weil er solch ein Idiot ist – –«
Nun, vielleicht eines Tages. Eines stand für ihn fest, er wollte sich ganz früh aus dem Haus stehlen, weil er nicht glaubte, dem Mädchen wieder begegnen zu können, ohne vor Wut außer sich zu geraten.
»Tod und Teufel! Verflucht noch einmal! Bis morgen früh bin ich hier erstickt!« murmelte er vor sich hin, während er in Nelsons Bett starr auf dem Rücken lag und nach Luft rang.
Bei Tagesanbruch stand er auf und öffnete vorsichtig die Tür. Als er im Gang ein leichtes Geräusch hörte, blieb er hinter der Tür stehen und sah, wie Freya aus ihrem Zimmer kam. Dieser

unerwartete Anblick raubte ihm alle Kraft, sich aus dem Türspalt zurückzuziehen. Die Tür war nur einen winzigen Spalt geöffnet, aber er konnte doch bis ans Ende der Veranda sehen. Freya schritt schnell auf dieses Ende zu, um die Brigg zu sehen, wenn sie die Landspitze passierte. Sie trug einen dunklen Morgenrock, ihre Füße waren nackt, denn sie war erst gegen Morgen eingeschlafen und dann aus Angst zu spät zu kommen, Hals über Kopf hinausgelaufen. Heemskirk hatte sie noch nie in diesem Aufzug gesehen, mit dem glatt zurückgekämmten Haar, das ihre Kopfform hervorhob und in einer schweren, gefälligen Flechte auf den Rücken fiel – und dazu noch in dieser außerordentlichen Jugendfrische und Kraft. Zuerst war er erstaunt, dann knirschte er mit den Zähnen. Er konnte ihr auf keinen Fall gegenübertreten. Einen Fluch murmelnd, blieb er regungslos hinter der Tür stehen. Mit einem leisen, aus tiefstem Herzen kommenden »Ah!« langte Freya nach dem oben an der Wand in Haltern liegenden Fernrohr Nelsons, als sie die Brigg, schon unter Segeln, in Sicht bekam. Der weite Ärmel ihres Morgenrocks glitt zurück und entblößte ihren Arm bis zur Schulter. Heemskirk umklammerte den Türgriff, als wollte er ihn zerdrücken. Ihm war zumute wie einem Mann, der gerade von einem Trinkgelage aufgestanden ist.

Und Freya wußte, daß er sie beobachtete. Sie wußte es genau, denn als sie auf den Flur hinaustrat, hatte sie gesehen, wie die Tür sich bewegte. Mit verächtlicher Bitterkeit und triumphierender Verachtung fühlte sie seine Blicke auf sich ruhen. »Da bist du!« dachte sie bei sich und stellte das Fernrohr ein. »Gut, dann schau auch zu!«

Die grünen Inselchen sahen wie schwarze Schatten aus, die aschgraue See war glatt wie ein Spiegel, das durchsichtige Gewand der farblosen Morgendämmerung, in der selbst die Brigg wie ein Schatten erschien, hatte im Osten einen hellen Lichtsaum.

Sobald Freya Jasper an Deck ausmachen konnte und sah, daß er sein langes Fernrohr auf den Bungalow gerichtet hatte, legte sie ihr eigenes nieder und hob ihre beiden weißen Arme hoch über den Kopf. Regungslos verharrte sie in dieser Haltung stärkster Ausdruckskraft, erglühend im Bewußtsein der Bewunderung und Liebe, die Jasper ihrer Gestalt im Gesichtsfeld seines Fernglases entgegenbrachte; aber auch erhitzt durch das Gefühl, das die üble Leidenschaftlichkeit und die brennenden, lüsternen, auf ihren Rücken gehefteten Blicke des anderen in ihr auslösten. In der Glut ihrer Liebe, aus einem launischen Einfall und jener unerklärlichen Kenntnis des männlichen Charakters, die den Frauen angeboren zu sein scheint, dachte sie: »Du siehst mir zu – du wirst – du mußt – dann sollst du auch etwas sehen.« Sie legte beide Hände an die Lippen und breitete dann die Arme aus, als wollte sie mit dieser Geste auch ihr Herz über die See hinweg auf das Deck der Brigg schleudern. Ihr Gesicht war gerötet, und ihre Augen blitzten. Hunderte von Küssen schien sie wieder und wieder mit dieser leidenschaftlich wiederholten Geste hinauszusenden, während die langsam aufgehende Sonne der Welt ihre Farbenpracht wiedergab, die kleinen Inseln grün werden ließ, die See blau und die Brigg dort unten weiß – blendend weiß unter ihren ausgebreiteten Schwingen, während die rote Flagge wie eine winzige Flamme von der Gaffel wehte. Und bei jedem Kuß murmelte sie mit zunehmender Innigkeit: »Nimm das – und das – und das —«, bis plötzlich ihre Arme herabsanken. Sie hatte gesehen, wie die Flagge als Antwort gedippt wurde, und im nächsten Augenblick verdeckte die Landspitze den Rumpf der Brigg ihren Blicken. Sie wandte sich von der Balustrade ab und ging langsam mit gesenkten Blicken und einem rätselhaften Ausdruck im Gesicht am Zimmer ihres Vaters vorbei und verschwand hinter dem Vorhang.

Aber statt auf dem Flur weiterzugehen, blieb sie verborgen und still auf der anderen Seite des Vorhangs stehen, um zu sehen, was nun geschehen würde. Eine ganze Zeitlang ließ sich niemand auf der breiten Veranda sehen. Dann öffnete sich plötzlich die Tür von Nelsons Zimmer, und Heemskirk taumelte heraus. Sein Haar war zerwühlt, seine Augen blutunterlaufen, sein unrasiertes Gesicht sah finster aus. Er blickte wild um sich, sah seine Mütze auf dem Tisch liegen, griff hastig nach ihr und schritt leise auf die Treppe zu, mit einem merkwürdig schwankenden Gang, als versuche er, mit letzter Kraft die dahinschwindenden Kräfte aufzuhalten. Kurz darauf war er auf der Treppe verschwunden. Mit zusammengepreßten Lippen, einem entschlossenen Zug um den Mund und leuchtenden Augen, aus denen alle Sanftheit entwichen war, trat Freya hinter dem Vorhang hervor. Er durfte sich nicht ungestraft davonschleichen. Nie und nimmer! Vor Aufregung zitterte sie am ganzen Körper. Sie hatte Blut geleckt! Es mußte ihm klargemacht werden, daß sie gemerkt hatte, wie er sie beobachtete. Er mußte wissen, daß man gesehen hatte, wie schändlich er davongeschlichen war. Aber nach vorne zu laufen und hinter ihm her zu rufen wäre kindisch, geschmacklos und ihrer unwürdig gewesen. Und was sollte sie auch rufen – was? Welches Wort? Wie überhaupt in Worte fassen? Nein, das war unmöglich. Aber wie sonst? ... Sie zog die Stirn in Falten, ein Gedanke kam ihr, sie stürzte zum Klavier, das die ganze Nacht offengestanden hatte, und ließ das Palisanderungetüm wie wild in aufreizenden Baßtönen erdröhnen. Sie schlug Akkorde an, als ob sie hinter der watschelnden, breiten Gestalt in den weiten weißen Hosen und der dunklen Uniformjacke mit den goldenen Achselstükken Schüsse herfeuerte, und dann verfolgte sie ihn mit demselben Stück, das sie am Abend vorher gespielt hatte – einer modernen wilden Liebesmusik, an der sie sich schon mehr als einmal versucht hatte, wenn die Gewitterstürme über die

Inselgruppe hinwegbrausten. Mit triumphierender Bosheit akzentuierte sie den Rhythmus und war so in ihr Spiel vertieft, daß sie gar nicht ihren Vater bemerkte, der mit einem alten, abgetragenen Ulster über dem Schlafrock aus der hinteren Veranda herbeigeeilt war, um sich nach dem Grund dieser zu so unpassender Zeit veranstalteten Vorführung zu erkundigen. Er starrte sie an. »Was um Himmels willen? . . . Freya!« Seine Stimme wurde von dem Spiel fast übertönt. »Wo ist der Leutnant geblieben?« schrie er. Mit leerem Blick sah sie zu ihm auf, als sei sie ganz der Musik hingegeben.

»Er ist weg.«

»W-a-a-s? . . . Wohin?«

Sie schüttelte leicht den Kopf und fuhr fort, noch lauter als vorher zu spielen. Die besorgten, unschuldigen Augen des alten Nelson suchten überall, vom Fußboden bis zur Decke, angefangen bei der offenen Tür seines Zimmers, im ganzen Raum, als ob der Leutnant ein winziges Etwas wäre, das vielleicht auf dem Fußboden herumkriechen oder an der Wand kleben könnte. Plötzlich zerriß ein irgendwo von unten kommender schriller Pfiff die Klangfülle, die in gewaltigen, schwingenden Wellen dem Klavier entströmte. Der Leutnant war unten an der Bucht und hatte nach seinem Boot gepfiffen, das ihn abholen und an Bord seines Schiffes bringen sollte. Er schien es furchtbar eilig zu haben. Gleich darauf pfiff er nochmals, wartete einen Augenblick und ließ dann ein endlos langes, schrilles Signal ertönen, das so jämmerlich anzuhören war, als hätte er, ohne Atem zu holen, gellend aufgeschrien. Freya hörte plötzlich auf zu spielen.

»Er geht an Bord«, sagte der alte Nelson, ganz bestürzt über den Vorfall. »Was kann ihn veranlaßt haben, so früh wegzulaufen? Komischer Kerl. Verteufelt empfindlich ist er auch noch! Es würde mich gar nicht wundern, wenn du ihn mit deinem Benehmen gestern abend verletzt hättest. Ich habe dich beobachtet, Freya, wie du ihm beinah offen ins Gesicht gelacht hast, während er die größten Schmerzen erlitt. So macht man sich nicht beliebt. Er fühlt sich von dir beleidigt.«

Freyas Hände ruhten jetzt still auf den Tasten. Sie ließ den blonden Kopf sinken, plötzlicher Mißmut und nervöse Mattigkeit waren über sie gekommen, als hätte sie eine schwere, erschöpfende Krise durchgemacht. Der alte Nelson erwog mit gekränkter Miene die verschiedensten diplomatischen Möglichkeiten in seinem kahlen Kopf.

»Ich glaube, es wäre besser für mich, wenn ich im Laufe des Vormittags an Bord ginge, um mich nach seinem Befinden zu erkundigen«, erklärte er aufgeregt. »Warum wird mir mein Tee nicht gebracht? Hörst du, Freya? Ich muß sagen, du hast mich sehr überrascht. Ich hätte nicht geglaubt, daß ein junges Mädchen so gefühllos sein könnte. Dabei hält sich der Leutnant doch für einen Freund von uns! Wie? Nein? Nun, er nennt sich unser Freund, und das bedeutet allerhand für einen Mann in meiner Lage. Ganz bestimmt! Oh, ja, ich muß an Bord gehen.«

»Mußt du das?« murmelte Freya gleichgültig und fügte in Gedanken hinzu: »Armer Mann!«

V

Alles, was über die nächsten sechs Wochen zu berichten wäre, ist erstens, daß der alte Nelson (oder Nielsen) den beabsichtigten diplomatischen Besuch nicht ausführen konnte. Die ›Neptun‹, das Kanonenboot Seiner Majestät des Königs der Niederlande, verließ unter Führung ihres schwerbeleidigten und wutschnaubenden Leutnants zu unerwartet früher Stunde die Bucht. Als Freyas Vater hinunter ans Ufer kam, nachdem er sich erst davon überzeugt hatte, daß seine kostbare Tabakernte auch ordentlich in der Sonne ausgebreitet war, dampfte die ›Neptun‹ schon um die Landspitze. Noch tagelang bedauerte Nelson diesen Umstand.

»Jetzt weiß ich gar nicht, in welcher Verfassung der Mann weggefahren ist«, wehklagte er bei seiner hartherzigen Tochter. Er war erstaunt über ihre Härte, und ihre Gleichgültigkeit jagte ihm fast einen Schrecken ein.

Als nächstes muß berichtet werden, daß die nach Osten steuernde ›Neptun‹ am gleichen Tage, die Brigg ›Bonito‹ passierte, die gleichfalls mit dem Bug nach Osten in Sicht von Karamita in Windstille trieb. Ihr Kapitän, Jasper Allen, der sich im sicheren Bewußtsein, daß ihm Freya gehörte, einem zärtlichen Tagtraum hingab, erhob sich nicht einmal aus seinem Deckstuhl auf der Poop, um einen Blick auf die ›Neptun‹ zu werfen, die ihn so nahebei passierte, daß der plötzlich aus ihrem kurzen, schwarzen Schornstein herausquellende Rauch zwischen den Masten der ›Bonito‹ hindurchzog und einen Augenblick das makellose Weiß der sonnenüberfluteten Segel verdunkelte, dieser Segel, die dem Dienst der Liebe geweiht waren. Jasper wandte nicht einmal den Kopf zu einem flüchtigen Blick. Aber Heemskirk hatte von der Brücke aus die Brigg von fern lang und ernst betrachtet und dabei die Messingreling vor sich fest umklammert, bis sich die beiden Schiffe nahe kamen und er, alle Selbstbeherrschung verlierend, in das Kartenhaus stürzte und die Tür krachend hinter sich zuwarf. Dort blieb er noch stundenlang mit zusammengezogenen Brauen und hängenden Mundwinkeln in hämischen Betrachtungen, wie ein Prometheus in den Fesseln ruchloser Lust, sitzen, während ihm die Eingeweide von dem Schnabel und den Klauen gedemütigter Leidenschaft ausgerissen wurden.

Diese Sorte Vögel läßt sich nicht so leicht verscheuchen wie ein Küken. Genarrt, betrogen, hintergangen, verlockt, beleidigt, verhöhnt – Schnabel und Klauen! Ein unheilvoller Vogel! Der

Leunant hatte keine Lust, zum Gesprächsgegenstand des ganzen Archipels zu werden als der Marineoffizier, der sich von einem Mädchen eine Ohrfeige geholt hatte. Sollte sie wirklich diesen lumpigen Küstenschiffer lieben? Er versuchte, nicht zu denken, aber schlimmer als Gedanken waren bestimmte Erinnerungen, die ihn in seiner Einsamkeit verfolgten. Er sah Freya klar und deutlich wie ein Wunschbild vor sich, plastisch mit allen Einzelheiten, farbig, in strahlendem Licht – er sah sie, wie sie am Hals dieses Kerls hing. Er schloß die Augen und konnte nur feststellen, daß es ihm keine Erleichterung brachte. Dann begann ein Klavier in der Nähe zu spielen, klar und deutlich, und er steckte die Finger in die Ohren, aber vergeblich. Es war nicht zu ertragen – nicht in dieser Einsamkeit. Er stürzte aus dem Kartenhaus und begann, verstört mit dem wachhabenden Offizier auf der Brücke über gleichgültige Dinge zu sprechen, während ihn höhnisch die Klänge eines geisterhaften Klaviers verfolgten.

Schließlich ist noch zu berichten, daß Leutnant Heemskirk anstatt auf seinem Kurs nach Ternate zu bleiben, wo er erwartet wurde, von seiner Reiseroute abwich, um Makassar anzulaufen, wo niemand seiner harrte. Dort angekommen, gab er bestimmte Erklärungen hierfür und unterbreitete dem Gouverneur oder einer anderen maßgeblichen Persönlichkeit einen gewissen Vorschlag, worauf er die Genehmigung erhielt, in dieser Angelegenheit ganz nach eigenem Ermessen zu handeln. Hierauf wurde Ternate ganz aufgegeben, und die ›Neptun‹ dampfte in Sichtweite der gebirgigen Küste von Celebes nach Norden, kreuzte die breite Meerenge und ging vor der niedrigen, von unberührten und stummen Urwäldern umsäumten Küste auf Station, in Gewässern, die nachts phosphoreszierend und am Tag dunkelblau mit grünen Stellen über den unter Wasser liegenden Riffs schimmerten. Tagelang konnte man die ›Neptum‹ vor der düsteren Küste auf und ab dampfen oder in der Nähe der silbern glänzenden breiten Flußmündung wachsam umherfahren sehen, unter dem weiten, strahlenden Himmel, der, immer unverschleiert, die Erde ohne Gnade mit dem ewigen Sonnenschein der Tropen überflutet – jenem Sonnenschein, der in seinem ungebrochenen Glanz die Seele mit einer unsagbaren Melancholie erfüllt, durchdringender, bedrückender und tiefer als die graue Düsternis der Nebel des Nordens.

Die ›Bonito‹ glitt um eine düstere, waldbedeckte Landspitze an der silberglänzenden Mündung eines großen Flusses. Der Windhauch, der sie in Bewegung hielt, hätte nicht einmal die Flamme einer Fackel zum Flackern gebracht. Lautlos glitt die Brigg hinter einem Schleier unbewegten Laubes hinaus ins offene Wasser, geisterhaft weiß, geheimnisvoll wie ein Phantom, das sich verstohlen fortbewegt. Den Kopf in die Hand gestützt, stand Jasper an die Großwant gelehnt und dachte an Freya. Alles in der Welt erinnerte ihn an sie. Die Schönheit der geliebten Frau spiegelt sich in den Schönheiten der Natur. Die schwellenden Umrisse der Berge, die Windungen des Küste, die freien Biegungen eines Flusses sind nicht so lieblich wie die harmonischen Linien ihres Körpers, und wenn sie sich bewegt wie in leichtem Gleiten, erinnert die Anmut ihres Schreitens an die Macht der verborgenen Kräfte, von denen die bezaubernden Erscheinungen der sichtbaren Welt regiert werden.

Von Dingen abhängig wie alle Männer, liebte Jasper sein Schiff – das Haus seiner Träume. Er verlieh ihm etwas von Freyas Seele. Das Deck der Brigg war gleichsam das Fundament ihrer Liebe, und der Besitz der Brigg dämpfte die Glut seiner Leidenschaft zur beruhigenden Gewißheit eines schon erkämpften Glückes.

Der Vollmond stand ziemlich hoch und schwebte vollkommen und heiter in der Luft, die so ruhig und klar war wie der Blick aus Freyas Augen. Auf der Brigg regte sich kein Laut.
»Hier wird sie stehen, an meiner Seite, an solchen Abenden wie diesem«, dachte er verzückt. Und in diesem Augenblick geschah es, mitten in diesem Frieden, in dieser heiteren Ruhe, unter dem strahlenden, milden Lächeln des allen Liebenden wohlgeneigten Mondes, auf einer spiegelglatten See, unter einem wolkenlosen Himmel, so als ob sich die ganze Natur gleichsam wie zum Hohn von ihrer gütigsten Seite zeigen wolle, in diesem Augenblick geschah es, daß sich das Kanonenboot ›Neptun‹ von der dunklen Küste, vor der es unsichtbar gelegen hatte, löste und hinausdampfte, um die nach See zu liegende Brigg ›Bonito‹ abzufangen.
Sowie man auf der Brigg das aus dem Hinterhalt auftauchende Kanonenboot ausmachte, zeigte Schultz, der Mann mit der faszinierenden Stimme, ein merkwürdig unruhiges und aufgeregtes Wesen. Schon den ganzen Tag über, seitdem sie die flußaufwärts gelegene malaiische Stadt verlassen hatten, war er mit verstörtem Gesichtsausdruck, als ob ihn etwas bedrücke, seinen Pflichten nachgegangen. Jasper hatte es bemerkt, worauf sich sein Steuermann peinlich berührt abwandte und etwas von Kopfschmerzen und Fieber murmelte. Es muß schon ein schlimmer Fieberanfall gewesen sein, denn als er hinter seinem Kapitän verschwand, fragte er sich verwundert mit lauter Stimme: »Was kann der Kerl nur von uns wollen?« ... Ein im eisigkalten Zugwind stehender nackter Mann, der das Zittern zu unterdrücken versucht, hätte nicht in einem unsichereren Ton sprechen können. Aber vielleicht war es das Fieber – womöglich Schüttelfrost.
»Er will sich nur unangenehm bemerkbar machen, weiter nichts«, sagte Jasper gutgelaunt. »Das hat er schon einmal bei mir versucht. Wie dem auch sei, wir werden ja bald sehen.«

Und tatsächlich dauerte es nicht lange, bis die beiden Fahrzeuge in Rufweite nebeneinander lagen. Mit ihren eleganten Linien und den weißen Segeln sah die Brigg im Mondlicht anmutig wie eine Sylphe aus. Das kurze, gedrungene Kanonenboot hingegen, mit seinen schwarzen, kleinen Masten, die sich wie kahle Baumstümpfe in dieser strahlenden Nacht gegen den leuchtenden Himmel abhoben, warf einen düsteren Schatten auf die Wasserfläche zwischen den beiden Schiffen.
Wie ein allgegenwärtiger Geist schien Freyas Gegenwart sie beide zu umschweben, als wäre sie die einzige Frau auf der Welt. Jasper erinnerte sich ihrer ernsten Ermahnung, vorsichtig und behutsam in allem zu sein, was er tat oder sagte, wenn er fern von ihr sei. Er glaubte, bei dieser so völlig unvorhergesehenen Begegnung mit Heemskirk noch die hastig geflüsterten Ermahnungen zu hören, die sie ihm gewöhnlich im letzten Moment beim Abschied mit auf den Weg gab, die halb im Scherz gehauchten Worte: »Denk daran, Junge, ich würde es dir nie verzeihen!« – wobei sie rasch seinen Arm drückte und er mit einem stillen, zuversichtlichen Lächeln zu antworten pflegte. Auf ganz andere Weise wurde Heemskirk von Freyas Geist heimgesucht. Er hörte kein Flüstern, eher wurde er von quälenden Vorstellungen geplagt. Er sah das Mädchen am Hals eines elenden Strolches, *dieses* Strolches, der gerade seinen Anruf beantwortet hatte. Er sah, wie sie sich barfüßig über die Veranda schlich, mit großen, klaren, weitgeöffneten Augen, die verlangend nach einer Brigg Ausschau hielten – nach *dieser* Brigg. Wenn sie wenigstens aufgeschrien, ihn ausgescholten, beschimpft hätte! . . . Aber sie hatte einfach über ihn triumphiert. Weiter nichts. Angelockt – er glaubte fest daran – zum Narren gehalten, betrogen, beleidigt, geschlagen, verhöhnt . . . Schnabel und Klauen! Die beiden Männer, die Freya von den Sieben Inseln auf so verschiedene Weisen heimsuchte, waren keine ebenbürtigen Gegner.

In der tiefen Stille, die sich wie ein Schlaf über die beiden Schiffe gesenkt hatte, in einer Welt, die selbst nur ein zarter Traum zu sein schien, pullte ein mit javanischen Matrosen besetztes Boot quer über die dunkle Wasserfläche und ging längsseit der Brigg. Der weiße Deckoffizier achtern im Boot, vielleicht war es der Stückmeister, kletterte an Bord. Es war ein kleiner, gedrungener Mann mit einem rundlichen Bauch und einer keuchenden Stimme. Sein unbewegliches, feistes Gesicht wirkte im Mondlicht wie leblos, und sein Gang mit den dicken, steif vom Körper abstehenden Armen verlieh ihm das Aussehen einer ausgestopften Puppe. Seine verschmitzten kleinen Augen funkelten wie Glimmer. In gebrochenem Englisch übermittelte er Jasper das Ersuchen, an Bord der ›Neptun‹ zu kommen.

Jasper hatte zwar so etwas Ungewöhnliches nicht erwartet, aber nach kurzer Überlegung beschloß er, weder Verärgerung noch Überraschung zu zeigen. An dem Fluß, aus dem er gerade kam, hatte es schon seit einigen Jahren politische Unruhen gegeben, und er war sich bewußt, daß seine Reisen dorthin mit einigem Argwohn betrachtet wurden, aber er kümmerte sich nicht sehr um das Mißfallen der Behörden, die den alten Nelson so erschrecken konnten. Er traf Anstalten, die Brigg zu verlassen, und Schultz folgte ihm bis zur Reling, als ob er ihm noch etwas sagen wollte, blieb aber schließlich doch schweigend neben ihm stehen. Als Jasper über die Reling stieg, bemerkte er das totenbleiche Gesicht seines Steuermanns. Stumm, mit einem flehentlichen Ausdruck in den Augen, sah ihn der Mann an, der auf der Brigg Erlösung von den Auswirkungen seiner absonderlichen psychischen Veranlagung gefunden hatte.

»Was ist los?« fragte Jasper.

»Ich möchte nur wissen, wie das enden wird«, sagte die schöne Stimme, die sogar die vernünftige Freya bestrickt hatte. Aber

wo war der reizvolle Klang seiner Stimme jetzt? Seine Worte hörten sich wie das Krächzen eines Raben an.
»Sie sind krank«, sagte Jasper mit entschiedener Stimme.
»Ich wünschte, ich wäre tot!« war die bestürzende Erklärung, die Schultz, durch irgendeine geheimnisvolle Sorge bis aufs äußerste bedrängt, wie im Selbstgespräch ausstieß. Jasper warf ihm einen durchdringenden Blick zu, aber jetzt war nicht der geeignete Augenblick, auf die krankhaften Ausbrüche eines fiebernden Mannes einzugehen. Er sah nicht danach aus, als ob er tatsächlich phantasierte, und das mußte vorläufig genügen. Schultz stürzte auf Jasper zu. »Der Kerl führt etwas im Schild!« sagte er verzweifelt. »Er führt etwas gegen Sie im Schilde, Kapitän Allen. Ich fühle es, und ich –« Die Worte blieben ihm vor unerklärlicher Erregung in der Kehle stecken.
»Gut, Schultz, ich werde ihm keine Gelegenheit geben«, unterbrach ihn Jasper kurz und schwang sich ins Boot.
Breitbeinig stand Heemskirk auf dem vom Mondlicht überfluteten Deck der ›Neptun‹. Sein schwarzer Schatten fiel quer über das Achterdeck, und als sich Jasper näherte, rührte er sich nicht. Aber sein Innerstes wurde beim Anblick dieses Mannes wie vom Seegang aufgewühlt. Schweigend blieb Jasper vor ihm stehen und wartete. Als sie so Angesicht zu Angesicht in unmittelbarem Kontakt einander gegenüberstanden, fielen sie gleich wieder in die gewohnten Umgangsformen, die sie sich bei den gelegentlichen Begegnungen im Bungalow des alten Nelson angeeignet hatten. Jeder ignorierte das Vorhandensein des anderen – Heemskirk übelgelaunt, Jasper mit vollkommen ausdrucksloser Ruhe.
»Was geht auf dem Fluß vor, von dem Sie gerade kommen?« fragte der Leutnant ohne Umschweife. »Ich weiß nichts von Unruhen, wenn Sie das meinen«, erwiderte Jasper. »Ich habe dort eine halbe Ladung Reis gelöscht, für die ich nichts einhandeln konnte, und fuhr dann weiter. Im Augenblick sind dort

keine Geschäfte zu machen, aber wenn ich nicht gekommen wäre, wären sie nächste Woche vor Hunger umgekommen.«
»Einmischung in Dinge, die einen nichts angehen! Typisch englisch! Und wenn die Bande nichts Besseres verdient, als zu verhungern, he?«
»Dort leben Frauen und Kinder, nicht wahr«, bemerkte Jasper in ruhigem Ton.
»Jawohl! Wenn ein Engländer Frauen und Kinder vorschiebt, dann steckt bestimmt etwas Faules dahinter. Wir werden mal untersuchen müssen, was Sie da treiben.«
Sie sprachen abwechselnd, als ob sie körperlose Geister wären – bloße Stimmen in leerer Luft, denn sie sahen sich an, als ob der andere gar nicht vorhanden wäre, oder zeigten höchstens so viel Interesse an dem anderen, wie man einem leblosen Gegenstand zukommen läßt, aber nicht mehr. Nun schwiegen sie beide. Heemskirk war plötzlich der Gedanke gekommen: »Sie wird ihm alles erzählen. Sie wird sich an seinen Hals hängen und lachend mit allem herauskommen.« Und plötzlich überfiel ihn das Verlangen, Jasper auf der Stelle zu vernichten, mit solcher Vehemenz, daß er fast den Verstand darüber verlor. Er konnte weder sprechen noch etwas erkennen. Einen Augenblick lang vermochte er Jasper überhaupt nicht mehr zu sehen. Doch er hörte ihn fragen, und es klang, als spräche er in die leere Luft:
»Soll ich daraus entnehmen, daß die Brigg festgehalten wird?«
In einer Aufwallung boshafter Befriedigung kam Heemskirk wieder zu sich. »Ja, das wird sie. Ich nehme sie in Schlepp mit nach Makassar.«
»Darüber werden die Gerichte entscheiden, ob das zu Recht geschieht«, sagte Jasper mit gespielter Gleichgültigkeit, als er merkte, daß sich die Angelegenheit zuspitzte.
»Oh, ja, die Gerichte, natürlich! Und was Sie angeht, Sie werde ich hier an Bord festhalten.«

Jaspers steinerne Unbeweglichkeit verriet seine Bestürzung darüber, daß er sich von seinem Schiff trennen sollte. Sie hielt aber nur einen Augenblick an, dann wandte er sich ab und rief die Brigg an. Schultz antwortete:

»Jawohl, Kapitän!«

»Machen Sie alles klar zum Schleppen. Sie bekommen gleich eine Leine vom Kanonenboot. Wir werden nach Makassar geschleppt.«

»Großer Gott! Warum das, Kapitän?« kam es ängstlich mit schwacher Stimme zurück.

»Aus Freundlichkeit, nehme ich an«, rief Jasper ironisch mit großer Gelassenheit zurück. »Wir hätten sonst vielleicht tagelang in der Flaute treiben können. Dazu noch diese Gastfreundschaft. Ich bin eingeladen worden, hier an Bord zu bleiben.«

Die Antwort auf diese Mitteilung war ein lauter, entsetzter Aufschrei. Besorgt dachte Jasper: »Nun hat der Kerl wohl ganz die Nerven verloren«, und mit einem bisher nicht gekannten unangenehmen Gefühl der Unruhe blickte er nach der Brigg. Der Gedanke, zum ersten Male, seit er sie besaß, von ihr getrennt zu sein, erschütterte die anscheinend sorglose Standhaftigkeit seines Charakters von Grund auf. Während der ganzen Zeit hatte weder Heemskirk noch sein schwarzer Schatten auch nur die geringste Bewegung gemacht.

»Ich schicke gleich einen Offizier und eine Bootsbesatzung auf Ihr Schiff«, kündigte er jetzt an, wobei er niemand anblickte. Mit einem Ruck riß sich Jasper vom Anblick der Brigg los, in den er ganz versunken war, und wandte sich um. Kühl und mit ausdrucksloser Stimme erhob er Einspruch gegen dieses Vorgehen. Er dachte dabei in erster Linie an den Zeitverlust. Er zählte schon die Tage. Zwar lag Makassar auf seiner Route, und daß man ihn dort hinschleppte, war schließlich nur eine Zeitersparnis. Andererseits waren einige unangenehme Formalitäten in Kauf zu nehmen. Aber die ganze Sache war einfach lächerlich. »Der Kakerlak ist verrückt geworden«, dachte er. »Ich werde doch sofort wieder freigelassen. Und wenn nicht, muß Mesman für mich Bürgschaft leisten.« Mesman war ein angesehener holländischer Kaufmann in Makassar, mit dem Jasper viel geschäftlich zu tun gehabt hatte.

»Sie protestieren? Hm!« brummte Heemskirk und verharrte noch einen Augenblick regungslos auf demselben Fleck. Er stand breitbeinig da und hatte den Kopf gesenkt, als ob er seinen eigenen komisch tief gespaltenen Schatten eingehend betrachtete. Dann gab er dem rundlichen Stückmeister ein Zeichen, der wie ein schlecht ausgestopftes Muster eines fetten Mannes mit einem leblosen Gesicht und glitzernden, kleinen Augen unbeweglich in der Nähe stehengeblieben war. Der Mann trat heran und nahm Haltung an.

»Sie gehen mit einer Bootsmannschaft an Bord der Brigg!«

»Jawohl, Mynheer!«

»Sie lassen die ganze Zeit über einen Ihrer Leute die Brigg steuern«, fuhr Heemskirk fort. Er gab seine Anweisungen auf Englisch, anscheinend zur Erbauung Jaspers. »Haben Sie verstanden?«

»Jawohl, Mynheer!«

»Sie bleiben die ganze Zeit über an Deck und auf Wache!«

»Jawohl, Mynheer!«

Jasper war zumute, als sei ihm mit dem Kommando über die Brigg das Herz aus der Brust gerissen worden. Mit veränderter Stimme fragte ihn Heemskirk: »Was für Waffen haben Sie an Bord?«

Eine Zeitlang hatten alle Schiffe in der Chinafahrt die Genehmigung, eine bestimmte Anzahl Feuerwaffen zu ihrer Verteidigung an Bord mitzuführen.

»Achtzehn Gewehre mit Bajonetten, die an Bord waren, als ich das Schiff vor vier Jahren kaufte. Sie sind deklariert worden.«

»Wo sind sie aufbewahrt?«
»In der vorderen Kammer. Der Steuermann hat den Schlüssel.«
»Die werden beschlagnahmt«, sagte Heemskirk zum Stückmeister.
»Jawohl, Mynheer!«
»Wozu das? Was soll das bedeuten?« brauste Jasper auf; biß sich dann aber auf die Lippen. »Es ist unerhört!« murmelte er. Heemskirk blickte ihn mit einem schweren, leidend wirkenden Gesichtsausdruck flüchtig an. »Sie können gehen«, sagte er zum Stückmeister. Der dicke Mann salutierte und entfernte sich.
Während der nächsten dreißig Stunden wurde die gleichmäßige Schleppfahrt einmal unterbrochen. Auf ein Signal von der Brigg, das von der Back aus durch Hinundherschwenken einer Flagge gegeben wurde, stoppte das Kanonenboot. Das schlecht ausgestopfte Exemplar von Deckoffizier kam mit einem Boot längsseit der ›Neptun‹ und eilte dort geradewegs in die Kammer des Kommandanten. Seine kleinen, flackernden Augen verrieten, daß er über eine wichtige Mitteilung für seinen Kommandanten sehr aufgeregt war. Die geheime Besprechung zwischen den beiden Männern dauerte eine ganze Weile, währenddessen Jasper an der Heckreling stand und auszumachen versuchte, ob irgend etwas Außergewöhnliches an Bord der Brigg geschehen war. Aber es schien dort alles in Ordnung zu sein. Dennoch wartete er auf den Stückmeister, und obgleich er nach dem Wortwechsel mit Heemskirk es vermieden hatte, noch jemand an Bord der ›Neptun‹ zu sprechen, hielt er diesen Mann, als er wieder an Deck kam an, um ihn zu fragen, wie es seinem Steuermann gehe.
»Er fühlte sich nicht gut, als ich von Bord ging«, erklärte Jasper.
Der feiste Deckoffizier, der sich so verhielt, als erfordere die

Mühe, seinen dicken Bauch vor sich herzutragen, eine kerzengerade Haltung, schien kaum zu verstehen, was Jasper sagte. Nicht ein einziger Zug in seinem Gesicht verriet auch nur das geringste Leben, aber seine kleinen Augen blinzelten schließlich heftig.

»Oh, ja! Der Steuermann. Ja, ja! Es geht ihm gut. Aber, mein Gott (auf Deutsch), er ist ein komischer Mann!«

Was diese Bemerkung bedeuten sollte, konnte Jasper nicht erfahren, weil der Holländer schnell in das Boot kletterte und nach der Brigg zurückfuhr. Aber Jasper tröstete sich mit dem Gedanken, diese unangenehme und ziemlich lächerliche Angelegenheit werde bald überstanden sein. Die Reede von Makassar war schon in Sicht. Heemskirk war auf dem Weg nach der Brücke. Im Vorbeigehen blickte er ihn zum ersten Mal mit deutlicher Absicht an, das seltsame Rollen seiner Augen war so komisch – für Freya und Jasper stand es schon lange fest, daß der Leutnant sehr komisch war –, er schien so verzückt und befriedigt, als ob er einen schmackhaften Bissen auf der Zunge zergehen ließe, daß Jasper ein amüsiertes Lächeln nicht unterdrücken konnte. Aber dann kehrten seine Blicke zurück zu seiner Brigg.

Seinen mit so viel Liebe gehegten Besitz, seine Brigg, die von Freyas Seele belebt und die einzige Zuflucht zweier Menschen auf der weiten Welt war, dieses Unterpfand seiner großen Liebe, sie, die treue Gefährtin seiner wagemutigen Fahrten, die ihm die Macht verlieh, die bewundernswerte, gelassene Freya an seine Brust zu reißen und sie fort bis ans Ende der Welt zu tragen, dieses herrliche Schiff, das seinen Stolz und seine Liebe verkörperte, als Gefangene am Ende einer Schlepptrosse zu sehen, war wirklich kein angenehmes Erlebnis. Es war wie ein Alpdruck, wie der Traum von einem mit Ketten gefesselten Seevogel.

Doch wohin hätte er sonst seine Blicke richten sollen? Die

Schönheit der Brigg ergriff ihn zuweilen mit einer solchen Zaubermacht, daß er ganz vergaß, wo er sich befand. Und außerdem war das Gefühl der Überlegenheit, das die Gewißheit, geliebt zu werden, einem jungen Manne einflößt, so stark, daß er die Illusion hatte, er sei durch den zärtlichen Blick einer Frau gegen jede Unbill gefeit. Und dieses Gefühl der Überlegenheit gab ihm die Kraft, nachdem der erste Schock überwunden war, diese Erlebnisse mit erheitertem Selbstvertrauen zu ertragen. Denn welches Unheil konnte dem Auserwählten Freyas zustoßen?

Inzwischen war es Nachmittag geworden. Die Sonne stand hinter den beiden Schiffen, als sie auf den Hafen zusteuerten. »Bald wird dieser kleine Scherz des Kakerlaken zu Ende sein«, dachte Jasper ohne Groll. Als einem mit diesem Teil der Welt wohlvertrauten Seemann genügte ihm ein flüchtiger Blick, um zu wissen, was vorging. Hallo, dachte er, er läuft durch die Straße von Spermonde. Gleich werden wir das Tamissa-Riff umrunden. Und wieder vertiefte er sich in den Anblick seiner Brigg, dieser Hauptstütze seiner materiellen und seelischen Existenz, die nun bald wieder in der Macht seiner Hände sein würde. Mit äußerster Kraft, als ginge es um eine Wette, schleppte die ›Neptun‹ ihr Opfer durch das spiegelglatte Wasser, das sie in einer mächtigen Bugwelle vor sich herschob. Auf der Back der ›Bonito‹ erschien jetzt der holländische Stückmeister mit einigen Leuten. Sie standen dort und blickten nach der Küste, während Jasper wieder in den Trancezustand eines Verliebten verfiel.

Der tiefe Ton der Dampfpfeife des Kanonenbootes kam so unerwartet, daß er erschrocken zusammenfuhr. Langsam sah er sich nach allen Seiten um. Dann stürzte er wie der Blitz mit ein paar langen Sätzen längs Deck nach vorn.

»Sie laufen auf das Tamissa-Riff!« brüllte er.

Oben auf der Brücke stand Heemskirk und sah mit einem

finsteren Blick über die Schulter nach achtern. Zwei Matrosen wirbelten das Steuerrad herum und legten es hart über, und schon drehte die ›Neptun‹ mit hoher Fahrt von dem hellen Streifen Wasser ab, der über der gefährlichen Stelle zu sehen war. Ha! Gerade noch zur rechten Zeit. Jasper wandte sich sofort um und blickte nach der Brigg, aber ehe er es fassen konnte, war – offenbar gehorsam einer von Heemskirk vorher dem Stückmeister erteilten Instruktion – auf das Signal der Dampfpfeife hin die Schlepptrosse losgeworfen worden, und bevor Jasper auch nur einen Schrei ausstoßen oder ein Glied rühren konnte, sah er, wie die Brigg auf Drift ging und mit dem Schwung ihre eigenen Fahrt quer hinter dem Heck des Kanonenbootes vorbeischoß. Mit immer größer werdenden, ungläubigen Augen sah er entsetzt der dahingleitenden herrlichen Gestalt seines Schiffes nach. Die Schreie an Bord drangen durch das laute Pochen seines eigenen Blutes wie ein verworrenes, schreckliches Murmeln in sein Ohr. Auf furchtbare Weise ihre glänzenden Fahreigenschaften entfaltend, schoß die Brigg hoch aufgerichtet, mit unvergleichlicher Anmut und Lebendigkeit, dahin, bis die glatte Wasserfläche vor ihrem Bug plötzlich zu versinken schien, als sei sie fortgesogen worden, und das Schiff mit einem sonderbaren, heftigen Beben seiner Mastspitzen zum Stehen kam, seine beiden hohen Stengen ein wenig neigte und regungslos liegenblieb. Unbeweglich lag es auf dem Riff, während die ›Neptun‹ einen weiten Bogen beschrieb und mit voller Fahrt weiter durch die Spermonde-Straße auf die Stadt zulief. Regungslos, vollkommen regungslos lag die Brigg fest, etwas Unheildrohendes und Unnatürliches in ihrer Haltung. In einem kurzen Augenblick hatte jene schwer deutbare Melancholie, die alle absterbenden Dinge befällt, das im Sonnenschein daliegende Schiff eingehüllt. Es war nur noch ein winziger Fleck in der leuchtenden Leere des Weltenraumes, schon einsam, schon verlassen.

»Haltet ihn!« brüllte eine Stimme von der Brücke. Jasper hatte, einer plötzlichen Regung folgend, versucht, kopfüber seiner Brigg nachzuspringen, so wie ein Mann vorwärts stürzt, um ein lebendes, atmendes, geliebtes Wesen vom Rande des Abgrunds zurückzureißen. »Haltet ihn! Laßt ihn nicht los!« schrie der Leutnant vom Brückenniedergang aus, während Jasper wortlos um sich schlug und nur sein Kopf auf der hin und her wogenden Masse der Matrosen der ›Neptun‹, die sich befehlsgemäß auf ihn gestürzt hatten, zu sehen war. »Festhalten – um keinen Preis darf der Kerl über Bord springen!« Jasper hörte auf, sich zu wehren.

Einer nach dem anderen ließen sie ihn los und wichen zurück. Schweigend verharrten sie in ihrer abwartenden Stellung und ließen ihn allein in einem weiten, leeren Kreis stehen, als wollten sie ihm viel Platz für einen Sturz nach diesem Kampf lassen. Aber er schwankte nicht einmal merklich. Als die ›Neptun‹ eine halbe Stunde später vor der Stadt zu Anker ging, hatte er sich noch nicht vom Fleck gerührt und noch keines seiner Glieder auch nur um Haaresbreite bewegt. Sofort als das Rasseln der Ankerkette verstummt war, kam Heemskirk schweren Schrittes die Brücke herunter.

»Rufen Sie einen Sampan heran!« sagte er in finsterem Ton, als er beim Posten am Fallreep vorbeiging und dann langsam auf Jasper zuschritt, der unverwandt auf das Deck starrte, als sei er in Gedanken versunken, während ihn die herumstehenden Leute scheu musterten. Heemskirk trat dicht an ihn heran und betrachtete ihn nachdenklich. Hier stand er, der Günstling, der Vagabund und einzige Mann, dem dieses teuflische Mädchen die Geschichte erzählen würde. Doch er würde sie nicht komisch finden. Diese Geschichte, wie Leutnant Heemskirk – nein, er würde nicht darüber lachen. Er sah so aus, als ob er niemals wieder in seinem Leben über etwas lachen würde.

Plötzlich sah Jasper auf. Seine Augen, in denen kein anderer Ausdruck als grenzenlose Bestürzung lag, begegneten Heemskirks beobachtenden finsteren Blicken.

»Auf das Riff gelaufen!« sagte er leise, in erstauntem Ton. »Auf – das – Riff!« wiederholte er noch leiser, als erwartete er innerlich das Erwachen eines schrecklichen Staunens.

»Und das genau bei Hochwasser und Springtide«, fiel Heemskirk mit hämischer, triumphierender Heftigkeit ein, die jäh aufblitzte und wieder erlosch. Er wartete, als sei er müde, und während über seine arrogant blickenden Augen ein Schein von Ernüchterung – der unvermeidliche Schatten aller Leidenschaft – wie eine dunkle Wolke zu gleiten schien, wiederholte er: »Genau bei Hochwasser.« Hierauf riß er sich die betreßte Mütze vom Kopf und wies mit einer höhnischen Geste nach dem Fallreep. »Und jetzt können Sie an Land und vor Gericht gehen, Sie verdammter Engländer!« sagte er.

VI

Die Angelegenheit der Brigg ›Bonito‹ mußte natürlich in Makassar, der schönsten und vielleicht makellosesten aller Städte der Inseln, in der es indessen nur selten Anlaß zur Aufregung gab, großes Aufsehen erregen. Die Bevölkerung der »Küste« wußte bald, daß draußen etwas passiert war. Eine ganze Zeitlang hatte man einen Dampfer beobachtet, der ein Segelschiff schleppte, und als er allein hereinkam und das andere Schiff auf See ließ, war man stutzig geworden. Was sollte das bedeuten? Nur noch die Masten des anderen Schiffes waren zu sehen. Mit festgemachten Segeln lag es südlich der Stadt auf derselben Stelle fest. Und bald verbreitete sich das Gerücht unter der Menge, die täglich am Strand zusammenströmte, daß auf dem Tamissa-Riff ein Schiff aufgelaufen sei. Die Leute deuteten die Erscheinung richtig. Nur die Ursache konnten sie nicht ergründen, denn wer hätte die Strandung eines Schiffes auf dem Tamissa-Riff mit einem neunhundert Meilen entfernt lebenden Mädchen in Verbindung gebracht, oder wer wäre auf die Idee gekommen, dieses Ereignis mit der Mentalität von wenigstens drei Menschen in Verbindung zu bringen, selbst wenn einer von ihnen, nämlich der Leutnant Heemskirk, gerade in diesem Augenblick an ihnen vorbeiging, um seiner Behörde Bericht zu erstatten?

Nein, so weit reichte die Phantasie der Küstenbevölkerung nicht, um einen solchen Zusammenhang zu ergründen. Aber viele Hände dort – braune Hände, gelbe Hände, weiße Hände – erhoben sich, um die nach See zu blickenden Augen zu beschatten. Das Gerücht verbreitete sich rasch. Chinesische Händler traten vor die Tür, und mehr als ein weißer Kaufmann erhob sich sogar von seinem Pult, um ans Fenster zu gehen. Immerhin war ein Schiff auf dem Tamissa-Riff kein alltägliches Ereignis. Und so dauerte es nicht lange, bis das Gerücht bestimmtere Formen annahm. Ein englisches Handelsschiff, das die ›Neptun‹ auf See als verdächtig angehalten hatte, war von Heemskirk in Schlepp genommen worden, um es zur Untersuchung in den Hafen zu bringen, als durch irgendeinen merkwürdigen Zufall – –

Später wurde auch der Name bekannt. »Die ›Bonito‹ – was? Unmöglich! Ja – ja, die ›Bonito‹. Sehen Sie doch! Man kann sie von hier sehen. Es sind nur zwei Masten – also eine Brigg! Wer hätte gedacht, daß sich dieser Mann je würde erwischen lassen. Heemskirk ist doch auch ein fixer Kerl. Man sagt, die Kajüte der Brigg sei wie auf einer vornehmen Yacht eingerichtet. Der Allen benimmt sich ja auch wie ein vornehmer Herr. Ein ganz extravaganter Kerl!«

Ein junger Mann, der sich mit weiteren Neuigkeiten wichtig tat, trat schneidig in das am Wasser gelegene Kontor der Ge-

brüder Mesman. »Oh, ja, das ist ohne Zweifel die ›Bonito‹! Aber Sie kennen die Geschichte nicht, die ich eben erfahren habe. Der Kerl muß in den beiden letzten Jahren das ganze flußaufwärts gelegene Gebiet mit Waffen versorgt haben. Anscheinend ist er so leichtsinnig geworden, da alles immer klarging, daß er es jetzt gewagt hat, sogar die Bordgewehre zu verkaufen. So eine Unverschämtheit! Er wußte nur nicht, daß eines unserer Kriegsschiffe an der Küste patrouillierte. Aber diese Engländer sind so unverschämt, daß er wohl glaubte, ihm könne nichts geschehen. Unsere Gerichte lassen diese Kerle ja auch zu oft wegen irgendeiner elenden Entschuldigung laufen. Aber auf jeden Fall ist es jetzt mit der berühmten ›Bonito‹ zu Ende. Ich hörte gerade im Hafenamt, daß sie bei Springhochwasser aufgelaufen ist, und dazu noch in Ballast. Keine Macht der Erde, glaubt man, kann sie von dort wieder abbringen. Hoffentlich trifft das zu. Es wäre doch wunderbar, wenn die berüchtigte ›Bonito‹ auf dem Riff als Warnung für die anderen steckenbliebe.«
Herr J. Mesman, ein in den Kolonien geborener Holländer mit einem glattrasierten Gesicht und gepflegtem grauem Haar, das sich etwas über den Kragen kräuselte, ein alter, freundlicher Mann, sagte kein Wort zur Verteidigung Jaspers und der ›Bonito‹. Er erhob sich ganz plötzlich aus seinem Lehnstuhl. Es war ihm deutlich anzusehen, daß er bekümmert war. Jasper hatte ihm einmal nach einem Gespräch über geschäftliche Angelegenheiten, über Mittel und Wege in der Inselfahrt, über Geldfragen und so weiter auch sein Herz ausgeschüttet und von Freya gesprochen; und diese Offenbarung hatte den vortrefflichen Mann, der den alten Nelson Jahre vorher gekannt hatte und sich sogar dunkel an Freya erinnern konnte, sehr überrascht und amüsiert.
»So, so, so! Nelson! Ja, natürlich. Eine sehr ehrliche Haut. Und ein kleines Kind mit hellblondem Haar. Oh, ja! Ich kann mich

genau erinnern. Und daraus ist also ein hübsches Mädchen mit solch einem festen Charakter geworden. So energisch –« Und er lachte beinahe laut auf. »Vergessen Sie nicht«, hatte er damals zu ihm gesagt, »wenn Sie, Kapitän Allen, Ihre zukünftige Frau glücklich entführt haben, müssen Sie hier vorbeikommen. Sie sind uns immer willkommen. Ein kleines, blondes Mädchen! Ich erinnere mich! Ich erinnere mich.«
Diese Erinnerung war es, die den bekümmerten Ausdruck in seinem Gesicht hervorgerufen hatte, als er die erste Nachricht von dem Auflaufen der Brigg hörte. Er verlangte nach seinem Hut.
»Wohin gehen Sie, Herr Mesman?«
»Ich muß nach Allen schauen. Er wird jetzt wohl an Land sein. Weiß es vielleicht jemand?«
Keiner der Anwesenden wußte es, und so begab sich Mesman an die »Küste«, um Nachforschungen anzustellen.
Im anderen Teil der Stadt, nahe der Kirche und der Festung, wurde das Unglück auf andere Weise bekannt. Es war Jasper selbst, der die Bevölkerung dort zuerst davon in Kenntnis setzte, als er hastig durch die Straßen eilte, als würde er verfolgt. Und tatsächlich lief ein Chinese – augenscheinlich ein Sampanführer – mit derselben ungestümen Hast hinter ihm her. Plötzlich, als sie am Orange-Hotel vorbeikamen, bog Jasper ab und ging oder vielmehr stürzte an Gómez, dem Portier, der sich furchtbar erschreckte, vorbei ins Haus. Doch zunächst wurde Gómez von dem ungehörigen Lärm des Chinesen abgelenkt. Dessen Beschwerde ging dahin, daß der weiße Mann, den er vom Kanonenboot an Land gebracht hatte, ihm das Fahrgeld schuldig geblieben sei. Er hatte ihn bis hierher verfolgt und die ganze Zeit über sein Geld verlangt. Aber der weiße Mann hatte gar keine Notiz von ihm und seiner berechtigten Forderung genommen. Gómez stellte den Kuli mit ein paar Kupfermünzen zufrieden und machte sich dann auf die

Suche nach Jasper, den er gut kannte. Er fand ihn unbeweglich an einem kleinen, runden Tisch stehen. Einige Männer, die am anderen Ende der Veranda saßen, hatten ihre Unterhaltung unterbrochen und blickten schweigend zu ihm hin. Zwei Billardspieler mit ihren Queues in der Hand waren an die Tür des Billardzimmers gekommen und starrten gleichfalls neugierig nach Jasper.

Als Gómez auf Jasper zutrat, erhob dieser die Hand und deutete auf seine Kehle. Gómez fiel der etwas beschmutzte Zustand von Allens weißem Anzug auf, dann warf er einen schnellen Blick auf dessen Gesicht und stürzte davon, um das Getränk zu bestellen, das Jasper zu verlangen schien.

Wohin Jasper zu gehen beabsichtigte – zu welchem Zweck – wohin er vielleicht nur zu gehen glaubte, als er aus einem plötzlichen Impuls oder beim Anblick einer vertrauten Stätte in das Orange-Hotel eintrat – ist unmöglich zu sagen. Mit den Fingerspitzen stützte er sich leicht auf dem kleinen Tisch. Auf der Veranda waren zwei Männer, die er persönlich gut kannte, aber sein Blick, der unaufhörlich umherschweifte, als ob er nach irgendeiner Fluchtmöglichkeit suchte, streifte immer wieder die beiden ohne ein Zeichen des Erkennens. Sie blickten ihrerseits zu ihm hin und glaubten ihren Augen nicht zu trauen. Nicht, daß sein Gesicht entstellt gewesen wäre. Im Gegenteil, es war starr und regungslos. Aber irgendwie war sein Ausdruck nicht wiederzuerkennen. Kann er das sein? fragten sie sich erschrocken.

In seinem Kopf wirbelten die Gedanken durcheinander. Es waren klare Gedanken, und gerade diese Klarheit war so schrecklich, weil er nicht imstande war, auch nur einen einzigen dieser Gedanken festzuhalten. Immer wieder sagte er sich: »Ruhig, bleib ruhig.« Vor ihm erschien einer der chinesischen Kellner mit einem Glas auf einem Tablett. Jasper goß das Getränk hinunter und stürzte hinaus. Sein Verschwinden löste

Staunen aus, das die Gäste in seinen Bann hielt. Einer von ihnen sprang auf und ging rasch nach der Seite der Veranda, von der aus fast die ganze Reede zu übersehen war. Im selben Augenblick, als Jasper aus der Tür des Hotels kam und unter der Veranda entlangging, rief der andere aufgeregt: »Natürlich war das Jasper! Aber wo ist seine Brigg?«

Jasper hörte diese Worte mit besonderer Deutlichkeit. Die Himmel schienen davon widerzuhallen, als ob sie ihn zur Rechenschaft zögen, denn das waren genau die Worte, die Freya an ihn gerichtet hätte. Es war eine vernichtende Frage. Wie ein Donnerschlag fuhren sie in sein Bewußtsein und hüllten das Chaos seiner Gedanken in jähe Finsternis, indes er weiterschritt – er machte noch zwei oder drei Schritte im Dunkeln – dann stürzte er zu Boden.

Der gute Mesman mußte sich bis zum Krankenhaus durchschlagen, ehe er Jasper fand. Der Arzt dort sprach von einem leichten Hitzschlag. Nichts sehr Ernstes. In drei Tagen würde er wieder draußen sein ... Zugegeben, der Arzt hatte recht. Nach drei Tagen kam Jasper aus dem Krankenhaus und war wieder in der Stadt zu sehen, ja, sehr deutlich zu sehen – und er blieb es für eine ziemlich lange Zeit, lange genug jedenfalls, um eine Sehenswürdigkeit des Ortes zu werden, und lange genug, um schließlich unbeachtet zu bleiben, lange genug, daß die Geschichte seiner gespensterhaften Erscheinung bis auf den heutigen Tag im Gedächtnis der Inselbewohner haftengeblieben ist.

Das Gerede an der »Küste« und Jaspers Auftreten im Orange-Hotel waren der Anfang des berühmten »›Bonito‹-Falles«, und sie sind aufschlußreich für die beiden Aspekte, unter denen dieser Vorfall zu beurteilen ist: dem praktischen und dem psychologischen, dem Fall für die Gerichte und dem Fall für unser Mitgefühl, jenem letzten schrecklichen, der so augenfällig und sogleich unverständlich ist.

Er ist selbst für meinen Freund, müssen Sie wissen, der mir den in den ersten Zeilen dieser Erzählung erwähnten Brief schrieb, bis heute unverständlich geblieben. Dieser Freund war einer von Mesmans Angestellten und hatte den Chef auf der Suche nach Jasper begleitet. In seinem Brief beschreibt er beide Seiten dieses Vorfalles und einige Episoden daraus. Heemskirks Haltung war durchdrungen von Dankbarkeit darüber, daß er nicht sein eigenes Schiff verloren hatte. Das war alles. Nebel über Land war seine Erklärung dafür, daß er so dicht an das Tamissa-Riff geraten war. Immerhin hatte er sein Schiff gerettet, und das andere kümmerte ihn nicht. Und was den dicken Stückmeister betraf, der sagte einfach unter Eid aus, er hätte damals gedacht, es sei das beste, die Schlepptrosse loszuwerfen, wobei er allerdings zugab, daß ihn das plötzliche Eintreten dieses Notfalles sehr verwirrt habe.

In Wirklichkeit hatte er nach äußerst genauen Anweisungen Heemskirks gehandelt, dessen unterwürfiger Gefolgsmann er nach jahrelanger, gemeinsamer Dienstzeit im Osten geworden war. Das Erstaunlichste in seiner Erzählung über die Beschlagnahme der ›Bonito‹ war jedoch die Geschichte mit den Bordwaffen. Gerade als er, wie befohlen, von den Waffen der ›Bonito‹ Besitz ergreifen wollte, entdeckte er, daß überhaupt keine Waffen mehr an Bord waren. Alles, was er in der vorderen Kajüte fand, war ein leerer Ständer für die registrierte Anzahl von achtzehn Gewehren; nur von den Gewehren selbst war nicht ein einziges mehr auf dem Schiff vorhanden. Der Steuermann der Brigg, der ziemlich krank aussah und sich sehr aufgeregt benahm, so als sei er geistig nicht normal, wollte ihn glauben machen, daß Kapitän Allen nichts vom Fehlen der Waffen wisse und daß er, der Steuermann, diese Gewehre kürzlich mitten in der Nacht an eine gewisse Person oben am Fluß verkauft habe. Als Beweis für seine Angaben hatte er einen Beutel mit Silberdollars hervorgeholt und dem Stück-

meister aufzudrängen versucht. Hinterher hatte er den Beutel plötzlich an Deck geworfen und sich mit beiden Fäusten an den Kopf geschlagen, wobei er gräßlich sich selbst verfluchte als einen undankbaren Lumpen, der nicht wert sei zu leben.
Diese Einzelheiten hatte der Stückmeister sofort seinem Vorgesetzten berichtet.
Was Heemskirk selbst vorhatte, als er von sich aus die ›Bonito‹ aufbrachte, ist schwer zu sagen. Fest steht nur, daß er in das Leben des von Freya begünstigten Mannes Schwierigkeiten bringen wollte. Er sah in Jasper den Mann der Küsse und Umarmungen, den er am liebsten zu Boden geschlagen hätte. Die Frage war nur, wie das zu bewerkstelligen war, ohne sich selbst eine Blöße zu geben. Doch der Bericht des Stückmeisters schuf einen hinreichenden Vorwand. Immerhin besaß Allen Freunde – und wer konnte wissen, ob es ihm nicht gelingen würde, sich doch irgendwie herauszuwinden. Der Gedanke, die bereits so sehr kompromittierte Brigg einfach auf das Riff zu schleppen, kam ihm während des Gesprächs mit dem dicken Stückmeister in seiner Kammer. Jetzt, nachdem er alles erfahren hatte, bestand keine große Gefahr mehr, sich einen Tadel zuzuziehen, und er könnte es so drehen, daß es wie ein unglücklicher Zufall aussah.
Als er wieder an Deck kam, hatte er sich an dem Anblick seines ahnungslosen Opfers mit solch finster rollenden Augen und einem so merkwürdig verkniffenen Mund geweidet, daß Jasper ein Lächeln nicht unterdrücken konnte. Und der Leutnant, der wieder auf die Brücke ging, sagte sich:
»Warte nur! Ich werde dir den Geschmack an den süßen Küssen schon verderben. Wenn du in Zukunft den Namen des Leutnants Heemskirk hörst, wird dir das Lächeln vergehen, das schwör' ich dir. Jetzt bist du mir ausgeliefert.«
Und diese Möglichkeit war nicht einmal geplant; sie war ihm gewissermaßen in den Schoß gefallen, als hätten sich die Er-

eignisse auf geheimnisvolle Weise von selbst so entwickelt, daß sie den Absichten seiner finsteren Leidenschaft nicht hätten besser dienen können. Das Schicksal verschaffte ihm den Genuß einer Rache in ungewöhnlicher, unglaublicher Vollkommenheit, indem es diesen verhaßten Menschen mit einem tödlichen Schlag ins Herz traf und ihm hinterher mit dem Dolch in der Brust noch den Anblick seines Peinigers preisgab. Denn darauf lief Jaspers Zustand hinaus, wie er mit brüsken Bewegungen und wilden Gesten, abgemagert, mit hagerem Gesicht und müden Augen ruhelos umherlief, unaufhörlich mit matter Stimme in irrem Selbstgespräch stammelnd und wissend, daß es ebensowenig möglich war, seine Brigg zurückzubekommen, wie ein durchbohrtes Herz zu heilen. Seine Seele, die unter der Macht der Liebe durch Freyas unerschütterlichen Einfluß in gleichmütiger Ruhe gewesen war, glich einer stummen, aber überspannten Saite. Dieser Schock hatte sie in Schwingungen versetzt, und die Saite war gesprungen. Zwei Jahre lang hatte er wie trunken in vollkommenem Vertrauen auf den Tag gewartet, der jetzt niemals kommen würde für einen Mann, der durch den Verlust der Brigg für das Leben entwaffnet und, wie es ihm schien, untauglich für eine Liebe war, der er keine Wohnstätte mehr bieten konnte.
Tag für Tag lief er durch die Stadt, entlang der Küste bis zu der Stelle, die dem Teil des Riffs gegenüberlag, auf dem seine gestrandete Brigg lag. Unverwandt blickte er von dort aus über das Wasser nach dem geliebten Schiff, das einst das Ziel einer jubelnden Hoffnung war und jetzt in seiner trostlosen, unbeweglichen Schräglage wie ein Symbol der Hoffnungslosigkeit über dem Horizont emporragte.
Die Mannschaft hatte das Schiff damals in den eigenen Booten verlassen, die sofort, als sie die Stadt erreichten, von den Hafenbehörden beschlagnahmt wurden. Auch die Brigg wurde während des schwebenden Gerichtsverfahrens mit Beschlag

belegt, aber die selbe Behörde hatte es nicht der Mühe wert gehalten, eine Wache an Bord aufzustellen. Was hätte auch das Schiff vom Riff abbringen können? Nichts – es sei denn, es wäre noch ein Wunder geschehen. Nichts, wenn es nicht Jaspers Augen vermochten, die Stunden hindurch starr auf sie geheftet waren, als hoffe er, sie durch die visionäre Kraft an seine Brust ziehen zu können.

Ich war über die ganze Geschichte, die ich in dem sehr weitläufigen Brief meines Freundes las, nicht wenig bestürzt. Geradezu entsetzlich aber war, was er von Schultz, dem Steuermann, berichtete, der überall umherlief und mit verzweifelter Hartnäckigkeit immer wieder versicherte, daß er allein es gewesen sei, der die Gewehre verkauft hatte.

»Ich habe sie gestohlen«, beteuerte er. Natürlich glaubte ihm niemand. Selbst mein Freund glaubte ihm nicht, obgleich er selbstverständlich den Opfermut des Mannes bewunderte. Viele Leute meinten jedoch, es gehe zu weit, sich einem Freund zuliebe als Dieb hinzustellen. Aber es war so offenkundig eine Lüge, daß es wohl nichts ausgemacht hat.

Ich aber, der ich die Mentalität des Steuermanns kannte, wußte sofort, daß er die Wahrheit gesagt hatte; und ich muß gestehen, ich war entsetzt. Auf diese Weise also hatte ein tückisches Geschick einen großmütigen Impuls vergolten! Und ich fühlte mich in gewisser Hinsicht mitschuldig an dieser Perfidie, weil ich Jasper bis zu einem gewissen Grad dazu ermutigt hatte, andererseits aber hatte ich ihn auch gewarnt.

»Bei dem Mann war das anscheinend zu einer fixen Idee geworden«, schrieb mein Freund. »Er wandte sich auch an Mesman mit seiner Geschichte und sagte ihm, daß so ein schuftiger Weißer, der unter den Eingeborenen oben am Fluß lebte, ihn eines Abends mit Gin betrunken gemacht und dann wegen seines chronischen Geldmangels verhöhnt hatte. Dann versicherte er uns, er sei ein ehrlicher Mensch und man müsse ihm glauben, wenn er von sich sage, er werde jedesmal, wenn er einen Tropfen zuviel getrunken habe, zum Dieb. So sei er damals an Bord gegangen und habe die Gewehre, eines nach dem anderen, ohne die geringsten Gewissensbisse für zehn Dollar das Stück in ein Kanu hinuntergereicht, das in jener Nacht längsseit gekommen war.

Am nächsten Tag verging er fast vor Scham und Kummer, aber er hatte nicht den Mut, seinem Wohltäter den Fehltritt zu gestehen. Als das Kanonenboot dann die Brigg stoppte, wäre er aus Furcht vor den Folgen am liebsten gestorben und hätte gerne sein Leben hingegeben, wenn er mit diesem Opfer imstande gewesen wäre, die Gewehre wieder zurückzubringen. Er sagte Jasper nichts, in der Hoffnung, die Brigg würde bald wieder freigegeben werden. Als es dann aber anders kam und sein Kapitän an Bord des Kanonenbootes festgehalten wurde, war er drauf und dran, vor Verzweiflung Selbstmord zu begehen; nur der Gedanke, daß es seine Pflicht sei, die Wahrheit zu bekennen, habe ihn davon abgehalten. ›Ich bin ein ehrlicher Mann! Ich bin ein ehrlicher Mann!‹ wiederholte er immer wieder mit einer Stimme, die uns Tränen in die Augen trieb. ›Sie müssen mir glauben, wenn ich Ihnen sage, daß ich ein Dieb bin – ein ganz gemeiner, hinterlistiger, nichtswürdiger Dieb, sobald ich etwas getrunken habe. Bringen Sie mich dorthin, wo ich die Wahrheit unter Eid aussagen kann.‹

Als wir ihn endlich überzeugt hatten, daß seine Erzählung Jasper nichts nützen könne – denn welcher holländische Gerichtshof würde eine solche Erklärung gelten lassen, wenn er schon einmal einen englischen Handelsfahrer erwischt hat; und außerdem, wie, wann und wo konnte man hoffen, den Beweis für eine solche Geschichte zu finden? – als wir ihn endlich davon überzeugt hatten, schien er sich die Haare ausreißen zu wollen, aber schließlich beruhigte er sich und sagte: ›Dann leben Sie wohl, meine Herren‹ und verließ das Zimmer so niedergeschmettert, daß er kaum imstande schien, einen Fuß vor den anderen zu setzen. Noch in derselben Nacht nahm er sich das Leben. Im Hause eines Mischlings, in dem er nach der Strandung der Brigg gewohnt hatte, durchschnitt er sich die Kehle.«

Diese Kehle, dachte ich mit Schaudern, die diese weiche, verführerische und doch so männliche Stimme hervorbringen konnte, deren bezaubernder Klang Jaspers Mitgefühl und Freyas Zuneigung erregt hatte! Wer hätte je geglaubt, daß dieser unmögliche, liebenswürdige, sanfte Schultz mit seiner Schwäche für Diebereien so enden würde? Diebereien, die so naiv und durchschaubar waren, daß sie selbst bei den Leuten, die davon betroffen waren, nur einen gewissen belustigten Ärger hervorriefen? Er war wirklich unmöglich. Zweifelsohne hätte sein Los das einer halbverhungerten, geheimnisvollen, aber keineswegs tragischen Existenz sein müssen, einer jener Existenzen, die als harmlose, lammfromme Herumtreiber ein Leben am Rande des Eingeborenendaseins fristen. Es gibt Gelegenheiten, wo die Ironie des Schicksals, die einige Menschen in der Gestaltung unseres Lebens zu entdecken glauben, nicht mehr als ein grober, roher Scherz zu sein scheint.

Ich schüttelte den Kopf über die Manen des Schultz und las weiter im Brief meines Freundes. Er berichtete, wie die Brigg auf dem Riff von den Eingeborenen der umliegenden Küstendörfer geplündert wurde und allmählich das trostlose Aussehen, die graue Geisterhaftigkeit eines Wracks annahm, während Jasper, der täglich mehr zum bloßen Schatten eines Menschen dahinschwand, mit schrecklich unruhigen Augen und einem schwachen, starren Lächeln um den Mund die ganze Küste entlang schritt, um den Tag auf der äußersten Spitze einer einsamen Landzunge damit zu verbringen, ungeduldig nach seinem Schiff zu blicken, als erwartete er, es würde sich über der verfallenen Reling eine Gestalt erheben, um ihm irgendein Zeichen zukommen zu lassen. Die Mesmans sorgten für ihn, soweit es möglich war. Der »›Bonito‹-Fall« war nach Batavia verwiesen worden, wo er zweifellos allmählich in einem Wust von Papieren verschwand. Es war erschütternd, dies alles zu lesen. Dieser rührige und diensteifrige Offizier, Leutnant Heemskirk, dessen gequälte, mürrische Art der Selbstüberschätzung sich auch nach diesem Vorfall, der ihm ein inoffizielles Lob einbrachte, nicht im geringsten geändert hatte, war wieder nach den Molukken gefahren, um dort auf seine Station zu gehen.

Am Ende dieser umfangreichen, gutgemeinten Epistel, die sich mit den Ereignissen beschäftigte, die sich zumindest während des letzten halben Jahres auf den Inseln abgespielt hatten, schrieb mein Freund dann: »Vor einigen Monaten tauchte der alte Nelson hier auf. Er war mit dem Postdampfer von Java gekommen, anscheinend um Mesman zu sprechen. Es war ein ganz mysteriöser und in Anbetracht der langen Reise auch ungewöhnlich kurzer Besuch. Er blieb gerade vier Tage im Orange-Hotel, augenscheinlich ohne irgendeinen besonderen Grund, und erreichte dann noch rechtzeitig einen nach dem Süden gehenden Dampfer, der ihn nach den Straits brachte. Ich erinnere mich, daß man einmal davon sprach, Jasper Allen sei sehr hinter Nelsons Tochter hergewesen, hinter diesem Mädchen, das Frau Harley großgezogen hatte und das nach den Sieben Inseln kam, um dort beim alten Nelson zu leben. Du erinnerst dich doch sicher noch an den alten Nelson . . . ?«

Ob ich mich an den alten Nelson erinnerte! Gewiß! In dem Brief hieß es dann weiter, daß sich der alte Nelson wenigstens an mich erinnerte, denn er habe einige Zeit nach seinem flüchtigen Besuch in Makassar an Mesmans geschrieben und sie um meine Londoner Adresse gebeten.

Daß der alte Nelson (oder Nielsen), dessen ausgesprochener Charakterzug eine völlige Teilnahmslosigkeit gegenüber

seiner ganzen Umgebung war, den Wunsch haben sollte, an jemand zu schreiben, oder daß er überhaupt etwas zu finden vermochte, worüber er jemand schreiben wollte, war an und für sich schon kein geringer Grund zur Verwunderung. Und gerade an mich von allen seinen Bekannten! Ungeduldig und beklommen wartete ich darauf, was für eine Enthüllung wohl von diesem von Natur aus beschränkten Geist kommen konnte; aber meine Ungeduld hatte sich schon längst wieder gelegt, als ich die zittrige, mühsam hingemalte Handschrift des alten Nelson, die senil und kindlich zugleich anmutete, auf einem Umschlag erblickte, der mit einer Penny-Briefmarke und dem Stempel des Londoner Postamts Notting Hill versehen war. Ich zögerte mit dem Öffnen des Briefes, um diesem erstaunlichen Ereignis erst den schuldigen Tribut zu zollen, indem ich die Hände über dem Kopf zusammenschlug. So war er also nach England gekommen, um entweder endgültig Nelson zu sein; oder er war auf dem Wege nach Dänemark, wo er für immer zu seinem ursprünglichen Namen Nielsen zurückkehren würde! Aber man konnte sich den alten Nelson gar nicht außerhalb der Tropen vorstellen. Und doch war er hier und bat mich, ihn zu besuchen.
Seine Adresse war eine Pension in Bayswater, einem einst wohlhabenden Viertel, das jetzt Wohngegend der arbeitenden Bevölkerung ist. Irgend jemand hatte ihm das Haus empfohlen. Ich machte mich im Januar an einem jener Londoner Wintertage, die aus den vier teuflischen Elementen zusammengesetzt sind, nämlich Kälte, Nässe, Schmutz und Ruß, die sich in Verbindung mit einer besonders stickigen Schwüle wie ein unreines Gewand auf die Seele legen, auf den Weg. Doch als ich mich der jetzigen Wohnstätte des alten Nelson näherte, sah ich wie ein Flackern weit hinter dem schmutzigen Schleier der vier Elemente das ermüdende und doch so großartige Aufblitzen einer blauen See, in der die Sieben Inseln wie winzige

Pünktchen schwammen, und deren kleinste das rote Dach des Bungalows krönte. Diese visuelle Erinnerung brachte mich völlig durcheinander. Mit unsicherer Hand klopfte ich an die Tür.

Der alte Nelson (oder Nielsen) stand vom Tisch auf, an dem er saß. Vor ihm lag eine schäbige Brieftasche voller Schriftstücke. Er nahm die Brille ab, ehe er mir die Hand reichte. Einen Augenblick lang sagte keiner von uns ein Wort, dann, als er merkte, daß ich mich etwas erwartungsvoll umschaute, murmelte er etwas, wovon ich nur die Worte »Tochter« und »Hongkong« verstand, dann senkte er den Blick und seufzte. Sein Schnurrbart, struppig wie vor Zeiten, war jetzt ganz weiß. Seine alten Wangen hatten ihre weiche Rundung behalten und waren noch etwas rosig geblieben. Seltsamerweise hatte sich der auffallend kindliche Zug in seinem Gesicht verstärkt. Wie seine Handschrift, sah auch er kindlich und senil aus. Sein Alter zeigte sich am deutlichsten in seiner unintelligent gefurchten, bekümmerten Stirn und in seinen großen, unschuldigen Augen, die mir schwach blinzelnd und wässerig schienen; oder kam es daher, daß sie voll Tränen standen? . . . Die Entdeckung, daß der alte Nelson über eine Angelegenheit genau informiert war, war etwas ganz Neues. Und nachdem er seine anfängliche Verlegenheit überwunden hatte, sprach er ungezwungen, und ich brauchte nur dann und wann eine Frage zu stellen, um ihn wieder in Gang zu bringen, sobald er in Schweigen verfiel, was er zuweilen plötzlich tat, wobei er die Hände über seiner Weste faltete, und zwar in einer Art und Weise, die mich an die Ostveranda erinnerte, wo er oft ruhig plaudernd zu sitzen pflegte und die Wangen aufblies – damals, wie mir jetzt schien, vor weit, sehr weit zurückliegenden alten Tagen. Er sprach sehr vernünftig, in einem etwas besorgten Ton.

»Nein, nein. Wir wußten wochenlang nichts davon. So ab-

gelegen, wie wir lebten, konnten wir natürlich auch gar nichts erfahren. Es gab ja keine Postverbindung nach den Sieben Inseln. Aber eines Tages lief ich mit meinem großen Segelboot nach Banka, um zu sehen, ob Briefe für uns da waren, und dort las ich eine holländische Zeitung. Zuerst sah es nur wie eine der üblichen Schiffsnachrichten aus: Englische Brigg ›Bonito‹ vor der Reede von Makassar aufgelaufen. Das war alles. Ich nahm die Zeitung mit nach Hause und zeigte sie ihr. ›Das werde ich ihm nie verzeihen!‹ rief sie in ihrer bekannten stürmischen Art. ›Mein liebes Kind‹, sagte ich, ›du bist ein vernünftiges Mädchen. Der beste Mann kann ein Schiff verlieren. Aber wie steht es mit deiner Gesundheit?‹ Ich begann mich nämlich wegen ihres Aussehens zu ängstigen. Bis dahin durfte ich nicht einmal etwas von einer Reise nach Singapur erwähnen. Aber ein so vernünftiges Mädchen konnte nicht ewig widersprechen. ›Mach, was du willst, Papa‹, sagte sie. Das war gar nicht so einfach. Wir mußten einen Dampfer auf See abpassen, aber ich bekam sie wieder richtig hin. Mit ärztlicher Hilfe natürlich. Fieber. Anämie. Sie mußte liegen. Einige Frauen waren sehr nett zu ihr. Selbstverständlich stand die ganze Geschichte bald in unseren Zeitungen. Sie liest alles bis zu Ende, dann reicht sie mir die Zeitung zurück, flüstert ›Heemskirk‹ und fällt in Ohnmacht.«
Er sah mich eine ganze Zeitlang an, und seine Augen standen wieder voll Tränen.
»Am nächsten Tag«, begann er wieder mit unbeweglicher Stimme, »fühlte sie sich kräftiger, und wir sprachen lange miteinander. Sie erzählte mir alles.« Mit den Worten Freyas erzählte mir der alte Nelson die ganze Geschichte der Heemskirk-Episode. Er hielt dabei den Blick gesenkt. Als er dann in der ihm eigenen sprunghaften Art fortfuhr, blickte er mich mit seinen unschuldigen Augen an: »Mein liebes Kind«, sagte ich zu ihr, »du hast dich im großen und ganzen wie ein vernünfti-

ges Mädchen benommen. ›Ich war scheußlich‹, ruft sie, ›und ihm bricht das Herz dort.‹ Aber sie war zu vernünftig, um nicht einzusehen, daß sie nicht in der Lage war zu reisen. Aber ich fuhr. Sie bat mich darum. Sie war in guten Händen. Anämie. Es gehe ihr schon besser, sagte man mir.« Er machte eine Pause.

»Haben Sie ihn gesehen?« fragte ich leise.

»Oh, ja, ich habe ihn gesehen«, fuhr er in dem ihm eigenen vernünftigen Ton fort, als ob er über irgendeine Sache diskutierte. »Ja, ich habe ihn gesehen. Ich habe ihn getroffen. Die Augen tief eingefallen, das Gesicht nichts als Haut und Knochen, ein Skelett in einem schmutzigen weißen Anzug. So sah er aus. Wie wohl Freya ... Aber sie hat ihn gar nicht – nein, nicht in Wirklichkeit. Dort saß er, das einzig lebende Geschöpf weit und breit – auf einem Stück Treibholz, das die See an Land spülte. Im Krankenhaus hatte man ihm die Haare kurz geschoren, und sie waren noch nicht wieder gewachsen. Er starrte vor sich hin, das Kinn in der Hand, und nichts war zwischen ihm und dem Himmel als dieses Wrack. Als ich auf ihn zutrat, bewegte er nur den Kopf ein wenig. ›Sind Sie das, alter Herr?‹ sagte er – genau das sagte er. Wenn Sie ihn gesehen hätten, wäre es Ihnen sofort klargeworden, daß Freya niemals diesen Mann geliebt haben konnte. Nun, ich will nichts gesagt haben. Vielleicht hatte sie etwas für ihn übrig. Sie war einsam, verstehen Sie. Aber richtig mit ihm davonzugehen! Niemals! Der reine Wahnsinn! Sie war viel zu vernünftig ... Ich begann ihm vorsichtig Vorwürfe zu machen. Und nach und nach wendet er sich mir zu. ›Ihnen schreiben! Worüber? Zu ihr kommen! Womit? Wenn ich ein Mann gewesen wäre, hätte ich sie einfach fortgetragen, aber sie hat aus mir ein Kind, ein glückliches Kind gemacht. Sagen Sie ihr, daß ich an jenem Tage, als ich das einzige, was mir auf Erden gehörte, auf diesem Riff verlor, daß ich an diesem Tag erkannte, keine Macht über sie zu besitzen . . . Ist sie mit Ihnen hierhergekommen?‹ schreit er und sieht mich plötzlich mit glühenden Blicken aus seinen hohlen Augen an. Ich schüttelte den Kopf. Mit mir gekommen! Sie fragen noch! Anämie! ›Aha! sehen Sie! Gehen Sie also fort, alter Mann, und lassen Sie mich allein mit diesem Gespenst hier!‹ sagte er und zeigt mit einer Kopfbewegung nach dem Wrack seiner Brigg. Wahnsinnig also! Es wurde langsam dunkel. Ich mochte nicht länger mit diesem Mann alleine an diesem einsamen Ort bleiben. Von Freyas Krankheit wollte ich ihm nichts erzählen. Anämie! Wozu auch. Wahnsinnig. Und was für ein Ehemann wäre er jetzt für ein vernünftiges Mädchen wie Freya geworden? Selbst meinen kleinen Besitz hätte ich ihm nicht überlassen können. Die holländischen Behörden hätten niemals einem Engländer erlaubt, sich dort anzusiedeln. Ich hatte damals meinen Besitz noch nicht verkauft. Mahmat, mein Vormann, Sie wissen, sah für mich nach dem Rechten. Später gab ich dann alles für den zehnten Teil seines Wertes einem holländischen Mischling. Aber was liegt daran. Es bedeutete mir damals nichts mehr. Ja, ich ging von ihm weg und fuhr mit dem Postdampfer zurück. Ich erzählte Freya alles. ›Er ist wahnsinnig geworden‹, sagte ich, ›und, mein liebes Kind, das einzige, was er geliebt hat, war seine Brigg.‹ ›Vielleicht‹, sagte sie vor sich hin und blickte dabei geradeaus – ihre Augen waren fast ebenso hohl wie seine – ›vielleicht ist es wahr. Ja! ich wollte ihm niemals irgendwelche Macht über mich einräumen.‹«

Der alte Nelson hielt inne. Ich saß wie gebannt da und fröstelte, obgleich im Kamin Feuer brannte.

»Sie sehen also«, fuhr er fort, »in Wirklichkeit lag ihr gar nicht soviel an ihm. Sie war viel zu vernünftig. Ich nahm sie mit nach Hongkong. Luftveränderung, sagten die Ärzte. Oh, diese Ärzte. Mein Gott! Es war Winter! Zehn Tage lang hatten wir nebliges, kaltes Wetter, Wind und Regen. Sie bekam

Lungenentzündung. Aber sehen Sie, wir redeten viel miteinander, tagsüber und an den Abenden. Wen hatte sie denn noch? ... Sie unterhielt sich viel mit mir, mein Kind, und manchmal lachte sie sogar ein wenig. Sah mich an und lachte ein wenig –«

Ich schauderte. Er sah mich mit einem ausdruckslosen, verwirrten, kindlichen Blick an.

»Oft sagte sie: ›Ich wollte dir wirklich keine schlechte Tochter sein, Papa.‹ Und ich antwortete dann: ›Natürlich nicht, mein liebes Kind. Das kannst du gar nicht gewollt haben.‹ Eine Weile lag sie ruhig, und dann meinte sie: ›Wer weiß?‹ Und ein anderes Mal: ›Ich war doch ein richtiger Feigling.‹ Wissen Sie, kranke Menschen sagen manchmal merkwürdige Dinge. So behauptete sie auch einmal: ›Ich war eingebildet, launisch, eigensinnig und habe nur mein eigenes Vergnügen gesucht. Ich war entweder egoistisch oder ich hatte Angst‹ ... Aber, wie gesagt, kranke Menschen sagen manches. Und einmal, als sie fast den ganzen Tag über ruhig dagelegen hatte, sagte sie: ›Ja, vielleicht wäre ich nicht mitgegangen, wenn der Tag gekommen wäre. Vielleicht! Ich weiß es nicht‹, rief sie aus. ›Zieh den Vorhang zu, Papa, damit ich die See nicht mehr sehe. Sie wirft mir meine Torheit vor.‹« Er seufzte und schwieg.

»Sie sehen also«, fuhr er leise fort, »sie war krank, wirklich sehr krank. Lungenentzündung. Ganz plötzlich.« Er zeigte mit dem Finger nach unten auf den Teppich, während der Gedanke an das arme Mädchen, das im Kampf mit den Narrheiten dreier Männer unterlegen und schließlich so weit gekommen war, daß es an sich selbst zweifelte, mir fast das Herz vor Mitleid zerriß.

»Sie sehen also«, begann er wieder niedergeschlagen, »sie konnte ihn wirklich nicht ... Sie hat Sie verschiedene Male erwähnt. Ein guter Freund. Ein vernünftiger Mann. Deshalb wollte ich Ihnen selbst alles erzählen – Sie die Wahrheit wissen lassen. Ein Mann wie der! Wie war das möglich! Sie war einsam. Und vielleicht nach einer gewissen Zeit . . . Nichts Ernstes. Es hätte für meine Freya niemals wirkliche Liebe sein können – so ein vernünftiges Mädchen –«

»Mann!« rief ich wütend aus und stand auf, »begreifen Sie nicht, daß sie daran zugrunde ging?«

Auch er war aufgesprungen. »Nein! Nein!« stammelte er wie im Zorn. »Die Ärzte. Lungenentzündung. Geschwächter Körper. Die Entzündung der . . . sagte man mir doch. Lungen . . .« Er sprach das Wort nicht aus. Es endete in einem Aufschluchzen. Mit einer Geste der Verzweiflung breitete er die Arme aus und gab den grausigen Selbstbetrug auf, indem er leise mit herzzerreißender Stimme ausrief:

»Und ich dachte immer, sie sei so vernünftig!«

INHALT

Satz und Druck: E. C. Baumann KG, Kulmbach
Einband: G. Lachenmaier, Reutlingen